古典詩歌研究彙刊

第二一輯

龔鵬程　主編

第 21 冊

聞一多的唐詩研究探微（上）

許　瑞　誠　著

國家圖書館出版品預行編目資料

聞一多的唐詩研究探微（上）／許瑞誠 著 — 初版 — 新北市：
花木蘭文化出版社，2017〔民106〕
目 4+274 面；17×24 公分
（古典詩歌研究彙刊 第二一輯：第 21 冊）
ISBN 978-986-404-883-0（精裝）
1.（唐）聞一多 2.唐詩 3.詩評
820.91   106000596

ISBN-978-986-404-883-0

9 789864 048830

古典詩歌研究彙刊
第二一輯　第二一冊　　　　　ISBN：978-986-404-883-0

聞一多的唐詩研究探微（上）

作　　者　許瑞誠
主　　編　龔鵬程
總 編 輯　杜潔祥
副總編輯　楊嘉樂
編　　輯　許郁翎、王筑　美術編輯　陳逸婷
出　　版　花木蘭文化出版社
社　　長　高小娟
聯絡地址　235 新北市中和區中安街七二號十三樓
　　　　　電話：02-2923-1455／傳眞：02-2923-1452
網　　址　http://www.huamulan.tw 信箱 hml810518@gmail.com
印　　刷　普羅文化出版廣告事業
初　　版　2017 年 3 月
全書字數　311212 字
定　　價　第二一輯共 22 冊（精裝）新台幣 33,000 元
版權所有‧請勿翻印

聞一多的唐詩研究探微（上）

許瑞誠 著

作者簡介

許瑞誠，生在台灣，國立成功大學碩士，其論文為《聞一多詩經詮釋研究》；國立高雄師範大學博士，其論文為《聞一多的唐詩研究探微》，博士論文延續碩士論文探研聞一多的古典詩學，期能在學術領域上能貢獻一絲心力。現為中學教師，盡心推展台灣閱讀計畫與工作，不僅身為推廣閱讀的種子教師，亦是 PISA 閱讀種子教師、活力教學講師和閱讀教學講師，跨校參與線上共備設計提問教學。

提　　要

　　唐朝輝煌的盛世造就了唐代詩人以文學為生活的面貌，故使浩瀚豐盈的唐代詩海能駐足中國文學的殿堂。歷來文學史家視唐詩為中國文學史重要的發展過程之一，但近代學者聞一多卻以獨特的觀點，將整個中國文學史視為中國詩學史的發展，並將唐詩視為中國詩學史裡出色優異的文學表徵，故名之為「詩唐」。然而，聞一多論述此部唐詩史的觀點仍存在著諸多問題。因此，本文以選本為材料依據，探究其問題的癥結與影響，為本研究之主要目的。

　　本研究旨在透過知人論世、詩無達詁等研究方法，探析聞一多接受唐詩的觀點與立場，進而評騭其價值與缺失。經由上述之方法，本文共六章，分為三大主題。其一為聞一多對唐詩史的發展研究；其二為聞一多研究唐詩之方法；其三為聞一多唐詩研究的價值與缺失，六章之內容簡述如下：

　　第一章「緒論」，敘述研究動機、目的、範疇與方法，並兼及近人研究成果述評。

　　第二章「聞一多研究唐詩之因緣」，就大環境與聞一多生活範圍的結合進行了解，乃微觀研究聞一多背景知識的養成，並從民初的學術環境、文化教育和自身的成長教育等方面闡述聞一多的生平梗概與學術生涯。

　　第三章「聞一多選唐詩的文學史觀特點」，從聞一多談述唐詩的相關研究文章以及唐詩選本中，尋繹其唐詩評賞與唐代詩學史的關聯，以此說明初、盛、中唐詩人所呈現的詩歌特質和反映的感情思想。

　　第四章「聞一多對唐詩的訓詁考據」，乃從聞一多考證詩人生平的研究以及探討詩歌用字的情形，分析其觀點所成的原因以及運用訓詁的方法。

　　第五章「聞一多唐詩研究的評價」，就聞一多唐詩研究的成果及研究方法，探討聞一多唐詩觀點之歷史定位，兼論研究方法不足之處，為之展開研究議題在時空侷限下所產生的深度與廣度。

　　第六章「結論」，綜上各章節歸結兩大主題，其一為聞一多唐詩新義的歷史定位，其二為聞一多唐詩研究探微的意義，以茲作為相關議題之研究者不吝指教。

　　研究結果為聞一多不僅以詩為中國文學的代表，亦展現文學史觀的復古循環歷程，提出群聚型詩歌的詩人代表以及詩無達詁的獨特詮解，使聞一多對唐詩的文學史觀佔有獨樹一幟的歷史定位。

誌　謝

　　朝曦初上，伴隨著的是日復一日的擤鼻聲，這是我從小早已習慣的過敏體質，雖然有時肆虐發作，導致腦子暈頭轉向，呼吸喘息不及，但堅強的意志讓我在無涯的學海裡不斷精益求精。

　　「聞一多」這課題由東海大學的啓蒙老師—呂珍玉，開啓我前往學術之門，有時返校暢談研究成果，都能從中獲得老師許多新的指引與創想。後來，我進入成大研究所，林耀潾老師同意我延續著這議題，便開始著手聞一多的《詩經》研究，不急不徐地指導我，勉勵我，慢慢地建構此研究課題的雛型。此外，在一個因緣下認識了史墨卿老師，手捧著他贈予給我的王禮卿《四家詩恉會歸》，促膝長談，了解更多學術所該注意的研究態度與方法，遵循著這幾位前輩的教導，於是完成了我的碩士論文。

　　之後，因成大淑蘋學姐的關係，間接認識了侯美珍老師，進一步與聞一多的孫子—聞黎明，取得聯繫。在這過程中，我總是心存感恩，多次拜訪聞黎明老師經驗中，他讓我感受到的是一種溫文儒雅、善解人意和開朗豁達的學者性格。往後，考上了高雄師範大學國文研究所博士班，有幸拜蘇珊玉爲師，指導我的博士論文，在和老師多次的商討中，便開始著手聞一多的唐詩研究。老師廣闊的學術視野，能在我論文的盲點處，指點迷津，增文論述。老師總能在忙碌之餘，詳觀論

文中的每個字，每句話，以紅字標出我文中不當行文之處，我不知多少次因此而自責，只怪自己學力不足，頗費老師精神，但老師總以「樂見學生成長」不斷鼓勵著我，故此我總持著「盡己所能」的研究態度，面對往後的人生經驗。

最後，學生一路走來，能不斷地在大家的支持下，努力完成博士論文，不僅有呂珍玉、林耀潾、侯美珍、史墨卿、聞黎明和蘇珊玉老師的協助，更要感謝張高評、李建崑、黃奕珍以及林晉士老師在口考中給予寶貴的意見，讓我獲益良多，也感謝在場的同學、學弟妹和學長姐們的幫忙，讓這一切的美好，凝聚在這顆感激的心。

鳳凰花落，正如博士論文將漸漸化為春泥，將為學生未來的學術之路給予更多滋養的沃土，所問、所學、所觀和所做者，皆無窮無盡，以期再度新生一株花滿枝枒的研究成果。

學海無涯，唯勤是岸。盡己所能，求諸於善。

目

次

上 冊

誌 謝

第一章 緒 論 ……………………………… 1

　第一節 研究動機與目的 ……………………… 2

　　一、研究動機 ……………………………… 2

　　二、研究目的 ……………………………… 5

　第二節 近人研究成果述評 …………………… 9

　　一、分析聞一多綜觀式研究的方向 ………… 9

　　二、談論聞一多與唐詩研究之關係 ………… 18

　　三、探討聞一多唐詩研究的觀點 …………… 24

　第三節 研究範疇和方法 ……………………… 34

　　一、研究範疇 ……………………………… 34

　　二、研究方法 ……………………………… 39

第二章 聞一多研究唐詩之因緣 ……………… 49

　第一節 學術風氣之改革 ……………………… 50

　　一、教育政策推動學術革新 ……………… 51

　　二、學者所拓展的史學研究 ……………… 55

第二節　國學研究方法的新視野 …………… 61
一、疑古風潮影響文獻考證 ………… 61
二、史學所採用的科學方法 ………… 64
第三章　聞一多選唐詩的文學史觀特點 …… 71
第一節　初唐詩乃六朝遺妍 ………… 79
一、陶詩的承襲與轉變 ……………… 83
二、宮體詩題材手法的蛻變 ………… 97
三、律體審美意涵的建立 …………… 109
四、六朝事類研究的影響 …………… 123
第二節　盛唐詩爲復古階段說 ……… 130
一、齊梁陳詩歌美學的延續 ………… 136
二、晉宋齊詩歌題材內涵的啓沃 …… 152
三、漢魏晉「風骨」與「興寄」的再現 … 206
第三節　中唐大曆詩歌乃齊梁詩歌之體現 … 232
一、緣情詠歌的寄託方式 …………… 238
二、體物入微的詩歌題材 …………… 252
小　結 ……………………………… 270

下　冊
第四章　聞一多對唐詩的訓詁考據 …… 273
第一節　辨識詩作歸屬之方法 ……… 276
一、引證典籍 ……………………… 277
二、考據求眞 ……………………… 292
三、辨別意涵 ……………………… 301
第二節　詩歌用字傳誤的校勘方法 … 310
一、探文論詞 ……………………… 312
二、形訛辨僞 ……………………… 320
三、增補漏字 ……………………… 326
小　結 ……………………………… 333
第五章　聞一多唐詩研究的評價 ……… 337
第一節　史料文獻與文學時代的價值 … 337

　　一、足資後人考證其說 ················· 338
　　二、反映唐詩的兼容並蓄 ··········· 353
　第二節　存在的問題和不足 ········· 360
　　一、分類的失當 ····························· 360
　　二、待考證的生卒年 ··················· 364
　小　結 ··· 369
第六章　結　論 ·································· 371
　第一節　聞一多唐詩新義的歷史定位 ····· 371
　第二節　聞一多唐詩研究探微的意義 ····· 380
徵引文獻 ··· 385

表目次

　表 1-3-1：聞一多唐詩研究成果分類表 ··········· 35
　表 3-1-1：唐詩分期表 ··························· 74
　表 3-1-2：聞一多《唐詩大系》初唐詩人生卒年 80
　表 3-1-3：初唐詩歌潮流分析三大因素 ········· 81
　表 3-1-4：陳子昂〈感遇〉風格分析 ··········· 90
　表 3-2-1：聞一多盛唐詩復古階段說 ········· 132
　表 3-2-2：李頎詩作分類 ····················· 156
　表 3-2-3：孟浩然詩作分類 ··················· 156
　表 3-2-4：王維詩歌年表 ····················· 157
　表 3-2-5：王維支派詩人之詩歌分類 ········· 162
　表 3-2-6：李白詩歌之詩體分類 ············· 182
　表 3-2-7：杜甫詩歌之詩體分類 ············· 211
　表 3-2-8：元結《篋中集》與聞一多《唐詩大
　　　　　　系》所選盛唐詩人之比較 ········· 229
　表 3-3-1：大曆詩人重出鄭氏筆記和聞氏《唐
　　　　　　詩大系》的詩人與作品 ············· 235
　表 5-1-1：各家所著杜甫年譜的比較 ········· 338
　表 5-1-2：《岑參年譜》與《岑嘉州繫年考證》
　　　　　　之比較 ································· 342

第一章　緒　論

　　聞一多（1899～1946），字友三，亦字友山，湖北蘄水人。〔註1〕
聞一多兼有詩人、學者和鬥士三種身分〔註2〕，其文學、學術和政治
均有代表性的歷史記痕。他因寫詩而有詩人之名，學貫中西詩學理
論，並融合傳統與現代的美學理念。聞一多在新詩領域裡提出「詩三
美」〔註3〕之說，且透過寫詩展現其文學主張，是名副其實的理論實
現者。再者，他因研究中國古典文學而有學者之名，其研究對象包括
經史子集，勇於疑古，提出許多不少的創新觀點。〔註4〕其後，他因

〔註1〕聞一多：〈聞多〉，《聞一多全集 2》，武漢：湖北人民出版社，2004
　　　年5月，頁295。
〔註2〕在《聞一多學術思想評傳》第四章標題定為「詩人　學者　鬥士」，
　　　又曾卓等人連續發表三篇論文〈詩人・學者・戰士聞一多〉（之一）、
　　　（之二）、（之三）以及吳奔星〈詩人・學者・戰士——紀念聞一多
　　　殉難四十週年〉均以稱呼聞一多的三種身分。可參見張巨才、劉殿
　　　祥：《聞一多學術思想評傳》，北京：北京圖書館，2000年1月。曾
　　　卓等人所著〈詩人・學者・戰士聞一多〉（之一）、（之二）、（之三）
　　　分別發表於《春秋》1985年2月、3月、6月。吳奔星：〈詩人・學
　　　者・戰士——紀念聞一多殉難四十週年〉，《河北師範學院學報》，
　　　1986年3月。
〔註3〕聞一多對詩歌提出詩三美的理論：音樂美、繪畫美、建築美，重視詩
　　　的內容和形式。可參見金尚浩：《中國早期三大新詩人的研究》，臺北：
　　　文史哲出版社，2000年，頁357～377。
〔註4〕《詩經》則以性欲說最為著名，以歌舞說《九歌》，以神話、民俗、
　　　象數、義理談論《周易》，以訓詁學為基礎研究《莊子》的字義、文
　　　本，並加以分析人格、哲學，進入文學審美的研究。可參見劉介民：
　　　《聞一多尋覓時空的最佳點》，北京：文津出版社，2004年，頁233

參與政治而有鬥士之名，敢於批評時政，其出發點在於求得人民生活安定，在動盪不安的時期裡爲人民發聲。聞一多的一生，活躍於文學、學術和政治之場域，在學術史上、文學史上以及政治史上具有舉足輕重的地位。

聞一多用心鑽研古典文學的研究，在《詩經》、《楚辭》、唐詩等研究，著作頗夥，尤其在唐詩研究方面，於《唐詩編》上、中、下裡除了單篇論文之外，亦有唐詩的選本與考證論著，經由他的唐詩選本可印證聞一多論唐詩的獨特觀點，不論是研究方法或論點皆能突破窠臼，自成一說。爰此，筆者將採用選本批評的方式，以湖北人民出版社的《聞一多全集・唐詩編・唐詩大系》之唐詩選本爲主要研究對象〔註5〕，並以聞一多研究唐詩的相關論文爲輔，探討其唐詩研究，評其價值與缺失。

第一節　研究動機與目的

近幾年來，學界討論聞一多唐詩研究之相關論文頗夥，本文從知人論世以及詩無達詁的立場探討聞一多研究唐詩的觀點，以期經由梳理、比較詩話和聞一多論述唐詩的觀點，知悉聞一多對唐詩的接受與異同，並期望能進一步了解聞一多詮釋唐詩觀點的意義。

一、研究動機

唐代文學，以詩著名，昔有《唐人選唐詩》、《文苑英華》，但清聖祖玄燁認爲未成一代鉅觀，仍多脫漏，故於康熙四十二年（1701年）議纂，四十四年（1703年）命曹寅主持編纂《御製全唐詩》（以

〜301。張巨才、劉殿祥：《聞一多學術思想評傳》，北京：北京圖書館，2000年1月，頁238〜312。

〔註 5〕聞一多的唐詩選有兩稿，一爲《唐詩大系》；另一爲《唐詩》。《唐詩大系》由開明版整理而成，湖北人民出版社則是以《唐詩》內容爲主，以註腳的形式補充原《唐詩大系》稿有選錄，卻沒有選錄《唐詩》的部分。此可參見聞一多：《聞一多全集・唐詩大系・整理說明》，頁 4。

下簡稱《全唐詩》），參與編集校訂的有彭定求等十人，於康熙四十五年（1704 年）十月修纂完成，並於康熙四十六年（1705 年）四月十六日清聖祖爲全書作序，題爲《御製全唐詩》。〔註6〕此書依時代歲月分列先後次第，共有詩四萬八千九百餘首，凡二千二餘百人，共九百卷。〔註7〕在《全唐詩》中，康熙自敘敕令此項工程之目的：

> 夫詩盈數萬，格調各殊，溯其學問本原，雖悉有師承指授，而其精思獨悟，不屑爲苟同者，皆能殫其才力所至，沿尋風雅，以卓然自成其家。又其甚者，寧爲幽僻奇譎，雜出於變風變雅之外，而絕不致有蹈襲剽竊之弊，是則唐人深造極詣之能事也。學者問途於此，探珠於淵海，選才於鄧林，博收約守，而不自失其性情之正，則眞能善學唐人者矣。豈其漫無持擇，汎求優孟之形似者可以語詩也哉？是用製序卷首，以示刻全唐詩嘉與來學之旨。海內誦習者，尚其知朕意焉。〔註8〕

故可知康熙敕令校定《全唐詩》在於冀求天下文人求得獨創，反對模擬抄襲，舉眾家爲例，雖然格調各有所別，但「精思獨悟」顯然成爲唐詩的特色，且能沿尋《詩經》以來的風雅正音，抒情而不濫情。雖有特立獨行者，詩風幽僻奇譎，仍具獨特創思。此序不僅凸顯了康熙皇帝對天下文人的期望，也呈現他本人的文藝觀。

　　自從《全唐詩》問世以來，不少文人以此奉爲圭臬，內容瀚海，選材豐富。雖然《全唐詩》蔚爲鉅觀卻未能全面蒐羅，研究者開始採集遺漏的詩篇，起初有日人上毛河世寧（又名市河世寧）《全唐詩逸》，

〔註6〕平岡武夫、市原亨吉編：《唐代的詩人》，上海：上海古籍出版社，1991年，頁1。

〔註7〕根據〈御製全唐詩序〉的內容，《全唐詩》得詩四萬八千九百餘首，詩人共二千二餘百人，但經由日本學者平岡武夫的研究，將《全唐詩》中的作家、作品逐一編號，總計四萬九千四百零三首，句一千五百五十五條，作者二千八百七十三人。此可參見平岡武夫、市原亨吉編：《唐代的詩人》，上海：上海古籍出版社，1991年，頁6、頁9。

〔註8〕清・聖祖御編：《全唐詩・序》，《文淵閣四庫全書》，頁2。

之後有劉師培〈讀全唐詩書後上〉、〈讀全唐詩書後下〉的兩篇文章，後來重新整理撰文在民國 3 年於《國粹學報》第 4 卷第 9 期發表〈讀全唐詩發微〉一文，內容指出一詩兩見、誤收的情形。〔註9〕接著王重民之《補全唐詩》、《敦煌唐人詩集殘卷》、孫望的《全唐詩補逸》和童養年的《全唐詩續補逸》於 1988 年由中華書局應約陳尚君修訂成《全唐詩外編》〔註10〕，並收入陳尚君整理的《全唐詩續拾》，再次出版合編為《全唐詩補編》。除了乾隆年間的上毛河世寧和民國前三年的劉師培較聞一多年代早之外，王重民、童養年、陳尚君等人則是在六〇年代以後才陸續發表相關的成果。然則聞一多能在閱讀《全唐詩》的過程中，發現其訛誤和漏載的篇什，並且重新選詩擇人，重述唐人小傳，凸顯了聞一多文藝批評的自我覺醒。

另外，在民初時期崇洋媚外的風潮下，聞一多對國學卻有一股強烈的熱忱，從小時候父親帶領讀經的環境中，自己亦能廣泛閱讀子史集類的書籍。〔註11〕當聞一多任教大學時，他的學生鄭臨川曾經進入其研究室，所見的是滿桌的典籍，抄錄的筆記，朱墨爛然，令鄭臨川驚嘆不已。〔註12〕

聞一多在唐詩的研究方法上繼承有清一代樸學的考據研究和選詩的治學方法，重視輯佚、辨偽、辨重、校勘和注釋的工夫；在利用

〔註9〕 劉氏著作可參見劉師培：《劉師培全集》第三冊，北京：中共中央黨校出版發行 1997 年，頁 90～93、頁 462～463。

〔註10〕《全唐詩外編》是以《補全唐詩》、《敦煌唐人詩集殘卷》、《全唐詩補逸》、《全唐詩續補逸》四書合編成書。

〔註11〕聞家駟〈憶聞一多兄〉，原文刊載於聞黎明，侯菊坤編：《聞一多年譜長編》，武漢：湖北人民出版社，1994 年 7 月，頁 24。

〔註12〕鄭臨川曾去找過聞一多先生，描述當時情況：「我到樓上的時候，先生已坐在書桌旁邊等我，桌上滿堆著大小厚薄的手抄本，先生叫我坐下，一面指著這些抄本對我說：『這是我多年抄寫下來關於唐代詩人的資料，好些是經過整理的，裡面有不少是你需要的東西，你就拿去選抄些吧！將來你如果研究唐詩，我可以全部給你。』」可參見鄭臨川紀錄，徐希平整理：《笳吹弦誦傳新錄——聞一多、羅庸論中國古典文學》，上海：上海古籍出版社，2002 年，頁 5～6。

史料方面，遍及四部典籍，善用甲骨文字、漢晉木簡、敦煌寫本、清宮檔案等資料。另外，聞一多受到民國初年許多新式研究法的影響，如：民俗學、人類學、詮釋學和神話學等理論，加上自己的詩學審美觀。爰此，他思維的角度和見解上特別重視文化環境的背景因素，不單就字詞訓詁的方法解說詩篇意旨，而是從文化現象考察詩歌，深入探討人格與詩風之間的關係，更從作品去瞭解詩人創作的契機和風格，例如：對孟浩然、杜甫、賈島等作家進行人格分析，以符合他們詩風的獨特性，也提出類書對唐代文學的影響、宮體詩的華綺與清麗和初唐四傑的排第之見解，這些都突破了傳統研究唐詩的說法，成爲唐詩研究史上的里程碑。

學術論著發展至今，正如孔恩（Thomas S. Kuhn）在《科學革命的結構》（The Structure of Scientific Revolutions）一書所提到的「『前典範』時期的特徵是『百家爭鳴』、各學派互相競爭，每一學派都受極類似『典範』的東西指導；在『後典範』時期也可能出現兩套『典範』和平共存的情況，雖然我認爲這種例子很少見」〔註13〕由此來看，聞一多在《詩經》、《楚辭》、《莊子》、《唐詩》等方面的研究成果，正是以一個「類典範」的角色帶領許多學者開拓新思想和新方法。

二、研究目的

自《詩經》、漢古詩、魏晉樂府乃至唐詩，唐代詩歌將詩界文學發展至最高峰的階段，眾體兼備，可是歷來的選本並非有詩必選，而是依其選者的標準選錄唐詩，故有唐人選唐詩、宋人選唐詩、明人選唐詩，清人選唐詩乃至今人選唐詩的選本批注。筆者特別著重於今人聞一多的《唐詩大系》，故此便不贅述各朝代的選本特色。聞一多《唐詩大系》的唐詩選本，選錄了詩人二百六十四位，詩作有一千一百四

〔註13〕孔恩（Thomas S. Kuhn）著；程樹德、傅大爲、王道還、錢永祥譯：〈原序〉，《科學革命的結構》（The Structure of Scientific Revolutions），臺北：遠流出版事業股份有限公司，2004 年，頁 40。

十一首。筆者將根據聞一多《唐詩大系》所選錄的詩人和詩作，從聞一多的單篇論文中爬梳他對唐代詩人和詩作的批評，有關聞一多對唐詩的批評，主因受到他獨特的文學史觀、選本批評以及治學方法之影響，在唐詩研究方面有不少精彩的論述。

在聞一多的文學史觀方面，他不以朝代爲界，也不以文體爲界，則是依照文學演進分期，此影響了聞一多選詩的要素，擺脫四唐正變之說，以詩人時代選詩，同時從聞一多的詩學理論爬梳他對詩人和詩作的看法，論及選詩特色的要點與標準，深究他以漢魏晉六朝的文學現象談述初、盛、中唐大曆詩人（聞一多未有足夠的專論可建構其晚唐詩歌的觀點）的文學史觀。

從聞一多的選本批評來看，他分爲詩家和批評家兩種，身爲一位優秀的詩家不能只有優秀的「文字和技巧」，也不能只是在爲「寫詩而寫詩」，詩家所寫的詩必須具有「社會的價值」，換言之「詩是要對社會負責了」；身爲一位詩評家更該懂得如何選詩，聞一多認爲選本的用意在於：

> 我們設想我們的選本是一個治病的藥方，……所以，我們與其去管詩人，叫他負責，我們不如好好地找到一個批評家，批評家不單可以給我們以好詩，而且可以給社會以好詩。〔註14〕

從這段話中可知詩歌各種面貌的形成，就算僅有藝術卻無價值的詩歌仍不能怪罪於詩人，乃因時代下所形成的一種風氣，而聞一多認爲批評家不是隨意選詩而已，必須持著一個標準去選詩，這樣的選本才有意義。由此來看，身爲批評家的聞一多，在引文中再度強調詩的社會價值，因此聞一多透過唐人選唐詩，重回唐代詩歌的面貌，可以了解各選本的詩歌是如何成爲當時詩歌風貌的代表，唐詩選本的審美標準不斷轉折與改變中，可以得知哪些是符合聞一多所謂有價值的詩歌，哪些是他視爲藝術享受的詩歌，並將責任歸咎於選詩的批評家，依照

〔註14〕聞一多：〈詩與批評〉收入在《聞一多全集・2》，頁220。

《翰林學士集》、《國秀集》、《河嶽英靈集》、《玉臺後集》、《丹陽集》、《篋中集》等選本的特色，勾勒出一條唐代詩學史之脈絡，此可進一步了解聞一多在宮體詩、事類詩、社會詩等不同詩類之評價的思想意涵。

　　在聞一多的治學方法方面，他曾在私塾研讀古籍，接受清末傳承的樸學治學方法，清代樸學的特色在於「徵實之學」〔註15〕，因此聞一多研究古籍的第一步就是對文本的文字作考證校對的工夫，他認爲要了解古籍的內容，就必須先做到「說明背景、詮釋詞義、校正文字」〔註16〕的工作。「說明背景」其實就是童慶炳的「文學是作家體驗的凝結」〔註17〕，讓作品與詩人的關係有緊密的扣合；「詮釋詞義」和「校正文字」就是要精確地讀出作品的意涵。此外，聞一多又能透過實踐親驗與文獻材料的結合，讓考察工夫更有說服力，尤其在考察杜甫的生平事蹟和詩作背景，更是親自走過一趟杜甫的行跡路線，從中體會杜甫各階段的創作契機。

〔註15〕明朝王學末流之弊，顧炎武曾以「以明心見性之空言，代修己治人之實學。」（可參見清・顧炎武：《顧炎武日知錄・夫子之言性與天道》，臺北：明倫出版社，1971年，頁197。）批評明末士人對於求知的方法由章句訓詁轉爲默坐澄心，尤以經學最爲明顯。此外，《四庫全書提要》論到明清兩代的治學情形是「蓋明代說經，喜騁虛辨。國朝諸家，始變爲徵實之學，以挽頹波」（可參見清・紀昀等編纂：《四庫全書提要・毛詩稽古編》卷十六經部，詩類二，頁25。）此說明讀書人的思維方法開始由「虛辨」轉爲「徵實」。（此可參見章政通：《中國思想史》（下冊），臺北：水牛出版社，1998年，頁1271。）在漆永祥的《乾嘉考據學研究》一書，指出考據學方法有從小學考求字義、以經解字、以經解經或以字解經的治學方法，並尋古書通例歸納大義，進行詩義和文字的正誤考校，又透過實踐親驗與文獻材料的結合，讓考察工夫更有說服力。此可參見漆永祥：《乾嘉考據學研究　第五章　乾嘉考據學方法》，北京：中國社會科學出版社，1998年。

〔註16〕聞一多：《聞一多全集・5》，頁113。

〔註17〕童慶炳：《童慶炳談文學觀念》，河南：河南大學出版社，2008年，頁129～146。

　　陳伯海將清代唐詩學分為師古、師心和崇實三大思潮〔註 18〕，聞一多繼承了「崇實」治學方法，不僅「給唐代詩人詩作作了大量考辨工作」〔註 19〕，陳伯海更在文中稱讚他是以詩人而兼學者，指出他的貢獻在於評論唐詩時所顯示的詩心感受與哲理領悟的結合，是一種「詩思融會」的表現。〔註 20〕聞一多既繼承清代樸學的治學方法，他在研究方法上又有所創新，由此可與清代樸學進行比較，凸顯聞一多治學方法的獨特性。

　　筆者視聞一多為唐詩批評家，欲透過唐詩選本的內容探討其唐詩的研究，由此可展開的議題包含聞一多的文學史觀和治學方法。聞一多試著建立一條詩的歷史長河，將前代文學作為唐詩發展的脈絡，不論是在詩類、詩風方面都緊扣著魏晉南北朝的文學風格，而這樣的脈絡是否得宜，此是筆者須進一步探討的部分。從另一方面來看，聞一多將唐詩完全歸入魏晉南北朝的文學體系中，是否也忽略了唐詩本身的獨特性，於是筆者將說明唐詩在文學史占有一席之地的特色。

　　另外，筆者可從聞一多的詩學理論，探討其詩人詩作的批評論點，不僅可以談聞一多《唐詩大系》所選錄的詩人，他們彼此之間作品多寡的差別性，亦可分析聞一多不錄某些詩人的原因，這些都受到聞一多詩學審美觀的影響，於是詩學理論所構成的審美意涵與文學史觀互為表裡，相互影響，因此筆者試著從詩學理論分析聞一多的文學史觀，強調兩者之間的必然性，亦可知其選詩的目的與用意。

〔註18〕陳伯海將清代的唐詩學分為師古、師心和崇實三大思潮，師古即是「高倡復古和振興唐音」的師古思潮；師心則是「論詩注重性靈、強調興會、靈機的作用，並加強了對詩歌情景、意象、比興、藻采等問題的探討」；崇實研究唐詩「提倡經學和史學，注重考據，並關心世務，主張學術研究應用於實踐，以形成通經致用的新風氣。」此可參見陳伯海：《唐詩學史稿》，石家莊：河北人民出版社，2004年，頁 588～589。

〔註19〕陳伯海：《唐詩學史稿》，石家莊：河北人民出版社，2004 年，頁 791。

〔註20〕陳伯海：《唐詩學史稿》，頁 791～792。

　　聞一多認爲閱讀古籍之前的首要工作，就是對古籍文字進行考訂校對，這樣才能讀出正確的文學意涵，不論是《詩經》、《楚辭》或是唐詩，均有聞一多考校文字的著作。聞一多在考證方面除了文字研究之外，也運用了史學研究法考證詩人的歷史背景和詩作的產生環境，進而從時代解讀詩作，故筆者尚要討論聞一多訓詁唐詩的見解與運用，以求得聞一多在治學方法上的獨創性，並可由此分析其觀點立說的適切性。

　　筆者於本文中探討的議題包括了聞一多的文學史觀、詩學理論和唐詩訓詁的見解與運用，無可否認的是這些都影響著聞一多唐詩選本的產生和唐詩觀點的形成，故筆者以唐詩選本爲主要的研究對象，透過唐詩的垂直接受，在歷時的詩話論述中比較聞一多對唐詩的分析與解說，再經由水平接受的角度討論共時學者們唐詩研究的差異性，以凸顯聞一多唐詩研究觀點的價值和意義。

第二節　近人研究成果述評

　　本論文以「聞一多的唐詩研究」爲對象，有關「唐詩研究」的資料汗牛充棟，因此筆者特別著重在「聞一多」的詩學研究，透過文獻回顧，評其優劣，將不足之處加以研析論述。筆者整理文獻，除了專書的綜觀式研究外，在期刊論文方面，大致上從兩個面向來探討：一則聞一多和唐詩研究之間互涉的關係，二則直接從研究唐詩的成果中進行論述，探主題式述評的方式分類各文獻內容中問題的面向，因此以下就專書、學位論文、期刊論文探討之，作進一步研究成果的依據。

一、分析聞一多綜觀式研究的方向

　　本節將從綜觀式研究探討有關研究聞一多的專書和碩博士論文，縱然每本書和論文所談的內容包羅萬象，其偏重的論點仍有所不同，故分爲以下幾點，分述其要。

（一）從接受論文化

聞一多是位勇於突破藩籬的詩人和學者，仍不忘中國傳統的文化，在兩種異質文化的衝擊下，聞一多如何取捨與創新學說是很值得探討的議題，學者們便開始探討其背景文化以了解聞一多的思想淵源。

先來介紹現任廣州師範學院比較文化研究所副所長劉介民所著的《聞一多尋覓時空最佳點》，他從文化接受美學的角度談聞一多的思想意涵，其內容共有八章，前六章敘述聞一多在現代文學思想的養成，從跨文化的立場研究聞一多在思想和美學理念的融合，著重在中西文化的接受與傳播，美術和文學之間的審美藝術觀，爲他現代文學理論的觀點做背景環境的介紹。第七章談論學術研究的概況，分別點出研究各古籍的價值之處，指出聞一多以比較研究法探討《詩經》字詞義的部分，以考證和思辨說明聞一多對屈原的態度轉變以及《楚辭》同類字句詞義，以民俗神話解說《周易》的卜筮和天象，以人格和思想討論《莊子》的文學美，以文化研究唐文學的情形和文學史的概況。第八章論述最後人生的遭遇，談及因政治而終的情形。〔註21〕劉介民對聞一多個人進行較深入的分析研究，整理出兩個不同範疇領域之間的關係，但既然前六章是在討論聞一多對現代文學思想的養成，卻忽略探討聞一多在古典文學研究的思想成因，所以這本書仍著重在聞一多現代文學研究的相關資料，至於第七章僅是介紹聞一多古典研究的學術成就而已，沒有進一步分析當時學術環境的氛圍以及聞一多在這氛圍下所感悟的想法。

然則，有的學者是對當代文人群進行文化研究，合集一本個人論文集。吳宏聰的《聞一多的文化觀及其他》就是屬於這類的文化研究，此書是介紹魯迅、戴舒望、徐志摩、沈從文等人的研究成果。書中提到聞一多的論文有〈聞一多論新詩〉、〈認同與融合：聞一多的文化

〔註21〕劉介民：《聞一多尋覓時空最佳點》，北京：文津出版社，2004年。

觀〉、〈聞一多的愛國詩篇與《八教授》頌〉、〈聞一多的《洗衣歌》和
《死水》賞析〉，所談的內容多以現代文學爲主，指出聞一多在認同
與融合的過程中，必須在中國本位文化下，接受外來的思想，迎接中
國新文化的來臨，才能有助於民族主義的復興與延續。〔註22〕雖然這
本書較偏向現代文藝的分析指出聞一多在現代文藝的理論深受古典
研究很大的影響，但它也給筆者很大的啓迪作用，讓筆者在探討聞一
多唐詩研究的同時，也必須參考同時代的學者研究，例如楊啓高、蘇
雪林（1896～1999）、胡雲翼（1906～1965）等人的觀點，以凸顯聞
一多唐詩研究的價值和特色。

　　以上的文獻資料對於聞一多文化接受的描述褒多於貶，作者們
除了在文化背景方面談述中西學養的交流之外，並未進一步談到材
料以及研究成果的侷限。劉介民和吳宏聰對於聞一多的古籍研究成
果和現代文學的創新多偏向整理介紹，劉介民是以研究的角度書寫
聞一多傳記，仔細介紹文化背景的內緣和外緣，可惜並未加以論述
在當時聞一多所接受的文化知識中，那些盛行的學說是聞一多未能
習得的遺珠之憾。除此之外劉介民在文化背景的描述較緊扣聞一多
現代詩學的觀點，筆者以爲聞一多在古籍研究方面的成就仍多承於
中國傳統的研究方法，兼採一些新式的學術理念，但這在背景介紹
中並未加以提及，但也提供了筆者在本文中可加以探討的部分。吳
宏聰的《聞一多的文化觀及其他》是分別對徐志摩、魯迅、戴舒望
和沈從文寫成的專題研究，既然作者均將對這幾位學者的研究集結
成書，若能以學術成果爲主題範疇比較這幾位學者的論點，將會有
更加精彩的評論觀點，而這樣的觀點卻也提供了筆者共時研究的想
法，採用年代相近的學者們，共同討論彼此的唐詩觀點，凸顯聞一
多唐詩觀的特色與缺失。

〔註22〕吳宏聰：《聞一多的文化觀及其他》，廣州：廣東高等教育出版，1998
　　　　年。

（二）從詩論談創作

聞一多不管是對古典或是現代詩的研究，在近代文學史上頗有貢獻，尤其是在民國初年白話詩盛行的年代，聞一多對於白話詩的看法和胡適不同，他強調詩語言雖然白話，但在形式上仍要保有中國傳統詩的特色，爰此他的現代詩論頗受現代詩學家的探討。在西方美學主義的影響下，學者們對聞一多的新詩流派總是爭論不休，康鴻棣的《詩人聞一多的世界》就是專為聞一多思想主義辨誣的著作，此書共分五章，為聞一多的每一本著作尋求真義，再分析歸納聞一多新詩作品所呈現的詩學狀況，其中特立一章專談聞一多並非極端唯美主義。〔註23〕但筆者以為根本無法用一種標準去衡量聞一多的美學文藝觀，因為當時聞一多對於西方文學理論的態度是處於嘗試階段，從聞一多詩論發展的早期、中期至晚期，皆曾發表過不同的文學看法。故此，這樣不同的文學看法，在聞一多研究唐詩的過程中是否受到影響也是值得探討的方向，當筆者在分析聞一多唐詩研究的觀點時，將會進一步討論他當時的文學看法，了解彼此之間互涉的關係程度。

學者討論有關聞一多在不同時期所產生的文學主張，這樣的研究成果可以李子玲的《聞一多詩學論稿》為代表，他將聞一多的詩論分為前後兩期〔註24〕，指出前期的詩論重在詩歌的幾個元素，從情感、幻象和音節分析詩歌。聞一多後期的詩論由浪漫主義過渡到現實主義，更加強調詩歌的社會意義，要作人民的詩人，開始重視詩的價值論，進一步批判「溫柔敦厚」的詩風。雖然李子玲提到聞一多晚期強調現實主義的詩論是受到當時社會環境的影響，而指出聞一多批

〔註23〕康鴻棣：《詩人聞一多的世界》，上海：學林出版社，1996 年 10 月。
〔註24〕李氏認為聞一多的詩論分為前後兩期，內容提到：「從清華時期到美國珂泉留學以前，可以說自成一個時期，這是前期；從 1923 年 10 月到珂泉以至 1926 年回國，是後期的第一個階段；1931 年以後，他罕有詩歌創作，埋首鑽研中國古典文學；大概在中日戰爭開始之後，他又陸續發表一些論詩的文字，算是後期的第二個階段。」參見李子玲：《聞一多詩學論稿》，臺北：文史哲出版社，1996 年 8 月，頁 34。

判「溫柔敦厚」的傳統詩情，最後結合聞一多兩部詩集《紅燭》和《死水》的詩歌藝術與西方美學之間的關係。〔註25〕李子玲書中提到聞一多批評「溫柔敦厚」的詩教，其實就筆者的看法來分析，這是在那革命的時空下，聞一多為了激起人民愛國的心志，於是就特別強調詩的現實主義功能，回頭來看聞一多研究杜甫的篇幅和心血比其他詩人來得多，而這是否也因為聞一多在抗戰的環境裡，對杜甫所產生的傾慕之情，再進一步討論李子玲認為聞一多在現實主義階段中，他批評「溫柔敦厚」的詩風，其實李子玲未能進一步討論「溫柔敦厚」詩教和詩風的差別，從聞一多談詩就是談「真」的觀點來看，他應是批評「溫柔敦厚」纏綿柔情的詩風，並非批評「溫柔敦厚」真情真意的詩教，更強調「溫柔敦厚」的詩言志精神。

聞一多的詩幾乎都有所寄託，因此讀來也特別有意義，除了對聞一多的詩論有所介紹外，少不了的就是對聞一多的新詩進行賞析。魯非、凡尼選評編輯的《聞一多》就是屬於這一類的書，內容可以分為四個部分，其一談三○年代的文學境況，其二提供照片、手稿以及探討聞一多的思想與創作，其三是對聞一多作品的賞析，其四是聞一多年表、聞一多譯詩以及學者寫有關聞一多的文章。〔註26〕此書能幫助讀者瞭解聞一多在文學環境裡的發展，以及聞一多在文學理論和創作之間的連貫，但內容多偏向於聞一多的作品賞析，約占全書的三分之二，有助於讀者瞭解其詩意。此書雖然以「聞一多」為名，但從內容來看卻是在探討他在現代詩方面的成就，缺少了聞一多研究古典文學的論著，但至少此書可幫助筆者熟悉聞一多身處的文學環境，以利討論思想生成的因緣。

聞一多的新詩實屬新月派，其他的代表人物有胡適、徐志摩、梁實秋和陳源等人，雖同屬新月派，但彼此之間對新詩的看法仍有不

〔註25〕李子玲：《聞一多詩學論稿》，臺北：文史哲出版社，1996 年 8 月。
〔註26〕魯非、凡尼選評編輯：《聞一多》，臺北：海風出版社有限公司，1993
年 11 月。

同。高國藩所著的《新月的詩神 聞一多與徐志摩》即從兩詩人的比較，分析異同，其內容分爲「論聞一多的詩」和「論徐志摩的詩」，主要是從現代詩論和現代詩作的賞析著手，但他有別於許琇禎〔註27〕，探以分章的方式論述其生平、存詩情況、唯美主義的內核，以及《眞我集》、《紅燭》和《死水》的主題思想，最後總結聞一多在新詩述情運思的藝術特色和用字遣詞的藝術技巧。〔註28〕這本書是以唯美主義涵蓋了聞一多的整個新詩論點，但從李子玲《聞一多詩學論稿》來檢視這本書，的確是少了幾個階段性的學主張，但這仍可以協助筆者在浪漫唯美主義下，討論聞一多從古典詩學談新詩理論，或是由新詩理論影響古典選詩的情形。

這幾本論述聞一多現代詩論的專著各有各的特色，卻也各有可補強之處。康鴻棣的《詩人聞一多的世界》以一種美學主義論斷聞一多的詩學，卻忽略聞一多的詩學是循序漸進的學習，所以聞一多早期、中期和晚期的詩學理論是略有差異的，聞一多的古籍研究也有這樣的現象產生，筆者在此特別標舉說明一下，聞一多在《詩經》和唐詩的研究方面，就有著截然不同的特色。聞一多對《詩經》的研究較多偏向詩人氣質的浪漫賞析，對唐詩研究較偏向學者的實徵論述，這不僅關乎聞一多職涯上的變化，正如筆者在第二章所談的背景環境中，由文人走向學者的路途，在學術研究方面就顯得更爲嚴謹，所以也影響聞一多在唐詩研究方面的論點。康鴻棣未論之處恰可經由李子玲的《聞一多詩學論稿》補充說明，但是李子玲卻多偏向詩歌的賞析和詩學理論的轉變，卻乏於連結時代背景和詩論的關係，筆者以爲聞一多由唯美走向現實主義，主要原因是來自聞一多參與社會活動所感悟到

〔註27〕許琇禎的《聞一多》除了賞析之外，也特以注釋說明方言用語和典故的意旨。許氏在說解詩義的同時，能兼顧當時聞一多寫詩的背景環境，從聞一多的立場訴說詩情。可參見許琇禎：《聞一多》，臺北：三民書局，2006 年 5 月。
〔註28〕高國藩：《新月的詩神 聞一多與徐志摩》，臺北：商務印書館，2004 年 2 月。

的理念，他曾承認要作人民的詩人，這讓聞一多在研究杜甫的同時，
有著深刻的體會，故筆者也試著從探討杜甫一節中尋覓聞一多現實主
義的思想，使聞一多和杜甫研究之間有著更加緊密地連結。魯非等人
所編的《聞一多》較適合一般讀者，對聞一多感到陌生的讀者能藉此
書快速又簡單地認識聞一多。高國藩《新月的詩神》一書是分別研究
徐志摩和聞一多的詩論，若能將徐、聞兩人的詩論進行優劣和差異的
比較，便能呈現聞一多在新詩理論方面的獨特性。

（三）從研究談成果

　　聞一多的古典研究涵蓋《楚辭》、《詩經》、唐詩、《易林》、《莊子》
以及上古神話的研究，有學者們重新整理聞一多的論文，由鄭臨川紀
錄，徐希平整理的《笳吹弦誦傳薪錄——聞一多、羅庸論中國古典文
學》就是介紹聞一多對《楚辭》、唐詩、《易林》研究的內容概要，將
古典研究的文章分門別類，有「論古代文學」、「論《楚辭》」、「說唐
詩」、「附錄」四大部分，在有些文章後還會加上鄭臨川的案語，說明
聞一多寫文的動機和環境。〔註29〕這本書是鄭臨川受教於聞一多講述
唐詩的課堂筆記，它對筆者探研聞一多的唐詩研究有很大的幫助，因
為聞一多談論唐詩的某些資料中，是屬於提綱性質的筆記，是屬於不
成熟也是不完整的論點，故筆者可以透過鄭臨川的課堂筆記內容參照
比對聞一多的課堂講義，就能更明確某些觀點的主張。除此之外，聞
一多在唐詩選本中，只選詩卻未加以說明選詩目地，也可以透過鄭臨
川筆記釐清聞一多選詩的用意。

　　另外，學者亦從不同的角度研究聞一多的觀點，探討聞一多對古
典文學研究的方法並再次商榷其論點，類似這類的專書有袁千正的
《論聞一多及其他》，不僅有對聞一多個人的文化研究，也包含其他
文體和文論的探討。此書中有關研究聞一多的相關主題，除了有袁千

〔註29〕鄭臨川紀錄，徐希平整理：《笳吹弦誦傳薪錄——聞一多、羅庸論中
　　　　國古典文學》，上海：上海古籍出版社，2002 年 12 月。

正對聞一多研究《詩經》和《楚辭》的方法做介紹之外，還有篇章談及時代意義下的治學和文化情形，其中有關唐詩研究的文章是〈律詩，中國式的藝術美——聞一多關於律詩的研究〉，主要是袁千正對聞一多的〈律詩底研究〉進行分析說明，提出聞一多認爲律詩含有抒情詩的四條件和律詩藝術上的四個特質，最後將聞一多對律詩研究目的與新詩理論的提倡合而爲一，在於保持中國藝術特質的新體中國詩。〔註30〕但從詩體的發展來看，筆者以爲律詩是詩人自古以來漸漸形成的體制，但新詩卻是體制不受拘束的新興詩體，這兩種截然不同的新舊詩體是難以合而爲一的，更何況聞一多對方塊形式的新詩並非全然來自律詩而已，而是他對中國古典方塊詩的熱忱，自然而然就包括了絕句、律詩、古詩等，所以袁千正認爲聞一多研究律詩的目的在於提倡新詩理論，未免太過。此書雖有不足但仍有貢獻，它使筆者能進一步了解聞一多對律詩的認識，有時聞一多對律詩的看法語焉不詳，只重點式列出一些看法，但一般讀者卻因此這樣而未能立刻了解其內容，所以透過袁千正的整理，可以更清楚聞一多所主張的論點。

再者，蘇志宏是用聞一多的三種不同身分論其不同的成就。《聞一多新論》是蘇志宏尋著「聞一多思想發展的內在理路」〔註31〕研究其價值的著作，並承認聞一多帶給學界一個開放性的思考園地。書中內容從詩人篇、學者篇和鬥士篇分別論述聞一多在這三種角色下所展現的歷史意義和地位，其中以學者篇佔最大篇幅〔註32〕，但是此書僅

〔註30〕袁千正：《論聞一多及其他》，湖北：湖北人民出版社，1993 年 4 月。
〔註31〕蘇氏在〈後記〉提到「而遵循其思想發展的内在理路，則必然尊重聞一多思想的自律性，將沉默凝固的工具性客體視爲一個未完成的開放性的可闡釋的意義實體，認爲聞一多思想所蘊含的價值和意義是未定的和待開發的生命之源，這種視野將促使一代代的研究者不斷地提出問題、思考問題、解決問題，思想發展的源頭活水就在這種永無止境的對話之中循環往復，不斷更新，這是聞一多研究在進行由外而內的視野轉變時所受到的方法論啟示。」蘇志宏：《聞一多新論》，頁 330。
〔註32〕蘇志宏：《聞一多新論》，北京：中央編譯出版社，1999 年 12 月。

是介紹聞一多在上古神話《詩經》、《楚辭》、《唐詩》、《莊子》、《周易》的研究成果，僅述未評，卻也方便筆者能迅速進入聞一多的學術世界。

在碩博士論文方面，楊天保的《聞一多與古典文獻研究》是對聞一多的古典文學研究做綜合性的探討，有關唐詩研究的探討是在第二章的〈見存唐人著述目錄〉和〈研究唐代用書目錄舉要〉，論其史料及價值。〔註33〕綜觀聞一多的古典研究，唐詩研究是占最多篇幅的主題。楊天保的論文就史料學介紹聞一多所採用的資料，卻少於著墨研析聞一多選詩的目的和風格，這是筆者在此論文中要特別強調的部份。尤麗洵的碩論《論聞一多的唐詩研究》即從文獻、理論、詩人、篇章進行討論，進而給予歷史價值。尤麗洵認爲聞一多在唐詩研究上，具有考據翔實，校勘嚴謹，以詩證事，考證唐詩人生事跡特色〔註34〕，筆者以爲尤麗洵的論文大致上可分爲兩大部分，第一部份是對聞一多唐詩研究成果做一個介紹，僅述未評，列點整理聞一多的論點；第二部份則是分析聞一多在研究唐詩上的態度和方法，但在選詩風格、治學方法以及文學史觀方面，尚可再進一步的探討。

《笳吹弦誦傳薪錄——聞一多、羅庸論中國古典文學》（筆者簡稱《笳》書）是聞一多講課時由鄭臨川紀錄的課堂筆記，內容有聞一多講述唐詩較爲完整的論點。《聞一多全集·唐詩編》裡提到有關聞一多的唐詩觀點多以爲提綱性質寫下條列式的論點，亦有以單篇論文表達完整的唐詩觀點。由此看來，《笳》書與《聞一多全集·唐詩編》彼此參照之下便能看出聞一多唐詩觀點的形成、構思乃至完成之過程，所以此書對筆者而言，是很重要的一本文獻資料。袁千正的《論聞一多及其他》、蘇宏志的《聞一多新論》、以及楊天保和尤洵麗的碩士論文均爲聞一多研究方法整理以及研究成果的介紹，少有優劣的評

〔註33〕楊天保：《聞一多與古典文獻研究》，桂林：廣西師範大學碩士論文，2000 年，頁 3～12。

〔註34〕尤麗洵：《論聞一多的唐詩研究》，長春：東北師範大學碩士學位論文，2008 年 11 月。

價，若能在人格特質和思想觀點等方面進行批評的話，便能方便讀者
了解聞一多在各方面的缺失，但這幾本書當中，筆者不得不讚賞《聞
一多新論》值得發人省思和部分就在於內涵養成的探討，啓發筆者藉
著伊瑟爾的審美反應，建立思想背景的淵源探討，此也是中國傳統文
學批評中「知人論世」的觀點，並可加以緊扣第三、四章所探討的主
題內容。至於袁千正的《論聞一多及其他》這本書，筆者在前面就談
論到他完全以律體作爲新詩的架構，是忽略了新詩的獨特性，或許在
形式上以律體爲基礎，但在內涵以及精神上卻是大異其趣，關於這個
部分在金尚浩的《中國早期三大新詩人研究》〔註35〕一書中就表達地
非常清楚，所以筆者還可由此借鑒爲聞一多在受到時代環境的衝擊
後，如何在不同題材的律體中去傳承杜甫的寫實精神。

二、談論聞一多與唐詩研究之關係

本節所討論的文獻著眼在聞一多和唐詩研究之間的關係，彼此互
涉相關，由聞一多看唐詩研究的成果，或由唐詩研究來看聞一多的個
人特質，筆者將分爲三個面向，探討論文的問題意識如下：

（一）聞一多人格特性與唐詩研究的探析

學者們將聞一多的唐詩研究轉向人格特性的探討，有關這方面的
論文是鄭曉霞的〈論聞一多的詩人氣質對其唐詩研究的影響〉〔註36〕
和楊慶鵬的〈略論聞一多學術思想方法的形成〉。〔註37〕鄭曉霞提出
聞一多的詩人性格影響研究的取材，提出課題選擇的無系統性和研究
的未完成性、研究方法的想像性、欣賞行爲的詩化等特點，但其實鄭
曉霞的幾項論點對聞一多相當地不公平，第一，鄭曉霞提出的「課題

〔註35〕金尚浩：《中國早期三大新詩人研究》，臺北：文史哲，2000 年。
〔註36〕鄭曉霞：〈論聞一多的詩人氣質對其唐詩研究的影響〉，《集美大學學
　　　　報》（哲學社會科學版），第 6 卷第 4 期，2003 年 12 月，頁 88～93。
〔註37〕楊慶鵬：〈略論聞一多學術思想方法的形成〉，《湖北第二師範學院學
　　　　報》，第 26 卷第 11 期，2009 年 11 月，頁 8～12。

選擇的無系統性」並非全然如此，檢視聞一多的書信往來，其實聞一多在一九三三年致饒孟侃的信中早就提到有關唐詩研究的課題〔註38〕；第二，鄭曉霞提出的「研究的未完成性」並非是聞一多本性使然所致，而是政治因素遭受暗殺斷送正處於學術有成的聞一多，故無法完成一部唐詩研究，但在這動盪不安的年代裡，聞一多能擁有數部的唐詩研究成果，也算是令人欽佩的學者。楊慶鵬的論文說明聞一多善以詩人的視角觀照作者的心態，並且涉獵現代哲學、美學、文藝等各種理論，為他的研究方法奠下基礎，這可協助筆者探討聞一多研究唐詩的內外因緣。至於鄭曉霞所談的詩人特質，筆者以為應該要從聞一多解讀唐詩的方法著手，恰如鄭曉霞另提的觀點，他認為聞一多新詩理論中對詩歌形式的重視以及早年學習美術和國外詩歌的意境對唐詩鑑賞有所影響。

　　聞一多唐詩研究中用力最深的就是對杜甫的研究，他為了深入研究杜甫，將其相關議題慢慢擴大形成一個唐詩研究的體系，因此有學者從聞一多對杜甫的研究來分析其人格特質，透過聞一多對史料的認識，凸顯聞一多的史學態度，這類的文章有孫浩遜的〈聞一多和杜甫〉，孫浩遜比較仇兆鰲《杜詩詳注》、楊倫《杜詩鏡銓》和錢謙益《錢注杜詩》〔註39〕與聞一多四人對杜甫行跡的紀錄，指出聞一多詳於史，並善用清以來的詩話、筆記，摘錄有關杜詩的資料。〔註40〕還有

〔註38〕聞一多在 1933 年致饒孟侃的信中提到：「因為不能向外走而逼得我把向內的路走通了，這也可以是塞翁失馬，是福而非禍。所謂向內發展的工作是如此：(一)毛詩字典……(二)楚辭校議……(三)全唐詩校勘記……(四)全唐詩補編……(五)全唐詩人小傳訂補……(六)全唐詩人生卒年考……(七)杜詩新注……(八)杜甫(傳記)……」聞一多已經將自己唐詩所需要研究的課題一一列出，此可參見聞一多：《聞一多全集・12》，頁 266。

〔註39〕唐・杜甫：《杜工部集》，臺灣・臺灣學生，1971 年。唐・杜甫、清・仇兆鰲注《杜詩詳註》，臺北・里仁書局，1980 年。

〔註40〕孫浩遜：〈聞一多和杜甫〉，《杜甫研究學刊》，2001 年第 3 期，頁 39～44。

李鳳玲、趙睿才〈治杜的態度：了解之同情——聞一多先生的杜甫研究（一）〉是從治杜的態度和治杜的成果讚其眼光犀利、考索賅博、立說新穎而翔實、了解的超越。〔註41〕李、趙兩人又有一文，在〈治杜的態度：了解之同情——聞一多先生的杜甫研究（二）〉中認爲杜甫開創詩界新境的情形，具有儒道互補、確立唐代文人交遊新範式（漫游）、保存天地間一股元氣（友誼）的特質。〔註42〕另外，陶敏的〈聞一多唐詩文獻研究的學術史批評——《全唐詩人小傳》前言〉指出聞一多引用材料的來源，以及爲了撰述〈全唐詩人小傳〉而衍生的篇名，作者還不吝讚美聞一多史料內容以及來源的全面性。〔註43〕這四篇文章均爲筆者在討論聞一多的研究方法上提供不少的資料，但是有關李趙二人所提的「眼光犀利」和「立說新穎而翔實」兩者很難有所區別，雖有列出聞一多引用的史料，但是何謂「犀利」的確很難去作界定，此可作爲筆者借鏡之處。

筆者以爲探討聞一多人格特質和唐詩研究之間的關係，終究免不了時代背景的侷限，若是光從聞一多去探討人格特質和唐詩研究的情形，其實是不夠全面的，唯獨筆者在前面分析鄭曉霞文章的優劣時，從現實面來說可以分為兩個重要的因素，此可用以說明聞一多研究未完成性的原因，實際上聞一多是受制於環境的限制而非人格特質。另外，李鳳玲、趙睿才和孫浩遜探討聞一多研究杜甫的成就，雖然分析詳細，卻未能指出缺失之處，就如同聞一多自己談到他親臨杜甫行跡之地，但是自唐至民初，山川面貌已非昔日，又加上道路開發的影響，聞一多欲透過這樣

〔註41〕李鳳玲、趙睿才：〈治杜的態度：了解之同情——聞一多先生的杜甫研究（一）〉，《杜甫研究學刊》，2004 年第 4 期，頁 35～43。

〔註42〕李鳳玲、趙睿才：〈治杜的態度：了解之同情——聞一多先生的杜甫研究（二）〉，《杜甫研究學刊》，2004 年第 4 期，頁 46～54。

〔註43〕陶敏：〈聞一多唐詩文獻研究的學術史批評——《全唐詩人小傳》前言〉改寫自 2000 年的〈聞一多與唐詩文獻研究——紀念聞一多先生誕辰一百周年〉，由原本的三頁半增論至四頁半，陶敏：〈聞一多唐詩文獻研究的學術史批評——《全唐詩人小傳》前言〉，《雲夢學刊》，第 29 卷第 2 期，2008 年 3 月，頁 154～158。

的方式體會杜甫寫詩的當下情感以及考察杜甫詩中所呈現的內容，恐怕在考察地理位置上會有所誤差，故筆者可作爲借鑒，在探討杜甫一節將特別從詩意的部分著手，探討其詩史精神的意涵。

（二）聞一多詩學理論與唐詩研究的研析

聞一多對古典文獻的研究，激發了他的新詩理論，故胡光波〈聞一多的新詩理論和唐詩論〉分析聞一多新詩理論與唐詩研究之間的關係。〔註44〕但俞兆平認爲此種具有中國傳統式的新詩格律，仍與西方文學理論息息相關，因此他試著從西方的文學理論，探求新舊詩學的關係。俞兆平曾撰有〈新人文主義與聞一多的《詩的格律》〉進一步討論聞一多新詩格律詩派的學理動因來自白璧德的新人文主義，在古典主義的思潮中實踐創作。〔註45〕另外，毛翰的〈聞一多《詩的格律》獻疑〉是透過對聞一多詩學理論的原文進行校釋並重申聞一多的理論，解讀他對新詩的定義。

這三篇文章能讓筆者了解聞一多是如何融合新舊詩體的觀念，又能進一步認識聞一多《詩的格律》的定義，胡光波談述聞一多新詩理論和唐詩論之間的關係，很可惜本文多在介紹古籍研究的成果和新詩理論的觀點，未能加以舉例說明兩者之間互相影響的例子。俞兆平的文章談到新人文主義和聞一多《詩的格律》的關係，乃採用時代背景下的學潮活動論述聞一多的詩學觀點，但是聞一多的文章中未曾提及「新人文主義」一詞，僅在〈先拉飛主義〉中提到「關於這一點，白璧德教授在他的《新雷阿柯恩》裡已經發揮得十分盡致，不用我再講。」這一點來緊扣聞一多和白璧德之間的關係，恐怕過於果斷，白璧德是梁實秋的老師，雖然聞一多和梁實秋友好，但並非代表聞一多的詩學觀點和白璧德有著必然的關係，而俞兆平也爲了加強自己的論點，另

〔註44〕胡光波：〈聞一多的新詩理論和唐詩論〉，《湖北師範學院學報》（哲學社會科學版），第 25 卷第 2 期，2005 年，頁 52～55。

〔註45〕俞兆平：〈新人文主義與聞一多的《詩的格律》〉，《江南大學學報》（人文社會科學版），第 4 卷第 1 期，2005 年 2 月，頁 71～75。

作一文〈新人文主義與中國現代格律詩派的緣起〉將新人文主義和新月派格律連繫起來，但在文中俞兆平也僅是用聞一多類似新人文主義的觀點進行佐證，並未直接提到聞一多是如何直接受到白璧德的影響，所以在這部分，筆者將直接從文本中尋找脈絡，以呈現聞一多新詩理論和唐詩研究之間的關係。另外，毛翰〈聞一多《詩的格律》獻疑〉一文所論述的義涵是否又是聞一多的原意，仍是值得省思的地方，故此當筆者在探討聞一多的唐詩觀點，須站在聞一多的立場，找出相關的古籍資料引證，即可讓聞一多的立說更爲穩健。

（三）聞一多唐詩研究之方法論的價值性

聞一多唐詩的研究方法非常新穎，不僅沿用清末樸學的考證法，也引進西方的新式研究法，引領學界後輩在古典研究的新路。大致上學界探討聞一多的研究法可以分爲傳統、西方和融合三方向。

學者從中國傳統經典研究法討論的有楊天保的〈聞一多整理唐代文獻的一般思路及特色〉，本文談到聞一多用「目錄學」的方式，將當時可閱讀到有關介紹唐代的書籍整理分類，以目錄辨章學術，整理唐代文化史料，還進一步指出聞一多以「考訂年譜的辦法」整理唐詩和唐代詩人的脈絡。〔註46〕楊天保文章辯證有理，邏輯清晰，並爲筆者提供第四章最佳的典範和資料。還有陶敏的〈聞一多與唐詩文獻研究——紀念聞一多先生誕辰一百周年〉，先敘述《全唐詩》出版後，各家輯佚的過程，接著論聞一多研究唐詩的方法，除了輯佚、辨重辨僞外，又創「交游考」的研究體式，在史料的引用方面則遍及四部典籍和三重證據法。〔註47〕但是陶敏僅是依據聞一多〈唐風樓捃錄〉所

〔註46〕楊天保：〈聞一多整理唐代文獻的一般思路及特色〉，《玉林師範學院學報》（哲學社會科學），2003年，第24卷第1期，頁45～51接續頁88。

〔註47〕陶敏：〈聞一多與唐詩文獻研究——紀念聞一多先生誕辰一百周年〉，《湘潭師範學院學報》，第21卷第2期，2000年3月，頁58～61。

載的參考書目所作的整理，未能進一步說明聞一多是如何使用這些參
考資料，所以只見其林不見其木的情形下便無法知道聞一多運用史料
的情形，這正是筆者須努力進行詮釋的地方。

　　學者從新式研究法探討的有謝楚發的〈聞一多的唐詩研究方法
試探〉，本文以三種特點說明聞一多研究唐詩的方法：辨證的史識、
比較的方法、優美的表述。但是他未能全面包含所談論的篇章，也
未能指出聞一多研究唐詩的缺失，故筆者將在謝文的基礎上進一步
分析其特點與缺失。〔註48〕此外，鄭臨川將人與詩作結合，指出聞
一多選詩的研究特質，〈論聞一多先生選唐詩〉一文整理聞一多研究
唐詩的四個特點：系統性、抒情性、藝術性、學術性〔註49〕，特別
是藝術性的部分，更是給了筆者很大的啟迪作用。

　　學者談述聞一多融合中西方研究法的有徐希平的〈嚴謹求實　勇
於創新——聞一多古代文學研究略論〉，內文提到聞一多研究古代文
學的特質，當中論及近代科學研究法、文體進化論、校正訓詁等研究
方法。〔註50〕徐希平所談論的這些特點，僅是從聞一多談述到自己的
研究方法中整理出來的，未能從聞一多的古典研究中以實例說明辯
證，乃不足之處。但這卻給筆者很大的啟迪作用，尤其在論述聞一多
訓詁唐詩的方法，成了重要的參考資料。

　　筆者採用傳統、現代、中西融合三個面向討論學界探討聞一多唐
詩研究方法的文章，首先從傳統面向來看，楊天保〈聞一多整理唐代
文獻的一般思路及特色〉以及陶敏〈聞一多與唐詩文獻研究——紀念
聞一多先生誕辰一百周年〉將傳統的訓詁分類寫得鉅細靡遺，但是或

〔註48〕謝楚發：〈聞一多的唐詩研究方法試探〉，《聞一多研究文集》，昆明
　　　　市：雲南教育出版社，1990 年 11 月，頁 323～332。
〔註49〕鄭臨川：〈論聞一多先生選唐詩〉，《聞一多研究文集》，昆明市：雲
　　　　南教育出版社，1990 年 11 月，頁 273～286。
〔註50〕徐希平：〈嚴謹求實　勇於創新——聞一多古代文學研究略論〉，《江
　　　　南大學學報》（人文社會科學版），第 3 卷第 6 期，2004 年 12 月，頁
　　　　89～92。

許因爲篇幅的關係未能一一舉例說明之,頗爲可惜,若能進一步探討這些例子的優劣之處,便能更加完善。在新研究方法的議題方面,謝楚發〈聞一多的唐詩研究方法試探〉多在褒獎聞一多的研究方法,只談優未談劣的部分,如果能再點出此研究方法缺失之處,便能讓讀者們引以爲戒。再看中西融合研究方法的文章,徐希平在〈嚴謹求實　勇於創新——聞一多古代文學研究略論〉一文中較多著墨在啓迪的意義上,所敘內容多爲概述而非舉證說明,若能再具體舉出條例就能更加清楚聞一多研究唐詩的獨創性。

三、探討聞一多唐詩研究的觀點

(一)文學史角度

文學史的研究,不外乎包含了外緣和內緣研究,林繼中〈聞一多的文學史模式〉以文化、文學環境、審美心理和文學內部機制以同心圓的概念,依序由外而內論述聞一多從上古研究至唐詩研究的想法。〔註51〕這是以一個概括性的立場論述聞一多整體的文學史觀,但對於詩人的細節研究,卻未能加以分析,而林繼中的論點可提供筆者探討聞一多唐詩研究之方法。另外,學者進一步從文學史的內緣因素來看聞一多唐詩研究的觀點則有閻琦、劉歡,兩人合著的〈說聞一多「詩唐」說〉論述唐代初、盛、中、晚的詩均可以成爲「詩唐」〔註52〕,又能進一步爲聞一多的觀點舉證說明。〔註53〕這可以協助讀者認識聞一多以「唐」爲繁榮的象徵,以「詩」爲文

〔註51〕林繼中:〈聞一多的文學史模式〉,《文藝理論研究》,第 2 期,1997年,頁 27～33。

〔註52〕聞一多在〈詩的唐朝〉一文中(又名爲〈說唐詩〉)的第一段就開宗明義提到「一般人愛說唐詩,我卻要講『詩唐,詩唐者,詩的唐朝也,懂得詩的唐朝,才能欣賞唐朝的詩。」鄭臨川紀錄,徐希平整理:《笳吹弦誦傳薪錄——聞一多、羅庸論中國古典文學》,頁 74。

〔註53〕閻琦、劉歡:〈說聞一多「詩唐」說〉,《陝西師範大學學報》(哲學社會科學版),第 33 卷第 3 期 2004 年 5 月,頁 53～57。

體之一，所以「詩唐」就是指詩的發展中最繁榮興盛的階段，但從文學史的角度來看，唐代初、盛、中、晚的詩是否皆能代表「詩唐」，是值得令人省思的地方。龔賢則從外緣因素加以探討唐詩與唐文化的關係，在〈聞一多的唐詩學觀〉文中指出兩個聞一多的論點，一則視唐詩的發展爲整個唐文化發展的一部份，一則「風格即人」的唐詩特色。〔註54〕此觀念的確是來自聞一多的看法，但文中有個釋義不清之處，即是在談唐文化的時候，卻又把整個文學氛圍視作是個人的風格，又談個人詩作的特色時，卻又認爲這是個人風格的影響，所以究竟是環境影響詩風，還是個人營造獨有風格，這是筆者需再多加琢磨的議題。

　　文學在整個「史」的脈絡裡，聞一多對宮體詩的演變過程有其獨特的看法，然而歸青在〈「自贖說」質疑——讀聞一多先生《宮體詩得自贖》札記〉一文中，重新審視聞一多的看法，對於宮體詩的界定、評價和唐詩之間的關係提出了和聞一多不同的觀點。〔註55〕此爲歸青批判性的思辯文章，可提供筆者另一個角度的思考，重新檢視聞一多的說法。當然史的形成離不開人的構件，因此張紅磊從歷史文化的立場對聞一多的王績研究進行探討，〈聞一多先生的王績研究及其啓發意義〉一文是對王績和陶淵明的比較研究，指出淵源繼承的關係，並爲山水田園派有著啓後的重要意義。〔註56〕張紅磊的論述能協助筆者在探討聞一多的選詩風格擁有穩固的立論，恰好也符合聞一多提出環境和詩人之間不容分離的觀點。

　　就以上幾篇文章，筆者尙須擇文論述一番，林繼中認爲聞一多的文學史分爲兩種，其一爲「歷史唯物主義的文學史觀」；其二爲「審

〔註54〕龔賢：〈聞一多的唐詩學觀〉，《衡陽師範學院學報》，第 26 卷第 1 期，2005 年 2 月，頁 58～61。

〔註55〕歸青：〈「自贖說」質疑——讀聞一多先生《宮體詩得自贖》札記〉，《中文自學指導》，第 3 期，2005 年，頁 71～73。

〔註56〕張紅磊：〈聞一多先生的王績研究及其啓發意義〉，《商丘職業技術學院學報》，第 6 期第 6 卷，2007 年，頁 67～68。

美心理的文學史觀」，但是筆者以爲聞一多所談的文學史無需以「唯物」爲其精神概念，雖然聞一多曾自己提到「以人民的立場來講文學史」，就筆者的看法而言，這是因爲聞一多研究各朝代不同階級和立場的文學風貌，想要從中藉此寫出更貼近人民生活的文學史〔註57〕，而不是指那些門閥貴族的文學，這樣的概念其實在他的古籍研究中常可見得蛛絲馬跡。筆者反而比較認同林繼中所提的第二種「審美心理的文學史觀」，也覺得這樣的說法較符合聞一多的文學史觀。聞一多就是因爲強調「審美心理」的文學史，所以他也就特別重視唐代詩人的文學環境、文化以及文學的語言形式和藝術風格。再則，閻琦、劉歡的〈說聞一多「詩唐」說〉是以聞一多的「詩唐」爲基礎，加入了自己對「詩唐」的看法，所以此文所談的並不能完全代表聞一多的「詩唐」。依筆者之見，聞一多曾言：「詩唐，詩的唐朝也。」〔註58〕其實採用的是詞義的雙重意義，唐朝在整個歷史朝代中是繁榮輝煌的時

〔註57〕聞一多所提的「人民的文學」實與當時周作人在 1918～1919 年間所發表的〈人的文學〉、〈平民的文學〉等論文觀念相似，皆是「用人道主義爲本，對於人生諸問題，加以記錄研究的文學，便謂之人的文學」（此可參見周作人〈人的文學〉，《中國新文學大系建設理論集》，上海：良友圖書印刷公司，1935 年，頁 196），梁實秋也特別強調「文學發於人性，基於人性，亦止於人性。」（此可參見 7），而這樣的看法又完全同魯迅那反階級文學的作品（此可參見魯迅：《魯迅全集‧文學的階級性》，第四卷，北京：人民文學出版社，1998 年，頁 127），所以聞一多研究唐詩的過程中，就曾強調門閥的專權與門閥的崩壞，並從人性的立場研究唐詩，不僅影響了他對唐詩的觀點，亦影響研究《詩經》的立場（此可參見筆者碩士論文《聞一多「詩經」詮釋研究》中談到「聞一多《詩經》研究的趨向」的章節部分。）所以聞一多要以「人民的文學」談論文學史的唐詩觀點，正是民國初年所盛行的思潮。

〔註58〕在〈詩的唐朝〉一文中，聞一多爲「詩的唐朝」下了四個定義：「（一）好詩多在唐朝。（二）詩的形式和內容的變化到唐朝達到了極點。（三）唐詩的體裁不僅是一代人的風格，實包括古今中外的各種詩體。（四）從唐詩分枝出後來新的散文和小說等文體。」故筆者由此讀出詩與唐朝之間的關係。此可參見鄭臨川紀錄，徐希平整理：《笳吹弦誦傳薪錄——聞一多、羅庸論中國古典文學》，頁 74。

期，也是詩的年代，故言「詩的唐朝」指的是詩在整個歷史發展中，在唐朝達於鼎盛，也是詩的文學史中最爲輝煌的時期，故言「詩的唐朝」。爰此讀者若要參閱此文，須明辨文中聞一多文本和閻、劉兩人論述的部分，才不致於混淆。

（二）詩人人格立場

首先要介紹的是趙曉嵐曾撰有三篇文章綜合比較多位詩人的人格，以凸顯研究對象的差異性，其一〈孟郊與賈島：寒士詩人兩種迥然不同的範式〉論述聞一多是從孟賈兩人對現實的不同態度，指出孟郊詩歌具有批判現實主義的精神，賈島詩歌以逃避現實作爲心靈的庇護，不同於歷來以詩語言的特質論「郊寒島瘦」。〔註 59〕其二爲〈貴族・平民・胡風——對聞一多唐詩風範三類型說的理解〉，指出聞一多以歷史文化綜合研究的方法分別對王維、李白和杜甫作了不同的評價，透過聞一多的論點：王維詩是貴族型的、杜甫詩是平民化的、李白詩有胡人血統、極端浪漫，而加以論述說明。〔註 60〕以上兩篇文章可幫助筆者在分析聞一多選詩風格的時候，了解聞一多對王維、李白、杜甫、孟郊與賈島的認識，進一步了解聞一多個別分類五位詩人特質的緣故。其三爲〈初唐詩的「一」與「多」——評聞一多論「類書與詩」及王績詩〉從類書式的詩談到宮體詩，再接續到宮廷贊歌中頗具迥然不同風格的王績，論其風格淵源。〔註 61〕作者採用聞一多的名字來談初唐詩「一」與「多」的現象，比對王績詩及「類書與詩」的寫詩現象，王績似陶淵明的淡古清風在類書式的詩盛行之情況下，成了特立獨行的局外人，此可幫助讀者了解初唐詩的整體狀況，以及

〔註 59〕趙曉嵐：〈孟郊與賈島：寒士詩人兩種迥然不同的範式〉，《華東師範大學學報》（哲學社會科學版），第 32 卷第 5 期，2000 年 9 月，頁 115～127。

〔註 60〕趙曉嵐：〈貴族・平民・胡風——對聞一多唐詩風範三類型說的理解〉，《中國韻文學刊》第 1 期，2001 年，頁 89～96。

〔註 61〕趙曉嵐：〈初唐詩的「一」與「多」——評聞一多論「類書與詩」及王績詩〉，《中國文學研究》，2000 年第 4 期，頁 40～46。

更進一步認識聞一多雅好王績詩的緣故。

因爲聞一多喜好孟浩然，也認爲古人對孟浩然負面的評語有所微辭，學者們也針對聞一多對孟浩然的認識有所興趣，故特別專述相關議題。此類文章的有趙治中的〈聞一多先生孟浩然研究述評〉，此文整理聞一多的說法，對詩的孟浩然、眞正孟浩然的詩、「抗衡者」與「清道者」進一步說明。〔註62〕還有屈小強的〈聞一多與「詩的孟浩然」〉，他從聞一多對孟浩然的評價，著手研究孟浩然詩的特色。〔註63〕此外，歷來對孟詩有所評價的詩評家不在少數，張安祖就以一種接受史的研究法撰寫〈論殷璠、蘇軾與聞一多關於孟浩然詩的評價〉一文，探討孟浩然的人格特質，並且重新審視三人對孟浩然的評價。〔註64〕以上這三篇文章分別從孟浩然的不同面向討論聞一多對他的認識，尤其透過張安祖的比較，可以知道孟詩具有「韻高」和興象豐富的文采特色，但才思卻不夠敏捷反被蘇軾評爲「才短」，這恰好可以辯證聞一多對蘇東坡評孟浩然「才短」有所微辭的看法，並且進一步檢視聞一多對「才短」是否有所誤解。

在這些文章中，趙曉嵐的〈貴族‧平民‧胡風——對聞一多唐詩風範三類型說的理解〉特別以聞一多談論三大派別的主要詩人爲題。這篇文章主要在爲聞一多的論點進行詮釋，並未加以評論聞一多以「貴族、平民、胡風」代表「王維、杜甫、李白」人生型態的適切性，所以筆者在第三章將特別論述胡風和李白之間的關係，並指出聞一多以「縱橫派」代表李白詩風不恰當的原因。此外，張安祖所撰的〈論殷璠、蘇軾與聞一多關於孟浩然詩的評價〉缺乏研究動機的說明，並未解釋自己爲何要採用殷璠、蘇軾和聞一多對孟浩然的觀點來加以評

〔註62〕趙治中：〈聞一多先生孟浩然研究述評〉，《許昌學院學報》，2003 年第 22 卷第 1 期，頁 79～81。

〔註63〕屈小強：〈聞一多與「詩的孟浩然」〉，《文史雜誌》，2003 年第 6 期，頁 24～25。

〔註64〕張安祖：〈論殷璠、蘇軾與聞一多關於孟浩然詩的評價〉，《文學遺產》，2010 年第 5 期，頁 156～159。

述。依筆者對這篇文章以及聞一多唐詩研究的認識，其實主要原因是聞一多對於中唐詩的觀點多承自殷璠《河嶽英靈集》的選本批評，又聞一多於〈孟浩然〉一文中，曾引用蘇軾對孟浩然「韻高才短」的評價來論述孟浩然的詩作，所以張安祖才會以這三人對孟浩然的觀點爲論文的主題，假若論者不一開始先說清楚動機研究的話，又加上對聞一多唐詩研究陌生的讀者，就會使讀者對此篇所論述的三人評價感到摸不著頭緒。故此，筆者將以一個持平的立場增補這些文章該述而未述的部分，指出聞一多論述唐詩觀點尚待商榷的問題。

（三）文化研究觀照

　　自民國初年，許多留學回國的學者從西方引進文化研究的新方法，漸漸成爲學術界所重視的研究方法之一，至今仍不斷在文史領域裡佔有不可忽略的地位。孫浩遜的〈聞一多的唐詩研究〉從文化研究的角度切入，認爲聞一多將詩歌和整個唐文化的現象爲考察，加以實證說明。[註65] 這能夠讓讀者更清楚認識聞一多如何以文化研究分析唐詩特色。文化是屬於整個社會的大環境現象，但對於個人人格的養成，有時受環境文化的影響也是不在少數。劉殿祥就曾針對這現象發表〈詩唐人格和詩唐文化的史家觀照──聞一多唐詩研究略論〉一文，後收錄於張巨才、劉殿祥合著的《聞一多學術思想評傳》[註66]，說明聞一多研究唐代詩人是從文化人格結構特徵切入，把握詩人詩歌風格；並以史家意識敘述唐詩的發展；由唐詩與唐文化相互觀照，用以說明唐代文學現象。[註67] 在此論文中，劉殿祥並未說明文化人格的定義，看似由人格談述詩風，但是筆者

〔註65〕孫浩遜：〈聞一多的唐詩研究〉，《常熟高專學報》，第 5 期，2001 年 9 月，頁 61～64。

〔註66〕張巨才、劉殿祥：《聞一多學術思想評傳》，北京：北京圖書館，2000 年 1 月。

〔註67〕劉殿祥：〈詩唐人格和詩唐文化的史家觀照──聞一多唐詩研究略論〉，《呂梁高等專科學校學報》，第 15 卷第 3 期，1999 年 9 月，頁 12～18。

以為聞一多應是從整個文學環境的氛圍去探究某些跳脫於當時盛行詩風的詩，進而探討這些詩人的特質，所以在研析的過程中似乎不同於聞一多的邏輯思考，是筆者須加以論述的地方。然則，蘇志宏則是擴大聞一多的研究範圍以探討文化觀，曾撰有〈聞一多的古典文學研究〉簡論《詩經》研究、《楚辭》研究、唐詩研究的概況，提到聞一多以文化史的立場對唐詩進行分析研究﹝註68﹞，卻流於介紹，較少論證，乃為不足。

　　歐陽文風和陳國雄更進一步從文化的角度做為詩評的依據，兩人合著的〈聞一多詩學的現代性及其啟示——從羅先發《從文學到文化的跋涉——論聞一多詩學的現代性》談起〉明指聞一多就是從文化角度對文學進行批評，透過文化系統實證性的探討與文學審美的統一與結合，形成一種文化詩學。﹝註69﹞但這樣的論述似乎過於偏頗，因為聞一多的詩學批評並非完全屬於文化詩學，仍兼有傳統訓詁和文學鑑賞的研究方法，就此看待聞一多的研究便無法涵蓋到其他的古典研究成果。筆者以為應該要針對聞一多的古典研究過程進行分類研究方法，這樣才能兼顧聞一多所研究的對象和成果。

　　在上面所提到的篇章裡，筆者將談述幾篇文章的不足之處，劉殿祥在〈詩唐人格和詩唐文化的史家觀照——聞一多唐詩研究略論〉提到「文化人格」一詞，不僅未對此詞下定義，亦未簡略介紹「文化人格」的淵源，所以當讀者閱讀此篇時，將會對「文化人格」這個新詞感到既好奇又疑惑。劉殿祥雖然舉出了聞一多以「文化人格」的方法研究的詩人，但是並未加以描述聞一多是如何運用「文化人格」的方式去分析詩人和詩作之間的關係，在文中所描述的方式是經由論者的文筆再重新複述聞一多的論點而已，若能進一步分析「文化人格」的

﹝註68﹞蘇志宏：〈聞一多的古典文學研究〉，《古典文學知識》第 6 期，2000年，頁 82～89。

﹝註69﹞歐陽文風、陳國雄：〈聞一多詩學的現代性及其啟示——從羅先發《從文學到聞化的跋涉——論聞一多詩學的現代性》談起〉，《湖南人文科技學院學報》，第 5 期，2010 年 9 月，頁 61～63。

立場和用法，將能更加清楚以文化研究唐詩的視角。蘇宏志的〈聞一多的古典文學研究〉更是屬於概述的篇章，總共介紹了《詩經》、《楚辭》以及唐詩的文化研究方法，其中尤以唐詩研究的部分介紹最多，卻僅舉了陳子昂「孤寂」的例子簡略說明，甚至沒有進一步談述到何以與「文化」有關，此乃頗為可惜之處。再看孫浩遜的〈聞一多的唐詩研究〉，他提到聞一多的唐詩研究「善於把詩歌與其他文化現象作一體化的考察」，可是在文中卻沒有詳加探析聞一多是如何進行一體化的考察，所舉的例子多在介紹聞一多的論點，假若能再多從其他文獻中佐證當時一體化的文化現象，就能辨析聞一多談述文化現象的優劣。

（四）創作理論的著眼

在詩學領域裡，格律和意境是唐詩的必然條件，歷來詩評家除了對唐詩採取形式主義的分析之外，也有語言意境的探討，文學創作理論顯得特別重要，又加上聞一多以詩人的身分解讀唐詩，引起許多學者研究的興趣。

首先從文藝理論談起的文章為呂進的〈作為詩評人的聞一多〉，他不僅從「史」的角度，更從文藝理論的建立探討其缺失。〔註70〕但此文僅探討理論觀點，並未對聞一多解讀唐詩的內容進行舉證是為不足之處。還有姚國斌的〈論聞一多對傳統詩學的繼承與發展〉〔註71〕和文廣會〈聞一多詩歌批評的特徵及其當代意義〉〔註72〕則是橫跨傳統和現代詩學，談起詩學的建構過程，但都是談論從傳統詩學中汲取長處以發揚聞一多新詩理論的議題，筆者以為若能從這個角度再進一步探討聞一多的唐詩研究，就可以知道聞一多選詩的原意何在。

〔註70〕呂進：〈作為詩評人的聞一多〉，《文藝與美學》（重慶社會科學），2000年1月，頁52～59。

〔註71〕姚國斌：〈論聞一多對傳統詩學的繼承與發展〉，《中北大學學報》（社會科學報），第24卷第3期，2008年，頁45～48。

〔註72〕文廣會：〈聞一多詩歌批評的特徵及其當代意義〉，《文史縱橫》，2008年12月，頁121～122。

另外，學者從聞一多詩人說詩的立場討論其唐詩研究爲數不少，有從詩人心思的角度，也有從詩人創作的審美立場進行研究。先來談董乃斌的〈唐詩研究的鑒賞學派與聞一多的貢獻〉，此透過五大特點：深入詩人內心世界、強烈深沉的歷史感、由感性到理性的轉化、詩化語言說詩、規律層次的哲理分析，說明聞一多的詩評特色。〔註73〕此文論述有條理，富含邏輯性，可以幫助筆者在論述的過程中，參考董乃斌論文認識聞一多解讀唐詩的方法。還有陳欣、邱紫華的〈論聞一多的詩性批評〉〔註74〕，後收錄陳欣的博士論文《論聞一多的文化闡釋批評》〔註75〕，文中提到聞一多接受西方理論的影響，在論詩、評詩方面以一種象徵、比喻、想像的詩性批評鑑賞傳統文學。雖然文中仍著重在《詩經》、《楚辭》等典籍的舉證，此對聞一多的唐詩詮釋也有相當的幫助。最後，許淵冲的〈聞一多講唐詩〉將聞一多如何說詩、解詩、譯詩，作簡要的說明，以凸顯聞一多對唐詩的審美意涵〔註76〕，此文價值之處在於許淵冲能對白話譯文言的字詞進行賞析，也幫助筆者認識聞一多譯述的對與錯。有的學者則從聞一多詩人創作者的立場談論唐詩特色，李勁松在〈由「唐詩研究」看聞一多對中國古典詩歌美學特徵的總結〉一文指出聞一多研究古典詩歌主要在於抒情和韻律兩個方面，以此作爲詩評的依據。〔註77〕但筆者以爲這樣的歸納是否太過簡要，乃爲不足之處。筆者以爲聞一多譯詩、論詩、選詩和論詩

〔註73〕董乃斌：〈唐詩研究的鑒賞學派與聞一多的貢獻〉，《中州學刊》，第2期，2000年3月，頁93～98。

〔註74〕陳欣、邱紫華：〈論聞一多的詩性批評〉，《武漢理工大學學報》（社會科學版），第21卷第6期，2008年12月，頁907～913。

〔註75〕陳欣：《論聞一多的文化闡釋批評》，武漢市：華中師範大學博士論文，2009年，頁91～100。

〔註76〕許淵冲：〈聞一多講唐詩〉，《中國大學教學》，2002年4月，頁23～25。

〔註77〕李勁松：〈由「唐詩研究」看聞一多對中國古典詩歌美學特徵的總結〉，《勝利油田師範專科學校學報》，第16卷第1期，2002年3月，頁15～17。

人等工夫都是多面向的參考，所以筆者可以「抒情」和「韻律」爲詩評的基礎標準，再試從中探研其他的因素，以期能探討聞一多唐詩研究的完整性。

　　就以上的幾篇文章，筆者不得不讚美董乃斌和許淵冲的論文，對聞一多唐詩研究的分析既仔細又清楚，且能列舉其他文獻資料補充說明聞一多唐詩研究的獨特之處。但在上面所述的這些文章中，筆者仍須談述幾篇文章，呂進在〈作爲詩評人的聞一多〉中仍多著墨在現代文學的評論，他試著從格律、節奏和內容三方面論述古典詩和現代詩的共通點，固然不得不兼談古典詩的部分，很可惜的是他在談述古典詩的部分沒有詳細的分析，亦未談到兩者之間是如何影響聞一多的詩學活動，若能再深入探討的話，便能讓讀者更清楚地了解聞一多是如何以一位詩評家的身分活躍在古典和現代詩學的領域中。再看李勁松的〈由「唐詩研究」看聞一多對中國古典詩歌美學特徵的總結〉，其中談到聞一多的古典詩歌美學特徵是「抒情」和「韻律」兩種，但這不僅是聞一多個人對古典詩歌美學的看法，陳世驤、高友工等學者都曾談論過這樣的觀念，更何況這兩點本來就是古典詩歌最爲經典的美學特徵，所以就此提出便顯得毫無新味。就筆者的觀點來看，聞一多的年代早於陳、高兩人，皆是留美回國的學者，而中國的抒情傳統更是經由陳、高的提倡而成爲一個重要的觀念，李勁松若能再進一步分析聞一多談述「抒情」和「韻律」的概念有別於民初學者談論唐詩的方法，並且指出關於這兩種美學特徵的獨特觀點，便能讓讀者進一步認識聞一多所提出的古典詩歌美學特徵在唐詩接受史上的價值和意義。

　　綜上所述，期刊論文所探討的問題意識多從「聞一多的唐詩研究」之角度進行分析比較，例如：文化、人格、文學史、詩學理論等；在專書方面，則是介紹聞一多的事蹟和研究成果。縱然學界所論者眾矣，隨著考證資料不斷新出，傅璇琮、岑仲勉、佟培基、劉開揚等人雖然未對聞一多的唐詩人生平考證做過專題的探討研究，但在他們的考證論集中皆以聞一多的考證爲依據，並提出更多詳細的論證，推翻

聞說，指出缺失，此凸顯聞一多的考證在資料不足的時空限制下，仍須再重新檢視，於此今人的考證資料亦成爲本書之重要參考價值。另外，尤麗洵的碩論雖然以聞一多的唐詩研究爲主題，可是內容卻多爲聞一多唐詩觀的論點概述，未能進一步比較探析唐詩觀及其研究歷程。期刊論文方面，則以聞一多唐詩研究的成果，探究其論點的價值，鮮少談及聞一多是如何從文學史的脈絡談述唐詩觀的形成以及論證缺失之所在。爰此，筆者將從以下幾個方面，作爲本書所要探討的議題，一、論析聞一多擇人選詩的角度，試從選本批評的審美意涵，以求得選詩特色的要點與標準；二、深究聞一多解析評述唐代不同階段的詩歌特質，進而由此研析其文學史觀；三、爬梳聞一多解讀與歸類唐詩的原因，尋繹他以漢魏晉六朝詩歌特質談論初、盛、中唐（聞一多未有完整論述談及晚唐詩歌現象）的文學史觀，其中他特別將盛唐詩歌視爲兼具六朝以前詩歌特色的觀點，更是有其用意，皆是學界未能加以涉及的議題。

第三節　研究範疇和方法

一、研究範疇

筆者以聞一多的「唐詩研究」爲研究對象，其材料包括了《聞一多全集》第六、七、八卷的「唐詩編」，其中以《聞一多全集》第七卷所收錄的《唐詩大系》選詩爲主要對象，並以《聞一多全集》第六、八卷所收錄的文章作爲聞一多唐詩研究觀點的佐證，另外也以鄭臨川記錄和徐希平整理的《笳吹弦誦傳薪錄～聞一多、羅庸論中國古典文學》（筆者簡稱《笳》）一書爲參考論證，此書乃爲聞一多開設唐詩課程時，鄭臨川將聞一多的上課講述內容紀錄而下所輯成的筆記，此也是學界所公認的參考文獻之一。

此研究論文中欲從聞一多研究唐詩的文學史觀特點探討聞一多對唐詩的接受研究，論其詩人詩篇的美學意涵，因此可以從《聞一多

全集》第六、八卷和《笳》一書中討論聞一多初、盛、中唐的唐詩觀。
聞一多未對中唐和晚唐有詳細的論述，中唐僅談到大曆詩人，晚唐更
無相關的完整文章可言，故筆者在本論文中尚不討論聞一多晚唐詩
觀，在中唐的部分，則是透過聞一多曾探討過的議題，再經由《唐詩
大系》的選詩狀況，描述聞一多的中唐詩觀。

　　目前學術界所依據的版本有兩種，一爲 1948 年版；另一爲 1993
年版。《聞一多全集》首次成書是在聞一多 1946 年 7 月殉難後，即在
當年 11 月清華大學梅貽琦校長聘請諸位學者整理聞一多作品，由上
海開明書店 1948 年 8 月出版《聞一多全集》四卷，仍未完整收錄聞
一多的所有著作。因此，在 1978 年聞一多夫人高眞向大陸中央提出
重新編纂的請求，雖有政策安排，但因爲具體的工作遇到困難而停頓
下來。1984 年武漢大學成立聞一多研究室，先進行資料收集和整理
工作。一直到了 1993 年 12 月由湖北人民出版社出版《聞一多全集》
十二卷。筆者所依據的是 1993 年所出版的《聞一多全集》，原因是此
全集所整理的《唐詩大系》，不僅包括了開明版的《唐詩大系》，也依
據北京圖書館藏作者手稿照相復印件添入補充，是目前較爲完整的選
詩版本。

　　筆者根據《聞一多年譜長編》〔註 78〕的資料整理有關聞一多研
究唐詩的文章和成果，並依照年代、類別排列而下，如表 1-3-1 所示：

表 1-3-1：聞一多唐詩研究成果分類表〔註 79〕

分類	年	內　　容
引證	1916.11.01	〈二月廬漫記〉續十一，發表於《清華周刊》第八十五期，共六則，有引杜詩證諺者。
	1916.11.15	〈二月廬漫記〉續十二，發表於《清華周刊》第八十七期，共四則，評論杜牧詩的影響。

〔註 78〕聞黎明，侯菊坤編：《聞一多年譜長編》，武漢：湖北人民出版社，1994
　　　年 7 月。
〔註 79〕資料來源：整理自《聞一多年譜長編》

分類	年	內　容
理論	1922.03.08	〈律詩底研究〉脫稿。
	1922.12.04	在〈女神的地方色彩〉有提及關於唐代文學
	1928.5.26	〈先拉飛主義〉內容談及有關「詩中有畫，畫中有詩」的義涵。
	1943.1	〈文學大勢〉將中國文學的發展分作四段八大期。
	1943.12.01	〈文學的歷史方向〉發表於昆明《當代評論》第四卷第一期，後於《聞一多全集》改作〈文學的歷史動向〉
	1945.08	〈類書與詩〉發表於《國文月刊》第三十七期。
評論	1916.5.24	〈二月廬漫記〉續四，發表於《清華周刊》第七十八期，共四則，摘詩評比。
	1916.9.27	〈二月廬漫記〉續六，發表於《清華周刊》第八十期，共三則，詩品，論及唐文宗詩。
評論	1916.10.11	〈二月廬漫記〉續八，發表於《清華周刊》第八十二期，共三則，論述唐代文學和李白。
	1916.10.18	〈二月廬漫記〉續九，發表於《清華周刊》第八十三期，共五則，談及杜甫和白居易。
	1933.06.15	與朱自清共談初唐文學。
	1933.07	曾為臧克家《烙印》詩集寫序，以臧克家比作孟郊，闡發什麼是「好詩」的問題，借此建立臧克家的文學價值。
	1935.06.11	〈悼韋德〉一文以唐詩「幾度見詩詩盡好，及觀標格過於詩」讚美韋德。
	1940.12	李嘉言完成〈賈島年譜〉，感謝聞一多提正。
	1941.02.11	〈賈島〉發表於昆明《中央日報》文藝副刊第十八期。
	1922.06.19	〈義山詩目題要〉
整理	1928.5.25	在信中描述將著手撰寫杜甫傳記。
	1928.08.10	〈杜甫〉（傳記）發表於《新月》第一卷第六號。只完成一半的傳記散文，試圖給杜甫作一畫像。但也就沒繼續寫下去，便開始整理杜甫的年譜會箋。

分類	年	內　容
學術研究	1931.09.07	〈全唐詩人小傳〉是爲了深入研究杜甫而作的必要準備。
	1932.03.31	聞一多鑽研唐代文化。
	1933.03	〈岑嘉州繫年考證〉三易稿竟。後發表於六月《清華學報》第七卷第二期。
	1933.05.08	〈岑嘉州交遊事輯〉發表於《清華周刊》第三十九卷第八期（文史專號）
	1933.06.28	已完成的著作有〈少陵先生年譜會箋〉、〈少陵先生交遊考略〉、〈杜學考〉、〈王右丞年譜〉、〈岑嘉州繫年考證〉、〈岑嘉州集箋疏〉；正在作著的有〈唐代文學年表〉、〈初唐大事表〉、〈唐語〉、〈全唐詩人補傳〉、〈唐詩人生卒年考〉、〈全唐詩校勘記〉、〈全唐詩拾遺〉、〈唐詩統箋〉、〈全唐詩選〉、〈見存唐人著述目錄〉、〈唐代遺書撰人考〉、〈唐兩京城坊考續補〉、〈長安風俗志〉、〈唐器物著錄考〉、〈唐代研究用書舉要〉、〈全唐文選〉、〈唐人小說疏證〉。
	1933.09.13	熊佛西〈悼聞一多先生－詩人、學者、民主的鼓手〉裡提到聞一多是以西方的治學方法研究杜甫、李白和唐宋兩代的文化。
	1933.09.29	致饒孟侃的信中有提到「向內發展的工作」在唐詩方面的研究有〈全唐詩校勘記〉、〈全唐詩補編〉、〈全唐詩人小傳訂補〉、〈全唐詩人生卒年考〉、〈杜詩新注〉、〈杜甫〉。
學術研究	1935.11	朱自清於《清華學報》第十卷第四期發表〈李賀年譜〉，聞一多認爲其中有疑條。
	1937.10.28	紀鎮淮《聞一多先生年譜》提到當時聞一多正在從事〈唐詩人登第年代考〉、〈唐詩人生卒年代考〉的著作。
	1941.11	編著研究計畫，有岑參集、賈島集。
戲劇	1924～1925	以唐文化爲背景演出《楊貴妃》、《此恨綿綿》。
繪畫	1926.01	朱湘：「當時，他又預備由屈原、杜甫、陸游的詩歌內，揀選出三個作意來，製成三幅圖畫。陸游的一幅是繪成了。」

分類	年	內　　容
譯詩	1920.07.01	譯韓愈古詩。
他人評論	1923.05.01	朱湘對〈李白之死〉有所評論。
出遊	1937.07	暑假，聞一多遊杜甫生活過的地方，洛陽。
計畫	1919.02.10	計畫兩年內讀完各朝代的詩。
創作	1922.03.28	〈李白之死〉新詩

從以上的表格整理可以知道聞一多的唐詩研究自 1922 年〈律詩底研究〉對唐詩的格律開始有系統性的研究〔註80〕，一直到 1945 年還不斷地修改自己的稿件，重新發表〈類書與詩〉，乃至 1946 年被暗殺身亡，才真正結束了聞一多一生的學術活動。聞一多一生對唐詩的研究同《詩經》一樣，持續到了生命的最終時刻。在浩瀚的唐詩研究中，聞一多的研究有其獨特的自我審美意涵，也為唐詩研究提供不少新的觀點與方法。

〔註80〕尤麗洵的碩論《論聞一多的唐詩研究》認為：「他于唐詩的研究，始於 1922 年（時年 24 歲）作〈義山詩目提要〉」同孫浩遜〈聞一多的唐詩研究〉的說法。另外，有些學者認為有關杜甫的研究才是聞一多對唐詩研究的開始，例如：鄭曉霞〈論聞一多的詩人氣質對其唐詩研究的影響〉認為：「從發表于 1928 年的〈杜甫〉開始，對唐詩的研究幾乎貫穿了聞一多的整個學術生涯……」又劉殿祥《聞一多學術思想評傳》曾言：「聞一多的唐詩研究是從杜甫開始的。1928 年 8 月，他發表了〈杜甫〉一文，……」但從《聞一多年譜長編》裡記載的〈蜜月著〈律詩底研究〉稿脫賦感〉來看，此為 1922 年三月所作，表示此時完成的〈律詩底研究〉已開始對唐詩作了一些分析，同年六月才作〈義山詩目提要〉。雖然同時又校訂增廣〈律詩底研究〉，但就完稿的時間仍以〈律詩底研究〉較早。以上資料可參考尤麗洵：《論聞一多的唐詩研究》，長春市：東北師範大學碩士學位論文，2008 年 11 月，頁 4。孫浩遜：〈聞一多的唐詩研究〉，常熟市：常熟高專學報，2001 年 9 月第 5 期，頁 61。鄭曉霞：〈論聞一多的詩人氣質對其唐詩研究的影響〉，廈門市：集美大學學報（哲學社會科學版），2003 年 12 月第 6 卷第 4 期，頁 89。張巨才、劉殿祥：《聞一多學術思想評傳》，北京：北京圖書館，2000 年 1月，頁 239。

二、研究方法

　　文學選本可代表選者對此文學的接受觀點，而唐詩選本在歷代文學選本的資料中，不論是從數量的多寡，選目的豐富、影響的深廣來看，均頗有可觀。孫琴安的《唐詩選本提要》鈎稽了自公元七世紀孫季良至辛亥革命前不久的吳汝綸等選者編輯的六百餘種選本〔註81〕，對於已佚的唐詩選本，孫琴安經由其他典籍的介紹可知大概，但是對民初 1949 年前後的唐詩選本僅以目錄的方式呈現，聞一多《唐詩大系》便在其中，故筆者鑒於此〔註82〕，特選聞一多的唐詩選本進行研究。

　　目前學界僅從《聞一多全集‧唐詩編》的主題式文章進行研究，所探討的論點也都直接從這些文章中進行辯證，顯然是爲美中不足的部分。學界鮮少從聞一多的唐詩選本談其研究探微，特別是從選本和評論之間談述兩者差異性的文章，更是無人著手探討。爰此，筆者將從聞一多《唐詩大系》談述其相關論文中的觀點，討論聞一多對唐詩的研究，正如鄒雲湖在《中國選本批評》中提到：

> 大量的中國古典文學選本中都夾雜有選者的批、注、評，而一些詩話著作中則常常是論後又選或邊論邊選，以「選」明「評」，如北宋末年計有功《唐詩紀事》就是記事、論詩與選詩並存。〔註83〕

這段話指明中國古典文學選本的特點，選者不僅選，尙有批、注還有評，其實這就代表了選者閱讀活動的審美反應，從中可以看出選者的觀點。筆者所研究的《唐詩大系》就是鄒雲湖提到「論後又選或邊論邊選」的一種現象〔註84〕，這可以反映聞一多選詩的特點以及「論與

〔註81〕孫琴安：《唐詩選本提要》，上海：上海書店，2005 年。
〔註82〕聞一多的孫子聞黎明曾與筆者談到有關聞一多著作的方面，目前則　　　以湖北人民出版的《聞一多全集》最爲完備，之後的書籍將不再以　　　《全集》的方式出版，而是另外出版有關手稿的部分。
〔註83〕鄒雲湖：《中國選本批評》，上海：上海三聯書店，2002 年，頁 3。
〔註84〕從筆者整理聞一多唐詩研究的資料中，無法知道聞一多從何時著手

選」之間的關係。因此筆者將探索聞一多選唐詩的觀點，確立一個研究標的：一來將詩話對詩例進行歷時性的評價，並探析同時代學者們與聞一多唐詩觀點的共時性比較，透過交叉分析以凸顯聞一多唐詩觀點的獨特性。二來著重民初時代文化對聞一多的影響，探討他研究唐詩的動機和方法，便能展現聞一多解讀唐詩的特別意義。最後，進而概括出聞一多對於唐詩研究的價值和缺失。

　　至於「研究探微」主要討論的內容，約而言之，是注重研究者閱讀經典的活動過程，也重視主體（讀者）經由歷史經驗的交融，所呈現的接受觀點。據此意義，此種研究方式恰如西方美學家沃爾夫岡‧伊瑟爾（Iser, Wolfgang）所主張的「審美反應論」〔註85〕之微觀研究，以及羅伯 C‧赫魯伯（Robert C. Houlub）引用托馬舍夫斯基（Boris Tomashevskii）的話談述傳記影響讀者對文學的看法〔註86〕，然則筆

和完成《唐詩大系》的，只能知道《唐詩大系》是聞一多在教學過程中持續編輯成書，最後開明書店於 1948 年初版發行，又於 1993 年湖北人民出版社整理了《唐詩》和《唐詩大系》兩種選本，以《唐詩大系》爲名收錄在《聞一多全集‧唐詩編》中，但是在聞一多選唐詩的過程中，卻是不斷地發表有關唐詩研究的論文，故可視爲「論後又選或邊論邊選」。

〔註85〕沃爾夫岡‧伊瑟爾（Iser, Wolfgang）就曾指出：「特別關注的是過程而非結果。他認爲意義不是對本文的挖掘，或是從本文線索中提取，而是由讀者與本文相互作用的過程來完成。同樣，解釋不包含對本文中確定的意義的發現，而是這種作品的體驗是這一過程的延伸。」（參見羅勃 C‧赫魯伯（Robert C. Holub）著、董之林譯：《接受美學理論 Reception Theory》，臺北：駱駝出版社，1994 年，頁 167。）又「我們現在閱讀的每一個本文，都將自身與我們本人的不同斷面相聯；每一本文都有不同的主題，所以它必然要與我們經驗的不同背景相聯繫。因爲每一本文只介入某些個人傾向的層次，而絕不介入我們的整體傾向系統。」（參見沃爾夫岡‧伊瑟爾（Iser, Wolfgang）著；金元浦、周寧譯：《閱讀活動——審美反應理論》，北京：中國社會科學出版社，1991 年，頁 187。）

〔註86〕文中提到「但是托馬舍夫斯基認爲當人們檢驗它的文學功能時，就會發現這是不眞實的。傳記與文學的關係並不是原生態或者作品描寫的問題，而是接受的問題。『但是，在我們回答這個問題之前必須記住，富於創造力的文學的產生，並非爲了文學史家，而是爲讀者，

者試從中國詩歌批評的方法探討聞一多對唐詩的研究，這是由個人的閱讀過程所呈現的審美反應，而非歷來詩話對文本所進行的接受史研究，所以要了解一個研究者是如何產生觀點，需以一個微觀的角度探討研究者自身的知識經驗，又爲了對其觀點進行評價，需以宏觀的方式與詩話進行比較，所以筆者援用孟子「知人論世」和董仲舒的「詩無達詁」的論點，視爲探討選者接受研究的重要學說。至於具體運用的方式其切入角度，扼要說明如下：

（一）知人論世

孟子於《孟子・萬章・下》談「知人論世」之前就曾在《孟子・萬章・上》提到「以意逆志」的論點，「以意逆志」最常用來作爲中國詩歌批評的研究方法，是教導讀者如何理解詩歌的內容，就傳統的說法指的是解說詩歌應該要領會全篇的精神，加上自己的體會，去探索作者的志趣傾向，因此《中國文學批評通史・先秦兩漢卷》一書就曾提到此處所談的「意」，向來有兩種之說，一爲作者之意，一爲讀者之意，王運熙曾對這樣的爭論提出自己的看法，認爲「因而往往是作家作品之意與評者自己之意的結合。孟子在此章中的批評實踐，便反映了這種特點。」〔註 87〕所以這裡談的是讀者對文本的審美方式，而不是筆者研究讀者閱讀審美觀點的過程，所以筆者不援用「以意逆志」的觀點談論聞一多的唐詩研究，乃因筆者是透過歷代詩話對於詩例的評價與詮釋來對聞一多的唐詩詮釋進行探討與分析，故筆者將以「詩無達詁」的觀點來談述這樣的一種研究法，於下一小節中再行探討。

而且我們必須考慮到詩人的傳記是怎樣影響讀者的意識的』。（雙引號之語出自托馬舍夫斯基：《文學與傳記》，頁 47）……理想的傳記是本文與讀者之間的基本中介。」註六與註七所論的美學研究均是以一個微觀的角度，探討讀者如何影響一個文本，進而產生意義的過程（此可參見羅勃 C・赫魯伯（Robert C. Holub）著、董之林譯：《接受美學理論 Reception Theory》，頁 22。）

〔註87〕王運熙、顧易生著：《中國文學批評通史 先秦兩漢卷》，上海：上海古籍出版社，1996 年，頁 117。

此節要討論的是有關孟子所提的「知人論世」說，其內容見於《孟子‧萬章‧下》，其文曰：

> 一鄉之善士，斯友一鄉之善士；一國之善士，斯友一國之善士；天下之善士，斯友天下之善士。以友天下之善士為未足，又尚論古之人，頌其詩，讀其書，不知其人可乎，是以論其世也，是尚友也。〔註88〕

孟子原意是用來指稱修身的方法，從交友去學習品格，若是認為與一鄉、一國、天下的善人交朋友還不夠的話，那就上溯古代的優秀人物，不僅要從作品中獲得幫助，還要聯繫作者的生平思想及其所處的環境和時代背景加以考察。這樣的觀點後來被視作傳統文學批評的重要方法，這樣的詩歌批評方法也實踐在孟子對《詩經‧小弁》與《詩經‧凱風》的評釋〔註89〕。一般而言，「知人論世」往往被當作解讀文學作品的一個方法，清‧章學誠於《文史通義‧文德》提到「不知古人之世，不可妄論古人之辭也。知其世矣，不知古人之身處亦不可遽論其文也。」〔註90〕讀者理解文辭之義，萬萬不可望文生義，必須參考

〔註88〕孟子著、東漢趙岐注、北宋孫奭疏：《孟子注疏》卷十下，《文淵閣四庫全書》，頁18。

〔註89〕此可參見《孟子‧告子‧下》：「公孫丑問曰：『高子曰：〈小弁〉，小人之詩也。』孟子曰：『何以言之？』曰：『怨』曰：『固哉，高叟之為詩也！有人於此，越人關弓而射之，則己談笑而道之；無他，疏之也。其兄關弓而射之，則己垂涕泣而道之；無他，戚之也。小弁之怨，親親也。親親，仁也。固矣夫，高叟之為詩也！』曰：『〈凱風〉何以不怨？』曰：『凱風，親之過小者也；小弁，親之過大者也。親之過大而不怨，是愈疏也；親之過小而怨，是不可磯也。愈疏，不孝也；不可磯，亦不孝也。孔子曰：舜其至孝矣，五十而慕。』」此文表現孟子對於「怨詩」的肯定，公然批評高子的論點，並比較了〈凱風〉和〈小弁〉，指出兩者主題雖然相類，但是作者遭遇不同，所以詩中感情色彩自然就有差別，認為〈小弁〉詩之怨是應該的，對於君父的過錯，因親而怨；〈凱風〉的怨是不該存在的，因為母親身處在淫風的環境之下，孝子以盡其孝道，母為七子所感，不復嫁，其過小者，故不怨，便不能一概而論。

〔註90〕清‧章學誠：《文史通義‧文德》卷三，上海：上海書店（據商務印書館舊版本影印），1988年，頁80。

作者的時代與生平思想，才能下筆定論。王國維更進一步在〈玉溪生年譜會箋序〉論述「是故由其世以知其人，由其人以逆其志，則古人之詩雖有不能解者寡矣。」〔註91〕此乃經由作者的思想與其社會環境來理解作品。

但是「知人論世」亦能視爲探討個人思想與觀點淵源產生的研究方法，清·李清馥在《閩中理學淵源考》提到：「雖歷代學術不無升降盛衰，醇疵互異，然參互考訂，庶有以爲知人論世之資，徵文考獻之助。」〔註92〕將「知人論世」視爲考察理學家觀點淵源的研究方法，又進一步透過文獻資料的辯證，便可知其旨歸。這樣的一個觀點，實與西方美學沃爾夫岡·伊瑟爾（Iser, Wolfgang）和羅勃 C·赫魯伯（Robert C. Holub）所提到的微觀研究相差不遠。

因此，本文分析聞一多的唐詩觀，首重聞一多與其所處時代的內在聯繫。一方面在水平接受研究方面，則是從近人對唐詩的認識，進行比較，凸顯聞說的獨特性，再者從垂直水平研究方面，則是經由詩話和接受聞說觀點的學者，表現聞一多唐詩研究的價值和特色；另一方面，筆者亦對聞一多的唐詩理論，考察其思想和生存背景，並歸結其間的觀點意涵，從而作出公允、客觀的評論。

（二）詩無達詁

筆者引用孟子「知人論世」說作爲研究讀者知識經驗的方法，再從董仲舒的「詩無達詁」來談一個作品的接受史過程，經由歷代詩話的比較之下，才能凸顯讀者閱讀審美反應之後，所提出的論點之價值性。

「詩無達詁」一詞最早出現於董仲舒《春秋繁露·精華》：「所聞《詩》無達詁，《易》無達占，《春秋》無達辭。從變從義，而一以奉

〔註91〕王國維：《王國維文集》第一卷，北京：中國文史出版社，2008年，頁76。

〔註92〕清·李清馥：《閩中理學淵源考·原序》，收錄《文淵閣四庫全書》，頁460～3。

人。」〔註93〕清‧朱彝尊：《經義考》引用劉向《說苑》來詮釋「詩無達詁」之意，以「達」作「通」。〔註94〕「通」與「達」都是明白、曉暢之意。「詁」，以今言釋古語，引申爲解釋或理解之意。所謂「《詩》無達詁」原是指作爲解釋《詩》的一個方法，意指歷來讀者對《詩》中旨意的闡釋難以有一個通達的、明確的解釋。

董仲舒又在「《詩》無達詁」之前寫下「所聞」二字，可見董仲舒聽聞了每人對《詩》的詮釋不一，而有所感發的，在這裡有學者以「所聞」表示在董仲舒之前必定有人也提出相同的概念，詹杭倫則以荀子「善爲《詩》者不說」並引用楊倞注「皆言與理冥會者，至於無言說者也」，依此談論讀者和作者心心相通的看法，但最後又歸結荀子和董仲舒的講法並不一致。〔註95〕王運熙、顧易生等人則引《左傳》賦詩言志，以賦詩者斷章取義應用於外交辭令的情形來說明「無達詁」的狀況。〔註96〕因此，這裡的「所聞」應指董仲舒見到《詩》、《易》、《春秋》常發生註解人解讀不一的現象，故據此現象又提出了「從變從義」的原則，詹杭倫引用宋人胡安國解釋《春秋》的方法，來詮釋解讀《詩》「從變從義」的原則，故而認爲：

> 如果「從變從義」的原則也可以適用於《詩》之闡釋，那麼，就「《詩》無達詁」而言，所謂「從變」可以理解爲，闡釋者可以依據自己所處的時空語境對《詩經》中作品意旨作出變通讀解釋和運用；所謂「從義」則可理解爲，闡釋者對《詩經》作品主觀理解和解釋必須顧及其中原作者灌注的眞實意義。〔註97〕

這段話講明了作者和讀者在創作和欣賞時相互啟迪的思維活動，闡釋

〔註93〕漢‧董仲舒：《春秋繁露‧精華》卷三，《文淵閣四庫全書》，頁10。
〔註94〕可參見清‧朱彝尊：《經義考》卷二百九十五，《文淵閣四庫全書》，頁680～764。
〔註95〕詹杭倫：《中國文學審美命題研究》，香港：香港大學出版社，2011年，頁167。
〔註96〕王運熙、顧易生著：《中國文學批評通史 先秦兩漢卷》，頁467。
〔註97〕詹杭倫：《中國文學審美命題研究》，頁167。

者不是無限自由地發表自己的看法，尚須遵從文本的原義，所以一個文本意義的產生，是經由讀者的主觀理解和作者的客觀意義不斷協調而來的。王運熙、顧易生更進一步引用「空白性」來談讀者自由意志的部分，也就是作者未談，但讀者卻讀出了言外之意，補足文本的空白性。〔註98〕各家說法不一，我們究竟該如何解讀「從變」或「從義」的意義，就筆者的看法，須再從「而一以奉人」來看。

　　王、顧兩人的論點無法說通「而一以奉人」的原則，因為「空白性」的部分仍是單方面的閱讀活動。詹杭倫則將「而一以奉人」定義為不論是「從變」或「從義」，全由闡釋者一人把握掌控〔註99〕，可是這樣的觀點無法讓讀者在「從變」或「從義」兩者之間取得適當的立場，容易造成觀點偏頗的現象。筆者以為蘇珊玉從主、客觀的論點來談「從變」或「從義」和「而一以奉人」更為適宜，其文曰：

> 「從變從義」正是董仲舒提出解決「無達詁」的方法。即
> 鑑賞詩時，應考慮詩語、事典的變遷，理解其在歷史座標
> 的定位，從而因時制宜，使之合於文本的旨義。進一步言，
> 從審美的角度來看，董仲舒的「詩無達詁」，既重視歷史遞
> 嬗的規律，也肯定了讀者「變」的主觀隨意性。這種綜合
> 客觀歷史、與主觀審美而生成的「一」，可以消解審美過程
> 中主、客觀的差異。〔註100〕

這段話指出了文本經過歷代讀者不同的評價之後，讀者必須重視「詁」的工夫，注意歷代文字和語義的變化，求得最為接近文本的原意。但是，文本經由不同讀者閱讀活動所得到的審美反應卻不盡相同，多少都會受到個人主觀性的影響而有「變」的解讀，但是若能透過諸多解讀文本所產生的「一」來作為文本的真義，便可消解主、客觀的差異。當一個文本產生，又加上作者為對這文本加以有所解釋的時候，讀者

〔註98〕王運熙、顧易生著：《中國文學批評通史 先秦兩漢卷》，頁469。
〔註99〕詹杭倫：《中國文學審美命題研究》，頁168。
〔註100〕蘇珊玉：《盛唐邊塞詩的審美特質》，臺北：文津出版社，2000年，頁5。

就有一個準確的閱讀反應，但是當作品只剩下文本，這一個不確定性的閱讀反應，就會產生歧異性的現象，於此援引蘇珊玉「主、客觀」的論點，定義文本對讀者所產生的共同審美概念。這即是「從義」之說，也是多數讀者認為最接近作者給予文本的原始意義，但也重視讀者參與文本的過程，依其思想和經驗進行闡發，因為個體的文化殊異，不免會產生審美的差異，即「從變」之說，但並非無限制地「從變」延伸，而是依照有所本的「從義」，去進行「從變」的論述。

因此，本文研究，對於客觀藝術作品，將由「從變從義」的立場欣賞聞一多所選錄的詩歌作品。就筆者的觀點來看，作者在創作的過程中會將其中心思想隱寓在作品之中，但是之後透過讀者們不斷反覆的誦讀和理解，就會使作品的意涵漸漸呈現多元化的審美反應。筆者研究的是單一讀者對某一時段文學作品的解讀，所以在「從義」方面，可運用在兩個對象之上，第一個對象是詩例作品，透過當時生活在同樣文化背景下的讀者們，以一個共時性的「水平接受研究」，探討詩意，第二個對象即是聞一多的觀點，經由聞一多講述的理論和共時生活的學者們所提出的觀點，進行比較，筆者藉著「從義」的探討，論述聞一多詮釋唐詩的原始真義，以求當時其他學者論點之間的差異性。另外，在「從變」的立場上，筆者將聞一多所舉的詩例，經由歷代詩話對詩例的評論，透過一個歷時性的「垂直接受研究」討論一個作品在不同讀者的解讀和欣賞的過程中，探討聞一多唐詩研究的獨特性，便可發現聞一多除了在解讀唐詩「從變」的特性，也可經由「從變」的立場認識聞一多對唐代文學史所提出的看法。

綜上所論，本文研究撰寫的特點：第一，著重讀者閱讀反應背後的知識經驗，以及文化背景，凸顯聞一多唐詩研究的淵源，並透過歷代詩話等攸關詩歌的評論和近代唐詩學家整理歸納的唐詩觀點，檢視聞一多唐詩論點的獨創性與批判性。第二，筆者撰述的範圍無法面面俱到，而是從選本批評的立場探微聞一多的唐詩研究，將聞一多的唐詩論著以及唐詩選本進行交叉分析比較，歸納其差異性。最後，本文

以斷代來論述，因聞一多僅談論到中唐的部分詩人，故此僅探析聞一多從初唐至中唐大曆詩人的研究，亦不同於接受美學的接受史研究，著重在聞一多的閱讀活動之審美反應，如此立論是爲了凸顯民初聞一多的唐詩研究。

第二章　聞一多研究唐詩之因緣

　　聞一多生活在西方文化激烈影響中國思想的時代，不論是從器物或洋貨的傳入〔註 1〕乃至思想傳達的媒介〔註 2〕，在人民的生活圈中

〔註 1〕西方器物和洋貨影響中國的經濟很大，當時人民均花費許多的資金在購買西方器物和洋貨，鄭觀應（1842～1922 年）曾在《盛世危言》裡提到當時外國的商貨影響著中國商品經濟的消費，其文：「大宗有二：一則曰鴉片每年約耗銀三千三百萬兩，一則曰棉紗棉布兩種每年約共耗銀五千三百萬兩。盡人而知爲巨款者也，不知鴉片之外又有雜貨約共耗銀三千五百萬……洋牙粉、洋胰、洋火、洋油，其零星莫可指名者亦多，此用物之凡爲我害者也。外此更有電氣燈、自來水、照相玻璃、大小鏡片、鋁銅鐵錫煤斤、馬口鐵、洋木器、洋鐘表、日規。」（此可參見清・鄭觀應：《盛世危言・富國三・商戰上》，《續修四庫全書》，頁 304。）又建築物方面，清・張燾在《津門雜記》裡就曾提到「北洋水師營務處……有洋房兩所，樓閣崢嶸，美輪美奐，殊耀外觀……屋中一應器具，華麗整潔，皆選購西國精良之品，使人取攜如意。」（可參見清・張燾：《津門雜記・北洋水師辦公處》卷下，臺北：文海書局，1962 年，頁 127。）聞一多自己也對當時崇洋媚外的風氣倍覺感嘆，曾在〈建設的美術〉一文中就提到：「那時候，我們自己喜歡用東西洋瓷的只管去買真正的東西洋貨，還要那些不中不外的假洋貨幹什麼呢？這裡所講的不過挑瓷器一椿做個例，其實各種工藝，可以類推。」（聞一多：〈建設的美術〉，《聞一多全集・2》，頁 5。）這明確表達了西方器物影響人民生活的情形。
〔註 2〕西方媒體在中國設立報社，不僅將中國民生的情形介紹給國內、外各地，有時也會記載中國留學生在國外留學的情形，有關報紙的社會性可見於《盛世危言・開源一・日報上》，此書就曾提到有關報紙內容的客觀性言論，其文曰：「中國通商各口如上海、天津、漢口、香港等處，開設報館，主之者皆西人。……廣州復有《廣報》、《中西日報》

俯拾即是，也幾乎是民國初年每個士人所共同面臨的環境，因此筆者著重於聞一多學術生活的介紹，強調本文中所探討的學術觀。

在學術研究機構方面，整個學術思潮因為民國初年蔡元培大力推行學界的體制改革，讓大學開始有了不一樣的風貌，也影響聞一多的學術計畫。不僅學制改革影響了當時學術界的研究風氣，就當時所盛行的研究議題也影響了聞一多的治學方法。聞一多研究唐詩的方法，除了受到民國初年的史學研究方法之影響，亦融合清代樸學的治學方法，並試圖從中建立一個文學史的脈絡。故此，筆者探討聞一多的唐詩研究探微，首先須從「知人論世」著手，所以筆者分為兩個議題進行論述，其一介紹聞一多研究唐詩的淵源與動機，可作為本論文第三章探討聞一多唐詩觀的學術背景；其二乃探討聞一多研究方法的時代性，從民初的研究方法思潮，以此連結第四章探微聞一多對唐詩的訓詁考據之方法，可知聞一多以訓詁考據做為研究古籍的第一步工作之必要性，這兩個立場可作為本文探討聞一多唐詩研究的背景。

第一節　學術風氣之改革

在此節中要討論的是有關於民初學術的風氣和聞一多學術研究之間的關係，由此得知聞一多研究詩學並以文學史的角度探討唐詩的

之屬，大抵皆西人為主，而華人之主筆者，亦幾乎擯諸四夷矣。今宜于沿海各省次第仿行，概用華人秉筆，而西人報館止準用。」（清‧鄭觀應：《盛世危言‧開源一‧日報上》，頁 128。）沿海各省設有報館，華人持筆「共評曲直」而且還「不準各官與報館為難」，可見當時報紙的正義性與價值性。有關媒體傳播的功能而言，留洋的聞一多在一九二○年致給景超的信中，就記載著透過報紙而知曉有關中國人在美所發生的事情，信中內容是這樣說的：「昨接沈有乾從 Stanford 寄來中國報紙——舊金山出版的——一片，中載 Colorado School of Mines 有中國學生王某因汽車失事斃命。其友孟某受重傷。」（聞一多：《聞一多全集‧12》，頁 78。）聞一多閱讀此報後，立刻從留洋的同學裡推測出主角應是王朝梅和孟憲民，隨即提筆致信給景超，開始提到生死的問題。這些都敘述了有關媒體在中國流傳的情形，實際上也漸漸將西方的文化展現在國人的面前。

發展情形。聞一多對學術的熱忱、研究方法以及態度受到時代下的氛圍影響很大，大致上可以從兩個層面來看，一個是從時代裡的學術改革看待聞一多對學術的看法，另一個可以從學界所盛行的史學研究中看出聞一多是如何援用其概念和方法。

一、教育政策推動學術革新

　　聞一多會有這樣的研究熱忱，除了他本身對國學的愛好之外，也受到當時學術研究風氣的影響。民國元年（1912 年）蔡元培先生任教育部長，將京師大學堂改名為北京大學，1916 年蔡元培任北京大學校長，曾在 1934 年所撰稿的〈我在北京大學的經歷〉一文中提到他初到北京大學，對於本校學術風氣的看法：

> 教員是自己不用功的，把第一次的講義，照樣印出來，按期分散給學生，在講壇上讀一遍，學生覺得沒有趣味，或瞌睡，或看看雜書，下課時，把講義帶回去，堆在書架上。等到學期、學年或畢業的考試，教員認真的，學生就拚命的連夜閱讀講義，只要把考試對付過去，就永遠不再去翻一翻了。〔註3〕

蔡元培對於這樣的現象感到噓唏不已，他也提出了自己對「大學」教育機構的想法：「對於大學之計劃。大學生向來最大之誤解，即系錯認大學為科舉進階之變象，故現在首當矯正者即是此弊，務使學生了解大學乃研究學術之機關，進大學者乃為終其身于講學事業。學生如此，教授亦如此，蓋大學教授須一面教人一面自家研究也。」〔註4〕當時蔡元培不僅聘用了許多優秀學者為北大的教授，同時還採取解聘辦法，將沒有學術成就和不從事科學與學術研究者的教員們辭退職位，在這過程中也發生的一段小插曲：

> 那時候各科都有幾個外國教員，都是托中國駐外使館或外國駐華使館介紹的，學問未必都好，而來校既久，看了中

〔註 3〕蔡元培：《蔡元培自述》，北京：人民日報出版社，2011 年，頁 164。
〔註 4〕蔡元培：《蔡元培自述》，頁 89。

> 國教員闌珊，也跟了闌珊起來。我們斟酌了一番，辭退幾
> 人，都按著合同上的條件辦的，有一法國教員要控告我；
> 有一英國教習竟要求英國駐華公使朱爾典來同我談判，我
> 不答應。朱爾典出去後，說：「蔡元培是不要再做校長了」，
> 我也一笑置之。〔註5〕

由此可以看出蔡元培對大學的研究水平有著一定的要求，對於教育學
子的方法也有開放性的想法。因此在蔡元培將任北京大學校長的前幾
日，曾前去訪視大學裡的概況，就在上任的演說稿中提到：

> 余到校視事僅數日，校事多未詳悉，茲所計畫者二事：一
> 日改良講義。諸君既研究高深學問，自與中學、高等不同，
> 不惟恃教員講授，尤賴一己潛修。以後所印講義，只列綱
> 要，細微末節，以及精旨奧義，或講師口授，或自行參考，
> 以期學有心得，能裨實用。〔註6〕

所以他期望任教者是能夠自身潛修又能將從書中得到的新味與心得
教授學子。他為了大力改變陋習，之後聘請不少研究人才，學風自由
乃見，又曾在自己的日記裡提到「自陳獨秀君來任學長，胡適之、劉
半農、周豫才、周豈明諸君來任教員，而文學革命、思想自由的風氣
遂大流行。」〔註7〕這是中國第一學府的學術風氣。

　　當時的清華大學也不落人後，清華大學校長曹雲祥是開辦國學研
究院的推動者，他強調不論西學是否與中學相容，西學來潮已成風尚，
現在應設立一個不需遠赴歐美，能學成致用，以適合中國之國情的學
術機構，對中國固有文化進行精深研究，使中西文化相互溝通，就算
有西方漢學家想要研究中國學術者，也可透過此機構得到相關資源。
之後曹校長經由外交部顧泰來的引薦，由吳宓任研究院籌備主任，1925
年創辦清華國學研究所，在《研究院章程・緣起》提到的旨趣如下：

〔註5〕蔡元培：〈我在北京大學的經歷〉，《北大回眸》，北京：中國世界語出
　　　版社，2003年，頁7。
〔註6〕蔡元培：《蔡元培自述》，北京：人民日報出版社，2011年，頁87。
〔註7〕蔡元培：《蔡元培自述》，北京：人民日報出版社，2011年，頁90。

良以中國經籍，自漢迄今，注釋略具，然因材料之未備與
方法之未密，不能不有待於後人補正。又近世所出之古代
史料，至爲夥頤，亦尚待會通細密之研究。其他人事方面，
如歷代生活之情狀，言語之變遷，風俗之沿革，道德、政
治、宗教、學藝之興衰；自然方面，如川河之遷徙，動植
物名實之繁頤，前人雖有記錄，無不需專門分類之研究。
至於歐洲學術，新自西來，凡哲理文史諸學，非有精深比
較之研究，不足以把其精華而定其去取。要之，學者必忐
其曲，復觀其通，然後足當指導社會昌明文化之任。……
本校有鑒於此，因念大學院之成立尚需四五年，乃設立研
究院，先開辦國學一門，延名師，拓精舍，招海内成學之
士，凡國内外大學畢業者，與現任教育事業，或閉户自修，
而有相當之學力者，入院肄業，分門研究，冀于世界文化
有所貢獻。事難責重，所不敢辭，亦本校盡力國家、服務
社會之微意也。〔註8〕

吳宓承襲曹校長的理念，提出創辦國學研究院的緣由，說明中國經
籍歷來已久，不僅受到新文化運動的考驗，又加上新材料不斷出
土，西方學術的衝擊，其哲理文史諸學不得不重新加以審視研究。
不僅重視學問的研究，所聘請的教員也頗爲講究，在胡適和曹雲祥
校長兩人的討論之下，所設定的條件如下：

正教授：應爲學術家，曾在研究院研究高深學術，或作有名
著，並宜有著名大學教授充分之經驗，及其品學堪爲師資
者。教授：應爲學術家，曾在研究院研究有素，或著有著作，
並宜有著名大學教授充分之經驗者。副教授：應爲學術家，
曾在研究院研究有素，或具有其他相當程度者。〔註9〕

依此資格延聘四大導師：王國維、梁啓超、趙元任、陳寅恪爲研究院

〔註8〕齊家瑩編：《清華人文學科年譜》，北京：清華大學出版社，1998年，
頁9。
〔註9〕蔡德貴編著：〈第四章　高標準創建國學研究院〉，《清華之父曹雲
祥》，西安：陝西師範大學出版社，2011年，頁185。

導師。就連招生的對象也有一定程度的要求，除需要「國內外大學畢業者或具有相當之程度者」〔註10〕外，還有「各校教員或學術機關服務人員，其有學識及經驗者；各地自修之士，經史小學等具有根柢者」〔註11〕，說明了在西學的衝擊之下，清華學校是如此重視國學。清華在 1932 年聘請校友聞一多回校任教，聞一多來到清華之後，從詩人轉爲學者，更專心致力於古典文學的研究，撰述不少的唐詩研究成果。這階段的聞一多因爲受到外在的學術風氣影響，又加上自己不斷追求內在學術方向，在 1933 年致饒孟侃的信中提到：

> 總括的講，我近來最痛苦的是發現了自己的缺陷，一種最根本的缺憾——不能適應環境。因爲這樣，向外發展的路既走不通，我就不能不轉向內走。在這向內走的路上，我卻得著一個大安慰，因爲我證實了自己在這向內的路上，很有發展的希望。因爲不能向外走而逼得我把向內的路走通了，這也可說是塞翁失馬，是福而非禍。所謂向內發展的工作是如此：（一）毛詩字典……（二）楚辭校議……（三）全唐詩校勘記……（四）全唐詩補編……（五）全唐詩人小傳訂補……（六）全唐詩人生卒年考……（七）杜詩新注……（八）杜甫（傳記）……〔註12〕

此處的「向外」和「向內」意指對於現代文學（包含新詩與西方文學）和中國經籍的稱呼，他所謂的缺憾終在 1943 年的信中提到自己在新詩的技巧上始終沒有足夠的能力〔註13〕，其實他早有自覺，只是到了 1943 年的時候聞一多又再一次自己提了出來。當聞一多在 1933 年被聘請到清華大學國學研究院擔任教師後，又加上國學研究院的教員條

〔註10〕 蔡德貴編著：〈第四章 高標準創建國學研究院〉，《清華之父曹雲祥》，頁 185。

〔註11〕 蔡德貴編著：〈第四章 高標準創建國學研究院〉，《清華之父曹雲祥》，頁 185。

〔註12〕 《聞一多全集‧12》，頁 266。

〔註13〕 他曾寫給臧克家的信中提到：「我只覺得自己是座沒有爆發的火山，火燒得我痛，始終沒有能力（就是技巧）炸開那禁錮我的地殼，放射出光和熱來。」《聞一多全集‧12》，頁 381。

件規定，使得聞一多更加堅信自己必須走中國文學的這一條研究路線，開始規劃自己未來的研究生涯計畫。

要之，聞一多中年以後會走入中國文學的研究固然是受到內外因素的影響，外緣因素乃學術革新，內緣因素則是他對中國傳統文學有著一股熱忱的心。在這中西文化相互衝擊的年代，不少學子放棄了中國傳統的文化與素養，盡是追求西方文化與科學，故此聞一多於 1916 年早有不得偏廢國學的觀念，特別重視自《詩經》以降的《別裁》、《明詩綜》、《元詩選》、《宋詩鈔》、《全唐詩》、《八代詩選》。〔註 14〕聞一多對中國傳統文學的重視一直存在心中，故於 1933 年提出一系列關乎詩學研究的計畫，乃至 1943 年發表了〈文學的歷史動向〉，才道出當年的核心研究在於提昇中國詩學的地位，將之與西方文學中的小說與詩進行比較，講述中國詩與西方文學之間的優劣關係。因此他所要研究的課程是要貫穿中國各朝代的詩學，唐詩研究必然不是聞一多唯一的課程，卻又在自己的計畫中特別詳述唐詩研究的工作，成為他研究古典詩學課題中的主要課程。

二、學者所拓展的史學研究

民國初年是許多研究者使用新研究方法重探國學知識的時期，當時新史學的發展正以科學的姿態呈現。史學的興起主因在於清代多致力於經學的研究，梁啓超先生曾提到有關「求眞」的研究範疇，論述「這種工作，前清『乾嘉諸老』也曾努力過一番；有名的清學正統派之考證學便是。但依我看來，還早得很哩。他們的工作，算是經學方面做得最多，史學方面便差得遠，佛學方面卻完全沒有動手哩！」〔註 15〕史學顯然成為民初學者研究國學的新興課題，顧頡

〔註 14〕聞一多於 1916 年曾發表〈論振興國學〉，表述一個國家的文明和進步有賴於文字，而這些文字所記載的內容便是這個國家的文化精粹，是為國粹。故此，聞一多體認不得不重視國粹的必要性，又見於聞黎明，侯菊坤編：《聞一多年譜長編》，頁 31～32、頁 66。
〔註 15〕梁啓超：〈治國學的兩條大路〉，《國學研讀法論集》，臺北：牧童出

剛在日記裡提到當時的學風概況，

> 開後世之史學之風，此處說明除了陸朗夫經濟學，又言章太
> 炎開後世史學之風的情形：陸朗夫的經濟學，實在可佩
> 服。……陸氏竟卓犖不群如此，實在可佩。當時又有章實齋，
> 獨創史學，與之媲美；皆開後世學風。（陸氏開魏源一派，
> 衍而爲光緒間之時務。章氏開章太炎、劉師培一派，爲今日
> 之國故。）（顧頡剛日記一九一九年一月十一日）〔註16〕

此爲自清代樸學以來所興起的學風，民國初年除了承襲清代樸學所重
視的校勘考證，也發展史學的研究，但史學的發展也經過階段性演
變。余英時則是爲章太炎的「六經皆史」作解，提到：

> 「六經皆史」是一種十分含蓄的説法，不能僅從字面上作
> 孤立的了解。……實齋的本意是説六經但爲一某階段（原
> 註：即古代）之史，而非全史之程。易言之，六經皆史而
> 史不盡於六經。〔註17〕

不僅余英時有著不同的看法，清華國學研究院所聘請的教員中除了趙
元任專研語言學之外，王國維、梁啓超和陳寅恪都是在史學方面有所
成就的學者。陳寅恪對史學的研究方法有獨特的看法，基於「因今日
所得見之古代材料，或散佚而僅存，或晦澀而難解，非經過解釋及排
比之程序，絕無哲學史之可言。」〔註18〕這些程序正是清代乾嘉之學
的治學方法，陳寅恪就此比較經學和史學之間的差異，內容如下：

> 夫義理詞章之學及八股之文，與史學本不同物，而治其業
> 者，又別爲一類之人，可不取與共論。獨清代之經學與史
> 學，俱爲考據之學，故治其學者，亦並號爲樸學之徒。所
> 差異者，史學之材料大都完整而較備具，其解釋亦有所限

版社，1974年，頁4。

〔註16〕顧頡剛：《顧頡剛日記1913～1926》，頁50。

〔註17〕余英時：《論戴震與章學誠‧章實齋的六經皆史説與朱陸異同論》，
臺北：東大發行，1996年，頁64～65。

〔註18〕陳寅恪：〈馮友蘭中國哲學史上冊審查報告〉，《金明館叢稿二編》，
北京：生活‧讀書‧新知三聯書店；新華書店上海發行所發行，2001
年，頁247。

　　制，非可人執一說，無從判決其當否也。經學則不然，其
　　材料往往殘闕而有寡少，其解釋尤不確定，以謹愿之人，
　　而治經學，則但能依據文句各別解釋，而不能綜合貫通，
　　成一有系統之論述。〔註19〕

這指明經學和史學同樣都是以「考據學」爲研究方法，但經學因材料
的殘闕寡少，其文義解釋卻成了治經者的主觀想法，造成許多不同的
流派，而史學的材料較經學完備，經過「考據研究」，其論點較爲客
觀理性。另外，他也主張新史學不能只在故紙堆中求證據，也需順應
時代潮流而有新的治學方式，所以他認爲：

　　一時代之學術，必有其新材料與新問題。取用此材料，以
　　研求問題，則爲此時代學術之新潮流。治學之士，得預于
　　此潮流，謂之預流（借用佛教初果之名）。其未得預者，謂
　　之未入流。此古今學術史之通義，非彼閉門造車之徒，所
　　能同喻者也。〔註20〕

這是陳寅恪對當時出土材料的看法，表示新材料產生新問題，能夠突
破傳統研究的藩籬。另外，胡適、姚名達、金毓黻、劉節等人也是當
時著名的史學家，他們認爲「六經皆史」的「史」爲史料〔註21〕，就
連梁啓超也在〈治國學的兩條大路〉提到：

　　一切古書，有許多人見爲無用者，拿他當歷史讀，都立刻
　　便成有用了，章實齋說：「六經皆史」，這句話我原不贊成；
　　但從歷史學家的立腳看，說「六經皆史料」，那便通了。既
　　如此說，則何只六經皆史？也可以諸子皆史，詩文集皆史，
　　小說皆史，……現在我們懂得西法了，從國外運來許多開
　　礦機器了，這種機器是什麼？是科學方法。我們只要把這
　　種方法運用得精密巧妙而且耐煩，自然會將這學術界無盡

〔註19〕陳寅恪：〈陳垣元西域人華化考序〉，《金明館叢稿二編》，頁238～239。
〔註20〕陳寅恪：〈陳垣敦煌劫餘〉，《金明館叢稿二編》，頁236。
〔註21〕此可見於胡適撰、姚名達訂補的《章實齋先生年譜》〈六十一歲〉條、
　　　　金毓黻《中國史學史・古代之史家與史籍》、劉節《中國史學史稿・
　　　　章學誠的史學》皆釋「史」爲史料。

藏的富源開發出來，不獨對得起先人，而且可以替世界人
類恢復許多公共產業。〔註22〕

將六經視爲研究材料，是爲了強調「研究方法」的運用，而不在於「史
學」的概念。「六經皆史」是將「六經」當作確信的史學材料來看，
從中歸納整理出歷史的發展過程，但「六經皆史料」則是將「六經」
視爲研究的對象，從中判斷眞僞，檢視材料與歷史之間的關係，所以
「科學方法」的研究便顯得格外重要。只是梁啓超要用清代的治經方
法研究史學，又在《中國歷史研究法》說過：「以上不過隨舉數端以
爲例，要之吾以爲吾儕欲得史料，必須多用此等方法。此等方法在前
清治經學者多以善用之。」〔註23〕有關科學方法的論點，胡適就曾說
過：

> 科學的方法，說來其實很簡單，只不過「尊重事實」「尊重
> 證據」。在應用上，科學的方法只不過「大膽的假設，小心
> 的求證」。
>
> 在歷史上，西洋這三百年的自然科學都是這種方法的成
> 績；中國這三百年的樸學也都是這種方法的結果。〔註24〕

胡適認爲清代樸學的成就，靠的就是考據、校勘的小學（文字、聲韻、
訓詁）底子求得證據的，他將科學和樸學的基本精神歸納出相似之
處。胡適又於〈再談整理國故〉一文中提到研究國學的方法，其中將
「讀本式」的整理列出五種條件，分別爲校勘、訓詁、標點、分段、
引論〔註25〕，表示國故論點是無法由一家之言定其文意。文意的精確
是需由多方求證的，胡適便強調「如老子有韓非子注，古字典及古書
中如無之，則從同時代的書籍歸納出來，比參而發明之；如讀周朝老

〔註22〕梁啓超：〈治國學的兩條大路〉，《國學研讀法論集》，臺北：牧童出
版社，1974年，頁2。

〔註23〕梁啓超：《中國歷史研究法》，頁99。

〔註24〕胡適：〈治學的方法與材料〉，《國學研讀法論集》，臺北：牧童出版
社，1974年，頁161。

〔註25〕胡適：〈再談整理國故的方法〉，《國學研讀法論集》，臺北：牧童出
版社，1974年，頁34。

子，用韓非子、莊子等等是。」〔註26〕這都說明文字、聲韻和訓詁的
科學研究方法對整理國故的意義。

　　爰此，民初學者想瞭解史學內容需要的是「材料」和「工具」，
史料即材料，史料造就史學，認識史學就需由史料中汲取訊息；語言
學、考古學、人類學以及對史料的辨偽就是研究史料的工具，由胡適、
傅斯年、顧頡剛等人所創建的史學研究法，讓學術界形成一種風氣，
尤以傅斯年自 1928 年起長期主持中央歷史語言研究所，培育許多學
術人才，讓這脈的研究風氣延續而下，但聞一多和此派最大不同的地
方在於「通史」和「專深」，傅斯年主張「專深」，因此錢穆在〈傅斯
年〉一文裡曾經提過傅斯年「不主張講通史」，又說「凡北大歷史系
畢業之成績較優者，彼必網羅以去，然監督甚嚴。有某生專治明史，
極有成績，彼曾告余，孟真不許其上窺元代，下涉清世」〔註27〕，由
此可見傅斯年的史學研究範疇。然而當時另有一派則認為研究史學無
不認識通史，此派有錢穆、沈剛伯等人，而聞一多的史學觀也持以通
史的態度認識文學史的發展過程。

　　在這樣的學術環境下，聞一多在史學觀和國學研究法方面也有獨
特的想法，當他在 1932 年被應聘清華國學研究院以前就有不少的國
學研究成果，也在詩人和藝術家的身分上下了不少的工夫，但其實聞
一多對自己的未來方向是處在一個模糊不知的立場。聞一多在西方文
明的衝擊之下意識到身為中國人是無法拋棄中國傳統的經典，早在
1922 年的家書內容就曾提過自己徬徨的苦惱，內文如下：

　　　我現在所從事之著作乃以為將來歸國教授之用，為每念及
　　　此，輒為心憂。我在此習者，美術也，將或以美術知名於
　　　儕輩。歸國後孰肯延我教授文學哉？求文學教員者又孰肯
　　　延留學西洋者教中文哉？我既不肯在美棄美術而習文學，

〔註26〕胡適：〈再談整理國故的方法〉，《國學研讀法論集》，臺北：牧童出
　　　　版社，1974 年，頁 34。
〔註27〕錢穆：〈傅斯年〉收錄於《師友雜憶》，三聯書店，1998 年，頁 168。

　　　　又決意歸國必教文學，於是遂成莫決之問題焉。〔註28〕

這裡提到聞一多對未來是非常迷惘的，他順著潮流和興趣學習西方新知識的同時，也考慮在這些學習過程與未來教授科目的現實問題，聞一多究竟為何執意學西洋美術又執意歸國教授文學，在寫給弟弟的家書中曾經提到：

> 美術一途當然沒有窮境，不要說三年學不完，便是三十年也是不夠的。但我現在對於文學的趣味還是深於美術。我巴不得立刻回到中國來進行我的中國文學底研究。我學美術是為幫助文學起見的。〔註29〕

聞一多用美術看文學是在國學研究前的想法，但經過十幾年的研究後，卻又提到了一個「史」的觀念，從「史」看文學，把文學當作材料，研究文學史的過程，他曾回憶過去說到：

> 你們做詩的人老是這樣窄狹，一口咬定世上除了詩什麼也不存在。有比歷史更偉大的詩篇嗎？我不能想像一個人不能在歷史（現在也在內，因為它是歷史的延長）裡看出詩來，而還能懂詩。……你不知道我在故紙堆中所做的工作是什麼，它的目的何在，因為你跟我的時候，我的工作才剛開始（這可說是你的不幸吧！）……近年來我在聯大的圈子裡聲音喊得很大，慢慢我要向圈子外喊去，因為經過十餘年故紙堆中的生活，我有了把握，看清了我們這民族，這文化的病症，我敢於開方了。方單的形式是什麼——一部文學史（詩的史），或一首詩（史的詩），我不知道，也許什麼也不是。……我相信我的步驟沒有錯。〔註30〕

這是聞一多 1943 年寫給臧克家的信中提到的，也就是在國學研究的十幾年之後所領悟到的想法，認為文學不能只視作美術研究，更應該把中國的詩組成起來，從中瞭解文學歷史的發展狀況。聞一多曾寫信給梅貽琦校長，說明他個人的研究旨趣，認為了解文學作品是認識文

〔註28〕《聞一多全集‧12》，頁 49。
〔註29〕《聞一多全集‧12》，頁 100。
〔註30〕《聞一多全集‧12》，頁 381。

學史的基本工夫，要認識文學史的概況更要將研究範疇擴大到文化部門的種種現象，才能「就其社會背景，或思想潮流等方面，詳加分析，求其相互的關係，庶使文學得成為一種有機體的歷史，……」〔註31〕聞一多不僅擴大了議題認識文學的歷史，也將文學作品納入了歷史的材料之一。

　　綜上所論，聞一多研究唐詩，同「歷史研究」一樣，往前追溯文學的發展源頭，往後認識文學發展的趨勢，以歷史學關注前後朝關係的研究議題，將之視為文學脈絡的研究方向，儼然成為當時的研究風氣。由此可知，聞一多在這樣的學術風氣之下，以文學史的脈絡抽繹詩學史的研究，鑽研唐詩與前後朝之間的關係。令人惋惜的是聞一多在不幸的意外中身亡，僅將詩學史研究至中唐，無法再將研究的議題延續而下，故本論文僅探討聞一多以前朝的文學現象涵融於唐詩特色之中的論點，未涉及唐詩與宋代文學之間的關係。此節所論及的文學歷史脈絡，即可作為第三章探析聞一多以文學史觀論唐詩的研究背景。

第二節　國學研究方法的新視野

　　民國初年新的研究方法帶動學界新的視野，當時不乏有許多的研究領域，包括經學、史學和文學的研究，但是民國初年卻以「史學」研究最為熱門，還將此領域的「研究方法」擴展到其他的研究領域之中，引領學界新的思維，故筆者於此節將論述民國初年的學術研究情形，即可作為本論文第四章聞一多以訓詁考據為研究古籍首要工作的背景介紹，並加以探討「疑古風潮」所引領的研究方法，以及「史學研究方法」所重視的文獻資料。

一、疑古風潮影響文獻考證

　　疑古風氣之所以盛行，其實來自於胡適一派的學者，他們援用

〔註31〕聞一多：《聞一多全集·12》，頁 367～369。

新式的研究精神，影響了傅斯年、顧頡剛、馮友蘭等人的研究方法。
早期胡適以實驗主義的研究方法，追求「假設－求證」兩階段的一
個完整過程，胡適曾言：「我治中國思想與中國歷史的各種著作，都
是圍繞著『方法』這一觀念打轉的。『方法』實在主宰了我四十多年
來所有的著述。從基本上說，我這一點實在得益於杜威的影響。」
〔註32〕進一步胡適提倡的是「大膽的假設，小心的求證」〔註33〕，
在大膽假設之後，若經由求證發現自己的假設無誤，更是令人興奮
的事，所以他才會認為「發明一個字的古義與發現一顆恆星，都是
一大功績。」正因為如此，疑古之風漸漸盛行，在處處講求事件的
同時，也需獲得證據的支持。就胡適的弟子而言分屬兩大派，其一
為「考古考證文獻」的傅斯年，其二為「文獻考證文獻」的顧頡剛，
他們都在當時的學術界引起了一股疑古風潮。

　　胡適是由理論引領風潮，首先提出科學方法，形成學界對於學術
研究的懷疑精神，造成學者在研究方法上的考古和釋古工夫，經由馮
友蘭、楊寬、柳存仁等人透過風潮的現象歸納情形，於是馮友蘭在二
十世紀 30 年代提出了「信古、疑古、釋古」三階段說〔註34〕，40 年
代的楊寬更提出了「信古、疑古、考古、釋古」四階段說〔註35〕，縱
使近來學者對此階段說採取不認同的觀點，但這呈現當時整個風氣的
狀況，全在信疑的態度和考釋的工夫上。

〔註32〕唐德剛譯註：《胡適口述自傳》，上海：華東師範大學出版社，1997
　　　　年，頁 94。
〔註33〕胡適在《介紹我自己的思想》提到「在這些文字裏，我要讀者學得
　　　　一點精神，一點科學態度，一點科學方法。科學精神在於尋求事實，
　　　　尋求真理。科學態度在於撇開成見，擱起感情，只認得事實，只跟
　　　　著證據走。科學方法只是『大膽的假設，小心的求證』十個字。」
　　　　可參見胡適：《介紹我自己的思想》，《胡適全集》第四卷，合肥：安
　　　　徽教育出版社，2003 年，頁 658。
〔註34〕馮友蘭：〈馮序〉，《古史辨》第六冊，上海：上海古籍出版社，1982
　　　　年，頁 1。
〔註35〕楊寬：〈中國上古史導論〉收錄於呂思勉、童書業所編的《古史辨》
　　　　第七冊，上海：開明書店，1941 年，頁 65。

　　聞一多處在這一個「信古、疑古、考古、釋古」的學術風潮裡，他最早疑古的對象是《詩經》，除了當時對《詩經》的研究從經學推向了文學，也開始對《詩經》的儒家詮釋感到懷疑，開始對《詩經》的內容採取考古釋古的過程，還原《詩經》原本的面貌。聞一多非常強調《詩經》的文化特色，而且要從文化心理去探究詩作的內容意涵，他曾提到：

> 文化既不是一件衣裳，可以隨你的興致脫下來，穿上去，那麼，你如何能擺開你的主見，去悟入那完全和你生疏的「詩人」的心理！〔註36〕

他認為歷來對《詩經》的聖賢道德說，並非從詩人的心理去探討詩篇，因此無法讀出《詩經》詩篇的真義，以疑古的方式要讀者從一種新的嘗試，新的體會，悟入詩人的心理，重讀《詩經》歷來未曾說明白的地方。所以，他又強調：

> 你該記得《詩經》的作者是生在起碼二千五百年以前。用我們自己的眼光，我們自己的心理去讀《詩經》，行嗎？〔註37〕

聞一多強調讀《詩經》時就是要站在《詩經》的時代去解讀它，因此用「我們自己的眼光，我們自己的心理」去讀《詩經》是不行的，其實他說這句話，也是在批評漢代以降道德說經的前人，批評他們用「自己的眼光，自己的心理」去讀《詩經》」，便無法讀到《詩經》的真相。

　　在唐詩研究方面，聞一多認為《全唐詩》是編得最草率，錯誤百出的唐詩合集。因此他在作品和詩人之間整理出一套公式——「甲詩附載乙詩，其題下的署名併入題中，因而誤為甲詩」〔註38〕——考察作品的作者真偽，分別舉了錢起〈留別〉、丘為〈留別〉、皇甫冉〈朱方南郭留別〉和〈江北春望贈皇府補闕〉以及竇叔向〈酬張二十員外

〔註36〕聞一多：〈匡齋尺牘〉，《聞一多全集‧3》，頁201。
〔註37〕聞一多：〈匡齋尺牘〉，《聞一多全集‧3》，頁200。
〔註38〕聞一多：〈唐詩校讀法舉例〉，《聞一多全集‧6》，頁467。

前國子博士）的例子，以說明這四人作品分別誤入他人的詩集之中，此研究成果就是當時聞一多疑古和證古的最佳代表。

此外，聞一多研究詩人交遊事輯，也是以文獻證文獻的方法，透過史書、詩作等資料加以佐證，列出詩人和同時代文人之間的交遊過程。在釋古方面，聞一多下了極大的工夫校讀岑參詩，以正德本爲依據探討《全唐詩》中同詩異字的情形，透過歷史辯證了解寫詩的動機，以此推求字詞義的最佳詮釋。

據此，聞一多對《詩經》和唐詩的研究則是採取了考古和釋古的工夫，在《詩經》方面善用地下材料和古字考釋的工夫，尋繹字詞本義；在唐詩研究方面運用古籍考證的方式整理詩人小傳、唐詩校勘和唐用語考證，以文獻證文獻和考古證文獻的方法商榷異字，進而賞析作品，論述自己對詩歌的審美觀。

二、史學所採用的科學方法

民國初年的史學研究之所以興盛是研究範疇的開拓，而考據學的應用是爲了因應西方科學研究的方法。西方科學方法在於實驗求證，透過一些儀器設備測量結果。留學歸國的學者們因爲見識過西方科學研究所帶來的進步，因此欲將此概念套用在中國治學的方法上，主因是對中國歷來主觀臆測的思維方式提出了一個改革的方向。梁漱溟就曾對東西方知識取得的不同方式，提出自己的看法：

> 由玄學的方法去求知識而說出來的話，與由科學的方法去求知識而說出來的話，全然不能做同等看待。科學的方法所得的是知識，玄學的方法天然的不能得到知識，頂多算他是主觀的意見而已。〔註39〕

這裡道出中國學術多爲形而上的主觀思維看法，因此中國學術的延續往往需要靠門第傳授，卻成了一家之言，有時卻往往因朝廷的打壓或

〔註39〕梁漱溟：《東西文化及其哲學》，《梁漱溟全集第一卷》，山東：山東人民出版社，1989 年，頁 357。

提倡，興盛衰敗就在一時。若要鞏固中國傳統學術，就不得不汲取西方的科學研究來強化國故論學，爰此胡適正要從中國學術研究的方法中尋出一條我們自己的路，以符合西方所謂的科學方法與精神，因此提到了：

> 我們在哪裡能找到可以有機地聯繫現代歐美思想體系的合適和基礎，使我們能在新舊文化內在調和的新的基礎上建立我們自己的科學和哲學？〔註40〕

其實這樣的想法也存在於當時許多的文人群體，而梁啓超的想法也正好回應了胡適的疑問，他曾論到：

> 用最新的科學方法，將舊學分科整治，擷其粹，存其眞，續清儒未竟之緒，而益加以精嚴，使後之學者旣節省精力，而亦不墜其先業。世界人治中華國學者，亦得有藉焉。〔註41〕

梁啓超認爲國學整理的工作需靠科學方法加以分門別類，不僅能夠承續清代未完之功業，又能方便後學進行研究。除此之外，他還將科學方法和史學結合，其主要因素在於：

> 近百年來歐美史學之進步，則彼輩能用科學的方法以審查史料，實其發軔也。而吾國宋、明以降學術之日流於涎渺，皆由其思想與批評非根據於事實，故言愈辨而誤學者亦愈甚也。〔註42〕

梁啓超認爲研究史學必須要有明確的證據才能說明事件的發生，光靠思想是無法揣測出正確的歷史發展。如今西方給了我們一個學習的楷模，要想更精確地知道中國學術裡的知識，就應該以科學的方法求得證據。但是梁啓超並非一開始就對清代考據學有正面的評價，他也指出缺點所在，「本朝學者以實事求是爲學鵠，頗饒有科學精神，而更輔以分業的組織，惜乎其用不廣，而僅寄諸瑣瑣之考據。……夫本朝

〔註40〕胡適：《先秦名學史・導論》，《胡適文集》第六冊，北京：北京大學出版社，1998年，頁10。
〔註41〕梁啓超：《清代學術概論》，頁40。
〔註42〕梁啓超：《中國歷史研究法》，上海：上海古籍出版社，1998年，頁105。

考據學之支離破碎，汨歿性靈，此吾儕十年來所排斥不遺餘力者也。雖然，平心論之，其研究之方法，實有不能不指爲學界進化之一徵兆者。」〔註43〕可是他後來還是對清代考據學有了態度上的轉變，認爲「夫清學派固能成爲學者也，其在我國文化史上有價值者以此。」〔註44〕陳獨秀也對清代的樸學提出相關的論述：

> 吾國歷代論家，多重聖言而輕比量，學術不進，此亦一大原因也。今欲學術興，眞理明，歸納論理之術，科學實證之法，其必代宗教而興歟。〔註45〕

此指研究中國學術的科學方法需要運用歸納論理之術，從中整理出規律性的結果。梁啓超也提到科學之法就是「聞所不知若有知，則兩知之說在告。本條言歸納演繹之交相爲用也。」〔註46〕而這樣的科學法正是「清儒之治學，純用歸納法，純用科學精神」〔註47〕。清儒之治學正如梁啓超在《清代學術概論》言：

> 其在我國，自秦以後，確能成爲時代之思潮，則漢之經學，隨唐之佛學，宋及明理學，清之考證學，四者而已。……夫無考證學則是無清學也。故言清學必以此時期爲中堅。
> 〔註48〕

清代學術可分爲四期：啓蒙期、全盛期、蛻分期和衰落期。清代樸學的全盛期以惠棟、戴震、段玉裁、王念孫、王引之爲代表，名曰正統派，又正值乾隆、嘉慶年間，梁啓超論斷考證學是清代樸學全盛期的重要清學。清代治學善用考據方法進行比較整理，自然而然的就贊同了「然則諸公曷爲能有此成績耶？一言以蔽之曰：『用科學的研究法

〔註43〕梁啓超：《論中國學術思想變遷之大勢》，收入於《飲冰室合集》第一冊，上海：中華書局，1936年，頁87。

〔註44〕梁啓超：《清代學術概論》，臺北：臺灣商務印書館，2008年，頁54。

〔註45〕陳獨秀：〈隨感錄第十九·聖言與學術〉，《新青年》1918年8月，第五卷第2號，頁156。

〔註46〕梁啓超：《墨經校釋》，《飲冰室專集（二）》，北京：中華書局，1989年，頁91。

〔註47〕梁啓超：《清代學術概論》，頁69。

〔註48〕梁啓超：《清代學術概論》，頁1～34。

而已。』」〔註 49〕近代學術如此重視考據學的原因就正如章太炎所言「蓋近代學術，漸趨實事求是之途，自漢學諸公分條析理，遠非明儒所能企及。逮科學萌芽，而用心益復縝密矣。」〔註 50〕爰此，民初考據學之所以興盛，除了是應對西方科學研究的方法，另一點也是爲了尋找中國傳統獨有的價值，故不需向外求得方法，只需向內找出相似精神表現的研究法即可，更不需完全援用西方的學說來研究中國固有的學術。

　　聞一多也不例外，他研究中國古籍更是善用清代樸學的方式爲學問作科學化的論證，他曾提到讀《詩經》，「最低限度也得先把每篇文字看懂」〔註 51〕，同樣地讀其他的典籍也是如此，在他研究《楚辭》的時候，他就曾說過自己有三項課題一定要做，分別是說明背景、詮釋詞義、校正文字〔註 52〕，其主因在於：

> 較古的文學作品所以難讀，大概不出三種原因。（一）先作品而存在的時代背景與作者個人的意識形態，因年代久遠，史料不足，難於了解；（二）作品所用的語言文字，尤其那些「約定俗成」的白字（訓詁家所謂「假借字」），最易陷讀者於多歧亡羊的苦境；（三）後作品而產生的傳本的訛誤，往往也誤人不淺。〔註 53〕

雖然聞一多指明《楚辭》皆具備這三種的困難之處，但這也是其他古籍的通病，往往遇到這樣的情況，他認爲必須先將校正文字的工作完成〔註 54〕，目的就在於先把文字看懂，看懂了文字才能盡量去完成詮釋詞義的工作。而這樣的考據工夫正如前所言是一種科學的研究，聞一多也特別強調：

〔註 49〕梁啓超：《清代學術概論》，頁 50。
〔註 50〕章太炎：《答鐵錚》，《章太炎全集》（四），上海：上海人民出版社，1985 年，頁 370。
〔註 51〕《聞一多全集·3》，頁 198。
〔註 52〕《聞一多全集·5》，頁 113。
〔註 53〕聞一多：〈楚辭校補·引言〉，《聞一多全集·5》，頁 113。
〔註 54〕聞一多：〈楚辭校補·引言〉，《聞一多全集·5》，頁 113。

> 中國文學系以文學爲主，文字學是文學的附庸。固然我們
> 在傳統上也注重所謂小學，認爲讀書必先識字，但是小學
> 究竟只是工具，沒有獨立的地位，所以包括形、音、義的
> 文字學，雖然指引學生去研究語言的符號和符號的聲音，
> 真正對它發生興趣的卻不多。……所謂語言學發展的趨
> 勢，就是語言學的科學化。語言學已經成爲科學，中國語
> 言文字的研究是這門科學的一個分支；而文學是屬於藝術
> 的範疇。文學的批評與研究雖也採取科學方法，但文學終
> 非嚴格的科學，也不需要，不可能，不應該是嚴格的科學。
> 語言學與文學並不相近，倒是歷史考古學，尤其社會人類
> 學相近些。所以讓語言學獨立成系，可以促進它本身的發
> 展，也可以促進歷史考古學與社會人類學的發展。〔註55〕

他主張小學是一種科學的研究，文學則不然，以小學的科學研究可以
幫助歷史考古學作進一步的探討。爰此，在 1948 年的時候清華國學
院特別將中國文學系分爲文學和語言文字二組，這裡不僅重視小學基
本能力的培養，也說明語言文字學是一種科學的研究法。

綜上而論，疑古風潮掀起了學界考證的研究風氣，聞一多運用了
史學研究中的科學方法，採用唐代的文獻資料，從考證史料、校正文
字、詮釋詞義著手，研究唐詩與時代之間的關係，並善用清代樸學的
考據法，擴大考證所徵引的資料。他曾在研究〈杜甫〉的文章中開宗
明義提到：「像我這回肩起的工作，本來應該包括兩層步驟，第一是
分析，第二是綜合。」〔註56〕在聞一多的研究裡，不僅要對作者和作
品「疏通篇旨，參驗時事」還要「據詩証事」做到「以事爲經，以詩
爲緯」〔註57〕說明作者之生活概況。尤其聞一多在《全唐詩校勘記》
就引用了三十多種書目與《全唐詩》進行異文異字的校對工作，《少
陵先生年譜會箋》便是他善用考據學的成果。此節所討論的科學方

〔註55〕聞一多：〈調整大學文學院中國文學外國語文學二系機構爭議〉，《聞
　　　　一多全集・2》，頁 439。
〔註56〕聞一多：〈杜甫〉，《聞一多全集・6》，頁 73。
〔註57〕聞一多：〈岑嘉州繫年考證〉，《聞一多全集・6》，頁 284。

法，將是連結第四章所論及的訓詁考據，說明聞一多在這風氣之下，以訓詁考據之科學方法，校勘與辯證文學作品和詩人生平，作爲文學研究的基礎工夫。

第三章　聞一多選唐詩的文學
史觀特點

　　聞一多對於中國文學的研究，其實有意以「文學史」的觀念來談
中國文學的傳承和獨創。他曾提到「惟於中國文學史，則頗有述作。
意者將來逐由創作者爲研究者乎？」〔註1〕於是在自己的專題研究計
畫裡，曾於 1933 年對饒孟侃提出有關唐詩研究的工作表〔註2〕，又於
1940 年上呈梅貽琦校長，報告自己的研究成果，其中包含對《詩經》、
《楚辭》、《周易》、《尚書》、《莊子》等書的研究〔註3〕，而聞一多自
己更提到：

　　　從西周到春秋中葉，從建安到盛唐，這中國文學史上兩個最
　　　光榮的時期，都是詩的時期。兩個時期各各拖著一條姿勢稍

〔註 1〕聞一多於 1926 年〈致饒孟侃〉的信中提到自己由詩人轉爲學者的想
　　　法，可參見聞一多：《聞一多全集 12》，頁 237。
〔註 2〕聞一多自己提到的工作表有（一）毛詩字典……（二）楚辭校議……
　　　（三）全唐詩校勘記……（四）全唐詩補編……（五）全唐詩人小傳
　　　訂補……（六）全唐詩人生卒年考……（七）杜詩新注……（八）杜
　　　甫（傳記）……。這是在聞一多 1933 年〈致饒孟侃〉的信中提到自
　　　己欲進行研究課題的計畫內容，可參見聞一多：《聞一多全集 12》，
　　　頁 266。
〔註 3〕聞一多於 1940 年〈致梅貽琦〉的信中提到這些已完成的工作專題研
　　　究，並上呈梅校長以了解研究成果的情形，此可參見聞一多：《聞一
　　　多全集 12》，頁 367。

異，但同樣燦爛的尾巴。前者的是《楚辭》、《漢賦》，後者
的是五代宋詞。而這詞賦與詞還是詩的支流。然則從西周到
宋，我們這大半部文學史，實質上只是一部詩史。〔註4〕

這段話很明顯指出聞一多想要透過研究文學，建構文學史中「詩史」
的概況。此處的詩史顯然和杜甫之「詩史」〔註5〕有著不同的涵義，
因此他又在臧克家的信中提到「這文化的病症，我敢於開方了。方單
的形式是甚麼——一部文學史（詩的史），或一首詩（史的詩）……
我相信我的步驟沒有錯。」〔註6〕即說明聞一多從西周至北宋文學的
研究態度，就是持一個「文學史」的觀念。〔註7〕

聞一多依據「史」的觀念選錄唐代各階段中具有代表性的詩作，
其唐詩選有兩稿，一為《唐詩大系》；另一為《唐詩》。《唐詩大系》
由開明版整理而成，湖北人民出版社則是以《唐詩》內容為主，以註

〔註4〕文中出現兩個「各」字，乃根據原文所敘，可參見聞一多：〈文學的
歷史動向〉，《聞一多全集10》，頁17～18。

〔註5〕葛曉音於《唐詩宋詞十五講》一書中論及杜甫「詩史」之義涵，指出
以詩記史的做法始自建安時代曹操〈蒿里〉、王粲〈七哀詩〉、蔡琰〈悲
憤詩〉，一直到北朝庾信〈擬詠懷〉和〈哀江南賦〉都具有詩史的性
質。而杜甫不但繼承這一個傳統，而且創造性採用多種詩歌形式，真
實紀錄了安史之亂後唐王朝由盛而衰的歷史過程，正是孟棨於《本事
詩》中所談的「推見至隱」，將杜甫親身經歷的政治風波和家庭的悲
歡離合融在一起，對自己貧病潦倒的哀嘆以及對國家盛衰的思考全
結合在一起，使得個人經歷都變成了反映興亡治亂的國史。（參見葛
曉音：《唐詩宋詞十五講》，北京：北京大學出版社，2013年，頁89。）
但聞一多於此處所提到的「詩史」，即是詩學發展的歷史脈絡，亦言
「詩的史」。

〔註6〕聞一多於1943年〈致臧克家〉的信中提到自己的研究想法，可參見
聞一多：《聞一多全集12》，頁380。

〔註7〕為何筆者只談到北宋的文學呢？這是因為聞一多認為「詩發展到北宋
實際也就完了。南宋的詞已經是強弩之末。就詩本身說，連尤、楊、
范、陸和稍後的元遺山似乎都是多餘的，重複的，以後得更不必提
了。……本來從西周唱到北宋，足足兩千年的工夫也夠長的了，可能
調子都已唱完了。……是的，中國文學史的路線南宋起變轉向了，從
此以後是小說戲劇的時代。」由此可知聞一多認為西周到北宋的主體
文學是詩；南宋以後的主體文學是小說戲劇，所以筆者才會只談到北
宋。此可參見聞一多：〈文學的歷史動向〉，《聞一多全集10》，頁18。

腳的形式補充原《唐詩大系》稿有選錄，而《唐詩》未入選的部分。
《唐詩大系》是聞一多生前研究唐詩的成果之一，也曾用來作爲講課
的教材，在這選本裡並未說明自己選詩的理由，但我們可以透過他發
表過有關唐詩的單篇論文認識其想法。

　　聞一多在西南聯合大學開課講述唐詩時，他的學生鄭臨川先生所
紀錄的講課內容，是學界公認探討聞一多唐詩研究的講稿文獻之一。
〔註8〕筆者根據鄭臨川先生修習聞一多的課程講稿，在〈唐詩要略〉
中將唐詩分爲四期：初、盛、中、晚，並在課堂上講述初唐和盛唐的
特色，另外也提到文學史分期的看法，鄭文記載道：

> 其次，普通講文學史的人，大半以個人爲中心來劃分文學
> 時代，似乎不很恰當。我以爲要劃分文學史時代，應高瞻
> 遠矚，從當時社會的情況跟作者的關係方面去研究那個時
> 代作者的同異所在，然後求出一個共同的特點來，作爲時
> 代的標誌，因爲任何天才都不能不受他的社會環境支配。

〔註9〕

〔註8〕《笳吹弦誦傳薪錄——聞一多、羅庸論中國古典文學》裡記載了聞一
多和羅庸的課堂講稿，是由鄭臨川先生所記錄而成的。當時西南聯大
中文系爲高年級開設一門「中國文學史分期研究」，是爲了指導學生
如何進行研究的課程。在這一門課程中，聞一多主講先秦兩漢文學；
羅庸主講魏晉南北朝和唐宋文學；浦江清主講元明清文學，書中羅庸
的課堂講稿全是西南聯大中文系「中國文學史分期研究」的課程內
容，但聞一多的課堂講稿中除了「論古代文學」和「論《楚辭》」是
屬於「中國文學史分期研究」的課程內容，有關聞一多唐詩講稿的部
分，爲鄭氏在西南聯大中文系三年級下學年修習聞一多唐詩課程的筆
記。此可參見鄭臨川記錄、徐希平整理：〈前言〉，《笳吹弦誦傳薪錄
——聞一多、羅庸論中國古典文學》，上海：上海古籍出版社，2002
年12月。

〔註9〕筆者論聞一多唐詩的觀點，其材料除了湖北人民出版社的《聞一多全
集》之外，還參考了鄭臨川先生當年修習聞一多唐詩的課堂筆記，筆
記的內容採自2002年的《笳吹弦誦傳薪錄——聞一多、羅庸論中國
古典文學》，此書關乎聞一多唐詩的筆記和1984年所出版的《聞一多
論古典文學》相同，因筆者身邊擁有《笳》一書，故以此爲據。此段
引文可參見鄭臨川記錄、徐希平整理：〈詩的唐朝〉，《笳吹弦誦傳薪
錄——聞一多、羅庸論中國古典文學》，上海：上海古籍出版社，2002

所以聞一多並不以詩人為分期，而是要進一步探討社會情況和詩人之間的關係，這就是他所謂的「任何天才都不能不受他的社會環境支配」，從中整理出詩風相似的詩人群，探討彼此之間的承襲關係。

聞一多研究唐詩很難跳脫唐詩分期的議題，而歷來對唐詩分期的看法眾說紛紜，筆者根據司空圖、嚴羽、楊士弘、紀昀、高棅、徐師曾、冒春榮、胡雲翼、蘇雪林、聞一多等人的說法以表格呈現，再以文字說明之。如表 3-1-1 所示：

表 3-1-1：唐詩分期表 〔註 10〕

唐詩分期	1	2	3		4
唐末·司空圖〈與王駕評詩書〉	國初、沈宋	李杜、右丞	大曆、夢得、巨源	閬仙、東野	劉得仁
南宋·嚴羽《滄浪詩話》	唐初	唐盛	大曆	元和	晚唐
元·楊士弘《唐音》	始音	正音			
明·高棅《唐詩品彙》	初唐	盛唐	中唐		晚唐
明·徐師曾《文體明辨序說》	高祖武德初至玄宗開元初	開元至代宗大曆初	大曆至憲宗元和末		文宗開成初至五季
清·紀昀《四庫全書提要》	王楊盧駱	初唐盛唐	中唐		晚唐
清·冒春榮《葚原說詩》	高祖武德元年戊寅歲到玄宗先天元年壬子歲（618～712）	玄宗開元元年癸丑歲至代宗永泰元年乙巳歲（713～765）	代宗大曆元年丙午歲至文宗大和九年乙卯歲（766～835）		文宗開成元年丙辰歲至哀帝天祐三年丙寅歲（836～906）

年 12 月，頁 76。

〔註 10〕資料來源：整理自唐末·司空圖〈與王駕評詩書〉、南宋·嚴羽《滄浪詩話》、元·楊士弘《唐音》、明·高棅《唐詩品彙》、明·徐師曾《文體明辨序說》、清·紀昀《四庫全書提要》、清·冒春榮《葚原說詩》、胡雲翼《唐詩研究》、蘇雪林《唐詩概論》、聞一多〈唐詩要略〉之分期說。

唐詩分期	1		2		3		4
胡雲翼《唐詩研究》	第一期		第二期		第三期		第四期
	高祖武德初年至玄宗開元初		開元至大曆初		大曆初至文宗大和九年		開成初至天祐三年
蘇雪林《唐詩概論》	第一期		第二期	第三期		第四期	第五期
	唐初至開元初		開元初至天寶十四載	天寶大亂後，至長慶之際		長慶末至大中末	咸通初至於天祐三年
聞一多〈唐詩要略〉	初唐前期	初唐後期	盛唐		中唐		晚唐
	起武德元年，終高宗麟德元年	起麟德二年，終睿宗景雲元年	自睿宗景雲元年至玄宗天寶十四年載		無明確指出年限		無明確指出年限

此表格說明唐末‧司空圖是較早為分期勾勒出概括的歷程，他在〈與王駕評詩書〉裡提到：

> 國初主上好文雅，風流特盛。沈、宋始興之後，傑出於江寧，宏肆於李、杜，極矣。右丞、蘇州趣味澄瓊，若清風之出岫。大曆十數公，抑又其次焉，力勛而氣屏，乃都市豪估耳。劉公夢得、楊公巨源，亦各有勝會。閬仙東野，劉得仁輩，時得佳致，亦足滌煩。厥後所聞，逾褊淺矣。〔註11〕

這僅是簡單分出國初、沈宋、李杜、右丞、大曆、夢得、巨源、閬仙、東野，得仁等大家而已。真正對唐詩進行分期的應該始於宋‧嚴羽《滄浪詩話》，在〈詩體〉裡將唐詩分為唐初、唐盛、大曆、元和和晚唐五體。〔註12〕其後元‧楊士弘在《唐音》依「始音」、「正音」、「遺響」區別所選錄的唐詩，在〈序〉中提到初唐、盛唐、中唐、晚唐的名稱，經由清‧紀昀在《四庫全書提要》說明「『始音』惟錄王、楊、盧、

〔註11〕唐‧司空圖：〈與王駕評詩書〉，宋‧姚鉉編：《唐文粹》卷八十五，《文淵閣四庫全書》，頁1344～293。

〔註12〕宋‧嚴羽：《滄浪詩話》，收錄於清‧何文煥輯：《歷代詩話》，北京‧中華書局，1982年，頁685～708。

駱四家。『正音』則以詩體分，初唐、盛唐爲一類，中唐爲一類，晚唐爲一類。『遺響』則諸家之作咸在。」〔註13〕確定了初、盛、中、晚四期的標目。乃至明‧高棅在《唐詩品彙》〈凡例〉中提到：「大略以初唐爲正始，盛唐爲正宗、大家、名家、羽翼；中唐爲接武；晚唐爲正變、餘響，方外異人等詩爲傍流。」〔註14〕又具體論述各個時期的流變情形，雖然這樣的解說使得唐詩四期更有立論。後代學者除了陸續提出四唐說的看法，更進一步提出年限分界的論點，明‧徐師曾在《文體明辨序說》指出：

> 嘗試論之，梁陳至隋是律祖；至唐而有四等，由高祖武德初至玄宗開元初爲初唐；由開元至代宗大曆初爲盛唐；由大曆至憲宗元和末爲中唐；自文宗開成初至五季爲晚唐。然盛唐詩亦有一二濫觴晚唐者，晚唐詩亦有一二可入盛唐者，要當論其大概耳。〔註15〕

徐師曾的論點看似清楚，實則忽略憲宗元和末（820）到文宗開成初（836）之間的十六年歸屬。於是清人冒春榮將初、盛、中、晚的年限重新作了調整，認爲：

> 初唐自高祖武德元年戊寅歲到玄宗先天元年壬子歲（618～712），凡九十五年；盛唐自玄宗開元元年癸丑歲至代宗永泰元年乙巳歲（713～765），凡五十三年；中唐自代宗大曆元年丙午歲至文宗大和九年乙卯歲（766～835），凡七十年；晚唐自文宗開成元年丙辰歲至哀帝天祐三年丙寅歲（836～906），凡七十一年，溯自武德戊寅至哀帝末年丙寅，總計二百八十九年，分爲四唐。〔註16〕

將憲宗元和末（820）到文宗開成初（836）的十六年間歸屬於晚唐。

〔註13〕清‧紀昀：〈唐音〉，《文淵閣四庫全書‧四庫全書提要》，頁。

〔註14〕明‧高棅：《唐詩品彙‧凡例》，上海：上海古籍出版社，1988 年，頁 14。

〔註15〕明‧徐師曾：《文體明辨序說》，臺北：長安出版社，1978 年，頁 107。

〔註16〕清‧冒春榮：《葚原說詩》卷三，清‧丁福保編：《清詩話》，上海：上海古籍出版社，1983 年，頁 1607～1608。

到了近代學者胡雲翼的《唐詩研究》亦將元和詩體歸入第三期，他將唐詩分爲四期，並詳細標出年代，第一期自高祖武德初年至玄宗開元初，凡百年；第二期自開元至大曆初，凡五十餘年；第三期自大曆初至文宗大和九年，凡七十餘年；第四期開成初至天祐三年，凡八十餘年。〔註17〕蘇雪林的《唐詩概論》分爲五期，第一期繼承齊梁古典作風的時期，唐初至開元初約九十年，王績、王楊盧駱、沈佺期、宋之問、陳子昂、張九齡都是本期重要人物。第二期浪漫文學隆盛的時期，開元初至天寶十四載安祿山之亂，約四十餘年，李白、王維、孟浩然、高適、岑參、李頎、崔顥、王昌齡都是本期重要人物。第三期寫實文學誕生的時期，天寶大亂後，至長慶之際約六十餘年，杜甫、韓愈、孟郊、賈島、白居易、元稹，以及韋應物、劉長卿、張籍、王建，大曆十才子等均爲本期的重要人物。第四期唯美文學發達的時期，自長慶末至大中末約三十年，李商隱、溫飛卿、杜牧、爲本期重要人物。第五期唐詩的衰頹的時期，自咸通初至於天祐三年，約四十餘年。重要詩人有韓偓、陸龜蒙、皮日休、司空圖，次有趙、方干、羅隱、許渾、馬戴等。〔註18〕

　　聞一多曾在〈唐詩要略〉裡指出初唐和盛唐詩學的流變過程以及代表人物，認爲初唐（618～710）始於高祖武德元年至睿宗景雲元年，凡九十二年。分前後二期，各四十六年；前期（618～664），起武德元年，終高宗麟德元年；後期（665～710），起麟德二年，終睿宗景雲元年。盛唐（710～755）包括睿宗、玄宗兩朝，凡四十五年，自睿宗景雲元年至玄宗天寶十四年載，並將盛唐的王維、李白、杜甫分爲佛（自然派）、道（縱橫派）、儒（社會派）三類。〔註19〕

　　各家對唐詩分期的看法均有所差異，從唐・司空圖乃至民國初年

　〔註17〕胡雲翼：《唐詩研究》，臺北：臺灣商務印書館，1987 年 10 月，頁 33
　　　　～107。
　〔註18〕蘇雪林：《唐詩概論》，臺北：臺灣商務印書館，1975 年，頁 11～21。
　〔註19〕聞一多：〈唐詩要略〉，《聞一多全集・6》，頁 86～119。

－77－

的聞一多，可以看出每位詩評家的不同標準，唐·司空圖以主流人物
爲唐詩分期的代表，宋·嚴羽則是以各階段中曾出現過主流詩人的時
期爲代表，但是司空圖和嚴羽兩人的分類均未能涵蓋整個唐詩的情
況，元·楊士弘更以不同的方式分類「始音」和「正音」，同樣未能
滿足整個唐詩的發展史，若以此三人的分類僅能列出部分詩人的作
品。一直到了明·高棅以初、盛、中、晚分期，可惜的是沒有明指各
階段的時間分界點，明·徐師曾再詳細列出各時期的年代，直至清·
冒春榮發現徐師曾忽略憲宗元和末（820）到文宗開成初（836）間的
十六年，修正了徐師曾的晚唐的說法，乃至民國胡雲翼、蘇雪林分別
以四期和五期論述唐詩，漸漸將唐詩的整個脈絡貫穿起來，故此四期
說和五期說大致有所定論，但是聞一多又依照詩的發展分爲前期和後
期，並詳細列出年代的分界：一個是西元六一八～六六四年的初唐前
期；另一個是西元六六五～七一〇年的初唐後期。當筆者深入研究聞
一多所分類的前期和後期，其實在詩人和作品之間多有互涉，難以區
別，筆者以爲聞一多實在不需要再將初唐分爲兩期。但是無論如何，
經由這幾位詩評家的分類，唐詩分期的依據由人物代表變成年代分
界，愈來愈清楚，表示詩評家對於研究唐詩的狀況不再是以主流詩人
爲對象，還會進一步談到非主流詩人，這樣的分類是否可稱爲「前修
未密，後出轉精」〔註20〕可值得進一步探討。

　　另外，聞一多雖然沒有專門對中、晚唐的詩進行論述，但仍可在
其他有關唐詩的論文中窺見聞一多對中晚唐詩的看法，例如在〈律詩
底研究〉「中唐以後，則李商隱、趙嘏輩創爲一格……」以及〈唐風
樓捃錄〉「中唐詩多虛字」〔註21〕皆出現「中唐」的字樣，另外在鄭
臨川所記錄的聞一多唐詩講稿〈詩的唐朝〉一文中也提到「因而產生

─────────────

〔註20〕此語乃章太炎於《國故論衡·小學略說》談論韻部愈分愈細的研究
　　　　工夫。可參見章太炎撰；龐俊、郭誠永疏證：《國故論衡疏證·小學
　　　　略說》，北京：中華書局，2008年，頁14。
〔註21〕聞一多：〈唐風樓捃錄〉，《聞一多全集·7》，頁787。

了中晚唐最多最好的懷古詩」〔註22〕，由此可知聞一多大致上是以唐詩四期爲論點的。

　　《唐詩大系》是聞一多重要的唐詩選本，這部唐詩選集共選錄263人，作品19893首，筆者依據聞一多所整理的詩人，分類初唐詩人共有二十一位。盛唐詩人有四十一位，其餘爲中晚唐的詩人。筆者可透過《唐詩大系》以及聞一多分期的概念，從中分析聞一多選詩的目的，使其選詩更有意義。

第一節　初唐詩乃六朝遺妍

　　聞一多除了單一論述初唐的狀況之外，還從中國四千年文學的發展來看唐詩，認定建安五年至天寶十四載的詩具有特殊的風格，是中國詩歌的黃金時代，並稱之爲四千年文學大勢的第五大期，而「盛唐之音」就是這一時期的最高成就。〔註23〕聞一多認爲「唐詩的確包含了六朝詩和宋詩」〔註24〕，就現今所輯的相關文獻，並無聞一多論及唐詩與宋詩之間的關係。故此，本文僅論唐詩與六朝詩之間的發展，兩者正如聞一多於〈詩的唐朝〉一文中，開宗明義指出：

　　　　「落紅不是無情物，化作春泥更護花。」六代的「落紅」
　　　　　到唐初已化作一團污穢的「春泥」，但更燦爛的第二度春
　　　　　「花」——盛唐，也快出現了。〔註25〕

初、盛唐延續了六朝詩的特色，接著依次列舉初唐詩的發展狀況，這在聞一多的文學發展史觀中，卻是個很獨特的看法，但以六朝文學的

〔註22〕可參見鄭臨川記錄、徐希平整理：〈詩的唐朝〉，《笳吹弦誦傳薪錄——
　　　　聞一多、羅庸論中國古典文學》，上海：上海古籍出版社，2002年
　　　　12月，頁75。
〔註23〕可參見鄭臨川記錄、徐希平整理：〈詩的唐朝〉，《笳吹弦誦傳薪錄——
　　　　聞一多、羅庸論中國古典文學》，頁76。《聞一多全集・10》，頁
　　　　26～30。
〔註24〕可參見鄭臨川記錄、徐希平整理：〈詩的唐朝〉，《笳吹弦誦傳薪錄——
　　　　聞一多、羅庸論中國古典文學》，頁78。
〔註25〕聞一多：〈詩的唐朝〉，《聞一多全集6》，頁120。

概況作爲初唐詩的發展情形，仍是値得商榷的地方，至少可以肯定的是聞一多能欣賞初唐每個階段中具有獨特風格的作品和詩人。

首先，筆者將聞一多《唐詩大系》裡所出現的初唐詩人，依照他自己所編列的次序以表格呈現，而詩人的生卒年乃依據聞一多的《詩人小傳》，如表 3-1-2 所示：

表 3-1-2：聞一多《唐詩大系》初唐詩人生卒年 〔註 26〕

《詩人小傳》所列的生卒年	《唐詩大系》	《詩人小傳》所列的生卒年	《唐詩大系》
571～632	陳子良	650～695	楊炯
580～643	魏徵	651～706	韋承慶
585～644	王績	651～678	劉希夷
608？～664	上官儀	652～705	王無競
637～689？	盧照鄰	652～705	崔融
640？～684？	駱賓王	656？～712	宋之問
645～714	李嶠	656？～713	沈佺期
647～711	薛稷	656～713	郭元振
648？～708？	杜審言	659～700	陳子昂
648～705	蘇味道	660～720？	張若虛
649～676	王勃		

原則上聞一多對於唐初五十年的文學概況，認爲「說是唐的頭，倒不如說是六朝的尾」〔註27〕，所以「唐初五十年所以像六朝」〔註28〕，又在〈類書與詩〉和〈宮體詩的自贖〉談論初唐詩的情形，其內容可歸納成兩大類，一是宮體詩；一是類書式的詩。〔註29〕他不僅注意到唐初延續六朝貴族餘風的詩，例如：上官儀、陳子良等人，也發現當時正流行著類書式的詩人，例如：虞世南、李百藥等人。聞一多認爲

〔註26〕資料來源：整理自《唐詩大系》和《詩人小傳》。
〔註27〕聞一多：〈類書與詩〉，《聞一多全集 6》，頁 3。
〔註28〕聞一多：〈類書與詩〉，《聞一多全集 6》，頁 3。
〔註29〕聞一多：〈類書與詩〉以及〈宮體詩的自贖〉皆，《聞一多全集 6》。

初唐麟德二年至睿宗景雲元年之間的四十六年，自上官儀伏誅之後，「唐代文學這才扯開六朝的罩紗」〔註30〕，因此下列表格是聞一多對初唐後五十年的文學認知，他在〈唐詩要略〉裡列出三種初唐詩的潮流。〈唐詩要略〉是聞一多的課堂提綱，所以筆者可再透過鄭臨川的筆記認識聞一多分類三派的原因，表 3-1-3 呈現聞、鄭兩人的原文，比較兩者之間的異同：

表 3-1-3：初唐詩歌潮流分析三大因素〔註31〕

聞一多〈唐詩要略〉			鄭臨川課堂筆記		
盧照鄰 駱賓王 劉希夷 張若虛	作品特點	七古（七絕）	第二派 盧照鄰 駱賓王 劉希夷 張若虛	作品特點	七古（七律七絕）
		歌			內容歌 外形文
		興趣（少）			性靈 肉感
	嗣響作家	常理 蔣冽 張旭 王翰		嗣響作家	常理 蔣冽 張旭 王翰
王勃 楊炯 杜審言 沈佺期 宋之問 王無竟	作品特色	五律（排）（七律）	第三派 王勃 楊炯 杜審言 沈佺期 宋之問	作品特點	五律（七律 五排）
		賦			折中
		格律（壯）			格律 官覺
	嗣響作家	蘇味道 李嶠 王諲 郭元振 賀知章 張說 韋述 韋承慶 上官婉兒		嗣響作家	韋承慶 郭元振 蘇味道 李嶠 賀知章 張說 韋述 王無竟
薛稷 陳子昂 張九齡	作品特色	五古	第一派 王績 薛稷 魏徵 陳子昂	作品特色	五古
		文			內容文 外形詩
		風骨（老）			風骨 理智
	嗣響作家	包融 薛奇章〔註32〕		嗣響作家	包融 薛奇童 張九齡 賀朝

〔註30〕聞一多：〈類書與詩〉，《聞一多全集 6》，頁 3。
〔註31〕資料來源：整理自聞一多〈唐詩要略〉與鄭臨川紀錄、徐希平整理的《笳》書。
〔註32〕筆者根據《全唐詩》的作者進行校對，此處的薛奇章應為薛奇童，又聞一多《唐詩大系》裡所選的詩人亦為薛奇童，故章應為童之誤。

　　筆者從兩個方面討論這個表格所呈現的訊息，第一可以看出彼此之間的差異，第一點是鄭臨川筆記中的派別和聞一多的順序不一樣；第二點是在作品特點方面，鄭臨川筆記詳細了點，尤其是在內容和形式的解說，鄭臨川筆記詳述詩、歌、文的特色，聞一多提綱僅以體裁分類詩的特色；第三點在嗣響作家方面，鄭臨川筆記將王無競擺至第三派的嗣響作家，而非流派的主導作家群。另一方面可以發現聞一多所表現的初唐詩風，大致上可以分為三派，第一派以古風為主，所呈現的作品特色是以文為詩，思想內容著重在風骨精神；第二派以詩歌為主，所呈現的作品特色是以詩的形式，呈現如歌如文的語言，思想內容著重在對事物的興趣；第三派以五律為主，所呈現的作品特色是以賦為詩，借由格律形式表現雄壯的氣氛。但是這表格並不足以說明聞一多所談論的每個詩人和每首詩作，就以第一派的古風來說，聞一多還進一步細分古淡和超曠的分別。

　　這表格所呈現的是聞一多認為唐詩擺脫前朝遺風，具有獨創的部分，也是聞一多認為值得賞析品味的階段，包括了反對當時華艷綺靡的反革派，例如：沈宋兩人、崔融等人，還有不承認宮體詩或類書式的陳子昂、魏徵等人。而這些人之所以被聞一多所認同，主因是他們能在六朝駢體詩的肉慾主義和唐初宮體詩的肉感主義下〔註33〕，給予理智、風骨、靈感的抒情感。

　　承上而觀，聞一多的史觀仍是站在六朝文學的基礎上，展開承襲和轉變的論述，於是我們將透過聞一多分析詩篇的文章知道他選錄這些詩人詩篇的原因。以下就根據聞一多所選錄的唐詩，分析其史觀特點：

〔註33〕聞一多講稿〈初唐詩〉一文提到「六朝和初唐人一般的寫作態度，是肉慾的（SenSual）而非肉感的（SenSous），他們的理論根據是《列子》的縱慾主義。……肉感主義者多種聲律與詞藻，肉慾主義者便發展成為宮體詩。」可參見鄭臨川記錄、徐希平整理：〈初唐詩〉，《笳吹弦誦傳薪錄——聞一多、羅庸論中國古典文學》，頁81。

一、陶詩的承襲與轉變

　　聞一多並未對魏晉南北朝的文學有專論的研究報告,但他對於唐初文學和魏晉南北朝文學之間的的承繼關係卻有自己的見解,他注意到初唐裡出現了一種「疏野有別致」的詩〔註34〕,鄭文有記載:

　　　陶淵明死後,他那種詩的風格幾乎斷絕,到王績才算有了
　　　適當的繼承人。……陶詩的特點在於詩人對大自然長久作
　　　有趣的看法,天真的看法,表現出一種小孩兒似的思想感
　　　情。王績就是繼承了陶詩這一嫡系真傳。〔註35〕

這段話不僅代表陶淵明所處的年代是非常重視辭藻聲情的作品,也透露出除了陶淵明自成一派外,承襲陶詩風格的卻少之又少,仍無法形成一股風氣。六朝重視詞藻聲情的風氣至隋末唐初,又經由隋煬帝對於庾信的愛好〔註36〕,當時一樣流行著靡麗纖弱的詩文,直至唐初尚存有六朝文學的遺痕。

　　筆者認為一個時期不可能只存有一種風格,就在這時出現了一種異於時文的質樸風格,聞一多認為這樣的風格正是繼承了陶詩一派,又在這一派開創出新的唐詩精神,故此筆者整理聞一多對於陶詩流派在唐詩中發展的看法,進一步探討陶詩精神的繼承和轉變。

(一)陶詩精神之流露

　　自隋至初唐的詩風,特別講究文藻,然而這時期仍有詩人是初唐的局外人,例如:王績、薛稷、魏徵、陳子昂等,都是跳脫柔靡詩風外的傑出詩人,聞一多《全唐詩人小傳》繪出王績世系表,並引用〈文中子世家〉來說明王家詩風的傳承,其文曰:

〔註34〕在《四庫全書簡明目錄》裡曾經提到王績「績為王通之弟,而天性率真不隨,通聚徒講學,獻策干進,詩文皆疏野有別致,其詩惟〈野望〉一篇最傳。」可參見紀昀:《四庫全書簡明目錄》,卷十五,《文淵閣四庫全書》,頁6。

〔註35〕鄭臨川記錄、徐希平整理:〈王績〉,《笳吹弦誦傳薪錄——聞一多、羅庸論中國古典文學》,頁80。

〔註36〕曹道衡、沈玉成:《南北朝文學史》,頁458。

文中子王氏，諱通，字仲淹。……茲土也，其人憂深思遠，
乃有陶唐氏之遺風焉，先君之所懷也，且有先人之敝廬在
焉。〔註37〕

王通是王績兄，王績的詩風來自家風淵源，故鄭臨川紀錄聞一多的觀
點，其文有道「王績可說是淵源於陶淵明的……可見王氏兄弟是一股
勁兒以遺民自居」。〔註38〕這說明王績在初唐可以算是行風怪異的詩
人，胡適在《白話文學史》裡就曾點出他的文字風格，以王績和王梵
志爲例，認爲他們是初唐白話詩的代表。〔註39〕除此之外，王勃〈銅
雀妓〉的白話詩特色也在初唐格外明顯，其詩曰：

金鳳鄰銅雀，漳河望鄴城。君王無處所，臺榭若平生。舞
席紛何就，歌梁儼未傾。西陵松檟冷，誰見綺羅情。(《全
唐詩》卷五六，頁 680)

聞一多選錄此首，雖未說原因，但根據清‧譚宗的觀點來看，曾在《近
體秋陽》裡提到：「語簡而盡，意淺而至。故曰：『言莫奇口頭，理莫
窅於見前。不獨詩，然而詩爲甚。(台榭句下)』」〔註40〕，若是從聞一
多對王績的看法來了解王勃這首詩的話，此詩白話的特性應是聞一多
選錄的主因之一。這就如同聞一多所謂的「論作風與初唐格格不入」〔註
41〕，聞一多又論王績「志向亦不願歸唐，但與隋亦不合。」〔註42〕也
難怪聞一多要稱他爲「一個局外人」〔註43〕。但是再怎樣地格格不入，
他仍是聞一多欣賞的詩人之一，曾說明要論他的原因，其文曰：

唐初五十年，實質上乃江左餘風，與唐無涉。在此中，王績
不但不屬唐，且不屬隋。……歷來就政治觀點，因這些人都

〔註37〕清‧董浩等編：《全唐文》卷135，北京：中華書局，1983年，頁1367。
此文亦可見於聞一多《全唐詩人小傳》，《聞一多全集‧8》，頁20～21。

〔註38〕可參見鄭臨川記錄、徐希平整理：〈王績〉，《笳吹弦誦傳薪錄──聞
一多、羅庸論中國古典文學》，頁78。

〔註39〕胡適：《白話文學史》，臺北：遠流出版，1988年，頁3～6。

〔註40〕清‧譚宗：《近體秋陽》，臺北：國立中央圖書館縮影室，1985年。

〔註41〕聞一多：〈詩的唐朝〉，《聞一多全集6》，頁122。

〔註42〕聞一多：〈詩的唐朝〉，《聞一多全集6》，頁122。

〔註43〕以上的說法可見聞一多：〈唐朝要略〉，《聞一多全集6》，頁90～91。

　　歸唐了，便算作唐人，倒是一個解決的方法。但是王績則不
　　然。雖迫於生活，作過幾次唐朝的小官，但心裡卻始終懷著
　　反唐的情緒。唐史把他列入「隱逸傳」，是對的。《唐才子傳》
　　請他坐全唐詩人的首席，尊崇了詩人，卻冤枉了遺老。政治
　　節操是我們國人一向重視的。即便在今天，而且是在談文學
　　史，這點政治道德觀念還是不應該抹殺的。總之，我們為了
　　習慣的關係，講唐代文學更仍然不能不講王績。但我們要聲
　　明，這回在唐代文學史中講王績，是用一種追述唐前大勢的
　　態度來講他。換言之，在形式上我們把他算作了一個唐人，
　　在精神上卻沒有如此。正如他自己雖不願為唐代的臣民，而
　　實際在李家日月中生活了二十幾年，並且還喝了他們門下省
　　和太樂署的不少官酒。〔註44〕

其實這裡講明王績不屬於隋也不屬於唐，講唐詩卻又不得不講他，是
以政治談述唐代文學史為考量的。聞一多談詩並不單獨談詩的美，而
是重視詩和時代的聯繫，所以才會又說「是用一種追述唐前大勢的態
度來講他」，也是一種習慣的關係來談王績的，少了他就好像唐詩文
學史斷了頭一樣。在文學史上，他是這樣評論王績的，其文曰：

　　為詩學陶潛、滌盡當時排比滯重之習，一以古淡為宗。嘗云：
　　「歌詠以會意為巧，不必與夫悠悠間人相唱和也。」〔註45〕

這裡明顯點出王績與當時格格不入的地方，他崇尚的是古淡，學的是
陶詩。其實聞一多的詩美學雖然強調「感情」這一塊，但他其實是非
常厭惡輕佻浮華的文字，選錄王績三首詩，分別是〈石竹詠〉、〈贈程
處士〉、〈野望〉，並評價〈野望〉為「仍不愧是初唐的第一首好詩」
〔註46〕，又《四庫全書提要》稱其「其詩惟〈野望〉一首為世傳誦，
然如〈石竹詠〉，意境高古」〔註47〕，見〈野望〉原詩如下：

〔註44〕聞一多：〈詩的唐朝〉，《聞一多全集6》，頁122。
〔註45〕聞一多：〈唐詩大系〉，《聞一多全集7》，頁333。
〔註46〕可參見鄭臨川記錄、徐希平整理：〈王績〉，《笳吹弦誦傳薪錄——聞
　　　　一多、羅庸論中國古典文學》，頁79。
〔註47〕清・紀昀：〈四庫全書提要・東皋子集〉，《文淵閣四庫全書》，頁1。

東皋薄暮望，徙倚欲何依。樹樹皆秋色，山山唯落暉。牧人驅犢返，獵馬帶禽歸。相顧無相識，長歌懷采薇。(《全唐詩》卷三七，頁 485。)

詩的體制經過南北朝聲律論的洗禮，進入了隋、唐，漸漸產生了新的體制，近體詩便是這時代的新產物。王績雖學陶潛，並非一味地模仿，從形式而言，他運用了律詩的格式；從內容而言，習得陶詩的精神。爰此，聞一多認為「此詩得陶詩之神，而擺脫了它的古風形式，應該說是唐代五律的開新之作，自然處陶淵明亦當止步。」〔註48〕運用新詩體表現陶詩的精神，故陶潛亦當止步也是理所當然的。聞一多會選擇王績的詩，除了欣賞他的古淡風格，也是因為他和陶淵明一樣都是在時代下獨樹一幟的詩人。清·翁方綱在《石洲詩話》裡也提到「王無功以真率疏淺之格，入初唐諸家中，如鸞鳳羣飛，忽逢野鹿，正是不可多得也。然非入唐之正脈。」〔註49〕正說明了在唐初貴族詩鼎盛的時期，王績表現真情質樸的詩風，延續而下的有王勃、劉希夷、白居易等人，聞一多又評王勃五絕〈山中〉裡的兩句「況屬高風晚，山山黃葉飛」是經由〈野望〉練句取意而來的，就連劉希夷〈故園置酒〉一詩也是從王績〈贈程處士〉蛻化而來的〔註50〕，這一個系統繼續走下去，就到了中唐的白居易，聞一多以「無過學王績，惟以醉為鄉」表達王績在中唐始被人重視。爰此，在聞一多的選詩中就少不了劉希夷和王勃的作品。

當然詩評家不論是從人格或是詩風方面將王績和陶淵明並論的不只是聞一多而已，蘇雪林也曾論道：「性情大似陶潛，所以作風也天然似陶了。」〔註51〕胡雲翼亦認為「王績的生活有些像陶潛，詩

〔註48〕鄭臨川記錄、徐希平整理：〈王績〉，《笳吹弦誦傳薪錄——聞一多、羅庸論中國古典文學》，頁 79。

〔註49〕清·翁方綱：《石洲詩話》卷一，郭紹虞編：《清詩話續編》，上海：上海古籍出版社，1983 年，頁 1364。

〔註50〕此論點可參閱鄭臨川記錄、徐希平整理：〈王績〉，《笳吹弦誦傳薪錄——聞一多、羅庸論中國古典文學》，頁 80。

〔註51〕蘇雪林：《唐詩概論》，頁 33。

品亦似之」〔註52〕，葉嘉瑩也將陶淵明和王績進行比較，認爲王績和陶淵明都是由仕而隱的隱居者，唯一不同的是陶淵明的隱居是「選擇了躬耕，就是自己去重填了」，而王績的隱居卻有著雙重的意義，包含了表面的「由仕而隱」，和深層的「求而不得才回來隱的」。〔註53〕此乃葉嘉瑩不同於蘇雪林、聞一多和胡雲翼的說法，雖然王績和陶淵明同樣都是「隱」，但他們兩個的心態卻大不相同，所以葉嘉瑩談詩也就沒有特別說王績的詩似陶，這倒是葉嘉瑩提出相當精闢的見解。

　　爰此，由此來看王績和陶淵明之間的關係，表面上看似繼承，若從內心深層的動機來看，卻大不相同，就更不用說聞一多往下談的王勃、劉希夷、白居易等人的作品，聞一多對於這點也僅是針對「與時不合」的詩風來看這些詩人的作品，就從精神來看卻沒有繼承可言，所以當聞一多認爲自王績延續而下的詩人，僅能就用字技巧可言。

（二）由「淡」轉「曠」的變化

　　若從初唐的文字風格來說，除了王績擺脫當時的柔靡之風，還有另一個局外人，那就是陳子昂。〔註54〕聞一多曾言：「王績學陶潛，

〔註52〕胡雲翼：《唐詩研究》，頁42。
〔註53〕有關葉氏的論述，可參見葉嘉瑩：《葉嘉瑩說初盛唐詩》，頁13～14。
〔註54〕探討陳子昂初、盛唐的歸類，從生平來說馬積高《中國古代文學史》、臺靜農《中國文學史》、葉慶炳《中國文學史》、劉大杰《中國文學發展史》皆將陳子昂列在初唐詩的階段，但在蘇珊玉的《盛唐邊塞詩的審美特質》一書中卻將之放在盛唐來看，其實這是從子昂的詩歌審美的立場對其詩進行的研究，子昂詩的「興寄」、「風骨」可爲盛唐邊塞之音的啓奏，蘇氏就這樣談到：「要之，陳子昂的詩歌創作，有騷雅精神的貫徹，復有楊、馬大賦恢廓的氣勢。這種審美表現，隨著盛唐文化的到來，一方面提供邊塞詩人含英咀華的文采，和文學自覺的能力；另一方面則予邊塞詩人樹立了『搏扶搖而凌泰清，獵遺風而薄嵩岳』（盧藏用〈陳子昂文集序〉）的審美典範，遂使其筆端逐漸擺脫纖弱的梁陳遺風，展現剛健的審美內涵。」（《盛唐邊塞詩的審美特質》，頁119。）這說明了子昂的詩歌風雅觀爲盛唐邊塞詩人剛見質樸的審美人生奠下基礎。

陳子昂學阮籍，王不及陶遠甚，陳則超阮而上之。」〔註55〕既然說陳子昂學的是阮籍而不是陶潛，但是卻放在「陶詩的承襲與轉變」之下，其主因不能只看文學的承襲，還得跟著聞一多的腳步進入詩人的生平，便能了解子昂學阮籍的用意。

首先，從政權上的轉移來看，武后奪權是政治史上的一件大事，但這也考驗了文人對政權的仕與隱，葉嘉瑩將陳子昂歸類在「聖之任者」的一類，也就是「我清不清白沒有關係，管你是什麼樣的朝廷什麼樣的國君，我總要擔負起我的責任來。」〔註56〕從這段話可以知道子昂遇到了仕和隱的考驗，最終選擇了「仕」。陳子昂並不能像王績和陶潛那樣躲進大自然裡過著隱居生活，只好選擇了阮籍，這就是為何筆者要論「變化」之處。

阮籍早年學儒家，致力於朝政，晚年學道家，趨於避世思想，但是子昂並不像阮籍一樣能夠安享天年。子昂年少有志，卻又在朝任官期間遭受挫折，不免有所悲慨，甚至晚年的時候，被武則天的侄子陷害入獄，終老監獄，所以他學阮籍借以抒發情懷。

在文學的表現方面，聞一多認為子昂勝過阮籍的地方就在於「游心『玄感』，趣味真醇」〔註57〕，不會像阮籍一樣「『仙心』寄慨，態度消極。」〔註58〕這就是子昂在仕與隱的抉擇中，所醞釀出來的獨特風格，聞一多選錄陳子昂的詩有二十三首，分別是〈感遇〉其二、四、五、六、七、十一、十三、十七、二十二、二十三、三十六、三十八，共十二首，另外還有〈酬暉上人秋夜山亭有贈〉、〈酬暉上人夏日林泉見贈〉、〈夏日暉上人房別李參軍崇嗣〉、〈秋園臥病呈暉上人〉、〈登幽州臺歌〉、〈度荊門望楚〉、〈月夜有懷〉、〈春夜別友人〉、〈晚次樂鄉縣〉、〈送客〉、〈春日登金華觀〉。聞一多又將子

〔註55〕聞一多：〈陳子昂〉，《聞一多全集6》，頁43。
〔註56〕葉嘉瑩：《葉嘉瑩說初盛唐詩》，頁86。
〔註57〕聞一多：〈陳子昂〉，《聞一多全集6》，頁43。
〔註58〕聞一多：〈陳子昂〉，《聞一多全集6》，頁43。

昂的詩分成三類，依次是一、感遇：超曠高古；二、同暉上人諸作：
泓崢蕭瑟；三、近體：晶瑩爽朗，並且指出陳子昂因爲擁有複雜的
人格——縱橫家、儒家、道教、佛家，所以才能呈現不同面貌的詩
風。

　　聞一多認爲初唐詩人所表現的古風大多偏向「泓崢蕭瑟」，故特
稱頌「超曠高古」的〈感遇〉詩作〔註59〕，甚至說：「前之王績，後

〔註59〕　文學家向來以「古風」代表陳詩的風格，並視作唐初復古運動的
　　　　開端，但是聞一多對於陳氏的古風有其看法，曾經引用清·王夫
　　　　之評論〈送客〉的話：「正字意不自禁，乃別爲褊急率滯之詞，若
　　　　將度越然者，而五言遂自是而亡。歷下謂子昂以其古詩爲古詩，
　　　　非古也。若非古而猶然爲詩，亦何妨？風以世移，正字〈感遇詩〉，
　　　　似誦、似說，似獄詞、似講義，乃不復似詩，何有于古？故曰五
　　　　言古自是而亡。」（此可參見王夫之：《唐詩評選》，保定：河北大
　　　　學出版社，2008年，頁46。）加以延伸指出陳氏獨特之處。其實
　　　　王氏講述這段話的用意是說〈感遇〉和〈送客〉一樣都犯了「褊
　　　　急率滯」的缺點，並不合乎古詩的特色。文中的「歷下」即是李
　　　　于麟，「其古詩」的「其」字，指的就是「陳子昂」，故「其古詩」
　　　　即「陳子昂的古詩」，這段話的意思就是王夫之和李于麟皆不認同
　　　　陳子昂的古詩爲古詩，因爲子昂〈感遇詩〉的特色「似誦、似說，
　　　　似獄詞、似講義」，就跟〈送客〉一樣，不夠含蓄、抒情。但聞一
　　　　多卻持著和王氏相反的論點，故言：「魏、薛古詩。陳子昂玄理詩
　　　　是『其古詩』，亦即『非古』之古詩，亦『非詩』之古詩。……舊
　　　　稱子昂之貢獻，輒曰古體，曰：『變雅正』，此皆失之籠統。實則
　　　　當實作古體者頗多。如：魏徵、薛稷、薛奇童、包融、賀朝，……
　　　　皆有可觀。即宋之問、崔融，亦時有古體，此等只相當於子昂之
　　　　第二類。而子昂的貢獻，實在第一類。前之王績，後之張九齡，
　　　　皆不能比。及李白亦不完全相同。」（此可參見聞一多：〈陳子昂〉，
　　　　《聞一多全集6》，頁44～45。）這一段話實屬聞一多爲陳子昂所
　　　　寫的翻案文，陳氏因爲古詩的卓著表現爲人稱道，而王氏卻從傳
　　　　統古詩的觀念批評「其古詩」非古，反而感慨五言古詩從此亡矣。
　　　　但聞一多認爲究柢來說陳氏的古風，其實是包含各個面向，所以
　　　　僅以古體來說陳氏的貢獻，不僅過於籠統，也忽略了當時同樣做
　　　　古詩的詩人。聞一多相當重視時代環境和文學發展之間的關係，
　　　　所以唐朝的古詩和漢魏古詩自然就不能同日而語了。聞一多還將
　　　　魏、薛、包、賀、宋、崔等人的古詩，列在陳氏古詩的第二類，
　　　　這也表示許多詩人正在追求泓崢蕭瑟的古風時，陳氏正以「超曠
　　　　高古」的詩風脫穎而出。

之張九齡，皆不能比。」〔註60〕但是聞一多又何以稱呼子昂〈感遇詩〉詩爲「超曠高古」呢？其實「超曠」一詞其有來自，清・劉熙載曾比較過張曲江（九齡）和陳射洪（子昂）的〈感遇詩〉，評論爲「曲江之〈感遇〉出於《騷》，射洪之〈感遇〉出於莊，纏綿超曠，各有獨至。」〔註61〕於是「超曠」一詞出於此，聞一多又爲了強調古風，故以「超曠高古」來稱呼子昂的古詩特色。丁涵曾析論張九齡和陳子昂兩人〈感遇〉詩的對比研究，以「從哀傷到哀而不傷」爲題，明指張、陳兩人在詩歌表現上的差別，歸結陳詩不以興寄自限，論議疏快而詞直義暢，故能形成雄奇倔強，渾厚蒼涼的古意，張九齡則長於比興抒情，幾乎專事「託諷禽鳥，寄詞草樹」的狹隘形象〔註62〕，此言誠如聞一多以「超曠高古」論陳子昂詩歌，展現陳詩在主題內容以及情感寄寓的特點。

聞一多在〈陳子昂〉一文中以分類條例的方式將孤寂感、莊子、玄感爲標題，以下各自列出代表的詩句，於是筆者以此爲據，整理聞一多在〈陳子昂〉中談到有關〈感遇〉三十八首與風格之間的關係，如表 3-1-4 所示：

表 3-1-4：陳子昂〈感遇〉風格分析〔註63〕

〈感遇〉	風格分析	詩句（以下詩句均根據《全唐詩》卷八三）
二	孤寂感	「蘭若生春夏，芊蔚何青青。幽獨空林色，朱蕤冒紫莖。」
五	莊子	「窅然遺天地，乘化入無窮」。
六	「玄感」（元化）	「古之得仙道，信與元化并。玄感非象識，誰能測沈冥。世人拘目見，酤酒笑丹經。」
	莊子	「吾觀龍變化，乃知至陽精。」
七	「玄感」（元化）	「茫茫吾何思，林臥觀無始。」

〔註60〕聞一多：〈陳子昂〉，《聞一多全集6》，頁45。
〔註61〕聞一多：〈陳子昂〉，《聞一多全集6》，頁42。
〔註62〕丁涵：〈從哀傷到哀而不傷：陳子昂與張九齡的「感遇」詩對比研究〉，《中正漢學研究》，第1期（總第19期），2012年6月，頁115～138。
〔註63〕資料來源：整理自聞一多的《聞一多全集6・陳子昂》。

〈感遇〉	風格分析	詩句（以下詩句均根據《全唐詩》卷八三）
十	「玄感」（元化）	「深居觀元化」
	莊子	「務光讓天下。」
十一	莊子	「豈徒山木壽，空與麋鹿群。」
十三	「玄感」（元化）莊子	「閑臥觀物化，悠悠念無生。」
十五	莊子	「探他明月珠」
十七	「玄感」（元化）	「幽居觀天運，悠悠念群生。終古代興沒，豪聖莫能爭。」
	莊子	「幽居觀天運」
二十	孤寂感	「一繩將何繫，憂醉不能持。」
二十二	孤寂感	「登山望宇宙，白日已西暝。雲海方蕩瀁，孤鱗安得寧。」
二十三	莊子	「多材信為累」
二十五	孤寂感	「玄蟬號白露，茲歲已蹉跎。群物從大化，孤英將奈何。」
	「玄感」（元化）	「群物從大化」
	莊子	「崑崙見玄鳳，豈復虞雲羅。」
三十一	莊子	「唯應白鷗鳥，可與洗心言。」
三十六	「玄感」（元化）	「探元觀群化」
三十八	孤寂感	「仲尼探元化，幽鴻順陽和。大運自盈縮，春秋遞來過。盲飆忽號怒，萬物相紛劘。溟海皆震蕩，孤鳳其如何？」
	「玄感」（元化）	「仲尼探元化」（《論語・子罕篇》：「子在川上曰：『逝者如斯夫，不舍晝夜。』」）

　　經由表格可以知道子昂〈感遇〉能達到超曠高古的原因，包含了「玄感」（元化）、孤寂感以及道家思想。筆者根據施蟄存為陳子昂〈感遇〉三十八首所分類的主題來看〔註64〕，聞一多所謂的「超曠高古」則是

〔註64〕施蟄存論析陳子昂〈感遇〉三十八首詩，其曰：「〈感遇〉三十八首，全是五言古體，有四韻的，有六韻的，有八韻的，字數不等。它們的內容，可以分為三類：（一）引述古代歷史事實，借古諷今。這一類詩可以說是繼承了左思的八首〈詠史〉。（二）主題不涉及歷史事實，止是書寫自己感慨。這一類詩可以說是繼承了阮籍的八十二首〈詠懷〉和信的二十七首〈詠懷〉。（三）既不涉及歷史事實，又不明顯地表達自己的感慨，而字裡行間，好像反映著某一些時事。這一類詩可以說是繼承著陶淵明的〈飲酒〉和〈擬古〉，我們把它們稱

偏向詠懷、感事類的詩,重點還是與自己的遭遇有較密切的關係,隨遇所感,透過興發將遭遇所產生的情緒再進一步訴諸於宇宙,因此聞一多認為〈感遇〉具有以下幾項特點:

> 生命情調、宇宙意識與社會意識。「悲天憫人」。縱橫家、道家（神仙）（正始之超曠），混合儒家（建安之熱烈）的人本主義。〔註65〕

從中國詩的抒情傳統來看,唐代詩人李白、杜甫同樣是以「詩言志」的方式,表達人生感受,可是聞一多卻認為三人的抒情意味是截然不同的,認為陳是感慨,融合縱橫、儒、道家的思想;李是解脫,道家思想;杜是憤慨,儒家思想〔註66〕,由此可知陳子昂因參透縱橫、儒、道三家,故懂得如何將自己的情感寄情於宇宙,此處值得探討的是,不論是從史料或是生平的交遊來看,誠如蘇珊玉在《盛唐邊塞詩的審美特質》一書中所提及「陳子昂儒道俠兼融的家學淵源」〔註67〕一般,然而聞一多所謂的「縱橫」其實指的是一種瀟灑豪放的性格,而不是一種哲理思想。〔註68〕

當詩人遇到人生挫折的時候,不同的詩人就會萌生不一樣的人生觀,聞一多據此比較〈感遇〉和其他詩人作品的情感表現,其文曰:

> 〈感遇〉曰:「玄感非象識。」〈感遇〉之重要性,即在其「玄感」。玄感者,即進一步高一層的感慨。
>
> 感慨如:盧照鄰、王勃、李嶠、劉希夷。
>
> 然此等皆因人事而發,局於小我。張九齡屬此種。此種感

> 為『感事』。但這三類也不是涇渭分明的,詠史和感事,有時混同;詠懷詩也有時引用一些歷史事實來作比喻。」此可參考施蟄存:《唐詩百話》,臺北:文史哲,1994年,頁58。
>
> 〔註65〕此段引文是根據聞一多的提綱講稿的原文所抄錄下來,故標點符號難免不太合乎文法。聞一多:〈陳子昂〉,《聞一多全集6》,頁48。
>
> 〔註66〕聞一多:〈陳子昂〉,《聞一多全集6》,頁44。
>
> 〔註67〕蘇珊玉:《盛唐邊塞詩的審美特質》,臺北:文津出版,2000年,頁119。
>
> 〔註68〕聞一多在〈陳子昂〉中舉出「豪家、博弈、敢諫、從軍」的事例,以說明縱橫為性格的表現,此可參見《聞一多全集6》,頁46～47。

慨太主觀。又有一種屬於漠然餘無動於中的客觀。如：

王梵志、寒山子。

等預言家之危言聳聽，或：

王績、李白

之強作解脫，等於自欺欺人。

子昂則嚴肅的正視，關切的凝視，不太主觀，亦不客觀。

〔註69〕

聞一多將詩人對人生的情感分為四類，分別是主觀、客觀、強作解脫、不主觀也不客觀四類，子昂的情感之所以有獨特性，正因為他將情感抒發得不偏不頗，有其中庸之道。子昂詩所以能「嚴肅的正視，關切的凝視，不太主觀，亦不客觀」，主因來自「然又非太畫面的以致成為幻想的遊戲，……（而是）社會意識——人生情調——人道主義，（亦即）：高、正始、道、悲天加上寬、建安、儒、憫人」〔註70〕，這說明子昂富含多樣化的風格，在鄭臨川的筆記裡，談到「關於時間的境界，子昂近於莊子；空間的境界，從他的『鄒子何寥廓，漫說九瀛重』兩句詩推測，當近乎鄒衍」〔註71〕除了將莊周和鄒衍的哲理詩化之外，亦有縱橫家的坦率表白、道教的遊戲飛翔與儒家的眷塵實踐，所以他的詩才能敢於直率坦承，將情感接與天際宇宙，在追求好奇遊戲之際卻又不忘回顧人間，追回現實。

　　從表格可以知道〈感遇〉具備玄感、莊子思想、孤寂感三大元素，而這樣又是如何迸出子昂〈感遇〉的「超曠高古」風格呢？筆者將分述如下。聞一多認為「玄感者，即進一步高一層的感慨」〔註72〕，將

〔註69〕此段引文是根據聞一多的提綱講稿的原文所抄錄下來，故在段落和敘述的部分多不合乎文章的章法。聞一多：〈陳子昂〉，《聞一多全集6》，頁45～46。

〔註70〕聞一多：〈陳子昂〉，《聞一多全集6》，頁46。

〔註71〕鄭臨川記錄、徐希平整理：〈王績〉，《笳吹弦誦傳薪錄——聞一多、羅庸論中國古典文學》，頁91。

〔註72〕聞一多：〈陳子昂〉，《聞一多全集6》，頁45。

自己的感慨推至宇宙、天運與自然的變化，其實是對自然界的一種感興。聞一多在論〈感遇〉之三十八「仲尼探元化」，還特別詮釋這指的就是孔子「逝者如斯夫，不舍晝夜」的感慨之語。聞一多特別點出在歷史上「遠古、莊子、阮籍。停留於感傷的水准上的兩個高峰。陳子昂，第三度出現的高峰——絕後。」也就是說莊子、阮籍、陳子昂是歷來表現玄感最好的三位作家。子昂最令人感到特別的是他不從風花雪月方面感興，而是從宇宙萬物興發，他的玄感有別於其他的詩人，鄭臨川筆記裡描述著「《世說新語》記述桓溫在琅琊對早年所種柳樹發抒感慨，曾說過『木猶如此，人何以堪』的話，便成了唐初詩人感嘆節物改換詩境的共同來源；而子昂獨從『玄感』下筆，百郭陳套，所以獨高。」〔註73〕也難怪子昂在談孔子的玄感，不拾人牙慧奪胎換骨化用語句，以「仲尼探元化」說出「逝者如斯夫」的典故，進而借由透過陰陽運轉，順時更迭，表達感興之語。陳詩有時兼含玄感和莊子思想，例如：「幽居觀天運」、「閑臥觀物化，悠悠念無生」，將思緒寄託在形而上的機運，感慨無限爬層，玄感無窮擴大。

　　道家與道教有著不相同的哲理思想，子昂詩裡的道家有莊子自然觀，也隱含著道教的神仙思想。聞一多曾以明・鍾惺的《唐詩歸》：「〈感遇〉詩，正字氣運蘊含，曲江精神秀出；正字深奇，曲江淹密。」和清・劉熙載的《藝概・詩概》：「曲江之〈感遇〉出於《騷》，射洪之〈感遇〉出於《莊》，纏綿超曠，各有獨至。」說明〈感遇〉引用莊子思想的部分，例如：「唯應白鷗鳥，可與洗心言」、「崑崙見玄鳳，豈復虞雲羅」、「多材信爲累」、「幽居觀天運」、「探他明月珠」、「閑臥觀物化，悠悠念無生」、「豈徒山木壽，空與麋鹿群」、「務光讓天下」、「吾觀龍變化，乃知至陽精」、等句，又見「翡翠巢南海，雄雌珠樹林。何知美人意，驕愛比黃金……多材信爲累，嘆息此珍禽」表現翠鳥的羽毛因爲受到古代婦女的喜好，常用來當作裝飾之用，卻免不了獵人的網羅，感慨

〔註73〕鄭臨川記錄、徐希平整理：〈陳子昂〉，《笳吹弦誦傳薪錄——聞一多、羅庸論中國古典文學》，頁93。

因「材」而招殺身之禍，點出了〈人間世〉裡「無用之用」的想法，用以說明有才者以其能而受苦，全生遠害在於以無用爲大用。最後引用盧藏用《陳子昂別傳》「嘗著〈江上丈人論〉，將磅礡機化，而與造物者游。」論子昂以莊子達觀面對人生中種種的感慨。

子昂除了援引道家的典故，在風格方面有著道教的氛圍，聞一多曾以傳記、碑文、他人評論中總結子昂的道家氣質來自家風的影響，不僅六世祖方慶得墨子五行秘書白虎法七變法，後隱於郡武東山，晚年喜好黃老，曾服食道教煉丹，在這樣的環境下生長的子昂就如同鄭臨川筆記裡所言：「由此可知子昂的家庭和讀書環境，都使他終身罩籠著道家思想，在生活作風和詩境方面顯得那光怪陸離。」〔註74〕子昂受生長背景以及環境的影響，在〈感遇〉中也不時出現與道教有關的人事物，例如：〈感遇〉之五的「玄眞子」、「玉壺」；〈感遇〉之六的「仙道」、「丹經」、「昆侖」；〈感遇〉之十一的「鬼谷子」、「龍斗」；〈感遇〉之三十六的「峨嵋」、「白雲」、「巫山」、「雲蝀」等，均以神仙遁入瑤池的寄託，融合道家莊子逍遙解困的哲理，祈求能夠「貿然遺天地，乘化入無窮」擺脫人間疾苦的生活遭遇。

孤寂感主要來自詩中意象氣氛的營造，子昂大致上以擬物技巧營造孤寂之感，利用「孤鱗」、「孤英」、「孤鳳」代表自己孑然無依的化身。玄感正如〈感遇〉之二所表現的氣氛，其詩曰：「蘭若生春夏，芊蔚何青青。幽獨空林色，朱蕤冒紫莖。……歲月盡搖落，芳意竟何成？」子昂透過蘭花生幽谷，杜若生樹林，上紅下紫的幽獨特色呈現個人的心情感受，更透過幽古、樹林空間的營造，產生玄感，讓小小的個體在廣大空間的比對之下，顯得更爲淒涼孤寂，也因爲他的悲愁寂寞是來自整個世界的，所以又可從「一繩將何系，憂醉不能持」、「雲海方蕩潏，孤鱗安得寧」、「群物從大化，孤英將奈何」、「溟海皆震盪，孤鳳其如何」這些詩句感受到「孤寂感

〔註74〕鄭臨川記錄、徐希平整理：〈陳子昂〉，《笳吹弦誦傳薪錄——聞一多、羅庸論中國古典文學》，頁96。

與思鄉情調」〔註75〕。

聞一多欲以「玄感、道家、道教和孤寂」來談子昂的「超曠高古」，其實是爲了「至於感激頓挫，顯微闡幽，庶幾見變化之朕，以接乎天人之際者，則〈感遇〉之篇存焉」〔註76〕下註腳，但這並非涵蓋整個〈感遇〉詩的特色，所以要以「超曠高古」來談〈感遇〉的話，的確值得有待商榷。筆者以爲要研究子昂的文學，應如蘇珊玉在《盛唐邊塞詩的審美特質》中以子昂自身的文學主張，透過「興寄」和「風骨」來對〈感遇〉進行審美意涵的分析，其文曰：

> 以〈感遇〉三十八首爲例，詩中有建功抱負的抒發，有對政治社會的關心與諷諭，更有在幽憤的境遇中對宇宙永恆，和人生價值的思考與體悟。……持平而論，詩人主要把剛健的人生理想，與環譬寄諷的方式緊密結合，或錯綜古今，或宏衍鋪敘，表現極富張力的審美情感。……從這一意義而言，是風骨與興寄的統一，也是「感激頓挫，顯微闡幽，庶幾見變化之朕，以接乎天人之際者」（盧藏用〈過學堂覽文集序〉）的人生流露。這種美學特質，正提供盛唐詩壇強而有力的轉變契機，和發展的空間。〔註77〕

這段話表現出子昂文學主張的獨創性，並且透過詩作加以舉證，蘇氏和聞一多同樣都爲「感激頓挫，顯微闡幽，庶幾見變化之朕，以接乎天人之際者」下註腳，但聞一多的論述似乎偏頗了些，無法囊括〈感遇〉詩的所有情形，但是蘇氏的說法，卻能兼容〈感遇〉詩的情感表現，此乃聞一多未能兼顧之處。筆者以爲聞一多「超曠高古」的說法，將造成這樣的詩風表現只適用於子昂，卻失去了文學史上的傳承和發展的空間，假如能從蘇氏的論點來看，不僅可以展開盛唐詩的新境界，還可延續下去，故此蘇氏說法爲佳。

〔註75〕聞一多：〈陳子昂〉，《聞一多全集6》，頁46。
〔註76〕唐・盧藏用：〈陳氏集序〉收錄於李昉編：《文苑英華》卷七百，《文淵閣四庫全書》，頁7。
〔註77〕蘇珊玉：《盛唐邊塞詩的審美特質》，臺北：文津出版，2000年，頁121～122。

二、宮體詩題材手法的蛻變

　　首先來看「宮體」之名從何而來，此可見於《梁書·簡文帝紀》中對於蕭綱的敘述「雅好題詩……然傷於輕豔，當時號曰：『宮體』」〔註78〕又可見《梁書·徐摛傳》：「摛文體既別，春坊盡學之，『宮體』之號，自斯而起，高祖聞之怒。」〔註79〕爰此，「宮體」儼然就成爲蕭綱文人群的詩體名稱了，再從宮體詩的題材中來看，林文月曾在〈南朝宮體詩研究〉一文中談述相關的概念，其文曰：

> 關於宮體詩的範圍，研究文學史的人向以詩的內容爲依據，而以描寫女性本身和男女情愛者爲限，但縱觀南朝各家之詩，除了上述者之外，其他如記遊宴、詠節候、寫風景及詠物之詩也都以同樣輕豔柔膩的手法寫作，……換言之，及以向來的說法——描寫女性本身和男女情愛者，爲狹義的宮體詩，而以一般文學史家所謂的「艷情詩」名之：以艷情詩爲主而擴及同樣風格的記遊宴、詠節候、寫風景及詠物詩爲廣義的宮體詩。〔註80〕

所以林文月是從「輕豔柔膩」的風格定義宮體詩，自然所涵蓋的作品就不限於男女之情，從這裡來看聞一多以四傑爲宮體詩的代表人物，似乎合理，但是呂正惠更進一步提出：「『初唐承襲梁、陳餘風』，這樣的看法必須相當予以保留。」〔註81〕這句話究竟代表了甚麼意思呢？筆者可再借由余恕誠比較初唐詩和齊梁詩的研究論點，來進一步說明：

> 論者多有把初唐宮廷詩和齊梁宮體詩混爲一談，以爲初唐

〔註78〕唐·姚思廉：《梁書·簡文帝紀》卷四，《文淵閣四庫全書》，頁260～72。

〔註79〕唐·姚思廉：《梁書·徐摛傳》卷三十，《文淵閣四庫全書》，頁260～264。

〔註80〕林文月：〈南朝宮體詩研究〉，《文史哲學報》第15期，1966年8月，頁408～409。

〔註81〕呂正惠：《抒情傳統與政治現實》，臺北：大安出版社，1989年9月，頁36。

> 詩繼承了齊梁的淫褻，實在是未能細察初唐詩與齊梁詩之
> 間的區別。……「清辭巧制」、「雕琢蔓辭」，初唐可謂因革
> 少，但這終究是辭藻形制上的表現。「止乎衽席」、「思極閨
> 閨」，才是標誌著根本屬性的精神實質，初唐宮廷詩在這些
> 方面的表現如何呢？根據筆者的統計，在上述 1523 首詩中
> 不過 90 首左右。〔註82〕

這段話已經在同題材範圍內區分宮廷詩和宮體詩之間的差異，更何況聞一多在不同的題材下，將〈長安古意〉看作是宮體詩遺風的材料，是值得存有疑慮的。不論是從林文月對宮體詩廣義或是狹義的研究，這都說明了聞一多的歸類顯然過於廣泛，而聞說「宮體詩」正是以廣義的題材與情感，講述六朝至唐朝宮體詩的演變。

筆者以為初唐和齊梁之間的文學承繼關係，事實上齊梁宮體詩本身也開始進行變化，此可由祁立峰〈論宮體詩與抒情傳統之關係——兼論梁陳宮體的三種類型〉一文中尋得痕跡，梁陳宮體有著內部細膩的變化，此文提出蕭綱、徐陵和陳叔寶三人在宮體詩方面轉變，蕭綱為「性情辭藻化」型的作者，透過藻飾言辭和典籍的引用創作宮體。到了徐陵，以「欲望具象化」型的作者，宣洩情感欲望，接著陳叔寶以「宮體越位化」型的作者，將宮體詩題材的風格、習性和模式貫徹到底，故祁立峰以「泛宮體化」析論陳叔寶的宮體詩歌。〔註83〕由此可見，此乃詩歌文學史的脈絡，趨往未來發展的方向，宮體詩進入唐代詩歌殿堂之後，不論是帝王的喜好亦或是政治安穩，皆透露了宮體詩必然朝著泛宮體化的方向發展，依此來看聞一多所涵攝的初唐宮體詩歌，即包含了更多元的主題，並試著將初唐宮體詩拉回中國「抒情詩」的地位，將之與人生產生了密切關係，更能展現不同情感程度與主題內涵的宮體詩。

〔註82〕余恕誠：《唐詩風貌及其文化底蘊》，臺北：文津出版，1999 年 8 月，頁 55。

〔註83〕祁立峰：〈論宮體詩與抒情傳統之關係——兼論梁陳宮體的三種類型〉，《成大中文學報》，第 40 期，2013 年 3 月，頁 1～32。

　　聞一多研究文學史，注意到唐以前的文學遺產，從六朝所盛行的宮體詩經過隋文帝的抑制之後，宮體詩的風氣暫時止步了，但仍免不了隋煬帝的提倡，尤其他對庾信的文學特別愛好，聞一多就特別提到庾信的〈烏夜啼〉和〈春別詩〉等篇，讚其「比從前在老家作的同類作品，氣色強多了」〔註84〕，因為提倡宮體詩的文人不斷地成長，也出現不少值得稱讚的佳作，但是到了唐太宗時期，卻又讓這一派的文藝審美倒退了。聞一多就對這樣的情形下了評論，其文曰：

　　宮體詩在唐初，依然是簡文帝時那沒筋骨、沒心肝的宮體詩。不同的只是現在詞藻來得更細致，聲調更流麗，整個的外表顯得更乖巧、更酥軟罷了。說唐初宮體詩的內容和簡文帝時完全一樣，也不對。因為除了搬出那僵屍「橫陳」二字外，他們在詩裡也並沒有講出些什麼。……恐怕只是詞藻的試驗給他們羈縻著一點作這種詩的興趣（詞藻聲調與宮體有著先天與歷史的聯繫）。〔註85〕

這段話雖然不能說完全讚揚六朝宮體詩，卻凸顯出六朝宮體詩至少表現得比唐初宮體詩來得好，但是難道這樣的現象就一直持續下去嗎？其實不然，聞一多在宮體詩文學史中看到了轉機，因此特別寫了〈宮體詩的自贖〉為唐初宮體詩尋找價值，但是當聞一多在為宮體詩尋找審美意義的材料時，但這些材料是值得再重新審視的，在此文中除了將聞一多的論點陳列出來，筆者還會再進一步討論材料的適切性，於此根據聞一多對宮體詩的轉機現象，分述如下：

（一）融入市井街道的景色

　　聞一多曾寫過〈四傑〉指出王、楊、盧、駱的特色，他們的作品特色雖然延續六朝以來的性靈與肉感，卻是針對宮體詩的缺點而發的改良派，聞一多認為他們所代表的是「美」。〔註86〕我們常常能在文

〔註84〕聞一多：〈宮體詩的自贖〉，《聞一多全集6》，頁20。
〔註85〕聞一多：〈宮體詩的自贖〉，《聞一多全集6》，頁20～21。
〔註86〕可參見鄭臨川記錄、徐希平整理：〈初唐詩〉，《笳吹弦誦傳薪錄——聞一多、羅庸論中國古典文學》，頁83。

學史中讀到「唐初四傑」，聞一多認為「四傑」其實是來自「文章」的成就，並非「詩」的成績表現，但在詩方面亦稱之「四傑」，僅是借用他們在文章所獲得美名來統稱他們在詩學史的地位。〔註87〕

聞一多從人和詩的風格將四傑分為兩派，一派是浮躁，其人為駱賓王、盧照鄰，均專攻七言歌行，雖然也作過五言，五言體如盧照鄰的〈贈李榮道士〉、〈山莊休沐〉和駱賓王的〈冬日野望〉，但這些就像聞一多所說的「除聲調的成功外，還是沒有超過齊、梁的水準」〔註88〕，因此聞一多皆未選入詩集，所選的卻是以歌行為體的詩作；另一派是沉靜，其人為王勃、楊炯，皆擅長五律，要說王勃的歌行，聞一多認為只有〈滕王閣歌〉尚可觀，因此選入詩集。宮體詩一直是初唐的詩體代表，盧、駱對宮體詩也有創作，聞一多認為

> 他們都曾經是兩京和成都市中的輕薄子，他們的使命是以市井的放縱改造宮廷的墮落，以大膽代替羞怯，以自由代替局縮，所以他們的歌聲需要大開大闔的節奏，他們必需以賦為詩。正如宮體詩在盧、駱手裡是由宮廷走到市井。〔註89〕

這裡說明盧駱兩人採用的是鋪張揚厲的賦法所寫成的樂府新曲，改造宮體詩柔靡的詩風，題材由宮廷走向了市井，意境由局縮邁向了自由，以大開大闔的節奏表現情感，也可以說是宮體詩的改造者。此處所言「以賦為詩」〔註90〕並非唐代獻賦體之類的文學表現，而是以賦

〔註87〕 此看法可參見聞一多：〈四傑〉，《聞一多全集6》，頁11。

〔註88〕 聞一多：〈四傑〉，《聞一多全集6》，頁15。

〔註89〕 聞一多：〈四傑〉，《聞一多全集6》，頁16。

〔註90〕 「以賦為詩」的寫法於六朝表現在詠物詩方面，此趙紅玲《六朝擬詩研究》一書在論六朝詩擬詩形態衍化一節中，有文專談賦體詠物詩的文學特質，（參見趙紅玲：《六朝擬詩研究》，上海：上海辭書出版社，2008年，頁67～104）唐代詠物詩承之，善於描寫細緻的外貌，何方形《唐詩審美藝術論》更引用胡應麟和王夫之之語，說明詠物詩源自六朝文學（參見何方形：《唐詩審美藝術論》，杭州：浙江大學出版社，2007年，頁71。）張高評曾有一文〈破體為詩與宋詩特色之形成——以文為詩、以議論為詩、以賦為詩〉，舉例蘇軾〈四月十一日初食荔枝〉說明此汲取賦作之烘托鋪陳之法，敘寫嶺南荔枝之成長環境，再以擬人巧構之法，形神兼描，表現了體物之妙，

作鋪采摛文之形式特質呈現於詩歌之中，此乃詩之破體的嘗試，透過長篇詩歌兼具敘事和抒情的內容，故能廣採題材，擴大篇幅，以大開大闔的節奏表現詩歌。聞一多在〈宮體詩的自贖〉特別舉了〈長安古意〉來說明市井所營造出來的自由意境和大開大闔，的節奏，其詩云：

> 長安大道連狹斜，青牛白馬七香車。
> 玉輦縱橫過主第，金鞭絡繹向侯家。
> 龍銜寶蓋承朝日，鳳吐流蘇帶晚霞。
> 百丈游絲爭繞樹，一群嬌鳥共啼花。
> 啼花戲蝶千門側，碧樹銀臺萬種色。
> 複道交窗作合歡，雙闕連甍垂鳳翼。
> 梁家畫閣天中起，漢帝金莖雲外直。
> 樓前相望不相知，陌上相逢詎相識。
> 借問吹簫向紫煙，曾經學舞度芳年。
> 得成比目何辭死，願作鴛鴦不羨仙。
> 比目鴛鴦真可羨，雙去雙來君不見。
> 生憎帳額繡孤鸞，好取門簾帖雙燕。
> 雙燕雙飛繞畫梁，羅幃翠被鬱金香。
> 片片行雲著蟬鬢，纖纖初月上鴉黃。
> 鴉黃粉白車中出，含嬌含態情非一。
> 妖童寶馬鐵連錢，娼婦盤龍金屈膝。
> 御史府中烏夜啼，廷尉門前雀欲栖。
> 隱隱朱城臨玉道，遙遙翠幰沒金堤。
> 挾彈飛鷹杜陵北，探丸借客渭橋西。
> 俱邀俠客芙蓉劍，共宿娼家桃李蹊。
> 娼家日暮紫羅裙，清歌一囀口氛氳。
> 北堂夜夜人如月，南陌朝朝騎似雲。
> 南陌北堂連北里，五劇三條控三市。
> 弱柳青槐拂地垂，佳氣紅塵暗天起。

因物寄情。（參見張高評：《宋詩特色研究》，臺北：長春出版社，2002年，頁362。）此皆說明以賦為詩的特質技巧，故以此說明聞一多所指稱的以賦為詩，表現初唐詩人用以表現大開大闔的長篇歌行。

漢代金吾千騎來，翡翠屠蘇鸚鵡杯。
羅襦寶帶爲君解，燕歌趙舞爲君開。
別有豪華稱將相，轉日回天不相讓。
意氣由來排灌夫，專權判不容蕭相。
專權意氣本豪雄，青虹紫燕坐生風。
自言歌舞長千載，自謂驕奢凌五公。
節物風光不相待，桑田碧海須臾改。
昔時金階白玉堂，即今唯見青松在。
寂寂寥寥揚子居，年年歲歲一床書。
獨有南山桂花發，飛來飛去襲人裾。

（《全唐詩》卷四一，頁 522～523。）

聞一多將一般宮體詩和此詩的寫法進行比較，並稱盧照鄰帶來了宮體詩的「狂風暴雨」〔註91〕，因爲詩句一開始的風格就不同於宮體詩，盧照鄰以賦筆寫宮體詩，從題材內涵來看，盧照鄰先以「大道」、「七香車」「玉輦」「侯家」「玉道」、「五劇」、「三市」描繪出市井街道寬闊的畫面來，再由「狹斜」、「縱橫」、「絡繹」表現狹道奔騰，長驅直入的氣勢，這樣的場景已經跳脫傳統宮體詩中宮殿、閨房、庭院的空間侷限，展開出一個市井的畫面來。

從意境來看，這樣的場景所帶來的氣勢則走向了「顛狂中有戰慄，墮落中有靈性」〔註92〕。詩人在敘述情感的部分，經由主人翁「得成比目何辭死，願作鴛鴦不羨仙」此句的自白，讓彼此之間的情愛瞬間墮入了感傷的深淵，那愛情的表現比起以前的宮體詩是多麼的優雅，聞一多在這裡便舉了簡文帝〈烏棲曲〉「相看氣息望君憐，誰能含羞不肯前！」來作對比，諷刺簡文帝此句是多麼地「病態的無恥」〔註93〕。再接下去看，聞一多稱「節物風光不相待，桑田碧海須臾改。昔時金階白玉堂，即今唯見青松在」具有勸百諷一的功能，我們來看

〔註91〕聞一多：〈宮體詩的自贖〉，《聞一多全集・6》，頁21。
〔註92〕聞一多：〈宮體詩的自贖〉，《聞一多全集・6》，頁21。
〔註93〕聞一多：〈宮體詩的自贖〉，《聞一多全集・6》，頁21。

他是怎樣的一個想法，其實在一般宮體詩的主人翁角色裡，是以一個代言體的立場去描述女性的心靈和慾望，或是從男性的角色描寫情場上的暢歡景況，但從盧詩裡可以發現他竟然以一種「回顧」的筆法帶出了漢魏筆法中的今昔感傷，也難怪聞一多要說這是不同於一般宮體詩的寫法。

　　當然此詩仍然無法完全脫離宮體詩的風格，聞一多還特別提到「寂寂寥寥揚子居，年年歲歲一床書。獨有南山桂花發，飛來飛去襲人裾」四句卻又走回了宮體詩的胡同裡，但聞一多解釋爲「可是對於人性的清醒方面，這四句究不失爲一個保障和安慰」〔註94〕，可作爲詩人對情感的一種愛戀與纏綿。若是再從另一個角度來看盧詩的話，其實他這首詩之所以成功的地方，就在於欲望和理性之間的拉扯造成了十足的張力，激盪出一個情不流於淫，愛不落於亂的情感世界。

　　筆者再論聞一多提到的「大開大闔的節奏」，盧照鄰在文學界所創造的「狂風暴雨」到了駱賓王，卻又變了調，但駱賓王卻不完全是失敗的，聞一多認爲他在〈艷情代郭氏答盧照鄰〉失敗，卻爲〈秦婦吟〉奠下了基礎，但同樣以鉅篇呈現「大開大闔的節奏」有〈代女道士王靈妃贈道士李榮〉，聞一多甚至認爲「〈代女道士王靈妃贈道士李榮〉的成功僅次於〈長安古意〉」〔註95〕。除此之外，還稱讚駱賓王的成功就在於以賦爲詩的宮體詩，就借著敘事的描繪寫成了洋洋灑灑的巨篇，由「感情」撐起文字的鉅細靡遺，這是宮體詩的「轉機」〔註96〕，因爲：

> 這力量，前人謂之「氣勢」，其實就是感情。有眞實的感情，所以盧、駱的來到，能使人們麻痺了百年餘年的心靈復活；有感情，所以盧、駱的作品，正如杜甫所預言的「不廢江河萬古流」。〔註97〕

〔註94〕聞一多：〈宮體詩的自贖〉，《聞一多全集・6》，頁22。
〔註95〕聞一多：〈宮體詩的自贖〉，《聞一多全集・6》，頁23。
〔註96〕聞一多：〈宮體詩的自贖〉，《聞一多全集・6》，頁21。
〔註97〕聞一多：〈宮體詩的自贖〉，《聞一多全集・6》，頁24。

這就是盧駱的功勞所在，他們正以「宮體詩救宮體詩」〔註98〕，甚至
將劉、張、李、杜、高、岑等人的歌行體成就歸功於盧、駱的開創與
引領，經由以賦爲詩的表現，展開唐代長篇歌行體的創造，勾勒出一
條承繼相關的文學脈絡。

另外，再從題材的開拓來看，聞一多提到盧照鄰以「市井的放縱
改造宮廷的墮落」，但是市井爲宮體詩的題材內涵，並不是盧詩所首
創，石觀海對宮體詩的研究就曾提出〈長安有狹斜行〉可視爲宮體詩
發軔期的代表〔註99〕，此詩「長安有狹斜，狹斜不容車」一開始就以
長安市街爲場景，只是那街道的氣勢和畫面沒有〈長安古意〉來得大。
石觀海在《宮體詩派研究》一書的第六章「衰颯期的宮體詩派」論宮
體詩也僅談到南朝陳而已，並未沿伸入唐。〔註100〕故此，筆者雖然
不能否認四傑的作品中有其宮體詩的遺風，但就從聞一多以〈長安古
意〉來論宮體詩的改造，誠然擴大了宮體詩的範圍和意義。

（二）洗淨柔靡情感為平凡自然

聞一多並非認爲宮體詩一無可取，他認爲劉希夷的宮體詩情感平
凡自然，因此選錄了〈公子行〉、〈春女行〉、〈採桑〉、〈代白頭翁〉、〈將
軍行〉、〈歸山〉、〈秋日題汝陽潭壁〉。他在〈宮體詩的自贖〉先這樣
談到〈公子行〉的語言情感，

> 這不是甚麼十分華貴的修辭，在劉希夷也不算最高的造
> 詣。但在宮體詩裡，我們還沒聽見過這類的癡情話。我們
> 知道他的來源〈同聲詩〉和〈閒情賦〉。但我們要記得，這
> 樣越過齊、梁，直向漢、晉人借貸靈感，在將近百年以來
> 的宮體詩裡也很少人幹過呢！〔註101〕

這段話透漏兩則訊息，一來劉希夷〈公子行〉的文字語言不像傳統的

〔註98〕聞一多：〈宮體詩的自贖〉，《聞一多全集・6》，頁22。

〔註99〕石觀海：《宮體詩派研究》，武漢大學出版社，2003年，頁98。

〔註100〕石觀海：《宮體詩派研究》，武漢大學出版社，2003年，頁295。

〔註101〕聞一多：〈唐詩大系〉，《聞一多全集7》，頁24。

宮體詩綺麗，二來表示聞一多將劉希夷歸爲宮體詩人群，但此詩文字
沒有宮體詩的文字風格，卻又被聞一多歸爲宮體詩人，究竟何來？

　　筆者從唐・劉肅《大唐新語・文章》中得到了解答，有文曰：「希
夷少有文章，好爲宮體，詞旨悲苦，不爲時所重。……後孫翌撰《正
聲集》，以希夷詩爲集中之最。由是稍爲時人所稱。」〔註102〕這句話
爲劉希夷和宮體之間作了連結的詮釋，又加上《詩法易簡錄》對此詩
的評價，其文曰：「此亦初唐體也。初唐聲調源本齊梁，觀此詩益見
初唐人皆然，不獨四子。」〔註103〕此話看似爲聞一多說明了〈公子
行〉爲宮體詩的代表，只是筆者以爲《詩法易簡錄》也僅提到「齊梁」，
並沒有點明「宮體」兩字，所以聞一多藉由〈公子行〉的文字風格來
說明宮體詩的變化是值得商榷的。

　　聞一多又論到〈公子行〉的源頭，與明・鍾惺的論述「情中妙語，
然從陶公〈閑情賦〉語討出」〔註104〕相同。聞一多看到了初唐人宮
體詩對於〈閑情賦〉的吸收，特別是後兩句「願作輕羅著細腰，願爲
明鏡分嬌面」出自陶潛〈閑情賦〉中的仿效描寫，所以才會有「這樣
越過齊、梁，直向漢、晉人借貸靈感」的定論，但〈閑情賦〉的年代
早於宮體詩，〈閑情賦〉也僅能說是宮體詩的雛形，筆者認爲聞一多
要以此定義〈公子行〉爲宮體詩的一類，就眞的見仁見智了。

　　除此之外，聞一多又從情感的部分談起宮體詩的情形，注意到宮
體詩的情感發展，從東晉的自然流露，轉爲南朝的矯情愛慕，來到唐
初又再度出現了健康的愛情，所以曾在〈宮體詩的自贖〉論道：

　　　這連同它的前身——楊方〈合歡詩〉，也不過是常態的、健
　　　康的愛情中，極平凡、極自然的思念，誰知道在宮體詩中
　　　也成爲了不得的稀世珍寶。〔註105〕

〔註102〕唐・劉肅《大唐新語・文章》卷八，《文淵閣四庫全書》，頁15。
〔註103〕清・李鍈：《詩法易簡錄》卷七，臺北：臺蘭，1969年，頁144。
〔註104〕明・鍾惺、譚元春輯：《唐詩歸・初唐二》卷二，《續修四庫全書本》
　　　　1589～90冊，上海・上海古籍出版社，2002年。頁551～552。
〔註105〕聞一多：〈唐詩大系〉，《聞一多全集7》，頁25。

聞一多不僅讚美劉希夷也稱讚了楊方，最後提到「回返常態確乎是劉希夷的一個主要特質」，就連〈春女行〉、〈採桑〉也不另外。聞一多認為當宮體詩「感情返到正常狀態是宮體詩的又一個重大階段」〔註106〕。當情感返回正常後便又開始往上昇華，所以聞一多認為〈公子行〉「可憐楊柳傷心樹！可憐桃李斷腸花！」的情感表現是

> 他已從美的暫促性中認識了那玄學家所謂的『永恆』——
> 一個最縹緲，又最實在，令人驚喜，又令人震怖的存在，
> 在它的面前一切都沒有了。自然認識了那無上的智慧，就
> 在那徹悟的那一剎那間，在戀人也就是哲人了。〔註107〕

這裡有著一種情感沉靜的現象，沒有過多的情感交錯，又能在劉希夷的其他作品中表現相同的情感，可見於清・賀裳的《載酒園詩話・又編》，其文曰：

> 劉庭芝藻思快筆，誠一時俊才，但多傾懷而語，不肯留餘。
> 如〈採桑〉一篇，真尋味無盡。〈春女行〉前半亦婉約可思，
> 讀至〈憶昔楚王宮〉以下，不覺興闌人倦矣。鍾氏盛稱之，
> 獨貶其〈代悲白頭翁〉。此詩悲歌歷落，昔人之賞自不謬，
> 特亦微嫌太盡。〔註108〕

劉希夷的特色就是能順情而寫，不特意矯情做作，主因就是劉希夷能「傾懷而語」，讀詩者「不覺興闌人倦矣」，雖然在這裡提到〈代悲白頭翁〉悲歌太過，但也吻合了《唐才子傳》所提的「苦篇詠，特善閨帷之作，詞情哀怨，多似古調，體勢與時不合，遂不為時所重。」〔註109〕此話也具體指出了「不為時所重」的原因是「詞情哀怨」、「多依古調，體勢與時不合」。聞一多又將〈代悲白頭翁〉作為推進張若虛境界的一個過渡期，將劉希夷的生命歷程和這首詩的內容連結在一起

〔註106〕聞一多：〈宮體詩的自贖〉，《聞一多全集6》，頁25。

〔註107〕聞一多：〈唐詩大系〉，《聞一多全集7》，頁25。

〔註108〕清・賀裳：《載酒園詩話・又編》，郭紹虞編：《清詩話續編》，上海：上海古籍出版社，1983年，頁301～302。

〔註109〕宋・辛文房、傅璇琮主編：《唐才子傳校箋》，北京・中華書局，1987年，頁97。

了。聞一多以劉希夷曾對自己詩作爲讖的感嘆〔註110〕，從宇宙意識的立場提昇了這首詩的價值，認爲「這時劉希夷實已跨近了張若虛半步，而離絕頂不遠了。」〔註111〕聞一多將劉希夷和張若虛並論，並非是唯一的學者，游國恩等人所編著的《中國文學史》從詩歌的體制論「繼盧、駱之後，劉希夷和張若虛進一步地發展了七言歌行。」〔註112〕劉張兩人在七言歌行方面的成就，又劉大杰在《中國文學發展史》從文字風格方面提到：「於時有劉希夷，詩歌的風格與張若虛近似。……其詩多寫閨情」〔註113〕，並且認爲他們是「完全跳脫初唐的範圍，自成一種格調」〔註114〕。筆者以爲聞一多將劉希夷列爲宮體詩的代表並不妥，應同劉大杰的論點，他們是初唐自成一種格調的詩人。

（三）人間情感相對於宇宙意識的昇華

宮體詩進入了大唐帝國，初經華麗柔靡，經過情眞意切，最終步入淡雅寧靜。聞一多以張若虛爲宮體詩的遺韻代表，也是拯救宮體詩的詩人，但是就劉大杰論張若虛是「完全跳脫初唐的範圍，自成一種格調」〔註115〕的看法來說，聞一多以宮體詩來談張若虛的〈春江花月夜〉，是值得再三考量的。無論如何，筆者就先聞一多的論點來談張若虛〈春江花月夜〉在宮體詩中的意義。張若虛存詩兩首，聞一多僅選〈春江花月夜〉一首，他特別喜愛此詩中的某段詩句：

〔註110〕 唐・劉肅：《大唐新語》：「嘗爲《白頭翁》詠曰：『今年花落顏色改，明年花開復誰在？』繼而悔自曰：『我此詩似讖，與石崇（白頭同所歸，何異也。)』乃更作一句云：『年年歲歲花相似，歲歲年年人不同』繼而嘆曰：『此句復似向讖矣，然死生有命，豈復由此？』乃兩存之。詩成未周，爲奸所殺，或云宋之問害之。」此可參見唐・劉肅：《大唐新語》卷八，《文淵閣四庫全書》，頁15。

〔註111〕 聞一多：〈唐詩大系〉，《聞一多全集7》，頁25。

〔註112〕 游國恩等：《中國文學史》，北京：人民文學出版社，1963年，頁32。

〔註113〕 劉大杰：《中國文學發展史》，臺北：華正書局，1991年，頁441。

〔註114〕 劉大杰：《中國文學發展史》，臺北：華正書局，1991年，頁441。

〔註115〕 劉大杰：《中國文學發展史》，臺北：華正書局，1991年，頁441。

> 江畔何人初見月，江月何年初照人。人生代代無窮巳，江
> 月年年只相似。不知江月待何人，但見長江送流水。（《全
> 唐詩》卷一一七，頁 1185。）

因爲從此句開始，整個思念的情懷開始展開，聞一多還特別比較盧照
鄰「昔時金階白玉堂，即今唯見青松在」和寒山子「未必長如此，芙
蓉不耐寒」的詩句，指明他們兩人都是從旁觀者的立場看現實生活，
就聞一多而言，這樣的態度過於冷酷和傲慢。但張若虛的立場異於他
倆人，聞一多認爲

> 更絕的宇宙意識！一個更深沉，更寥廓，更寧靜的境界！
> 在神奇的永恆前面，作者只有錯愕，沒有恐懼，只有憧憬，
> 沒有悲傷。……只有張若虛這態度不亢不卑，沖融和易才
> 是最純正的，「有限」與「無限」，「有情」與「無情」——
> 詩人與「永恆」猝然相遇，一見如故，於是談開了……。

張若虛對於情感的表現，是將宇宙視作傾訴的對象，以人生的有限對
比江月的無限；以人生的有情對比江月的無情，江山依舊，人事已非，
張若虛透過一連串的天問，感慨之語油然而生，也想起了那伊人，但
他以代言體的方式表達伊人的情感，「此時相望不相聞，願逐月華流
照君」，聞一多說這是「因爲他想到她了，那『妝鏡台』邊的『離人』。
他分明聽見她的喟嘆……」，兩人相隔遠距，卻因心思相投，猶有「海
上生明月，天涯共此時」之韻味，無法相聚，卻只能一起欣賞宇宙天
地永恆之月，或者更可進一步將江山和明月相比，江山尚且易改，嬋
娟更加歷久不變，有限和無限，有情和無情，一層一層地將情感相疊
上去，訴諸於到宇宙，來表達彼此想念的情感，也難怪聞一多要讚嘆：

> 這裡一番神秘又親切的、如夢境的晤談，有的是強烈的宇
> 宙意識，被宇宙意識昇華過的純潔的愛情，又由愛情輻射
> 出來的同情心，這是詩中的詩，頂峰上的頂峰。〔註116〕

這種昇華的情感，在時空的推移之下，相較人間愛情，顯得格外渺小，
正如明·鍾惺對此詩的評價，其文曰：「淺淺說去，節節相生，使人傷

〔註116〕聞一多：〈宮體詩的自贖〉，《聞一多全集6》，頁 27。

感。未免有情，自不能讀，讀不能厭。……將春江花月夜五字鍊成一片奇光，分合不得，真化工手。」〔註117〕因爲宮體詩在初唐的表現多爲輕浮華艷，張若虛的詩在那時就顯得格外珍貴稀奇，又加上情感的表達「深沉寥廓」，便增加了此詩的價值，所以在詩人小傳裡，聞一多化用王闓運「孤篇橫絕，竟成大家」之語，評價此詩「孤篇橫絕，遂成大家」〔註118〕，凸顯了〈春江花月夜〉在詩學史中「詩中的詩，頂峰上的頂峰」的文學價值，也讓張若虛駐足詩壇上的重要詩人。

三、律體審美意涵的建立

　　自建安以來，散文、辭賦和詩歌，都走上了駢偶的形式，直至齊永明，沈約等人提出「四聲八病」之說，楊啓高更進一步認爲古體和律體之間，是以永明體爲過渡〔註119〕，初唐四傑王、楊已將五律的體式運用自如，盧、駱兩人則在七言歌行方面努力，七律的體式需待沈、宋的完成。蘇珊玉認爲初唐四傑致力於詩律聲情的努力，爲唐詩新體裁做了實質的啓迪。〔註120〕初唐四傑爲沈、宋兩人奠下了基礎，再經由沈、宋兩人工研律體的結果，使得初唐完善近體詩具備韻律美。唐初四傑和沈宋的貢獻並不單指他們在律體形式方面的制定，還包括了他們在詩的題材內涵方面所拓展的情意美，筆者據此探討王、楊、沈、宋等人在律體方面的審美意涵。

（一）雄渾健勁的風貌

　　王勃和楊炯雖然是唐初的詩人，但是他們受到六朝以來聲律論的影響，在律體的成就也不小，聞一多是將王、楊和盧、駱兩組人馬分別論述，以王、楊爲律體完成的前驅者，以盧、駱爲宮體詩的改造者，

〔註117〕明・鍾惺、譚元春輯：《唐詩歸・盛唐一》卷六，《續修四庫全書》，1589 冊，頁 599。
〔註118〕聞一多：〈唐詩大系〉，《聞一多全集 7》，頁 343。此句源自《論唐詩諸家源流》
〔註119〕楊啓高：《唐代詩學》，頁 36。
〔註120〕蘇珊玉：《盛唐邊塞詩的審美特質》，頁 217。

這樣的論述不同於葉慶炳、劉大杰、馬積高等文學史家向來把四傑並論爲律體的貢獻者。聞一多卻將四傑的成就分爲宮體詩和律體的題材內涵來論，於是就特別談到王、楊的成就，意見如下：

> 王、楊的五律則將詩風從臺閣移至江山、塞漠。台閣上只有
> 儀式的應制，有「締句繪章，揣合低印」。到了江山與塞漠，
> 才有低徊與惆悵，嚴肅與激昂，例如王的〈秋日別薛昇華〉、
> 〈送杜少府之任蜀州〉和楊的〈從軍行〉、〈紫騮馬〉一類的
> 抒情詩。……前乎王、楊，尤其應制的作品，五言長律用的
> 還相當多。這是該注意的！五言八句的五律，到王楊才正式
> 成爲定型，同時完整的眞正唐音的抒情詩也是這時才出現
> 的。……王、楊的五律式完全成熟了的五律。〔註121〕

這段話肯定了王、楊的兩項貢獻，一是擴大了律體的題材內涵，從臺閣移至江山、塞漠」；二是王、楊對五律體制的貢獻。此段話又提到「同時完整的眞正唐音的抒情詩也是這時才出現的」，究竟代表的是何種意思？於此，筆者援引柯慶明於〈抒情美典的起源與質疑〉一文中所提及的論點來說明，其文曰：「眞正的『抒情傳統』，其實也包含了這些深刻、普遍、客觀的人性情境洞察」〔註122〕，這不僅凸顯中國詩與西洋詩之間的不同，也代表自《詩經》詩歌發展以降，中國詩一直涵融著人生經驗的體會，再從聞一多的觀點論唐詩，充分展現詩不離人生，人生不離詩的抒情傳統。

　　試論聞一多選錄王、楊的詩篇，並經由各家詩話的詮解與析論，透析抒情詩與詩例之間的關係，即能了解「同時完整的眞正唐音的抒情詩也是這時才出現的」所代表的涵義，茲錄原詩如下：

> 肅肅涼景生，加我林壑清。驅煙尋澗戶，卷霧出山楹。去
> 來固無迹，動息如有情。日落山水靜，爲君起松聲。（王勃
> 〈詠風〉，《全唐詩》卷五五，頁673。）

〔註121〕聞一多：〈四傑〉，《聞一多全集・6》，頁16～17。
〔註122〕柯慶明：〈抒情美典的起源與質疑〉，《清華中文學報》，第3期，2009年12月，頁89～112。

滕王高閣臨江渚，珮玉鳴鑾罷歌舞。畫棟朝飛南浦雲，珠簾暮捲西山雨。閑雲潭影日悠悠，物換星移幾度秋。閣中帝子今何在，檻外長江空自流。（王勃〈滕王閣歌〉，《全唐詩》卷五五，頁675。）

披襟乘石磴，列籍俯春泉。蘭氣熏山酌，松聲韻野弦。影飄垂葉外，香度落花前。興洽林塘晚，重巖起夕煙。（王勃〈聖泉宴〉，《全唐詩》卷五六，頁676。）

送送多窮路，遑遑獨問津。悲涼千里道，悽斷百年身。心事同漂泊，生涯共苦辛。無論去與住，俱是夢中人。（王勃〈秋日別薛昇華〉，《全唐詩》卷五六，頁676。）

城闕輔三秦，風煙望五津。與君離別意，同是宦遊人。海內存知己，天涯若比鄰。無爲在岐路，兒女共霑巾。（王勃〈送杜少府之任蜀州〉，《全唐詩》卷五六，頁678。）

閑情兼嘿語，攜杖赴巖泉。草綠縈新帶，榆青綴古錢。魚床侵岸水，鳥路入山煙。還題平子賦，花樹滿春田。（王勃〈春日還郊〉，《全唐詩》卷五六，頁679。）

金鳳鄰銅雀，漳河望鄴城。君王無處所，臺榭若平生。舞席紛何就，歌梁儼未傾。西陵松檟冷，誰見綺羅情。（王勃〈銅雀妓〉二首之一，《全唐詩》卷五六，頁680。）

烽火照西京，心中自不平。牙璋辭鳳闕，鐵騎繞龍城。雪暗凋旗畫，風多雜鼓聲。寧爲百夫長，勝作一書生。（楊炯〈從軍行〉，《全唐詩》卷五六，頁615。）

俠客重周遊，金鞭控紫騮。蛇弓白羽箭，鶴轡赤茸鞦。發跡來南海，長鳴向北州。匈奴今未滅，畫地取封侯。（楊炯〈紫騮馬〉，《全唐詩》卷五〇，頁616。）

這些詩的特性除了共同以「山林」和「曠野」作爲詩內容的題材之外，最大的特點就在於律體的部分，聞一多又引了李商隱〈漫成章〉：「沈宋裁辭矜變律，王楊落筆得良朋。當時自謂宗師妙，今日惟觀對屬能。」說明王楊和沈宋是一脈相承的關係。於是，我們再來看以上這些詩的

特點,可以從內容和形式分別立說。

先論形式者,《唐詩成法》論〈詠風〉曰:「此首五言古,然氣味純乎是律,姑錄於此,識者味之。」〔註123〕明·胡應麟論〈滕王閣〉「第八句爲章,平仄相半,軌轍一定,毫不可逾,殆近似歌行中律體矣。」〔註124〕明·鍾惺論〈送杜少府之任蜀州〉「此等作,取其氣完而不碎,眞律成之始也。」〔註125〕俞陛雲又進一步說「大凡作律詩,忌枝節橫斷。唐人律詩,無不氣脈流通,此詩尤顯。作七律亦然。」〔註126〕陳德公也評〈銅雀妓〉曰:「初日君臣,唯言粉黛,百篇一色,臘味索然。即乎『四傑』開律,漸流情節矣。」〔註127〕清·王夫之論〈從軍行〉曰:「裁樂府作律,以自意起止,泯合入化。」〔註128〕此皆說明王楊在五律體的成就。

再論內容的部分,王勃詩篇開啓後代詩風,《批點唐音》論〈詠風〉:「子安五言,獨此篇語意皆到,可法。」〔註129〕語意之處就如同明·鍾惺讚末二句「日落山水靜,爲君起松聲」而論曰:「只讀此二語知世人以王楊盧駱並稱者爲無眼矣。『爲君』二字妙,待物如人矣。」〔註130〕其佳處在於將物擬人,情感活絡其中,故《唐詩成法》進一步談到物我之間的關係,其文曰:「『加』字有斟酌,『尋』字妙,『君』字遙應『我』字,有情」,又明·顧璘論〈聖泉宴〉曰:「『乘』字、『俯』字,『熏』字、『韻』字、『影飄』、『香度』及『洽』字,觀其下字,便

〔註123〕《唐詩成法》之語可參見陳伯海:《唐詩彙評》,頁95。

〔註124〕明·胡應麟:《詩藪》內編三·古體下·七言,臺北·廣文書局,1973年,頁166。

〔註125〕明·鍾惺、譚元春輯:《唐詩歸·初唐一》卷一,《續修四庫全書》,1589冊,頁534。

〔註126〕俞陛雲:《詩境淺說》,北京:北京出版社,2003年,頁1。

〔註127〕陳德公之語參見陳伯海:《唐詩彙評》,頁98。

〔註128〕清·王夫之:《唐詩評選》,頁101。

〔註129〕《批點唐音》之語可參見陳伯海:《唐詩彙評》,頁95。

〔註130〕明·鍾惺、譚元春輯:《唐詩歸·初唐一》卷一,《續修四庫全書》,1589冊,頁533。

見老成。次聯風韻自別。唐孟莊曰：『熏』字佳矣，『韻』字更勝，『飄』、『度』是眼，『外』、『前』亦活，結亦有致。」〔註131〕唐初情感至深的詩篇少之又少，大多應制、柔靡、事類拼湊而成機械詩而已，詩人有時寫情不需直說，從營造氣氛的字眼中即可感受得到，明・唐汝詢論〈滕王閣〉曰：「富麗中見冷落，妙，妙（『珠簾幕卷』句下）。平常中見代謝，幽細（『物換星移』句下）。」〔註132〕將情感遁入無限惆悵，惜別古今油然而生。另外〈別薛華〉一詩也未出現「愁」字，但通篇愁思正由「悲涼千里道，淒斷百年身。心事同漂泊，生涯共苦辛」帶了出來，正如明・譚元春云：「愁苦詩，又喚醒人不愁，妙，妙。」〔註133〕也難怪周敬曰：「此與〈杜少府任蜀州〉篇全以情勝，所謂車行熟路，渾不著力者也。」〔註134〕由此來看〈杜少府任蜀州〉，其詩「海內存知己，天涯若比鄰。無為在岐路，兒女共霑巾。」正表現出「多少嘆息，不見愁語」〔註135〕的技巧，令人感到「蒼然率然，多少感慨，說無為愁，我始欲愁。」〔註136〕是故，詩歌、人生與情感三者交融，即充分展現洞察人生的深刻體會，乃為「詩情詩」之真義所在。

王勃善於以流麗的筆法表現氣渾的風格，《增訂評注唐詩正聲》論〈滕王閣〉「流麗而深靜，所以為佳，是唐人短歌之絕」〔註137〕開啟盛、中唐的詩風，故明・胡應麟評曰：「王勃〈滕王閣〉、衛方〈無宮怨〉自是初唐短歌，婉麗和平，極可師法，中、盛繼作頗多。」〔註138〕

〔註131〕顧璘之語參見陳伯海：《唐詩彙評》，頁98。

〔註132〕此句源自《匯編唐詩十集》參見陳伯海：《唐詩彙評》，頁98。

〔註133〕明・鍾惺、譚元春輯：《唐詩歸・初唐一》卷一，《續修四庫全書》，1589冊，頁533。

〔註134〕此句源自《唐詩選脈會通評林》參見陳伯海：《唐詩彙評》，頁98。

〔註135〕明・凌濛初著、魏同賢，安平秋主編：《唐詩廣選》收入《凌濛初全集》，南京市：鳳凰出版社，2010年，頁103。

〔註136〕此句源自《增訂評注唐詩正聲》並參見陳伯海：《唐詩彙評》，頁100。

〔註137〕此句源自《增訂評注唐詩正聲》參見陳伯海：《唐詩彙評》，頁98。

〔註138〕明・胡應麟：《詩藪》內編三・古體下・七言，臺北・廣文書局，1973年，頁166。

但在流麗中又帶有雄健的氣勢，清‧王夫之認爲「瀏利雄健，兩難兼者兼之」〔註139〕的現象可歸功於末句「檻外長江空自流」所營造的「惟江水空流，令人興慨耳」，極有「深致」〔註140〕。唐‧楊炯〈從軍行〉則以「渾厚，字幾銖兩悉稱。首尾圓滿，殆無餘憾」〔註141〕爲其風格，《聞鶴軒初盛唐近體讀本》就談到這首詩之所以渾厚之處，說到「語麗音鴻，允矣，唐初之傑。三、四著色，初唐本分。五、六較有作手，而音亦仍亮，一結放筆岸然，是大家。」〔註142〕指出〈從軍行〉各聯的特色，因「三四從大處寫其寵赫」〔註143〕故有「著色」，含有初唐的習氣，「五六從小處寫其熱鬧」〔註144〕，所以特別需要「作手」，目的在於「方逼出『寧爲』、『勝作』事」〔註145〕以達「放筆岸然」。

　　除了雄渾之外，也不乏清麗，詩人最高境界就是以景寫情，卻不直接寫情，《古唐詩合解》論〈聖泉宴〉「此詩字意頗重，以流麗而不覺。」〔註146〕詩人用動靜加強詩的意象在盛中唐儼然成爲常用的手法，但初唐王勃在〈春日還郊〉一詩中，則是「起沉著，寫閑情新而遠。中二聯分動靜。『鳥路』句靈活。題是『還郊』，詩寫得春日郊景，『還』字只次句寫，若盛唐必更有妙意。」〔註147〕「草綠縈新帶，榆青綴古錢」是靜，靜景又非單獨是靜，明‧陸時雍認爲「三、四語有風味。人有問余二語何以佳，余謂此二語一似逢春而感，一似遇物而興，非徒爲草、喻詠也。」〔註148〕，「魚床侵岸水，鳥路入山煙」是動，將春天的生機順手逼出，全無扭捏。

〔註139〕清‧王夫之：《唐詩評選》，頁3。
〔註140〕此句源自《唐詩選脈會通評林》參見陳伯海：《唐詩彙評》，頁98。
〔註141〕明‧陸時雍：《唐詩鏡‧初唐第一》卷一。
〔註142〕參見陳伯海：《唐詩彙評》，頁70。
〔註143〕此句源自《唐詩成法》並參見陳伯海：《唐詩彙評》，頁70。
〔註144〕此句源自《唐詩成法》並參見陳伯海：《唐詩彙評》，頁70。
〔註145〕此句源自《唐詩成法》並參見陳伯海：《唐詩彙評》，頁70。
〔註146〕王堯衢註：李模、桓同校：《古唐詩合解》，上海：春明，1946年。
〔註147〕此句源自《唐詩成法》並參見陳伯海：《唐詩彙評》，頁101。
〔註148〕明‧陸時雍：《唐詩鏡‧初唐第一》卷一。

　　聞一多選錄這些詩作，除了呈現律體在文學史發展過程中的現象，也呈現初唐雄渾流麗的詩風，更以文字技巧透過選字，讓物我之間融合為一，又能寫情卻不直抒其情，由景襯情。王楊在律體方面的貢獻是將題材由臺閣轉向山林，這個論點也由馬積高、黃鈞主編的《中國古代文學史》承襲而下，談到他們對江山塞漠的描繪和個人情性的抒寫不僅表現豪情壯志、慷慨情懷，也將筆觸深入到生活各個方面〔註149〕，所以這兩人的詩作也較容易借由江山的環境，例如：北州、鳥路、魚床、巖泉、石磴、長江、西山雨、江渚等等，營造悲愁和雄渾的詩風。雖然杜審言的詩作也屬於雄渾詩風，但王楊仍帶有六朝宮體詩的餘韻，雄渾中含有流麗的語言，於此筆者便不將杜審言和王楊並論雄渾的風格。

（二）質直渾厚的風格

　　聞一多相當欣賞沈佺期、杜審言、崔融、宋之問，認為此派是以類書式的詩作攻擊的目標，所代表的是善。他們「因襲漸少，創新才多」〔註150〕，對唐詩的發展有關鍵性的影響，因為他們的詩將是跟盛唐接壤的橋梁。聞一多認為第三派的風格以明・陸時雍《詩鏡總論》「杜審言渾厚有餘，宋之問精工不足，沈佺期吞吐含芳，安祥合度，亭亭整整，喁喁叮叮，覺其句自能言，字自能語，品質所以為美，蘇李法有餘閑，材之不逮也。」作為最高的評語。〔註151〕鄭臨川課堂筆記裡談到聞一多之所以欣賞杜審言是因為當時習以為常的詩風為臺閣體、歌謠體，杜審言呈現的卻是初唐罕見的雄渾詩風，因此舉了〈蓬萊三殿侍宴奉敕詠終南山應制〉一詩說明其渾厚之氣〔註152〕，卻未進一步

〔註149〕馬積高、黃鈞主編：《中國古代文學史》，臺北：萬卷樓圖書出版社，1998 年，頁 36。
〔註150〕可參見鄭臨川記錄、徐希平整理：〈初唐詩〉，《笳吹弦誦傳薪錄——聞一多、羅庸論中國古典文學》，頁 82。
〔註151〕聞一多：〈唐詩要略〉，《聞一多全集・6》，頁 103。
〔註152〕可參見鄭臨川記錄、徐希平整理：〈初唐詩〉，《笳吹弦誦傳薪錄——聞一多、羅庸論中國古典文學》，頁 85。

說明賞析。若從聞一多所選錄的這幾首詩來看，筆者列詩如下：

北斗挂城邊，南山倚殿前。雲標金闕迥，樹杪玉堂懸，半嶺通佳氣，中峰繞瑞煙。小臣持獻壽，長此戴堯天。〈蓬萊三殿侍宴奉敕詠終南山應制〉（《全唐詩》卷六二，頁730。）

共有樽中好，言尋谷口來。薜蘿山逕入，荷芰水亭開。日氣含殘雨，雲陰送晚雷。洛陽鐘鼓至，車馬繫遲回。〈夏日過鄭七山齋〉（《全唐詩》卷六二，頁733。）

獨有宦游人，偏驚物候新。雲霞出海曙，梅柳渡江春。淑氣催黃鳥，晴光轉綠蘋。忽聞歌古調，歸思欲沾巾。〈和晉陵陸丞早春游望〉（《全唐詩》卷六二，頁731。）

旅客三秋至，層城四望開。楚山橫地出，漢水接天回。冠蓋非新里，章華即舊臺。習池風景異，歸路滿塵埃。〈登襄陽城〉（《全唐詩》卷六二，頁732。）

行止皆無地，招尋獨有君。酒中堪累月，身外即浮雲。露白宵鐘徹，風清曉漏聞。坐攜餘興往，還似未離群。〈秋夜宴臨津鄭明府宅〉（《全唐詩》卷六二，頁731。）

今年遊寓獨遊秦，愁思看春不當春。上林苑裡花徒發，細柳營前葉漫新。公子南橋應盡興，將軍西第幾留賓。寄語洛城風日道，明年春色倍還人。〈春日京中有懷〉（《全唐詩》卷六二，頁734。）

遲日園林悲昔遊，今春花鳥作邊愁。獨憐京國人南竄，不似湘江水北流。〈渡湘江〉（《全唐詩》卷六二，頁737。）

杜審言這幾首詩有兩項共通的特點，一為細膩不纖巧，可以從〈夏日過鄭七山齋〉、〈春日京中有懷〉和〈渡湘江〉這幾首詩中得知，〈夏日過鄭七山齋〉以情景相映的方式，使得景物生動有情，故「寫日中之雨，雨後之雷，有情有景」〔註153〕，便能達到「開合結構，照應

〔註153〕清‧沈德潛：《唐詩別裁》第三冊，卷十三，臺北：臺灣商務，1978年，頁95。

有情，曲盡幽思」〔註154〕的效果。另外，「日氣含殘雨，雲陰送晚雷」
中的「含」和「送」字，頗有用心字斟句酌之意，故清‧王夫之論曰：
「晚唐即極雕琢，必不能及初唐之體物，如『日氣含殘雨』，盡賈島
推敲，何曾道得！三、四工妙，尤在『日氣含殘雨』之上。」〔註155〕。
因景中有情，寫景不再是單純的風花雪月，又見〈春日京中有懷〉，《唐
詩成法》就這樣論到：「『今年』獨起下『不當春』。『徒』、『漫』承『愁
思』，『應』、『幾』承『獨』字，雖分人、物，皆寫『不當春』也。末
言今年秦地春色已不當春矣，明年洛城當加倍還我耳。以洛陽映秦，
以『倍還人』，映『不當春』，以『寄語』結『有懷』，妙思奇語，迥
非常境。」〔註156〕今年已不當春，以情入景，預想明年春色更加倍
獻人，這樣的情感雖然仍存陳隋之語，卻仍有佳處，所以清‧黃生評
曰「初唐出語有極細嫩者，此實未脫陳隋口吻，但其格律一變，故不
復以纖巧見疵。」〔註157〕

　　二者為渾厚有餘，杜審言渾厚的詩風也可以說是盛唐詩的前驅，
明‧胡應麟就將杜審言〈和晉陵陸丞早春游望〉和陳子昂〈次樂鄉〉、
沈佺期〈宿七盤〉、宋之問〈扈從登封〉等人的詩作並論為「氣象冠
裳，句格鴻麗」〔註158〕，〈登襄陽城〉也不落人後，一開頭「三秋至」、
「四望開」就延展了時空的距離，又加上新舊地名的交錯，營造歷史
的痕跡，不僅「寓感感慨，不但張大形勢」〔註159〕又「氣象雄偉，
詞語感慨」，可謂「真渾涵深沉，鍛鍊精奇之作」〔註160〕。同樣地，
〈和晉陵陸丞早春游望〉也在起頭就展開了雄渾之氣，以「獨」字的
深厚，帶出「起句喝得響亮」〔註161〕的效果，《近體秋陽》亦論：「此

〔註154〕此句源自《唐詩選脈會通評林》並參見陳伯海：《唐詩彙評》，頁118。
〔註155〕清‧王夫之：《唐詩評選》，頁105。
〔註156〕此句源自《唐詩成法》並參見陳伯海：《唐詩彙評》，頁119。
〔註157〕清‧黃生：《唐詩摘鈔》，合肥：安徽大學出版社，2009年，頁212。
〔註158〕明‧胡應麟：《詩藪》內編四‧近體上‧五言，頁211。
〔註159〕元‧方回：《瀛奎律髓》卷一，《文淵閣四庫全書》，頁1366～4。
〔註160〕此句源自《唐詩選脈會通評林》並參見陳伯海：《唐詩彙評》，頁117。
〔註161〕元‧方回：《瀛奎律髓》卷十，《文淵閣四庫全書》，頁1366～95。

詩起結老成警洁，中間調高思麗。」〔註162〕再看次聯「雲霞出海曙，
梅柳渡江春，淑氣催黃鳥，晴光轉綠蘋」可謂「『曙』、『春』一字一
句，古人琢意之妙」〔註163〕，俞陛雲更將「出」、「渡」、「催」、「轉」
四字視爲詩眼。〔註164〕末句的「忽聞」使「末句精神透出」〔註165〕，
「歸思」卻充滿了「無限」〔註166〕，此由雄渾帶出無限的情感，正
是杜審言的不同之處。

　　聞一多將杜審言列爲以五律爲格律特色的派別，此派的嗣響作家
之一爲郭元振，聞一多選詩四首，分別爲〈塞上〉、〈寄劉校書〉、〈寶
劍篇〉、〈春江曲〉，其中除了〈春江曲〉「江水春沈沈，上有雙竹林。
竹葉壞水色，郎亦壞人心」(《全唐詩》卷六六，頁 754。) 較爲柔媚
之外，其他三首皆同杜詩一樣，頗有豪壯之語，例如：〈塞上〉「塞外
虜塵飛，頻年出武威。死生隨玉劍，辛苦向金微。久戍人將老，長征
馬不肥。仍聞酒泉郡，已合數重圍。」(《全唐詩》卷六六，頁 754。)
將塞外長年出征，年歲逐漸消逝的感嘆心情表露無遺。又〈寄劉校書〉
「俗吏三年何足論，每將榮辱在朝昏。才微易向風塵老，身賤難酬知
己恩，……」(《全唐詩》卷六六，頁 754。) 陳述自己因才能微賤，
無法竭盡心力報答恩情。這樣心有餘而力不足的無奈在豪壯的心志之
餘，顯得格外悲涼。再看〈古劍篇〉「……良工鍛煉凡幾年，鑄得寶
劍名龍泉，……非直結交游俠子，亦曾親近英雄人。何言中路遭棄捐，
零落漂淪古獄邊。雖復塵埋無所用，猶能夜夜氣沖天。」(《全唐詩》
卷六六，頁 753。) 先描述龍泉劍的由來，再從外觀描寫顏色與特性，
最後提到此劍只與英雄交遊，雖然隨著君子埋入塵土之中，但是那傲
然之氣仍強烈地散發，這正是雄渾有餘之處。另外，王無竟亦以「氣

〔註162〕此句源自《近體秋陽》並參見陳伯海：《唐詩彙評》，頁 117。
〔註163〕明・陸時雍：《唐詩鏡・初唐第三》卷三。
〔註164〕俞陛雲：《詩境淺說》，頁 3。
〔註165〕此句源自《近體秋陽》並參見陳伯海：《唐詩彙評》，頁 117。
〔註166〕清・王夫之：《唐詩評選》，保定：河北大學出版社，2008 年，頁
　　　　104，其文曰：「看他一結，卻有無限。」

豪縱，下筆成章」〔註167〕為名，聞一多選〈巫山〉一首，原詩如下：

　　神女向高唐，巫山下夕陽。裴回作行雨，婉孌逐荊王。電
　　影江前落，雷聲峽外長。朝雲無處所，臺館曉蒼蒼。(《全
　　唐詩》卷六七，頁758。)

此詩談的是高唐、巫山、朝雲等事，其實聞一多皆有專論研究神女與
這些地點的關係，所以這對聞一多來說是再熟悉不過的東西，詩中情
景的抒寫從「神女」至「荊王」直述率易，後半的「電影」至「蒼蒼」
影落縹緲，讀來「氣調爽暢，結處氳氳不盡。」〔註168〕

　　聞一多非常欣賞多才的詩人，杜審言不僅以渾厚見長，在歌謠方
面的表現也不在話下，他特別以此說明杜審言和杜甫詩風相承的關
係，指出杜甫〈曲江〉「傳語風光共流轉，暫時相賞莫相違」極曲折
的含意是由杜審言〈春日京中有懷〉「寄語洛城風日道，明年春色倍
還人」化出來的，杜甫受祖父審言的影響極大。

　　在初唐詩人裡，崔融也以渾厚和曲折的詩風為長，他也是杜審言
賞識的人，雖然崔融在唐武后時期被當作武氏死黨，為士林所貶斥，
可是聞一多和杜審言一樣，不以人廢言，從文才的立場欣賞這個人，
特舉五律〈吳中好風景〉歌謠風味；五古〈關山月〉見渾厚。雖然聞
一多特別欣賞杜甫，但若要論詩，卻是一點也不偏私己愛。同樣在談
「浩蕩蒼茫」的氣象，聞一多認為崔融〈關山月〉「萬里度關山，蒼
茫非一狀」就比杜甫〈同諸公登慈恩寺塔〉「俯視但一氣，焉能辨皇
州」來得簡練遒勁。

（三）含蓄雅致的意蘊

　　筆者認為聞一多以詩內容的風格為選詩標準，聞一多選沈詩亦是

〔註167〕宋・紀有功：《唐詩紀事》卷八，臺北・木鐸，1982年。，頁108。
〔註168〕在此筆者綜合《聞鶴軒初盛唐近體讀本》中陳德公和趙錫九對此詩
　　　　　的評論說明前半「直述率易」；後半「直述率易」。原文為「陳德公
　　　　　先生曰：『氣調爽暢，結處氳氳不盡。前半直述，一氣流注，殊有
　　　　　神韻。五六寫景並活，影落聲長，說向空際，故佳。』趙錫九曰：
　　　　　『若後半，作致縹緲；前半直序，便嫌率易』。」

如此，雖然沈佺期擅長七律，但是根據聞一多所選的沈詩，僅〈古意贈補闕喬知之〉是七言，其餘的〈游少林寺〉、〈雜詩〉、〈宿七盤嶺〉、〈巫山高〉皆爲五言。鄭文記錄聞一多以五律〈游少林寺〉和七律〈古意贈補闕喬知之〉說明沈詩的特色，故此筆者先來談〈游少林寺〉，詩云：

> 長歌游寶地，徙倚對珠林。雁塔霜風古，龍池歲月深。紺
> 園澄夕霽，碧殿下秋陰。歸路煙霞晚，山蟬處處吟。(《全
> 唐詩》卷九六，頁1032。)

這首詩用詞「華而不靡」〔註169〕，所呈現的風格爲「富麗之中稍加勁健」〔註170〕，沒有過多的阿諛奉承和誇張擁戴之語，可謂「精嚴雄整，沉理玄趣俱到」〔註171〕。聞一多認爲這首詩寫於武后盛世時期，所以詩多「盛世之音」，但是盛世之音並不代表著過多的褒美，在這首詩中如此合乎中庸，故聞一多對此詩的評價爲：

> 可說是標準的唐詩，詩人在其中表現了雍容和諧的氣象，
> 形成一種和平中正的境界，使人讀了產生溫柔敦厚的感
> 覺，這也可以說是標準的中國詩。〔註172〕

這段話明指此詩是「標準的唐詩」，但什麼又叫作「標準的唐詩」？其實指的就是聞一多〈詩的唐朝〉一文中所謂的「全面生活的詩化」〔註173〕，凡所可用文字記錄處皆用文字寫詩，所以呈現的也是最眞實的生活面貌，雖是「盛世之音」，卻沒有太過華麗的文字包裝。同樣在武

〔註169〕 此句出自《瀛奎律髓彙評》紀昀語：「氣味自厚，故華而不靡。」
可參見元・方回選評；李慶甲集評校點：《瀛奎律髓彙評》，上海：
上海古籍出版社出版，2005年，頁1625。

〔註170〕 元・方回：《瀛奎律髓》卷四十七，《文淵閣四庫全書》，頁1366～
504。其文曰：「唐律詩初盛，少變梁陳，而富麗之中少加勁健，如
此者是也。」

〔註171〕 此句源自《唐詩選脈會通評林》：「周曰：『精嚴雄整，沉理玄趣俱
到，初唐自少勁敵。』」可參見陳伯海：《唐詩彙評》，頁217。

〔註172〕 可參見鄭臨川記錄、徐希平整理：〈初唐詩〉，《笳吹弦誦傳薪錄——
——聞一多、羅庸論中國古典文學》，頁84。

〔註173〕 聞一多：〈詩的唐朝〉，《聞一多全集・6》，頁120。

后時期的蘇味道亦有此風範，聞一多選錄〈正月十五夜〉一首，其中「火樹銀花」一語尤爲人所傳誦，《本事詩》就曾寫到蘇味道和張昌齡兩人互相讚美彼此的詩句。〔註174〕筆者從詩的情境來看，蘇味道描述中秋盛世的情境，能達到「元夜情景，包括已盡，筆致流動。天下游人，今古同情，結句遂成絕調」〔註175〕的地步，見其「纖濃恰中」〔註176〕的筆調，他和沈佺期一樣，雖言盛世景況卻不誇張讚揚。

　　另外，沈佺期三首〈雜詩〉都寫閨中怨情，流露出反戰的情緒，聞一多所選的第三首詩，不僅對「頻年不解兵」表達了怨恨之感，還期望良將早日能結束戰爭，沈佺期在此詩中不論是對戰爭的不滿或是對征人的思念皆表現了恰當其中的情感，筆者擇錄原詩如下：

　　　　聞道黃龍戌，頻年不解兵。可憐閨裡月，長在漢家營。
　　　　少婦今春意，良人昨夜情。誰能將旗鼓，一爲取龍城。（《全
　　　　唐詩》卷九六，頁 1030。）

這首詩顯然是在描述一位婦女在月亮高掛在空中的夜晚裡，思念那出征的良人也表達了對戰爭的無奈，聯領「可憐閨裡月，長在漢家營」借月抒懷，指征人在營中，婦人在閨中，透過一輪明月的照耀下，表現兩地相思的情感，表面寫月，實際寫情。頸聯「少婦今春意，良人昨夜情」則寫離人相思，春天雖然有好景，也是最能撩人情思的季節，但是今春卻獨自一人度過，那夫婦相別離的夜晚彷彿昨日再現，寫出良人深愛妻子的情懷，以尾聯「誰能將旗鼓，一爲取龍城」說出了征夫與思婦共同的期望，以問句的形式表達了征夫期待儘快結束戰爭，也透露出夫婦相別離的痛苦。這首詩表達對另外一半的思念，呈現「然

〔註174〕唐・孟棨：《本事詩》：「宰相蘇味道與張昌齡俱有名，暇日相遇，互相誇誚。昌齡曰：「某詩所以不及相公者，爲無『銀花合』故也。」蘇有〈觀燈〉詩曰：「火樹銀花合，星橋鐵鎖開。暗塵隨馬去，明月逐人來。」味道云：「子詩雖無『銀花合』，還有『金銅釘』。昌齡贈張昌宗詩曰：「昔日浮丘伯，今同丁令威。」遂相與拊掌大笑。」
〔註175〕此句源自《唐詩成法》並參見陳伯海：《唐詩彙評》，頁 217。
〔註176〕明・陸時雍：《唐詩鏡・初唐第二》卷二。

寧僻勿淫，初唐人家法不紊，乃以持數百年之窮」〔註177〕的特點，
就從「五六就本句看，極是平常」，可是這樣的情感若是「就通首看，
則無限不可說之話近縮在此兩句內，初唐人微妙至此」〔註178〕，又
「結句即私情以見公義，何等柔婉」〔註179〕，這就是沈佺期「吞吐
含芳」的表現。對於沈佺期能做到這樣風格，聞一多則根據陸時雍評
論「覺其句自能言，字自能語，品質所以為美」〔註180〕以說明他語
言用字的特色。以上所論的五律的體製大致完成於王勃、楊炯的手
中，馬積高就曾統計楊炯現存的十四首五言律，全部符合粘式律。〔註
181〕這也表示楊炯已經對這一體式已能運用自如，但七律仍在發展當
中，直至沈、宋才逐漸成熟，筆者現舉沈詩〈古意贈補闕喬知之〉為
例，詩云：

> 盧家少婦鬱金堂，海燕雙棲玳瑁梁。九月寒砧催木葉，十
> 年征戍憶遼陽。白狼河北音書斷，丹鳳城南秋夜長。誰為
> 含愁獨不見，更教明月照流黃。（《全唐詩》卷九六，頁
> 1037。）

聞一多指出這首七律「氣體高古，一氣呵成」〔註182〕，這裡主要表
達的是沈佺期用字自然，渾然天成，從聲律來看詩押下平聲「七陽」
韻，首句入韻，沈佺期展現對律體的運用，中間兩聯對仗工整，全詩
平仄協調。

〔註177〕 清・王夫之：《唐詩評選》：「五六分承，三四順下，得之康樂，何
開闔承轉之有？結語平甚，故或謂之僻。然寧僻勿淫，初唐人家法
不紊，乃以持數百年之窮。」，頁108。
〔註178〕 此句源自《唐律消夏錄》並參見陳伯海：《唐詩彙評》，頁216。
〔註179〕 此句源自《唐詩從繩》：「即景見情，此全篇直敘格也。五懷春，六
夢遠，『懷』字、『夢』字藏於句中。結句即私情以見公義，何等柔
婉。」並參見陳伯海：《唐詩彙評》，頁216。
〔註180〕 聞一多：〈唐詩要略〉，《聞一多全集7》，頁40。
〔註181〕 馬積高、黃鈞主編：《中國古代文學史》，臺北：萬卷樓圖書出版社，
1998年，頁36。
〔註182〕 可參見鄭臨川記錄、徐希平整理：〈初唐詩〉，《笳吹弦誦傳薪錄——
——聞一多、羅庸論中國古典文學》，頁84。

除此之外，聞一多也注意到六朝與唐初用字的現象，聞一多認爲六朝的句子已經到了離口語漸遠的現象，字字、句句之間可以任意切割，任意提煉的情形，就文學來看是一種進步，但是卻讓詩篇失去整體感。到了盛唐才又恢復了詩和語言的關係，但在盛唐之前，初唐的沈佺期就已有這樣的創作，這也就是「一氣呵成」的典範，這在沿襲六朝以來的初唐文學現象可是稀世珍寶的詩作，也難怪聞一多要特別讚許了。

四、六朝事類研究的影響

初唐宮體詩的流行現象是文學史共識，聞一多對這種詩的定義是「宮體詩就是宮廷的，或以宮廷爲中心的艷情詩」〔註 183〕，不論在文字或是情感方面的表達是極爲豔情，其文字風格就免不了華靡艷麗，這是沿襲著六朝以來的文字風格，就在這時期同樣以柔靡華艷的姿態出現，卻僅以堆砌詞藻的詩篇呈現華靡艷麗的詩作，聞一多稱之爲「類書式的詩」。筆者將依照聞一多的論述探討初唐類書式詩的形成以及類書式詩人的作品特色。

（一）初唐類書詩與類書詩人的形成

聞一多認爲六朝不僅是在聲律論方面有所成就，在學術方面亦有其研究成果。所謂六朝的學術研究原來指的就是對於文學材料的蒐集和整理，光是唐以前的類書，方師鐸根據《隋書》就整理出約有二十六本〔註 184〕，這樣的風氣影響至唐代，聞一多曾經描述過唐代的學術情形，其文曰：

> 一方面把文學當作學術來研究，同時又用一種偏向於文學
> 的觀點來研究其餘的學術。給前一方面舉個例，便是曹憲、
> 李善等的「選學」（這回文學的研究眞是在學術中正式的分

〔註 183〕聞一多：〈宮體詩的自贖〉，《聞一多全集 6》，頁 18。
〔註 184〕方師鐸：《傳統文學與類書的關係》，天津：天津古籍出版社，1986
　　　　年，頁 109。

占了一席）。後一方面的例，最好舉史學。〔註185〕

這段話提到唐代對文學的學術研究，就是李善等人對《昭明文選》的註解，李善所作的註腳，不僅考察其緣由，也對文學中的每個事物有所解析，聞一多認爲這種工夫，已經在爲類書奠下基礎。這樣的研究風氣直至唐代不減反增，所以聞一多又將唐代對文學的研究成果分爲三類：

> 一方面是章句的研究，可以李善爲代表。另一方面是類書的編纂，可以號稱博學的《兔園冊子》與《北堂書鈔》的編者虞世南爲代表。第三方面便是文學本身的堆砌性，這方面很難推出一個代表來。〔註186〕

以上文字說明唐初類書大致可分爲三類，其中有關《昭明文選》一書的歸類，方師鐸將此書放在類書的範圍之中，方師鐸認爲《昭明文選》以「體」爲分類，體之下又按「事」作分類，故爲類書。〔註187〕不管李善作注被聞一多視作類書抑或是《昭明文選》本身都離不開類書的範圍。虞世南是唐太宗的大臣，依皇上詔命編纂《兔園冊子》與《北堂書鈔》兩書，可以說是類書的研究者與整理者。聞一多又提到類書式的詩人很難推出一個代表，但是往往編纂類書的人，本身又具有寫詩的能力，就會因爲這樣的影響變成類書式詩的作家，虞世南和李百藥就是這類的最佳代表。除此之外，聞一多也特別列出唐代類書的有《文選注》、《北堂書鈔》、《藝文類聚》、《初學記》〔註188〕，可見初唐編纂類書的盛行。

對於某些詩人來說，他在宮體詩和類書式詩方面就很難下定義，首先從晉宋至唐的詩歌發展來看，聞一多在〈初唐詩〉說明：

> 中國詩歌發展的趨勢，自建安到晉宋是自下向上的發展（按指詩歌成長的上升時期），齊梁到唐高宗一段是由上而下（按指貴族詩風墮落的時期），高宗以後，才又上升，臻於極盛。〔註189〕

〔註185〕聞一多：〈類書與詩〉，《聞一多全集·6》，頁5。
〔註186〕聞一多：〈類書與詩〉，《聞一多全集·6》，頁5。
〔註187〕方師鐸：《傳統文學與類書的關係》，頁114～115。
〔註188〕聞一多：〈類書與詩〉，《聞一多全集·6》，頁6。
〔註189〕可參見鄭臨川記錄、徐希平整理：〈初唐詩〉，《笳吹弦誦傳薪錄——

聞一多認爲自建安到晉宋的詩歌自下向上發展，主因在於文學思潮的興起，文學理論的建設，神怪小說的興起，民歌的採集，在這段時期經由建安詩人、正始詩人、太康詩人、永嘉詩人、元嘉詩人所崛起的文學自覺風潮。〔註190〕但是當晉室南渡，聞一多認爲那時的士族處處示其高貴，自樹門閥，形成六朝門閥貴族之美。〔註191〕此種風氣一直延續到唐初，迨至開元天寶年間，在這階段正是宮體詩和類書式詩體盛行的階段，宮體詩承襲六朝以來門閥制度的淫靡風氣，楊啓高在〈唐代詩學〉裡就提過這樣的現象：「況其對於齊梁文學，有絕對愛好。故在當時齊梁宮體極盛。虞世南諫諍太宗不作宮體，太宗自未聽納。」〔註192〕上位者引領此種詩風，表現當時齊梁宮體詩盛行的情形。

聞一多又在〈宮體詩的自贖〉裡就用「淫蕩」、「鬼胎」形容那「僞裝下的無恥中求滿足」的宮體詩，進而評論「從虞世南到上官儀是連墮落的誠意都沒有的了」〔註193〕，但從這一句話來看，很容易被讀者誤解虞世南是宮體詩人，其實不然。

聞一多認爲虞世南應該歸屬於類書式詩人，他就曾經從唐太宗文學觀的立場，探討唐初類書式詩發展的情形，文曰：

> 因爲他崇拜的陸機，是「文藻宏麗」，與夫「迭意回舒，若重岩之積秀」，「一緒連文，則珠連璧合」的陸機，所以太宗於他的群臣中就最欽佩虞世南。……這虞世南，我們要記住，便是《兔園冊子》和《北堂書鈔》的著者。這一點極其重要。這不啻明白的告訴我們，太宗所鼓勵的詩，是類書家的詩，也便是類書式的詩。〔註194〕

—聞一多、羅庸論中國古典文學》，頁81。

〔註190〕聞一多：〈四千年文學大勢鳥瞰〉，《聞一多全集10》，頁27。

〔註191〕聞一多：〈四千年文學大勢鳥瞰〉，《聞一多全集10》，頁29。

〔註192〕楊啓高：《唐代詩學》，長沙：嶽麓書社，2011年，頁24。

〔註193〕聞一多：〈宮體詩的自贖〉，《聞一多全集6》，頁21。

〔註194〕聞一多：〈類書與詩〉，《聞一多全集·6》，頁9。

太宗曾經親撰〈陸機傳〉，內容談到「文藻宏麗，獨步當時，言論慷慨，冠乎終古」，聞一多藉此知道太宗是一位雅好文藻的帝王，因此這也讓身為類書式詩人的虞世南特別受到太宗的青睞，歷來的詩學家很少提到這類詩體，倒是聞一多特別注意初唐的作品裡，有堆砌詞藻的情景出現，而這些詞藻來自類書裡所摘錄的名言佳句。唐初編輯類書的情形相當普遍，官修的類書有《藝文類聚》、《文館詞林》、《初學記》，私撰的有《北堂書鈔》、《白孔六帖》，另外一直到開元尚有《文思博要》、《累璧》、《瑤山玉彩》、《三教珠英》、《增廣皇覽》、《事類》、《文府》、《玉澡瓊林》、《筆海》等〔註 195〕，將詞藻分門別類，目的在於「蓋大抵是供文人撰文時采錄參考資料所用」〔註 196〕，也可以說是寫詩用詞的工具書，因唐太宗文藝觀的提倡，事類詩作興盛，也難怪聞一多要說：

> 上述的情形，太宗當然要付大部分的責任，……太宗所鼓勵的詩，是類書家的詩，也便是類書式的詩。……他所追求的只是文藻，是浮華，不，是一種文辭上的浮腫，也就是文學的一種皮膚病。……假如他是有眼力的話，恐怕當日撐持詩壇的台面的，是崔信明、王績甚至王梵志，而不是虞世南、李百藥一流人了。〔註 197〕

可見聞一多一點兒也不欣賞這類的詩體，對李百藥、虞世南這一類的詩人便不予置評。還記得上一小節所談述的唐初秀句，聞一多將崔信明的詩和隋煬帝的〈春江花月夜〉作比較，認為崔信明「『楓落吳江冷』是類書的範圍所容納不下的」〔註 198〕，所以崔信明的勝利就在於「以意取勝」，聞一多批評這些類書式的詩人作家，是「用事而忘意」，僅追求詞藻的堆砌，卻沒有實質的內容與情感可言。

〔註 195〕聞一多：〈類書與詩〉，《聞一多全集 6》，頁 4。
〔註 196〕唐·虞世南輯、清·孔廣陶校註：《北堂書鈔·序》，臺北：宏業，1974 年。
〔註 197〕聞一多：〈類書與詩〉，《聞一多全集 6》，頁 9。
〔註 198〕聞一多：〈類書與詩〉，《聞一多全集 6》，頁 8。

　　筆者以爲類書式詩與宮體詩有其密切的關係，因爲類書的出現，使文人在運用文字方面有了參考的依據，因此漸漸走向堆砌詞藻的路，變成了沒有靈魂的詩篇，每個文字都僅是華麗的外表而已，但是若要詳細將初唐詩分爲類書式詩和宮體詩，在這兩者之間的確存有一條模糊的界線，在此也就僅能依照聞一多所舉的虞世南和李百藥兩人爲這一類的詩人。

（二）脫於俗濫的類書式詩人

　　這一時期的詩人也並非完全無可取，聞一多在原《唐詩大系》稿中選錄楊師道〈還山宅〉、虞世南〈侍宴應詔賦韻得前字〉、陳子良〈入蜀秋夜宿江者〉、〈於塞北春日思歸〉，胡雲翼認爲楊師道和陳叔達等人的詩歌在初唐裡是值得討論的，曾云：「他們的詩充滿享樂主義的色彩。如楊師道原是隋宗室，他的詩實在做得不壞。……這種詩仍是繼續齊梁的風格，沒有唐詩的風味。又如陳叔達和袁朗的詩，都很有才華，但仍是陳隋的詩，不是唐詩，然而我們卻不能因爲他沒有具備唐詩的風格而說他們的詩不好。……同時由隋入唐的，還有孔紹安、虞世南、王珪、李百藥等人作品流傳很少。大約他們的才氣既不發揚，感染時代的色彩很淺，而功名利祿之慾又太深，所以作品就卑不足道。」〔註199〕聞一多和胡雲翼皆認同楊師道的價值。聞一多在《唐詩大系》原稿裡選錄這些詩作，卻未說明其原因，但他曾在〈唐詩要略〉裡將幾位詩人的詩句摘錄出來，列爲「前期秀句」，我們可以將這幾句排列而出，便可略知一二，所摘錄的佳句有：

　　　　虞世南〈侍宴應詔賦詠得前字〉「橫空一鳥度，照水百花然」

　　　　褚亮〈贈杜侍御〉「神羊既不觸，夕鳥欲依人」

　　　　陳子良〈入蜀秋夜宿江渚〉「水霧一邊起，風林兩岸秋」

　　　　　　　〈於塞北春日歸思〉「爲許羇愁長下淚，那堪春色更

〔註199〕胡雲翼：《唐詩研究》，臺北：臺灣商務印書館，1987 年，頁 40〜41。

傷心」

楊師道〈還山宅〉「芳草無行逕，空山正落花」

崔信明「楓落吳江冷」。〔註200〕

聞一多認為初唐詩從外形來看，詞藻浮華與浮腫，音律尚未純熟；從內容來看，臺閣喝采官腔，宮體香豔誨淫，在這樣的詩風之下，虞、褚、陳、楊、崔等人的詩作何以被聞一多所重視，其實可以再透過何景明、鍾惺、譚元春等人的評價中尋得線索。雖然聞一多對虞詩的評價極差，但是卻在《唐詩大系》裡錄有虞詩〈侍宴應詔賦詠得前字〉一首，明·何景明評價虞詩：「情景開闊橫放，何等風調」〔註201〕，又《唐詩選脈會通評林》曰：「體格正整，音調鏗鏘，同規合律，寧復有托喻耶！」〔註202〕明·鍾惺評楊詩曰：「聲諧、氣暢、法嚴，全是盛唐矣。語有眞氣，初盛轉關之際（『空山』句下）。王孟矣（『鳥瞰』句下）。」〔註203〕這些評論都凸顯詩評家對初唐詩呈現盛唐詩意境的讚美。聞一多相當喜愛盛唐詩，並給予很高的評價，稱之為「詩的黃金時期」，而這些異於初唐的類盛唐詩作，除了形式上符合近體詩的格律，從意境來看，亦有情入花草，氣象開闊的表現，因此聞一多特別地欣賞他們的作品。

聞一多曾評上官儀是個典型的類書式詩人，因為他的詩作正符合鍾嶸所謂的「句無虛語，語無虛字」，並在〈詩人小傳〉裡提到上官儀「其詩綺錯婉媚，而機構巧密，有『六對』、『八對』之法。及貴顯，人多效之，號『上官體』。唐興承齊、梁餘緒，五十年間，文體日弊，至儀而極。」〔註204〕但是再怎樣對上官儀的詩有所不滿，他也為上官儀找到值得誦詠的作品，聞一多欣賞的是眞實的情感，眞實的語

〔註200〕以上前期秀句可參見聞一多：〈唐詩要略〉，《聞一多全集6》，頁90。

〔註201〕此語可參閱陳伯海編：《唐詩彙評》（上），頁27。

〔註202〕此語可參閱陳伯海編：《唐詩彙評》（上），頁27。

〔註203〕明·鍾惺、譚元春輯：《唐詩歸·初唐一》卷一，《續修四庫全書》，1589冊，頁531。

〔註204〕聞一多：〈唐詩大系〉，《聞一多全集7》，頁334。

言，因此「眞」是他詩美學裡最重要的元素。

　　聞一多在《唐詩大系》裡選錄上官儀兩首詩，分別是〈八詠應制〉和〈入朝洛堤步月〉，並在〈初唐詩〉一文中提到〈入朝洛堤步月〉此詩「還接近當時的一般風格，比較傳誦人口」〔註205〕，錄詩如下：

> 脈脈廣川流，驅馬歷長洲，鵲飛山月曙，蟬噪野風秋。(《全唐詩》卷四〇，頁512。)

筆者以爲「還接近當時的一般風格」並不是接近當時的宮體詩風格，而是接近人民的語言風格，因此才能形成「比較傳誦人口」的現象。明‧胡震亨也提過：「上官儀『鵲飛山月曙，蟬噪野風秋』，率爾出風致語，佳耳。張說『雁飛江月冷，猿嘯野風秋』，似有意學之，那得佳？歐公力擬溫飛卿警聯不及，亦同此。」〔註206〕充分表現語出自然的風格，故當高宗巡洛水提，步月徐轡，吟詠此詩後，宋‧阮閱讚其「音韻清亮，群公望之，如神仙焉。」〔註207〕都說明了此詩合乎慣用的口語，並不是斟酌巧字，詰屈聱牙。聞一多又在《唐詩大系》後的詩人小傳說明此詩四句「稍見清麗，又似非全章，例不當載，今姑破例闌入，以爲此一時期之代表焉爾。」〔註208〕由此可知，聞一多仍然認爲這首詩是屬於類書式的詩作，本當不取，但在這首詩裡見得清麗句，故取之，猶可視本時期的代表作品。另外一首是〈八詠應制〉之一，其詩如下：

> 啓重帷，重帷照文杏。翡翠藻輕花，流蘇媚浮影。瑤笙燕始歸，金堂露初晞。風隨少女至，虹共美人歸。羅薦已擘鴛鴦被，綺衣復有蒲萄帶。殘紅豔粉映簾中，戲蝶流鶯聚

〔註205〕聞一多：〈宮體詩的自贖〉，《聞一多全集‧6》，頁22。
〔註206〕明‧胡震亨：《唐音癸籤》，卷十一，上海‧古典文學出版社，1957年，頁91。
〔註207〕宋‧阮閱：《詩話總龜》，卷二十九，北京：人民文學出版社，2005年，頁291。
〔註208〕聞一多：〈唐詩大系〉，《聞一多全集7》，頁334。

窗外。洛濱春雪回，巫峽暮雲來。雪花飄玉輦，雲光上璧
台。共待新妝出，清歌送落梅。(《全唐詩》卷四○，頁 510。)

〈八詠應制〉有兩首，聞一多只取第一首，其實聞一多對此首稍有微
辭，因爲在《唐詩大系》原稿並無手抄此首，再從唐詩小傳裡提到的
「今抄殘詩一首」可知聞一多是屬意〈入朝洛堤步月〉而非〈八詠應
制〉。從這首詩的文字來看，充滿著宮體詩色彩，「重帷」、「瑤笙」、「金
堂」、「鴛鴦被」、「綺衣」、「玉輦」等，整首詩充滿著浮艷的特色，這
本就不是聞一多所喜歡的詩，何以選錄？筆者以爲聞一多應該要將
〈八詠應制〉和〈入朝洛堤步月〉作比較，以凸顯〈入朝洛堤步月〉
的清麗。

第二節　盛唐詩爲復古階段說

　　學者們提到盛唐詩的情形，常常會依題材的不同而加以分類。楊
啓高提到盛唐詩可分爲山水詩、田園詩、玄理詩、邊塞詩、時事詩、
袍中詩〔註 209〕、仙家詩、釋子詩等，並將各詩派的代表人物以及詩
作舉例說明。〔註 210〕蘇雪林則是將詩的發展情形分爲戰爭和邊塞作
品、隱逸風氣和自然的歌唱、浪漫文學主力作家李白、寫實主義開山
大詩杜甫以及大曆間的詩人等，敘述各種不同面貌的詩風及其代表詩

〔註 209〕楊啓高所分類的「開元宮人〈袍中詩〉」，可依周勛初《唐人軼事彙
　　　　編》(一)所載：「開元中，賜邊軍纊衣，製於宮中。有兵士於袍中
　　　　得詩曰：『沙場征戍客，寒苦若爲眠。戰袍經手作，知落阿誰邊？
　　　　蓄意多添線，含情更著綿。今生已過也，重結後生緣。』兵士以詩
　　　　白於帥，帥進之。玄宗命以詩遍示六宮，曰：『有作者勿隱，吾不
　　　　罪汝。』有一宮人自言萬死。玄宗深憫之，遂以嫁得詩人。」此〈袍
　　　　中詩〉顧名思義就是戰袍中的詩，唐玄宗開元年間，賞賜給邊防部
　　　　隊的棉衣由宮人縫製，有位兵士在戰袍中得詩，後來玄宗憐憫寫詩
　　　　的宮人，說：「朕替妳結了今生的姻緣吧！」把這爲宮人嫁給了得
　　　　詩的士兵。原典參見可參見周勛初：《唐人軼事彙編》(一)，上海：
　　　　上海古籍出版社出版，1995 年，頁 74。說解文可參見楊啓高：《唐
　　　　代詩學》，頁 88。
〔註 210〕楊啓高：《唐代詩學》，頁 55～113。

人。〔註211〕有的學者不以詩風爲主題，反以人物爲經，作品特色爲緯，介紹唐代詩歌的發展情形。胡雲翼就利用這種方法講述了李白、杜甫、王維、孟浩然、儲光羲等人的生平事蹟和詩作風格。〔註212〕

　　但是，聞一多卻以唐代之前的文學風格分類盛唐詩風，進而探討歷來學者不太重視的詩人群，注重盛唐詩復古的風格，這可說是聞一多的創見，這樣的一個論點也同樣在楊啓高的《唐代詩學》中出現，他以「學古涂廣」的標題指出：

> 其詩出於各家，每有淵源可尋。……總觀盛唐，自建安正始太康永嘉永明初唐以來，皆有私淑。劉勰《文心·通變》所謂：「規略文統，宜宏大體。先博覽已精閱。總綱紀以攝契。然後憑情以會道，負氣以適變。」盛唐人，可謂已到此境，所謂唐詩至此始正式成立。與漢賦宋詞元曲等，同發光華於文苑。〔註213〕

此文學史之間的關係昭然可見。楊啓高引用《文心雕龍》的話指出綜合以前文學總體，以本朝文學理念運之，「憑情以會道，負氣以適變」發展朝代獨有的文學風貌，楊啓高特指「盛唐已到此境」，表示初唐尚在發展階段，乃至盛唐才有這樣的現象。楊啓高理論沒有聞一多論點那樣清晰分明，僅是概括描述而已，以下就聞一多的復古階段說論述盛唐詩的發展。

　　聞一多將盛唐的時間點界定在西元710～755年間，自睿宗景雲元年至玄宗天寶十四年。〔註214〕筆者經由鄭臨川先生的課堂筆記，可以瞭解聞一多對盛唐的認識。文中提到聞一多曾言：「我們談盛唐詩，只取《國秀集》、《河嶽英靈集》、《玉台後集》、《丹陽集》、《篋中集》五種就夠了。」〔註215〕其實聞一多選這五本是有用意的，他依

〔註211〕蘇雪林：《唐詩概論》，頁36～106。
〔註212〕胡雲翼：《唐詩研究》，頁55～81。
〔註213〕楊啓高：《唐代詩學》，頁76～77。
〔註214〕聞一多：〈唐詩要略〉，《聞一多全集6》，頁109。
〔註215〕可參見鄭臨川記錄、徐希平整理：〈詩的唐朝〉收入在《笳吹弦誦傳薪錄——聞一多、羅庸論中國古典文學》，頁101。

照晉宋、齊梁、漢魏的文學特色作爲盛唐詩的復古詩風。筆者在此依據鄭臨川筆記將聞一多詩風分類作一表格說明之，如表 3-2-1 所示：

表 3-2-1：聞一多盛唐詩復古階段說 〔註216〕

復古階段	詩 集	詩 人	詩 風	詩集特色
齊梁陳時期	《玉台後集》	常理、李康成	宮體餘習	宮體詩的餘支。
齊梁陳時期	《國秀集》	蔣洌、梁鍠、張萬頃	宮體餘習	
晉宋齊時期	《河嶽英靈集》	李白、高適、岑參、崔顥	縱橫派 可分爲兩小派。	1.選盛唐大家。 2.不選杜甫。 3.搜集承受北朝文藝作風的盛唐詩。
		李白、高適、岑參、崔顥、王季友		
晉宋齊時期	《丹陽集》	儲光羲	自然派 可分爲三小派。	《丹陽集》所選詩人，以儲光羲爲最著。
漢魏時期	《篋中集》	杜甫、王季友、于逖、沈千運、張彪、孟雲卿	社會派，這是一批新的詩境拓荒者。 可分爲三小派。	社會描寫爲主，此是《篋中集》作者們共同趨向和作風。

聞一多欲從這五本選集看出盛唐當時所流行的詩風，《國秀集》、《玉台後集》所呈現的是宮體餘習，聞一多稱之爲「宮體詩的餘支」，所

〔註216〕 資料來源：鄭臨川記錄、徐希平整理：〈詩的唐朝〉收入在《笳吹弦誦傳薪錄——聞一多、羅庸論中國古典文學》，頁101。

代表的是齊梁陳時期的復古詩風；《國秀集》不僅含有宮體餘習也包含縱橫派，所以它同時兼有齊梁陳時期和晉宋齊時期的復古詩風；《丹陽集》所呈現的是自然派，所代表的是晉宋齊時期的復古詩風；《河嶽英靈集》兼含晉宋齊和齊梁陳兩時期的復古詩風；《篋中集》則是以寫實爲主的漢魏復古詩風。

　　這裡提到的有三種復古風格：一爲齊梁風格；二爲晉宋風格；三爲漢魏風格，讀者欲瞭解聞一多的這三種風格又必須從文學史上回顧這三個時期的文學特點。筆者先大致談論齊梁風格和晉宋風格的差異，就必須從南北朝文學發展的三階段來探討，此三階段分別爲：劉宋時期的元嘉體、齊梁時期的永明體、梁陳時期的宮體詩。這三個時期的特色可以借由《南北朝文學史》的論述加以分析，首先來看元嘉體的詩歌特色：

> 東晉中晚期，庾闡、殷仲文、謝混等人在流行的玄言詩中增加了更多的山水成分，詩風有所變化。劉宋時代的代表作家是謝靈運、顏延之和鮑照，後人稱爲「元嘉三大家」。這三位作家的風格有很大的不同。謝靈運由政治上的失意而寄情山水，經過他精心刻畫，詩作開一代風氣，標誌了山水詩的形成和玄言詩的結束。顏延之……，詩風凝重而上雕繪。鮑照的主要成就在樂府和擬古，是南朝作家中少數關心重要社會現實的詩人之一，筆力雄建，情調慷慨，也有一部分比較活潑自然。〔註217〕

雖然這段話僅詳細說明劉宋的詩歌特色，但從晚晉至劉宋，詩的題材是由玄言走向山水，在聞一多的分類中，以晉宋爲一類，讀者便可知道盛唐的晉宋風格概括了玄言、山水詩。聞一多又另立齊梁風格的盛唐詩，依其南北朝齊梁的文學理論和詩風派別，大略可知：

> 永明體階段又可以分爲前、後二期。前期以謝朓、沈約爲代表。沈約的詩作最多，提出過重要的理論主張。……謝

〔註217〕曹道衡、沈玉成編著：《南北朝文學史》，北京：人民文學出版社，2006年，頁18。

> 朓……以寫山水風光、羈旅之情、憂生之嗟最爲出色，風
> 格秀逸。在永明作家們的努力下，詩歌語言由雅正而趨平
> 易，同時又在理論上完成了聲律說。後期的代表作家是何
> 遜、吳均、柳惲。何遜的詩風步武謝朓而更纖細，吳均受
> 鮑照的影響較多，風格輕拔有古氣，詩作中有不少邊塞的
> 題材。〔註218〕

齊梁永明體最富盛名的就是聲律論，更講究詩歌格律，無不注意遣詞
用字的技巧，但這畢竟是一個初發展的階段，所以還包含著寫實詩和
山水詩，又因爲受到聲律論的影響漸漸走向纖細的詩風。這都表示即
使某一個時期的詩風尤爲興盛，但仍有多樣化的詩風共存在每個時期
裡，只是在這裡特別標明較爲凸顯的詩風。詩人爲了提倡文學理論，
將其理論應用在作品上，又頗受貴族社會的喜好，於是又漸漸發展出
了另一種詩體：

> 宮體詩是在永明體基礎上詩歌形式更求華美、濃麗的一種
> 詩體，由於蕭綱繼蕭統力爲太子後大力提倡而得名。內容
> 多是豔情、遊宴、相思，反映了上層社會中生活的空虛和
> 感情的蒼白。但從技巧上說，則較永明體更加精巧細密。
> 〔註219〕

宮體詩從南朝梁·蕭綱以後大力提倡，在內容上多寫男女相思、群臣
宴客、男歡女愛的情形，透過華麗的文字去豐富情感，這樣的風格在
文人雅士間更廣爲歡迎，一直影響到了隋、唐初時期，甚而到了盛唐
還可見得一絲絲的遺痕存在。

　　最後聞一多還提到盛唐的漢魏風格，這風格的代表詞就是「風骨」
二字，而「風骨」一詞最早是出自劉勰《文心雕龍》，其文曰：

> 《詩》總六義，風冠其首，斯乃化感之本源，志氣之符契
> 也。是以怊悵述情，必始乎風，沈吟鋪辭，莫先於骨。故
> 辭之待骨，如體之樹骸，情之含風，猶形之包氣。結言端

〔註218〕曹道衡、沈玉成編著：《南北朝文學史》，頁18。
〔註219〕曹道衡、沈玉成編著：《南北朝文學史》，頁18。

直，則文骨成焉；意氣駿爽，則文風清焉。若豐藻克贍，
風骨不飛，則振采失鮮，負聲無力。是以綴慮裁篇，務盈
守氣，剛健既實，輝光乃新，其為文用，譬征鳥之使翼也。
〔註220〕

這段話意指好的文章就要跟人的內在氣質一樣，內外呼應，渾然一
體，文詞和內容更要相輔相成。作品的外在形體就是「骨」的表現，
內容思想就是「風」的承載，而漢魏文學常被以「風骨」稱之的原
因，其實是因為漢魏兩個朝代的詩人以「詩言志」為主旨，所以胡
旭認為漢朝文學自覺的標誌可以由張衡的《歸田賦》、古詩十九首以
及散文的發展獲得證明，用以表達詩人自我的志向與思想；建安時
期的文學特色偏向肯定人生價值和抒一己之情，展現各自性格。〔註
221〕尤其詩人處在戰亂頻仍的東漢和魏晉年間，他們無不對現實有
所感發，且其作品透露著詩人對時代的深刻感觸。同樣地，在盛唐
末年，遭遇戰亂的杜甫，他也寫出了現實人生的境況，表達著儒家
悲天憫人的思想。

　　聞一多的文學史觀跳脫「派別」的論點談論唐詩，而是以一種傳
承的關係看待文學史，首先從初唐開始，六朝的宮體為初唐奠下了貴
族詩的基礎，逐漸發展開來，從承襲、反抗、改造各方面論初唐詩風
的形成。詩到了盛唐，聞一多又以宮體餘習、否認政治現實、追求政
治現實以及整頓政治現實的立場談論詩風的轉變以及產生。他始終認
為每一個事件的產生並非事出無因，故將詩風產生的因素和時代環境
作一個連結，又回顧歷史上曾出現過的詩風代表，緊密連結過去和現
在的歷史關係。

　　聞一多將梁陳時期的宮體詩獨立出來作為盛唐的齊梁風格，綜合
劉宋時期的元嘉體和齊梁時期的永明體為盛唐的晉宋風格，再以漢魏

〔註220〕南朝梁‧劉勰：《文心雕龍》卷六，《文淵閣四庫全書》，頁 1478～
　　　　41。
〔註221〕胡旭：《漢魏文學嬗變研究》，廈門：廈門大學出版社，2004 年，頁
　　　　4～12。

風格的風骨代表盛唐杜甫的寫實主義。於此，筆者將依據聞一多的文學史觀，從他的選詩中探研其論點的適切性：

一、齊梁陳詩歌美學的延續

筆者根據聞一多〈四千年文學大勢鳥瞰〉、〈唐詩要略〉和〈詩的唐朝〉的論述來看，聞一多注意到宮體詩的遺跡趨向，他從盛唐往前追溯六朝的貴族詩，並提及：「唐初諸家但有華麗而無秀雅，貴族但有其表，而靈魂就盡矣，王維最後明星，《河嶽英靈集》重盡矣。」
〔註 222〕這句話表示初唐的宮體詩到了盛唐的王維是最後的明星，卻不完全失去宮體詩的遺跡了。他曾這樣說過：

> 東晉是門閥開始的時期，……杜甫提到鮑明運（照）時說「俊逸鮑參軍」，所謂「俊逸」，就是一種如不羈之馬的奔放風格，……卻與這時期一般詩人的風格大不相同，所以鍾嶸《詩品》中用「嗟其才秀人微」的斷語把他列入中品，這裡用的正是門閥詩人的尺度，在同一尺度下，被後人盛稱的陶淵明詩也不能取得較高的評價。……到了盛唐，這一時期詩的理想與風格乃完全成熟，我們可拿王維和他的同輩詩人作代表。當時殷璠編了一部《河嶽英靈集》，算是採集了這一派作品的大成，他們的風格跟六朝是一脈相承的。在這段時期內，便是六朝第二流作家如顏延之之流，他們的作品內容也是十足反映出當時貴族的華貴生活。要沒有那時養尊處優的貴族生活條件，誰有那麼多時間精力創造出那些豐富多彩的文藝作品。〔註 223〕

只是這不再是宮體詩的稱號了，聞一多提到「十才子貴族的餘音」〔註224〕，這已轉為貴族詩的餘音。從這段文字中可以知道聞一多認為唐初以降乃至盛唐皆承襲著六朝的門閥詩風，在這貴族詩風格之外，又

〔註 222〕聞一多：〈四千年文學大勢鳥瞰〉，《聞一多全集 10》，頁 30。
〔註 223〕可參見鄭臨川記錄、徐希平整理：〈詩的唐朝〉收入在《笳吹弦誦傳薪錄──聞一多、羅庸論中國古典文學》，頁 76。
〔註 224〕聞一多：〈四千年文學大勢鳥瞰〉，《聞一多全集 10》，頁 30。

存在著俊逸和樸素的詩風，雖然在六朝沒有獲得重視，但不斷地延續發展，最後成熟於盛唐。

　　聞一多稱盛唐宮體詩是齊梁風格的詩，在鄭臨川筆記裡就談到聞一多將齊梁陳時期的作品分為三種類型，分別是

> 第一類：常理，代表作為〈古別離〉……、蔣冽，有〈古意〉……，梁鍠〈美人春臥〉……，三人作品可算是全唐詩中宮體詩的白眉。第二類：劉方平，代表作為〈烏棲曲〉，張萬頃，有〈東溪待蘇盧曹不至〉……、李康成，即《玉台後集》的編者，代表作為〈采蓮曲〉……，這派雖亦能作宮體詩，但已由房內移到室外，故風格較高。第三類：有張說、賀知章、張旭、王灣、韋述、孫逖，張均、殷遙、蔣渙、顏真卿、楊諫諸人，賀知章，〈送人之軍〉：「嶺雲情亦雨，邊草夏先秋」兩句開盛唐詩描寫邊塞景物的先例。張旭，名作有〈桃花溪〉……及〈山行留客〉……二詩代表婉約風格，仍存齊梁格調。〔註225〕

以上這段文字，筆者省略的部分為原詩內容，聞一多對於第一、二類的描述較少，多著墨在第三類詩風的論述，因此筆者將進一步根據聞一多所舉的詩例和詩集裡的選詩歸納整理其詩風的特色。

（一）宮體詩審美特質的新變

　　聞一多認為此時期「宮體餘習猶存，與初唐無明確之分界。摹仿樂府亦初唐之風。大曆諸子乃王維之正統。社會派天寶亂後發展。」〔註226〕表達宮體詩一直遺留在文學作家的筆觸之間，只是它不斷地醞釀成長，以最後優雅的姿態表現在世人面前，筆者在此節論述宮體詩在盛唐中所呈現的新面貌，凸顯此時期宮體詩在整個此詩史中所具有的價值地位。

〔註225〕可參見鄭臨川記錄、徐希平整理：〈王績〉收入在《笳吹弦誦傳薪錄——聞一多、羅庸論中國古典文學》，頁102～105。
〔註226〕聞一多：〈唐詩要略〉，《聞一多全集6》，頁110。

1. 娟麗不膩的文字美

不僅初唐有宮體詩，這樣的遺風也影響了盛唐，聞一多認爲盛唐裡也存有齊梁的宮體詩風，其代表詩人有常理、蔣洌、梁鍠，從他們的作品來看，

> 君御狐白裘，妾居緗綺幡。粟鈿金夾膝，花錯玉搔頭。離別生庭草，征衣斷戍樓。蟲蛸網清曉，菡萏落紅秋。小膽空房怯，長眉滿鏡愁。爲傳兒女意，不用遠封侯。（常理〈古別離〉，《全唐詩》卷七七三，頁 8853。）

> 冉冉紅羅帳，開君玉樓上。畫作同心鳥，銜花兩相向。春風正可憐，吹映綠窗前。妾意空相感，君心何處邊。（蔣洌〈古意〉，《全唐詩》卷二五八，頁 2875。）

> 妾家巫峽陽，羅幌寢蘭堂。曉日臨窗久，春風引夢長。落釵猶挂鬢，微汗欲消黃。縱使朦朧覺，魂猶逐楚王。（梁鍠〈美人春臥〉，《全唐詩》卷二〇二，頁 2116。）

常理〈古別離〉屬於雜曲歌辭，一韻到底，所以在《唐詩鏡》中被評爲「嬌艷『菡萏落紅秋』一語，韻甚蔡瓖『雨霑柳葉如啼眼，露滴蓮花似汗妝』語，太膩。」〔註227〕既然這裡提到蔡瓖的〈夏日閨怨〉，其詩爲：

> 桃徑李蹊絕芳園，炎氣熾日滿愁軒。枝上鳥驚朱槿落，池中魚戲綠蘋翻。君戀京師久留滯，妾怨高樓積年歲。非關曾入楚王宮，直爲相思腰轉細。臥簟乘閒午逐涼，熏爐畏熱懶焚香。雨霑柳葉如啼眼，露滴蓮花似汗妝。全由獨自羞看影，豔是孤眠疑夜永。無情拂鏡不成妝，有時卻扇還風靜。近日書來道欲歸，鴛鴦文錦字息機。但恐愁容不相識，爲教恆著別時衣。（《全唐詩》卷七七三，頁 8851。）

這首詩從韻來看的話，常理〈古別離〉一韻到底，情感一瀉而下，然而蔡瓖〈夏日閨怨〉一再轉韻，雖用語纖麗，但文氣卻沒有常理〈古別離〉來得流暢。在文字的表現上，有時描寫太過細膩，拉長篇幅，

〔註227〕明・陸時雍：《唐詩鏡・初唐第八》卷八。

反而形成情感抒發的阻礙，正如蔡瓌「雨霑柳葉如啼眼，露滴蓮花似
汗妝」一語，從前面寫芳園樹鳥池魚的狀況，轉到室內的簟涼爐熱，
再到窗外雨霑柳葉和露滴蓮花的景色，實指在這炎熱夏日裡，這女子
面貌汗滴妝花的情形，內容寫來過於冗言，不夠簡潔，反而令人覺得
「太膩」。盛唐宮體詩逐漸走向情感的抒發，不再是單純的風花雪月，
也不再是無病呻吟的創作。

　　再從情感來看，明・譚元春評蔣冽〈古意〉爲「讀之淒婉動人」
〔註228〕，此詩的意境同蔡瓌的〈夏日閨怨〉一樣，都是表達婦女閨
怨的情感，但是蔣冽的情感較爲眞切，沒有過多的氣氛營造，以擬人
法描述春風的可愛，窗外的景色和詩中主人翁的心境成了一個強烈的
對比，就在這張力之下拉出了足以動人的畫面來。宮體詩除了善用文
字描繪景色之外，對人物的描述也非常地細膩，不論是面容、妝扮、
飾品或是衣服形制均能詳述描繪。爰此，梁鍠的〈美人春臥〉在《御
定淵鑑類涵》歸爲「美婦人五」寫其人物形象〔註229〕，又《唐詩選
脈會通評林》中提到周珽曰：

　　詠美人詩多矣，如梁簡文帝〈內人畫眠〉有云：「夢笑天嬌
　　靨，眠鬟壓落花。簟文生玉腕，香汗浸紅紗。」可謂酷于
　　形容矣。較茲五、六，殊覺簡練過之。至「春風引夢長」、
　　「魂猶逐楚王」二句，咕嗶間直洗卻千年風流腸胃，誠古
　　今人少此精思也。摹寫極盡極眞，令人讀一過，美人嬌姿
　　媚意宛然在目。妙在以「夢」字繹出『臥』字神來。〔註230〕

這樣的文字風格仍不脫麗語，故《唐賢三昧集箋注》：「娟麗，是六
朝人語」〔註231〕，正因爲如此聞一多才歸類爲宮體詩，他所舉的常

〔註228〕　鍾惺、譚元春編：《唐詩歸・盛唐十八》卷二十三，《續修四庫全書》，
　　　　　1590 冊，頁 121。
〔註229〕　清・張英、王士禎、王惔等人編撰：《御定淵鑑類涵》，卷二百五十五。
〔註230〕　此爲《唐詩選脈會通評林》之評語收錄在陳伯海：《唐詩彙評》，頁
　　　　　839。
〔註231〕　清・王阮亭選；黃香石評；吳退庵，胡甘亭輯註：《唐賢三昧集箋
　　　　　註》下卷，臺北：廣文，1968 年，頁 58。

理〈古別離〉、蔣洌〈古意〉和梁鍠〈美人春臥〉三首詩，其文字麗而不淫、麗而不媚、麗而不嬌，此爲宮體詩的傑出作品，故稱之爲「宮體詩的白眉」。

2.「狀溢目前，情在詞外」的隱秀美

聞一多發現盛唐宮體詩的題材有了轉變，已由閨房內的描繪慢慢轉移到室外的景色。縱使如此，這類詩作仍表現著情感靈動的內涵，若是一再追求粗野的言情訴說，在盛唐眾體兼備的文學舞台，就會變得糟粕無味，所以宮體詩漸漸走向了「狀溢目前，情在詞外」的表現方式。從南朝梁一直到唐，詩人對詩歌的審美要求，均持著「含蓄」的審美理念，只是它在每個詩學家的理論中，以不同的詞彙出現，蘇珊玉曾在《盛唐邊塞詩的審美特質》一評述「隱秀說」的文學審美觀，以梁・劉勰的「狀溢目前曰秀，情在詞外曰隱」〔註 232〕談唐・司空圖的「不著一字，盡得風流」〔註 233〕繼承了「情在詞外」的含蓄美〔註 234〕，這凸顯了文學審美觀的發展情形。讀者可以感受到「狀溢目前」的鮮明意象，語言雅致有味，亦可體會到情在言外的感染力，

〔註 232〕 宋・張戒《歲寒堂詩話》引用梁・劉勰：《文心雕龍・隱秀》之語。可參見清・丁福保編《歷代詩話續編》本，北京・中華書局，1983年。頁 456。

〔註 233〕 唐・司空圖：《二十四詩品》收錄於《文章辨體彙選》，卷四百三十九，《文淵閣四庫全書》，頁 1407-468～1407-471。陳尚君曾於〈「二十四詩品」偽書說再證——兼答祖保泉、張少康、王步高三教授之質疑〉綜論他自 1994 年以來發表的〈「二十四詩品」辨偽追記答疑〉、〈「二十四詩品」作者之爭評述〉、〈「二十四詩品」真偽之爭與唐代文獻考證方法〉等文，再度行文以答祖保泉、張少康、王步高三位教授的辯證，故此學界仍存有兩派說法，故《二十四詩品》偽書之說未成公案，實是陳尚君教授的創見。今本文引用司空圖《二十四詩品》並非以此論唐代文學的現況，而是引用此書中詩歌審美之意念談論詩歌藝術的表現，故不論此書之作者是誰，皆呈現詩歌發展以降，詩論家評析詩歌所展現的特質，故此引此說明之。有關陳尚君文，可參見《上海大學學報（社會科學版）》第 18 卷第 6 期，2011年 11 月，頁 84～98。

〔註 234〕 蘇珊玉：《盛唐邊塞詩的審美特質》，頁 393～394。

而且唐代詩學家司空圖既然也談到六朝「隱」的概念，可見詩的含蓄美是唐詩所重視的表現手法。筆者依此論述聞一多以劉方平〈烏棲曲〉、張萬頃〈東溪待蘇戶曹不至〉、李康成〈采蓮曲〉爲宮體詩的風格尋出一條新路，列舉詩例如下：

> 畫舸雙艕錦爲纜，芙蓉花發蓮葉暗。門前月色映橫塘，感郎中夜度瀟湘。（劉方平〈烏棲曲〉，《全唐詩》卷二五一，頁 2828。）

> 洛陽城東伊水西，千花萬竹使人迷。臺上柳枝臨岸低，門前荷葉與橋齊。日暮待君君不見，長風吹雨過青谿。（張萬頃〈東谿待蘇戶曹不至〉，《全唐詩》卷二〇二，頁 2114。）

> 采蓮去，月沒春江曙。翠鈿紅袖水中央，青荷蓮子雜衣香。雲起風生歸路長，歸路長，那得久。各迴船，兩搖手。（李康成〈采蓮曲〉，《全唐詩》卷二〇三，頁 2131。）

聞一多在〈唐詩大系〉中選劉詩共有五首，筆者再將另外四首摘錄詩句如後，分別爲〈秋夜思〉「晚秋淮上水，新月楚人家。猿嘯空山近，鴻飛極浦斜」（摘句《全唐詩》卷二五一，頁 2829。）、〈秋夜泛舟〉「林塘夜發舟，蟲響荻颼颼。萬影皆因月，千聲各爲秋」（摘句《全唐詩》卷二五一，頁 2829。）、〈春怨〉「寂寞空庭春欲晚，梨花滿地不開門」（摘句《全唐詩》卷二五一，頁 2832。）、〈夜月〉「更深月色半人家，北斗闌干南斗斜。今夜偏知春氣暖，蟲聲新透綠窗紗」（《全唐詩》卷二五一，頁 2831～2832。）這幾句皆從外景著手描述情感，雖然〈秋夜思〉和〈秋夜泛舟〉並不屬於宮體詩的範疇，但是這兩首皆以外景的氛圍撼動思緒，例如〈秋夜思〉從江淮遼闊的空間感和猿嘯鴻飛的聽視摹寫引發旅夢的孤寂；〈秋夜泛舟〉則從月影的照映和蟲聲的疊叫觸動旅者的鄉愁。從劉方平的作品來看，實屬宮體詩的不只是〈烏棲曲〉，他的〈春怨〉善用庭院中的空寂襯出伊人的閨怨，又〈夜月〉從月色描繪夜晚的景象，這些都說明劉方平不再侷限於房內的等待，將情感投射到室外，拉大整個畫面，在〈烏棲曲〉中把男

女的情感帶到了畫舫上以及池塘周邊的景色，這樣的技巧並不是獨創，早在《詩經》裡就有類似的情感表現，故明‧鍾惺云：「即《鄭風》『子惠思我，褰裳涉洧』意，然《鄭風》語深厚而帶謔，此語輕快而近眞。」〔註235〕孔子惡鄭聲之亂雅樂，朱熹更將《詩經‧鄭風》中的詩釋爲淫奔之作，《鄭風》詩中「子惠思我，褰裳涉洧」的情感進入了盛唐成了詩人寫作宮體詩的最佳筆法，但它不似《鄭風》那樣謔中帶淫，因爲外景的陪襯之下，讓情感多了一層掩護，令讀者著眼在夜中渡船會情郎的經過。

　　張萬頃〈東溪待蘇盧曹不至〉一詩，描繪了洛陽城東到伊水西的景色，其間的千花萬竹無不令人著迷，視野慢慢縮小到岸邊的枝柳以及眼前的荷葉和橋樑，帶出日日思君的等待之情，這詩境如澄潭夕曜，疏雨條度，正如潘德輿所云：「此詩風調之美，直逼齊梁，後人險用其格者。」〔註236〕這又表示若情勝於景就過於綺靡，景勝於情便僅是風花雪月。再讀另一首李康成的〈采蓮曲〉，明‧鍾惺讚其「如見」〔註237〕表現這首詩的生動感，歷歷在目，令人如見其景，又藉由詩的節奏，把那男女急切求愛相見歡的情感表達出來，故吳山民曰：「以繁聲爲急節，寫艷語密情，卻簡得好。」〔註238〕詩中沒有露骨的情愛，只有舟上劃槳的羞澀，也難怪《唐詩箋要》要說「結語猶見『發乎情，止乎禮儀』遺意，自是盛唐高處」〔註239〕這充分說明盛唐詩人在宮體詩處理情感方面，能夠處於中和。筆者分析閩一多所舉的這三首詩，可以說將宮體詩的綺靡淡化到眞情，從閨房的調戲思念移到房外的自然天色，因此讀來不覺得特別淫麗，所形成的格調也

〔註235〕明‧鍾惺、譚元春編：《唐詩歸‧盛唐十八》卷二十三，《續修四庫全書》，1590 冊，頁 121。
〔註236〕清‧潘德輿：《養一齋詩話》卷八，頁 2127。
〔註237〕鍾惺、譚元春編：《唐詩歸‧盛唐十八》卷二十三，《續修四庫全書》，1590 冊，頁 119。
〔註238〕語見《唐詩選脈會通評林》，此收錄在陳伯海：《唐詩彙評》，頁 847。
〔註239〕語見《唐詩箋要》，此收錄在陳伯海：《唐詩彙評》，頁 847。

較早期的宮體詩爲高，這就是聞一多所謂的「風格較高」。

　　此處將有關情愛的內容，全都被看成「宮體詩」的一類，若比較梁・徐陵《玉臺新詠》與唐・李康成《玉臺後集》的差別，唐朝有關此類的作品實在無法以「宮體詩」之名加以概括。首先胡大雷曾論斷《玉臺新詠》是宮體詩的結集〔註240〕，這顯然是從廣義來看宮體詩的定義。若從狹義的宮體詩來看，其實僅能稱作類宮體詩，而不能說是宮體詩的範圍，但是這柔靡的文風，一直到了唐代仍有不少的詩人在繼續創作，直至唐・李康成編輯的《玉臺後集》及其所選錄的詩人，還有同時期作了類似宮體詩的詩作，聞一多仍稱這些初盛唐的艷詩爲「宮體詩」，並以宮體詩的延續和發展來看宮體詩的變化。但是在「宮體詩」之名出現後，卻在唐代又出現了一個「玉臺體」，「玉臺體」最早出現在中唐・皇甫冉的〈見諸姬學玉臺體〉，此後詩題中出現「玉臺體」的詩作還有戎昱〈玉臺體題湖上亭〉、權德輿〈玉臺體十二首〉、顧非熊〈六言玉臺體〉、羅隱〈效玉臺體〉，這些作品顯然都是積極地模仿《玉臺新詠》或是《玉臺後集》的風格，既然都不能以「宮體詩」概括《玉臺新詠》和《玉臺後集》的作品類型，又何須以「宮體詩」來論唐代發展出來「玉臺體」。「玉臺體」既出，這就代表了「玉臺體」所涵蓋的範圍更廣於「宮體詩」的定義。

　　宋代嚴羽《滄浪詩話・詩體》亦列有「玉臺體」，並自註云：「《玉臺集》乃徐陵所序，漢魏六朝之詩皆有之。或者但謂纖豔者爲『玉臺體』，其實不然。」〔註241〕但此話實有不妥之處，一來宋・嚴羽將唐代所創的「玉臺體」，拉開了時空的限制，涵蓋到唐以前的《玉臺集》；二來唐稱「玉臺體」僅對《玉臺後集》而稱之，其內容取材仍與《玉臺新詠》有所差異。《玉臺新詠》的編者徐陵，與徐摛、蕭綱等人善於輯裁巧密，篇章綺麗，就算有清新活潑、韻味悠長之佳作，仍以閨情爲詩人玩味的中心題材。呂玉華曾對唐・李康成的《玉臺後集》的

〔註240〕胡大雷：《玉臺新詠》，北京。商務印書館，2004 年，頁 228。
〔註241〕宋・嚴羽《滄浪詩話・詩體》，收錄於《歷代詩話》，頁 690。

研究提出「從被選詩多樣的風格來說，《玉臺後集》也深得《玉臺新詠》的精神。」〔註242〕此精神即是以「豔」為主的特色，縱使唐代「玉臺體」收錄有別於閨情的佳作，仍展現出文字豔而不靡的精神。爰此，「宮體詩」能稱呼《玉臺新詠》所收錄的詩歌，但「玉臺體」卻是唐代詩歌現象所出現的名稱，宋代嚴羽以此稱呼《玉臺新詠》的詩歌體制，聞一多又以「宮體詩」稱呼唐代「玉臺體」的情形，可謂朝代文學前後錯置。

（二）自然山水審美風格的開拓

聞一多認為盛唐詩繼承了齊梁陳時期的題材，尤其是在自然山水的部分，盛唐詩所呈現的風格和齊梁陳時期截然不同，明·胡應麟《詩藪》曾言：「盛唐一味秀麗雄渾」〔註243〕，蘇珊玉曾論「秀麗，是就山水田園詩的總體表現而言」〔註244〕，盛唐山水田園詩秀麗婉約昭然可見，而這一派的詩家不論是否寫詩寄託人生抑或是純粹自然詩的創作，都可從詩中擇取佳句一兩語可供欣賞，另有一種以真情寫詩，詩中的字句全篇渾然一體，無法摘句，筆者將從這兩個部分談述聞一多所分類的山水詩，並且評述以齊梁風格論述盛唐山水的適切性。

1. 秀麗山水的審美意蘊

學界一提到盛唐山水田園詩派的代表人物即非王維、孟浩然莫屬，但聞一多統稱這一派的人物專寫自然，但在聞一多「專寫自然」的詩人群裡，卻又分為齊梁、晉宋與漢魏風格的自然詩派，並將王孟歸為晉宋風格的「專寫自然」的詩人，此節要討論的就是齊梁風格中「專寫自然」的詩人。

聞一多認為盛唐詩復古階段的齊梁陳時期的第三類是以山水為題材的詩作，但筆者仔細閱讀聞一多所提出的第三類，其實又可分為

〔註242〕呂玉華：《唐人選唐詩述論》，臺北：文津，2004年，頁236。
〔註243〕明·胡應麟：《詩藪》內編四·近體上·五言，頁223。
〔註244〕蘇珊玉：《盛唐邊塞詩的審美特質》，頁335。

兩小類，待筆者往下論述說明之。從第一個層面來看，聞一多對這一派詩人寫詩的動機和興趣有著以下的看法：

> 這一派所代表的，恰是盛唐、中唐的一般風格（李、杜、韓、白諸大家除外）。他們都是拿詩來做消遣的，又是當時在社會上活動的士大夫，所以形成了流行的風格，勢力很大。……自六朝以來，凡詩家名句，多是關於山水、花鳥、風月之類的，下迄唐宋，這種風氣籠罩整個詩壇，……這些詩人都是人在心境平和閒暇時所作。因此，在中國便沒有作詩的職業專家。就整個文化來說。人們認爲一般大詩人是向自然追求眞理，以出汗的態度、積極的精神作詩；而一般詩人則是享受自然，隨意欣賞，寫成詩句，娛己娛人。陶和謝寫作態度之不同，就在這一點分別。這一派的張說和其他詩人不同也在於此，所以提出別論。〔註245〕

聞一多在這一段話裡清楚說明這一派的詩人是以「享受自然，隨意欣賞，寫成詩句，娛己娛人。」爲主，也因爲他們在經濟生活方面穩定，心境平和閒暇，雖然有些詩句寄予情感，卻多半屬於娛樂山水之作，是屬謝靈運這一類的山水詩派。

　　第二個層面是先從聞一多的選詩和評價來討論，筆者將根據聞一多的例詩深究齊梁陳時期的山水詩風格，並將這一類的佳句列述如下：

> 朧雲情半雨，邊草夏先秋（賀知章〈送人之軍〉，《全唐詩》卷一一二，頁1147。）〔註246〕

> 隱隱飛橋隔野煙，石磯西畔問漁船。桃花盡日隨流水，洞在清溪何處邊。（張旭〈桃花溪〉，《全唐詩》卷一一七，頁1147。）

> 山光物態弄春輝，莫爲輕陰便擬歸。縱使晴明無雨色，入雲深處亦沾衣。（張旭〈山行留客〉，同上）

〔註245〕可參見鄭臨川記錄、徐希平整理：〈盛唐詩〉收入在《笳吹弦誦傳薪錄──聞一多、羅庸論中國古典文學》，頁104。

〔註246〕此詩在聞一多的選詩文字中是以「嶺雲情亦雨，邊草夏先秋」爲句，筆者此處乃依《全唐詩》校正。

> 海日生殘夜，江春入舊年。（王灣〈次北固山下〉，《全唐詩》卷一一五，頁 1171。）
>
> 晚晴搖水態，遲景蕩山光（韋述〈春日山莊〉，《全唐詩》卷一〇八，頁 1118。）
>
> 懸燈千幛夕，卷幔五湖秋（孫逖〈宿雲門寺閣〉，《全唐詩》卷一一八，頁 1193。）
>
> 長沙卑濕地，九月未成衣。（張均〈嶽陽晚景〉，《全唐詩》卷九〇，頁 980。）
>
> 湖風扶戍柳，江雨暗山樓（張均〈九日巴丘登高〉，《全唐詩》卷九〇，頁 979。）
>
> 野花成子落，江燕引雛飛。（殷遙〈春晚山行〉，《全唐詩》卷一一四，頁 1165。）
>
> 際海蒹葭色，終朝鳧雁聲（顏真卿〈登平望橋下作〉，《全唐詩》卷一五二，頁 1586。）
>
> 豁月照隱處，松風生興時。……甘與子成夢，請君同所思。（楊諫〈長孫十一東山春夜見贈〉，《全唐詩》卷二〇二，頁 1586。）

這幾首詩是聞一多用來舉例說明齊梁陳時期第三類的情況，但這裡需要說明的是在〈唐詩〉裡，聞一多僅選錄張均一首〈嶽陽晚景〉，又除了選孫逖〈宿雲門寺閣〉，另有〈尋龍湍〉，而柳宗元有二十四首詩被選入，當中並沒有〈登平望橋下作〉此詩。

首先他論賀知章的「隴雲情半雨，邊草夏先秋」是「開盛唐詩描寫邊塞景物的先例」〔註247〕。若是讀者單純從這兩句來看，其實看不出甚麼邊塞景物，但若從整首詩來看，就可體會邊塞景色為何物了。筆者將原詩呈現如下：

> 常經絕脈塞，復見斷腸流。送子成今別，令人起昔愁。隴雲晴半雨，邊草夏先秋。萬里長城寄，無貽漢國憂。（賀知

〔註247〕可參見鄭臨川記錄、徐希平整理：〈盛唐詩〉收入在《笳吹弦誦傳薪錄——聞一多、羅庸論中國古典文學》，頁 104。

　　章〈送人之軍〉）

依據《全唐詩》的原詩校對，應將「嶺雲」改爲「隴雲」才是。這首詩是送人從軍之作，故聞一多才說此詩的五六句是邊塞景物的描寫。若單從五六句來看，明・陸時雍就曾評曰：「五六指點如次，語致複雅，如盧象《竹裏館》：『臘月聞山鳥，寒崖見蟄熊』，太覺粗笨矣。」〔註248〕指的就是五六句說天空雖晴卻帶有雨水，邊草雖然在夏季，卻如同秋季般枯萎無生氣，層次有序，語句雅致，但是這樣的意象太過於粗笨。五六句從隴雲到雨，從草到季節性的枯萎，其實是要帶出送人從軍的情感，景情融合爲一。再看張旭的〈桃花溪〉和〈山行留客〉，聞一多認爲「二詩代表婉約風格，仍存齊梁格調」〔註249〕。

　　另外，聞一多說到王灣、韋述、孫逖，張均的詩句都是山水田園詩的代表風格，他以王灣〈次北固山下〉五六句的「海日生殘夜，江春入舊年」爲本詩佳句，《聞鶴軒初盛唐近體讀本》就曾評此詩：「五六『殘夜』、『舊年』，字法作意不必言，著『海』、『江』二字更爲增致。」〔註250〕指出以海和江「逝者如斯夫」的特色，帶出「殘夜」、「舊年」時光流逝之感，此篇寫景寓懷，風韻瀟灑，佳作也。我們再來讀孫逖、韋述的詩作，聞一多其實很明確地說出「孫逖……格調和王灣、韋述相同」亦以相同的筆法呈現。孫逖的「懸燈千嶂夕，卷幔五湖秋」就曾被謝茂秦讚曰：「『懸燈』二句與『窗中三楚盡，林外九江平』立意造句皆相同，總描寫高意。」〔註251〕而他所謂的「高意」其實就是以簡單的寫景，總繪此雲門寺閣位處高遠，才能描寫出經由俯視所呈現的千嶂、五湖景色，故《唐詩摘鈔》才會有這樣的評論：

〔註248〕明・陸時雍：《唐詩鏡・初唐第八》卷八。
〔註249〕可參見鄭臨川記錄、徐希平整理：〈盛唐詩〉收入在《笳吹弦誦傳薪錄——聞一多、羅庸論中國古典文學》，頁104。
〔註250〕語見《聞鶴軒初盛唐近體讀本》，此收錄在陳伯海：《唐詩彙評》，頁253。
〔註251〕謝茂秦此語被收錄在《唐詩廣選》一書，可參見明・李于鱗：《唐詩廣選》卷三，濟南：齊魯書社，2001年，頁70。

「寫景欲闊大,初唐景語,無出三、四二句之上。……通篇形容寺閣之高,卻不露『高』字,筆意可想。」〔註252〕聞一多評張均寫景的詩「於山水景物別有會心,……句極淒婉」又論柳宗元詩句「語極清曠」,楊諫詩句「寫得纏綿之極」。〔註253〕若先從聞一多對這些詩句的評價來看,其實都代表著寓情於景,溫柔婉約的情感表現,僅以幾個文字就將欲表達的感受和意涵。

故此,筆者綜合這兩個層面的論述,可以知道聞一多將齊梁風格的山水詩之第一類是屬於心境平和的婉約山水,有的詩句雖然纏綿淒婉,但詩句仍存在著生活安適的文人對自然景色所抒發的情緒。

2. 真情動人的審美意涵

詩人寫詩的態度不同,詩給人的感受就有所不同,梁・劉勰主張「為情而造文」和「約而寫眞」,〔註254〕梁・鍾嶸也提出了「自然英旨」的「眞美」原則〔註255〕,唐末・司空圖更在《二十四詩品》中談到「自然」和「實境」的取材眞實〔註256〕,不論《二十四詩品》作者之辨偽為何,至少於南朝梁,「眞」儼然成為詩歌所重視的特點。聞一多在此部分特別將張說獨立賞析,其目的在於「陶和謝寫作態度之不同,就在這一點分別。這一派的張說和其他詩人不同也在於此,所以提出別論。」〔註257〕從字面來看,似乎張說和同派的其他詩人的差別正如陶謝寫詩的不同態度,但是若再仔細進一步看聞一多對張說的描述,就可以知道張說他呈現了兩種不同的面貌。首先來看張說

〔註252〕清・黃生:《唐詩摘鈔》,合肥:安徽大學出版社,2009年,頁18。
〔註253〕可參見鄭臨川記錄、徐希平整理:〈盛唐詩〉收入在《笳吹弦誦傳薪錄——聞一多、羅庸論中國古典文學》,頁105。
〔註254〕梁・劉勰:《文心雕龍・情采》卷七,《文淵閣四庫全書》,頁1478~2。
〔註255〕梁・鍾嶸:《詩品》,頁1478~194。
〔註256〕唐・司空圖:《二十四詩品》收錄在《文章辨體彙選》,卷四百三十九,《文淵閣四庫全書》,頁1407~470。
〔註257〕可參見鄭臨川記錄、徐希平整理:〈盛唐詩〉收入在《笳吹弦誦傳薪錄——聞一多、羅庸論中國古典文學》,頁104。

這一派的詩人應是屬於「享受自然，隨意欣賞，寫成詩句，娛己娛人」的詩人，但張說的詩卻寫得格外用心，聞一多對張說有這樣的評論：

> 張說的詩比同派其他詩人寫得深刻。如：「閒居草木侍，虛室鬼神憐。」（〈聞雨〉）竟有泛生主義的看法。又：「雲霞交暮色，草木喜春容。」（〈侍宴灃水賦得濃字〉）態度更爲積極，認爲自然是神祕而有靈性者。〔註258〕

從這裡來看張說的詩作，他的作品比起其他的詩人來得積極深刻，這裡提到的泛生主義其實就是人在死後，會以一種永恆不滅型態存活在人間，就從中國的神話學來說這就是神鬼不滅說，詩中以「神鬼」憐憫獨居在虛室裡的主人翁，加上草木的襯托，讓這首詩聞雨後的惆悵情感更爲深刻。再看「雲霞交暮色，草木喜春容」一句，張說的態度更爲積極地表現自然萬物的靈性，以「交」、「喜」呈現雲霞和草木的動態感，更以「喜」字呈現草木的生命力，從這裡來看都是屬於類似陶詩的生命深刻寫法。

其實聞一多對張說尚有兩種看法，一種是像陶詩精神般全詩不可摘句；另一種是如謝詩可摘句警策，首先來談「摘句警策」的論點，聞一多是這樣說的：

> 常建：「山光悦鳥性，潭影空人心。」（題破山寺後禪院）即同此境界。張說：「雁飛江月冷，猿嘯野風秋。」是模仿上官儀《入朝洛堤步月》中的兩句，而他的身份官職，正好証明他是直接承接了初唐的風格。「年來人更老，花發意先衰。」（《寄許八》）多麼像劉希夷！其他名句如：「寄目雲中鳥，劉歡酒上哥」（《幽州別陰長河行先》）這種特出的煉句跟全詩不稱的作風也是繼承六朝的，大謝便是最明顯的代表。陶詩卻沒有這個特點，所以謝一兩句詩夠人享受，正如陶詩的整首一樣。〔註259〕

〔註258〕可參見鄭臨川記錄、徐希平整理：〈盛唐詩〉收入在《笳吹弦誦傳薪錄——聞一多、羅庸論中國古典文學》，頁104。

〔註259〕可參見鄭臨川記錄、徐希平整理：〈盛唐詩〉收入在《笳吹弦誦傳薪錄——聞一多、羅庸論中國古典文學》，頁106。

聞一多以常建和張說的詩句說明這些名句的特色，就如常建的「山光悅鳥性，潭影空人心」，聞一多認為此為佳句其有來自，首先聞一多選盛唐詩的參考選本其中有一本為《河嶽英靈集》，在這本選本裡就以「山光悅鳥性，潭影空人心」作為警策，其原文為：

> 今常建亦淪於一尉，悲夫！建詩似初發通莊，卻尋野徑，
> 百里之外，方歸大道，所以其旨遠；其興僻。佳句輒來，
> 唯論意表。至如：「松際露微月，清光猶為君」又「山光悅
> 鳥性，潭影空人心」此例十數句並可稱警策然。

這裡指出常建詩在優遊中寫會悟，但風格閑雅清警，藝術上和王維的高妙、孟浩然的平淡都不類同，確屬獨居一格，所以特舉常建「山光」一聯為佳句。聞一多又提到張說的「雁飛江月冷，猿嘯野風秋」、「年來人更老，花發意先衰」和「寄目雲中鳥，劉歡酒上哥」其實各有所本，分別是從上官儀、劉希夷、六朝詩風承襲而下，恰如謝靈運〈登池上樓〉的「池塘生春草，園柳變鳴禽」摘句舉證。王國維在《人間詞話 四十》特舉謝靈運此詩句講明不隔之筆法。聞一多特別提到這類的詩句「謝一兩句詩夠人享受，正如陶詩的整首一樣」，其實就如同蘇珊玉為《人間詞話 四十》說解的言論：

> 謝靈運在景平時出為永嘉太守作〈登池上樓〉，有「池塘生
> 春草，園柳變鳴禽」兩句，謝靈運廣遊山水，觀察自然景
> 物細膩入微，二句用語平易，寫景自然，池畔春草，一片
> 嫩綠，園中柳叢，禽聲悅耳。詩人遊賞石無意中情與景會，
> 得到一個富有生意的新鮮感受，自然道出。〔註260〕

這段話恰好說明聞一多指出「他們都是拿詩來做消遣的，又是當時在社會上活動的士大夫，所以形成了流行的風格，勢力很大。」〔註261〕這裡其實提出了一個很重要的看法，就是雖然他們是將詩當作娛人娛己的遊戲，在這遊戲過程中，張說和常建兩位詩人懂得化用前人的詩

〔註260〕蘇珊玉：《人間詞話之審美觀》，臺北：裏仁書局，2009 年，頁 217。
〔註261〕可參見鄭臨川記錄、徐希平整理：〈盛唐詩〉收入在《笳吹弦誦傳薪錄──聞一多、羅庸論中國古典文學》，頁 104。

句，使作品富有價值，不同於一般詩人單就情感抒發而已。聞一多又進一步提到張說的作品有著大謝摘錄佳句的特色，也有陶潛整首詩句的享受，所以就舉了張說的〈還至端州驛前與高六別處〉五律說明之。其原詩如下：

> 舊館分江日，淒然望落暉。相逢傳旅食，臨別換征衣。昔記山川是，今傷人代非。往來皆此路，生死不同歸。(《全唐詩》卷八七，頁 950。)

聞一多提到這首詩「整篇勻稱，無句可摘，才是盛唐新調。」這一句話就透露出盛唐詩仍存有初唐詩的遺風，一直到了張說的這首詩開始才有整體性的意境。不然就聞一多之前所舉例的詩人，所舉出的佳句實與全詩風格不太統一，唯有佳句才足以賞析。但是也因為張說身份地位的影響，也讓許多青年學子無不效仿，也難怪聞一多要說「我們有理由把張說說成是試帖詩典型的建立者，也就是他對唐詩所起的重大影響，而試帖詩的影響唐代詩壇，也就是張說影響的普遍化了。」〔註262〕因此，我們就來看聞一多何以稱之「整篇勻稱，無句可摘」，首先明・陸時雍提到「三四繾綣淒然，五六老氣，結更可傷。凡人到真處，閒言巧語自不暇及。」〔註263〕以三至六句說出整首詩的傷感，氣慘情傷，字字從心坎中說出，每字每句的緊湊扣合情景，渲染出整首詩傷感的氛圍。也正因為如此讓張說的這首詩成了陶詩筆法的代表。

綜合聞一多對張說的評價，張說是兼顧謝詩和陶詩的風格，他能獨創佳句又另外凸顯整首詩的意涵，恰如謝詩以一兩句為秀，陶詩以整首詩為完整的意境，而聞一多不僅稱讚他佳句部份用心積極又能在整首詩的風格表現脫於俗濫，這正是聞一多齊梁風格第三類的第二種詩風。

〔註262〕可參見鄭臨川記錄、徐希平整理：〈盛唐詩〉收入在《笳吹弦誦傳薪錄──聞一多、羅庸論中國古典文學》，頁 107。
〔註263〕明・陸時雍：《唐詩鏡，初唐第七》卷七。

二、晉宋齊詩歌題材內涵的啓沃

聞一多認為晉宋風格的復古派詩人有兩支，一支以王維為首領，另外一支以李白為首領。復古派的詩人群中以王維為首領的派別又可細分為三小派，一以寫自然為主的；二以寫田園為主；三以寫寺觀為主。另外，以李白為首領的派別則分為兩小派，一以寫江南愛情為主的；二以寫邊塞為主的。聞一多將盛唐詩多樣題材的現象歸為晉宋風格，原來晉宋時期是玄言詩和山水詩的過渡階段，劉勰就談到這樣的現象，其文曰：

> 宋初文詠體有因革。莊老告退，而山水方滋；儷采百字之偶，爭價一句之奇，情必極貌以寫物，辭必窮力而追新，此近世之所競也。〔註264〕

這段話表示晉到南朝宋的文學演變，其詩體的題材內容是由談論《莊》、《老》思想到山水素材，南朝梁・沈約就曾提過晉宋之際的山水詩現象，認為「仲文始革孫、許之風，叔源大變太元之氣。……靈運之興會標舉，延年之體裁明密，並方軌前秀，垂範後昆。」〔註265〕說明殷仲文和謝混視山水詩為代表作品，改變了晉代玄言詩的主流特色，一直到了謝靈運和陶淵明才將山水詩發揮到極致，正如《南北朝文學史》特別提出「陶淵明在平淡、若不經意之中，把自己和田園融為一體；謝靈運則是以全部心力在刻畫山水。」〔註266〕玄言詩會走向山水詩的發展，其實是因為詩人們可以透過摹寫山水之中領悟到玄理，或是在闡發玄理之中融入山水景色，所以當詩人厭倦了玄言詩的創作，便慢慢走向了山水詩的境界，這是一種自然的文學發展，符合文學轉向的邏輯，雖然我們不能完全說玄言完全告退，但是山水詩漸盛是不可忽視的現象，所以聞一多才會以晉宋風格來說明盛唐山水田園詩派的特色。

〔註264〕南朝梁・劉勰：《文心雕龍》卷二，《文淵閣四庫全書》，頁3。
〔註265〕南朝梁・沈約：《宋書・謝靈運傳》卷六十七，《文淵閣四庫全書》，頁258～296。
〔註266〕曹道衡、沈玉成編著：《南北朝文學史》，頁31。

　　聞一多在《唐詩大系》中選錄王維的詩共有五十首，李白四十九首，杜甫九十九首，但是因爲湖北人民出版社的《聞一多全集・唐詩大系》是選用聞一多的另一選本《唐詩》爲內容，故於正文部分僅四十九首，若是綜合原《唐詩大系》的選詩，其實李白的詩高達八十九首之多。有關聞一多對這三位詩人的觀點可見於鄭臨川筆記中一篇專談聞一多上課講述王維、李白、杜甫三人的文章。爰此，筆者尚可瞭解聞一多選錄王維、李白和杜甫的作品數量較多的原因，即是以王、李、杜的詩風爲盛唐晉宋風格中三個派別的主要代表人物。

　　他一開始就將王維、李白、杜甫分爲佛，自然派、道，縱橫派、儒，社會派三大派別，但實際上他並不主張以派別分類詩人，他之所以分派是爲了說解方便，因此他對王、李、杜的看法是

> 王、李、杜三家實不宜列入某派，以其作品方面甚多，不
> 主一體。茲以爲三派之代表者，是就特殊點言之。……前
> 二派爲主潮，後一家爲前二者之反響，故其興起較晚。……
> 第一派否認現實　因追求失望而消極。第二派追求現實。第
> 三派整頓現實　因追求失望而謀整頓。〔註267〕

所以聞一多認爲王、李、杜的作品風格其實並不限於這三派，而以這三派稱之是依照他們詩中所呈現的重要特色來稱呼的。聞一多進一步分析他們詩中所共同呈現的情感問題，王維因追求失望而消極，所以否認現實；李白追求現實，恰如葉嘉瑩名之爲「仙而人者」〔註268〕；

〔註267〕聞一多：〈唐詩要略〉，《聞一多全集6》，頁109～110。
〔註268〕在文中葉嘉瑩先生將李白和蘇軾兩人作比較，稱李白爲「仙而人者」，蘇軾爲「人而仙者」。「仙而人者」意指落入人間受苦而無法解脫的仙人；「人而仙者」意指帶仙氣能夠自我解脫的人。葉氏文章是這樣說的：「什麼是仙而人者？我們說，李白生來就屬於那種不受任何約束的天才，可是他不幸落到人間，人間到處是約束，到處都是痛苦，到處都是罪惡，就像一個大網，緊緊地把他罩在裡邊。他當然不甘心生活在網中，所以他的一生，包括他的詩，所表現的就是在人世間網羅之中的一種騰躍的掙扎。他拚命地飛騰跳躍，可是卻無法突破這個網羅。因此他一生都處在痛苦的掙扎之中。而蘇東坡呢？他本來是一個人，卻帶有幾分『仙氣』，因此他

杜甫整頓現實因追求失望而謀整頓。但是盛唐並不只有這幾個派別，唐朝國勢日益衰落，除了杜甫的社會寫實詩，詩人也逐漸「向邊塞發展，向山林退卻，謀改造現狀。（針砭、諷刺、憐憫、詛罵）」〔註269〕，這是他們反抗現實生活裡的不堪與痛苦所做出來的回應。

　　筆者就依據聞一多在盛唐所討論的詩人和選錄的作品加以分析，試著從中釐清聞一多分類各種風格的差異性。筆者依據聞一多論述詩風的順序，先來談以王維爲首領的三小派。筆者根據鄭臨川筆記來瞭解聞一多對王維的看法，其文曰：

> 王維替中國定下了地道的中國詩的傳統，後代中國人對詩的觀念大半以此爲標準，即調理性情，靜賞自然，他的長處短處都在這裡。〔註270〕

這其實是針對魏晉玄言詩中的天道而論，尤其是聞一多將王維視爲晉宋風格的唐詩代表，晉重玄言，宋走向了山水，但魏晉南北朝時期仍有不少作品以自然論理，談述死生的觀念，談論老莊思想的詩作，這種自然詩就屬於天道。唐代詩人中代表天地人的是李白、王維和杜甫，雖然三個人都經歷了安史之亂，卻是三種不一樣的人生觀。筆者將在後面章節詳述李白的天道和杜甫的人道，在此先敘述王維的地道，而筆者試從聞一多的選詩和論詩的內容來加以研析。

（一）「生活即詩」的人生形態

　　首先聞一多是從王維的人生經歷談論其詩的風格，但身處安史之亂的王維並非一開始就是以地道的自然風格爲主，聞一多以〈息夫人〉、〈私成口號誦示裴迪〉談述王維以人道關懷當時的政治。王維最終仍走向了自然山水派，聞一多就對這樣的情形有了以下的論點：

能夠憑藉他的『仙氣』來解脫人生的痛苦。這和李白是完全不同的。」可參見葉嘉瑩：《葉嘉瑩說初盛唐詩》，北京：中華書局，2008年，頁241。
〔註269〕聞一多：〈唐詩要略〉，《聞一多全集6》，頁110。
〔註270〕可參見鄭臨川記錄、徐希平整理：〈王維李白杜甫〉收入在《笳吹弦誦傳薪錄——聞一多、羅庸論中國古典文學》，頁121。

　　王維獨創的風格是《輞川集》，最富個性，不是心境極靜是
寫不出來的，後人所謂詩中有畫的作品，當是這一類，這
類詩境界到了極靜無思的程度，與別家的多牢騷語不同，
在靜中，詩人便覺得一切東西都有了生命，這類作品多半
是晚年寫的。清人劉熙載《藝概・詩概》云：「王維詩一種
似李東川（頎），一種似孟浩然。」是空前的篤論。似東川
的作品是早年所作，也是興之所至而寫成的，不是本色，：
如〈隴頭吟〉、〈送李頎〉之類；似孟浩然的作品則是中晚
年所作，尤其是晚年的《輞川集》，它達到了浩然那種生活
即詩、淡即無詩的境界。所以說，王孟究竟是誰影響誰，
就無需詞費了。〔註271〕

聞一多這裡很明顯地提出王維詩風的轉變，認爲王維前期詩風似李
頎，晚年似孟浩然，這裡談到了李頎和孟浩然，便又不得不瞭解這兩
人的詩風，筆者簡略依照聞一多的說法先將兩人詩風作一概要簡介，
於下列表格僅以詩名說明，有關詩作內容部分，於後詳談。

　　聞一多談論李白派別時，在此派的底下分爲兩小派，其中就有
李頎這號人物，並談到「王翰、李頎、王之渙、陶翰、高適、岑參
等，此派專寫邊塞」〔註272〕，所以依照聞一多分類詩人派別來看
的話，李頎是屬於縱橫派的邊塞詩人，但又可在〈唐詩要略〉中
看到聞一多以道家分類李頎的詩風特色〔註273〕，其實這樣的情形
並不互相矛盾衝突，因爲聞一多對李白的評價本是縱橫派〔註274〕，
代表的是道家思想，又在李白縱橫派的分類下是包含邊塞詩，故李頎
雖然專寫邊塞詩，卻非僅以邊塞詩爲單一的詩風，其詩集中亦有關乎
道家神仙養生的詩歌。聞一多選錄李頎的詩有十二首，筆者依照李頎

〔註271〕可參見鄭臨川記錄、徐希平整理：〈王維李白杜甫〉收入在《笳吹
　　　　弦誦傳薪錄——聞一多、羅庸論中國古典文學》，頁123。
〔註272〕可參見鄭臨川記錄、徐希平整理：〈王維李白杜甫〉收入在《笳吹
　　　　弦誦傳薪錄——聞一多、羅庸論中國古典文學》，頁107。
〔註273〕聞一多：〈唐詩要略〉，《聞一多全集》，頁113。
〔註274〕聞一多：〈唐詩要略〉，《聞一多全集》，頁109。

的詩內容透過表格的方式呈現出來，如表 3-2-2 所示：

表 3-2-2：李頎詩作分類〔註 275〕

風格	李頎詩作
道家	〈題神力師院〉、〈題璿公山池〉
邊塞	〈塞下曲〉、〈古從軍行〉、〈古意〉、〈送陳章甫〉、〈送劉昱〉、〈望秦川〉
其他	〈宋少府東谿泛舟〉、〈留別王、盧二拾遺〉、〈寄鏡湖朱處士〉、〈送魏萬之京〉

此表格呈現聞一多選李頎的詩多表現在邊塞詩，道家詩僅兩首，其他不屬於邊塞、道家的詩，其文字風格偏向清新自然。

關於孟浩然的詩風特色，筆者根據鄭臨川筆記的內容，由「孟浩然、包融、賀朝、李嶷、崔曙、蕭穎士、張翬等，一般多寫自然」可以知道聞一多將孟浩然歸類「自然派」，聞一多選錄孟浩然詩有二十四首，筆者同樣以表格簡單呈現孟浩然的詩風，如表 3-2-3 所示：

表 3-2-3：孟浩然詩作分類〔註 276〕

風　格	孟浩然詩作
自然山水	〈宿業師山房期丁大不至〉、〈峴潭作〉、〈萬山潭作〉、〈聽鄭五愔彈琴〉、〈與諸子登峴山〉、〈尋天臺山〉、〈遊精思觀回王白雲在後〉、〈題大禹寺義公禪房〉、〈過故人莊〉、〈舟中曉望〉、〈春曉〉、〈宿建德江〉
感懷	〈早寒江上有懷〉、〈歲暮歸南山〉、〈永嘉上浦館逢張八子容〉、〈揚子津望京口〉
送別	〈鸚鵡洲送王九之江左〉、〈廣陵別薛八〉
寄友	〈秋登蘭山寄張五〉、〈宿揚子津寄潤州長山劉隱士〉、〈望洞庭湖贈張丞相〉、〈宿桐廬江寄廣陵舊遊〉
宮體	〈耶溪泛舟〉、〈春中喜王九相尋〉

〔註 275〕資料來源：整理自聞一多《唐詩大系》。
〔註 276〕資料來源：整理自聞一多《唐詩大系》。

孟浩然的詩風從表格來看其實也各有變化，包含了自然山水、感懷、送別、寄友和宮體詩，但是若從內容來看的話，和其他詩人最大的不同之處就是孟詩均以自然山水作爲各個不同主題詩的題材，這也就是聞一多所稱「多寫自然」。

　　筆者已經簡略分析李、孟兩人的詩風格，接下來要探討聞一多對王維詩風的看法。聞一多將王維詩分爲早晚期，並指出早期風格偏向李頎，晚期風格偏向孟浩然。筆者便對聞一多的王維選詩進行早晚期的分類。然而，聞一多雖然選錄王維詩有五十首，能夠辨別作詩年代的作品卻非常少數，故筆者依據《王維詩選》〔註277〕編年詩的部分，用來對照聞一多所選錄的王維，故以下表格所呈現的作品僅限於能夠辨別作詩年代的作品，如表 3-2-4 所示：

表 3-2-4：王維詩歌年表〔註278〕

時　　間	詩　　名	備　　註
開元 6 年，718 A.D	〈洛陽兒女行〉	時年十八
開元 7 年，719 A.D	〈桃源行〉	時年十九
開元 8 年，720 A.D	〈息夫人〉	時年二十
開元 22 年，734 A.D	〈歸嵩山作〉	
開元 25 年，737 A.D	〈隴頭吟〉	疑作於河西任職期間
開元 25 年，737 A.D	〈出塞作〉	
開元 25 年，737 A.D	〈使至塞上〉	
開元 29 年，741 A.D	〈終南別業〉	此依陳鐵民《王維集校注》四冊所編年。皮述民於《王維探論》贊同陳允吉的考證，以廣義的輞川別墅爲終南別業。〔註279〕
開元 29 年，741 A.D	〈終南山〉	

〔註277〕唐‧王維、民國‧陳鐵民選註：《王維詩選》，人民文學出版社，2002年。

〔註278〕資料來源：整理自陳鐵民選註：《王維詩選》。

〔註279〕陳鐵民：《王維集校注》，北京：中華書局，2013 年，頁 191。皮述民：《王維探論》，臺北：聯經出版社，1999 年，頁 11。

時　間	詩　名	備　註
天寶9、10年以前，750～751 A.D 以前	〈崔九弟欲往南山馬上口號與別〉	適時興宗蓋自長安欲往南山隱居地，維因作此詩送之，其時間應當在興宗出示前，具體年分不可確考，故繫於此。 按：興宗出仕約天寶九、十年間，《王維詩選》這本書將此詩放在〈終南山〉和〈春日與裴迪過新昌裏訪呂逸人不遇〉之中間。
開元末，天寶初755 A.D 以前	〈春日與裴迪過新昌裏訪呂逸人不遇〉	
	〈送平澹然判官〉	疑當作於安史之亂前
	〈送元二赴安西〉	疑當作於安史之亂前
	〈相思〉	
	〈文杏館〉	〈輞川集〉有小序，稱：「余別業在輞川山谷，其遊止有孟城坳、華子岡、文杏館、斤竹嶺、鹿柴、木蘭柴、茱萸沜、宮槐陌、臨湖亭、南垞、欹湖、柳浪、欒家瀨、金屑泉、白石灘、北垞、竹裏館、辛夷塢、漆園、椒園等，與裴迪閒暇，各賦絕句雲爾。」《王維詩選》起自〈輞川集並序〉到〈秋夜獨坐〉，方便讀者認識維居輞川隱逸生活和詩歌創作。
	〈鹿柴〉	
	〈木蘭柴〉	
	〈南垞〉	
	〈欹湖〉	
	〈白石灘〉	
	〈竹裏館〉	
	〈辛夷塢〉	
	〈漆園〉	
	〈輞川閒居贈裴秀才迪〉	
開元末，天寶初755 A.D 以前	〈登裴秀才迪小台〉	
	〈臨高臺送黎拾遺〉	此詩或昕至輞川訪維，維送之而歸時所作。(昕：黎昕；維：王維)
	〈輞川閒居〉	
	〈春日田園作〉	疑作於輞川
	〈山居秋暝〉	居輞川時作
	〈山中〉	此詩當即作於維居輞川期間
	〈贈劉藍田〉	
	〈送別〉	疑居輞川時作
	〈酬張少府〉	晚年居輞川時作
	〈秋夜獨坐〉	天寶末年居輞川所作
乾元二年，759 A.D	〈送楊長使赴果州〉	

經由以上表格認識王維詩作的形成原因和時間，再來就是從王維的生平來看前後期詩風差別的要因。聞一多認為王維早期作品似李頎的邊塞詩風，其實可以先從王維的生平去瞭解一下，《舊唐書》寫道：「太原祁人。父處廉，終汾州司馬，徙家於蒲，遂為河東人。」〔註280〕這表示王維是太原祁人，父親名叫王處廉，退休時官做到汾州司馬（汾州副州長），全家搬到蒲州，乃因「與弟縉俱有俊才，博學多藝亦齊名，閨門友悌，多士推之」〔註281〕，開元九年中進士，擔任太樂丞的官，後來卻因為「伶人舞黃獅子」〔註282〕事件被貶為濟州司倉參軍故，唐玄宗大赦天下，王維回到長安任官，開始到嵩山隱居，寫了〈歸嵩山作〉一詩：

> 清川帶長薄，車馬去閑閑。流水如有意，暮禽相與還。荒城臨古渡，落日滿秋山。迢遞嵩高下，歸來且閉關。（《全唐詩》卷一二六，頁1276。）

清・趙殿成以「草木叢生」釋此詩之「薄」義，又言《文苑英華》作「晴川帶長薄」。〔註283〕由此可見，不論是「晴」或是「清」皆是一種清朗的氣象，長川綿延遠流而去，蓬草夾岸而生，帶出了悠閒的心情。詩人既然是隱居嵩山，俗務離身，便了無牽絆。詩意將鏡頭帶到眼及所見的自然景色，有流水和暮禽，增添荒城落日的淒涼，最後再由嵩山的高遠展現曠闊的空間感。《歷代詩評注讀本》就為這樣的一種營造手法，提出了以下的看法：

> 前六句一路寫來，總為「迢遞」二字作勢，謂經多少夕陽

〔註280〕　後晉・劉昫：《舊唐書》，卷一百九十下・列傳第一百四十下・文苑下，臺北・鼎文書局，1979年，頁5051～5052。

〔註281〕　後晉・劉昫：《舊唐書》，卷一百九十下・列傳第一百四十下・文苑下，頁5051～5052。

〔註282〕　宋・王讜：《唐語林》卷五，臺北：世界書局，1967年，頁。其文為「王維為大樂丞，被人嗾令舞黃獅子，坐是出官。黃獅子者，非天子不舞也，後輩慎之。」黃乃帝王之色，除天子之外，誰也不能舞黃獅子，故王維因此而犯罪。

〔註283〕　唐・王維撰、清・趙殿成箋注：《王右丞集箋注》，臺北：中華，1984年。

> 古渡、衰草長堤,而嵩山尚遠也。末句「且」字,乃深一
> 層說,言時衰世亂,姑且閉門謝客耳。〔註284〕

雖然這是一首有關歸隱的詩,但在高曠的空間感中增添歷史滄桑的感慨,從空間的描述以及情感的抒發,儼然已為邊塞詩風開始奠下了情感的基礎,真正碰觸到邊塞生活風光的階段是在王維擔任拾遺的時候,葉嘉瑩曾論述王維出塞的情形:

> 王維做了右拾遺後,中間一度出使道塞上,但他不是真正
> 帶兵打仗,而是奉朝廷的使命,去前線慰勞將士們。……
> 王維本是一個感受很敏銳的人,當他來道塞上,看到大漠
> 的風光,於是寫了一首〈使至塞上〉。〔註285〕

開元二十一年,王維受到宰相張九齡的提拔擔任右拾遺,卻在開元二十五年的時候因為張九齡失勢,王維被被貶為荊州長史。秋天,塞外打了勝仗,王維以監察御史身分前往慰勞,看到塞外風光,於是寫了一首〈使至塞上〉,

> 單車欲問邊,屬國過居延。征蓬出漢塞,歸雁入胡天。大
> 漠孤煙直,長河落日圓。蕭關逢候吏,都護在燕然。(《全
> 唐詩》卷一二六,頁1279。)

此詩所描述的「過居延」、「漢塞」、「胡天」、「燕然」處處是邊塞風光,更以「孤煙」、「落日」營造出一種悲壯之感,王維在同時期也寫出〈隴頭吟〉和〈出塞作〉的邊塞詩,另外〈觀獵〉一詩的確切時間仍無法證得,但經由詩的內容來看,卻也不失為邊塞詩的代表作品。

　　王維詩作中晚期的分期應以〈終南別業〉為界,〈終南別業〉作於開元29年,王維這時已四十一歲,尤其是有關王維在輞川隱居的時候,對輞川景色的描寫,一系列的詩作,據《舊唐書》卷一九〇下〈王維傳〉所載:

> 得宋之問藍田別墅,在輞口,輞水周於捨下,漲竹洲花塢,
> 與道友裴迪浮舟往來,彈琴賦詩,嘯詠終日。嘗聚其田園

〔註284〕王文濡編:《歷代詩評注讀本》,北京:中國書店出版,1984年。
〔註285〕葉嘉瑩:《葉嘉瑩說初盛唐詩》,北京:中華書局,2008年,頁184。

　　所爲詩，別爲《輞川集》。〔註286〕

從這段資料可以知道王維在輞口營構了一處輞川別業，且曾經寫了與裴迪唱酬的作品，輯爲《輞川集》。若從王維的〈終南別業〉和〈輞川別業〉來看，似乎是在不同的地點進行隱居，陳貽焮曾據《王右丞集》卷三〈終南別業〉一詩發表〈王維生平事跡初探〉，推定王維先隱「終南別業」，後隱「輞川別業」。〔註287〕但是關於這方面的說法，陳允吉更進一步以〈王維「終南別業」即「輞川別業」考〉一文說明終南和輞川的關係。〔註288〕所以王維寫終南應是以一個大區域來寫的，寫輞川景色就是以一個小區域來寫的。筆者瞭解輞川和終南山之間的關係之後，接著便要進一步認識有關《輞川集》的寫作年代，皮述民和陳鐵民各有以下的看法：

> 關於〈輞川集〉的寫作時間，由大處來看，歷來有不同的二說，即作於安史亂前，或作於亂後。一般認爲王維四十三歲左右「始營藍田別業」，時在天寶二年前後。……我認爲工程完成以及〈輞川集〉二十首的寫成，都該是在天寶九年，王維五十歲以前，原因之一是崔氏卒於天寶九年。〔註289〕（皮氏語）

> 王維得輞川別業在天寶初，自得別業後至天寶十五載（756）陷賊前，維每每在公餘閒暇或休假期間回輞川小屋，他寫的與輞川有關的詩歌，皆作於此期間，具體年代則難以確切考定。〔註290〕（陳氏語）

不論皮述民或是陳鐵民的說法，兩人均無誤。這段文字表示王維是陸陸續續完成《輞川集》中的二十首詩，只能說最後寫成於天寶九年，恰值王維五十歲，所以根本就無法確切考證各詩的年代。但筆者可以

〔註286〕後晉・劉昫：《舊唐書》，卷一百九十下・列傳第一百四十下・文苑下，頁 5052。

〔註287〕陳貽焮：〈王維生平事跡初探〉，《文學遺產》增刊第 6 輯，1958 年。

〔註288〕陳允吉：《唐音佛教辨思錄》，上海：上海古籍，1988 年，頁 67。

〔註289〕皮述民：《王維探論》，臺北：聯經出版社，1999 年，頁 161～170。

〔註290〕唐・王維、民國・陳鐵民選註：《王維詩選》，頁 188。

很確定的是《輞川集》以後的作品是王維晚年的創作，有不少詩作皆屬於山水詩，如：〈輞川閒居〉、〈山居秋暝〉、〈山中〉；或是經由山水的描寫而引發的感觸，如：〈春日田園作〉、〈贈劉藍田〉、〈酬張少府〉、〈秋夜獨坐〉；山水送別詩，例如：〈臨高臺送黎拾遺〉、〈送別〉、〈送楊長使赴果州〉。

經由筆者的分析介紹便可瞭解王維早晚期的不同詩風，以下便是屬於此風格下的三小派，再進一步認識這三小派之間的異同：

1. 自然寄懷

王維自然派的第一組代表人物有孟浩然、包融、賀朝、李嶷、崔曙、蕭穎士等人，聞一多稱他們的作品「多寫自然」。一般而言，自然所涵蓋的範圍很廣，只要關乎大自然的景色事物，皆能列入自然的範疇。因此，歷來學者就會將王維、孟浩然合爲一類，視爲山水田園派的代表。但聞一多在此卻特將孟浩然、包融等人歸爲自然派，因筆者於前面已有整理孟詩表格，故此不再贅述，僅呈現王維支流的其它詩人的作品，如表 3-2-5 所示：

表 3-2-5：王維支派詩人之詩歌分類〔註 291〕

主題＼作者	包 融	賀 朝	李 嶷	崔 曙	蕭穎士
自然山水	〈登翅頭山題儼公石壁〉	〈南山〉	〈淮南秋夜呈周侃〉、〈林園秋夜作〉	〈山下晚晴〉、〈途中曉發〉	
感懷	〈阮公嘯台〉			〈潁陽東溪懷古〉、〈九月登望仙台呈劉明府容〉	〈越江秋曙〉
送別	〈送國子張主簿〉				

從以上表格可以知道其實這些詩人雖然是以自然山水作爲題材的自

〔註 291〕資料來源：整理自聞一多《唐詩大系》。

然派，但是詩的主題卻有不同的分類，再進一步看詩的內容，筆者並舉表格二內容的詩例，略舉孟浩然詩作一首詮釋自然派的特色。

夕陽度西嶺，群壑倏已暝。松月生夜涼，風泉滿清聽。樵人歸欲盡，煙鳥棲初定。之子期宿來，孤琴候蘿徑。（孟浩然〈宿業師山房期丁大不至〉，《全唐詩》卷一五九，頁1629。）

晨登翅頭山，山暗黃霧起。卻瞻迷向背，直下失城市。曦日銜東郊，朝光生邑里。掃除諸煙氛，照出眾樓雉。青為洞庭山，白是太湖水。蒼茫遠郊樹，倏忽不相似。萬象以區別，森然共盈几。坐令開心胸，漸覺落塵滓。北岩千餘仞，結廬誰家子。願陪中峰遊，朝暮白雲裡。（包融〈登翅頭山題儼公石壁〉，《全唐詩》卷一一四，頁1155。）

湖北雨初晴，湖南山盡見。巖巖石帆影，如得海風便。仙穴茅山峰，彩雲時一見。邀君共探此，異籙殘幾卷。（賀朝〈南山〉，《全唐詩》卷一一七，頁1181。）

天淨河漢高，夜聞砧杵發。清秋忽如此，離恨應難歇。風亂池上萍，露光竹間月。與君共遊處，勿作他鄉別。（李嶷〈淮南秋夜呈周侃〉，《全唐詩》卷一四五，頁1469。）

林臥避殘暑，白雲長在天。賞心既如此，對酒非徒然。月色遍秋露，竹聲兼夜泉。涼風懷袖裡，茲意與誰傳。（李嶷〈林園秋夜作〉，《全唐詩》卷一四五，頁1469。）

寥寥遠天淨，溪路何空濛。斜光照疏雨，秋氣生白虹。雲盡山色暝，蕭條西北風。故林歸宿處，一葉下梧桐。（崔曙〈山下晚晴〉，《全唐詩》卷一五五，頁1603。）

曉霽長風裡，勞歌赴遠期。雲輕歸海疾，月滿下山遲。旅望因高盡，鄉心遇物悲。故林遙不見，況在落花時。（崔曙〈途中曉發〉，《全唐詩》卷一五五，頁1603。）

以上都是屬於描寫自然景色的詩作，作者大多以山、林、日、月、天、風、雲、霧等自然之物描述出各季節各時段的變化。明·譚元春讚美唐·包融〈登翅頭山題儼公石壁〉「蒼茫遠郊樹，倏忽不相似」為「看

得心細」，又明・鍾惺曰：「好畫家心眼。」〔註292〕此由「不相似」帶出詩人以畫家的眼光觀景，凸顯詩人靜觀萬物的細膩，故能描摹一幅幽美如畫之景。清・沈德潛論唐・孟浩然〈宿業師山房期丁大不至〉：「山水清音，悠然自遠。末二句見不至意。」〔註293〕皆以山水景色呈現如畫般的詩境。詩人有時寫景不免產生幻想之景，於是明・鍾惺就認爲唐・賀朝〈南山〉中「石帆以非眞矣，又從石帆上生出『海風便』，幻想，然貴不入魔。」〔註294〕自然之景有時所展現的就是一種縹緲高遠的清眞之感，明・譚元春就曾讚美唐・李嶷〈林園秋夜作〉：「清澈到底，不減高、岑。」明・鍾惺曰：「語甚高閑。……看得出，說不出。」〔註295〕至於單純寫景者，並能從中發現晴雨之間的差別，簡單一兩筆卻能道出箇中滋味，在《歷代詩評注讀本》裡就曾這樣評論〈山下晚晴〉，其文曰：

> 寫「晴」字，見日光初吐，而雨尚未停。寫「晚」字，見斜光才照，而山色已暝。倏忽之間，景象不同，山中幽興，隨處可以領略，況在秋初時乎？意境超脫，筆致明淨。〔註296〕

這段話就指出雨後初晴，整個山光的景色，雖然已晴，但時分已晚，整片的山色漸暗，這時吹的是西北風，照理來說是秋天的照景，可是就這段話來看，這樣的景色其實四季皆可領略得到，詩中主要所呈現的並不是初秋的山色之景，而是那意境超脫的景象。以上這些以自然爲主題的詩作，無可否認的是題材必會提到自然景物，所以視爲自然派的作品是名副其實。

〔註292〕明・鍾惺、譚元春編：《唐詩歸・盛唐一》卷六，《續修四庫全書》，1589 冊，頁 600。

〔註293〕清・沈德潛：《唐詩別裁》第二冊，卷四，臺北：商務，1956 年，頁 15。

〔註294〕明・鍾惺、譚元春：《唐詩歸・盛唐一》卷六，《續修四庫全書》，1589 冊，頁 599。

〔註295〕明・鍾惺、譚元春編：《唐詩歸・盛唐九》卷十四，《續修四庫全書》，1589 冊，頁 13。

〔註296〕王文濡編：《歷代詩評注讀》，北京：中國書店，1984 年。

　　另外，筆者再以詩人感懷、送別的詩作爲例，說明這派詩人被歸類爲自然派的緣故，原詩如下：

　　荒臺森荊杞，蒙籠無上路。傳是古人跡，阮公長嘯處。至今清風來，時時動林樹。逝者共已遠，升攀想遺趣。靜然荒榛門，久之若有悟。靈光未歇滅，千載知仰慕。（包融〈阮公嘯臺〉，《全唐詩》卷一一四，頁 1155～1156。）

　　靈溪氛霧歇，皎鏡清心顏。空色不映水，秋聲多在山。世人久疏曠，萬物皆自閒。白鷺寒更浴，孤雲晴未還。昔時讓王者，此地閉玄關。無以躡高步，淒涼岑壑間。（崔曙〈潁陽東溪懷古〉，《全唐詩》卷一五五，頁 1603。）

　　漢文皇帝有高臺，此日登臨曙色開。三晉雲山皆北向，二陵風雨自東來。關門令尹誰能識，河上仙翁去不回。且欲近尋彭澤宰，陶然共醉菊花杯。（崔曙〈九月登望仙臺呈劉明府容〉，《全唐詩》卷一五五，頁 1603。）

　　扁舟東路遠，曉月下江濱。激灩信潮上，蒼茫孤嶼分。林聲寒動葉，水氣曙連雲。暾日浪中出，榜歌天際聞。伯鸞常去國，安道惜離群。延首剡谿近，詠言懷數君。（蕭穎士〈越江秋曙〉，《全唐詩》卷一五四，頁 1601。）

　　湖岸纜初解，鶯啼別離處。遙見舟中人，時時一迴顧。坐悲芳歲晚，花落青軒樹。春夢隨我心，悠揚逐君去。（包融〈送國子張主簿〉，《全唐詩》卷一一四，頁 1156。）

從以上的詩句來看，都是從自然景色進入心境，明・鍾惺對〈阮公嘯臺〉的景色描述，曾言道：「雨雪荒榛，靜者皆是悟頭，躁濁者不知。」〔註297〕唯有心靜者才能了解自然的美景，正所謂「萬物靜觀皆自得」，否則詩人將如何知道「至今清風來，時時動林樹」，也因爲如此賞景者便能體會到「靜然荒榛門，久之若有悟」，對歷史裡的聖賢有著「千載知仰慕」的情懷。崔曙的〈潁陽東溪懷古〉亦從景色體悟出

―――――――――――――――――――

〔註297〕鍾惺、譚元春編：《唐詩歸・盛唐一》卷六，《續修四庫全書》，1589冊，頁 600。

「物外之趣」，正如清・潘德輿的評論，見如下：

> 崔曙「空色不映水，秋聲多在山」……曲盡幽閒之趣，每
> 一誦味，煩襟頓滌。乃知盛唐諸公，古詩深造如此，不必
> 儲、王、孟、韋，而後盡物外之妙也。〔註298〕

清・潘德輿讚美崔曙自然派的寫詩成就，讀此詩就如同身在山林，煩事雜務瞬間洗滌消盡，可見詩中自然清幽的渲染力效果，其影響之大。崔曙在盛唐寫自然詩的表現屢次受到讚美，《貫華堂選批唐才子詩》美言崔曙的〈九月登望仙臺呈劉明府容〉曰：「『曙色開』妙。一是高台久受湮沒，氣象忽得一開；一是登高台人久抱抑鬱，情思忽得一暢。」〔註299〕說的是「此日登臨曙色開」以下所見的景觀，從第三聯開始轉入心境，嚮往陶淵明的隱逸生活，故《唐宋詩舉要》引吳語「宜看其興象高華，不在追求字面。」〔註300〕詩人由景色觸動心中那最渴望的平靜。

　　詩人藉由自然表現情思，若情溢於辭便會辭不達義，若是辭溢於情即矯情做作，唯有符合傳統詩教的「溫柔敦厚」，才能不失《風》、《雅》精神，盛唐蕭穎士正是推動宗經、載道、崇簡與尚古的文學家，故在李華的〈揚州功曹蕭穎士文集序〉曾敍述「近日陳拾遺子昂文體最正，以此而言，見君之述作矣」〔註301〕大致見得蕭穎士的文學特色。蕭穎士自云：「平生屬文，格不近俗，凡所擬議，必希古文。魏晉以來，未嘗留意。」〔註302〕這是蕭穎士對文章的條件要求，但他也在詩中篤行自己的文學理論，有端勁之氣，其詩文多為古體，由此來看蕭穎士的〈越江秋曙〉。詩人在詩中描寫景色不媚亦不悠，經由「遠」、「蒼茫」、「孤」、「寒」的形容詞營造出一個空曠高遠的空間，

〔註298〕清・潘德輿：《養一齋詩話》卷八，郭紹虞編：《清詩話續編》，上海：上海古籍出版社，1983年，頁2127。
〔註299〕語見《貫華堂選批唐才子詩》，收錄在陳伯海：《唐詩彙評》，頁500。
〔註300〕高步瀛選注：《唐宋詩舉要》，臺北：學海出版社，1989年，頁553。
〔註301〕唐・李華：《李遐叔文集》，《文淵閣四庫全書》，頁1072～356～357。
〔註302〕唐・蕭穎士：《蕭茂挺文集》，《文淵閣四庫全書》，頁1072～341。

再由「連」、「出」、「聞」的動詞將景色連成一片，故此詩讀來不會有情感黏滯的不捨，借由梁鴻的典故，把自己心願投射到古人的高節，雖然懷君卻不過度念君。

　　詩人除了借由景色的淡寫引發對於古人的思念以及高節的仰慕之外，包融也透過自然景色寫出送別的情懷，明‧鍾惺讚其〈送國子張主簿〉「寫得妙」（「鶯啼」句下）又曰：「說所送之人『回顧』，情便深」（「時時」句下），並論一「幻」字（「春夢」句下）〔註303〕，這些均把送別的情感寫得纏綿難捨，字字兒女情長，句句柔情似水，甚而欲進入夢鄉之中隨同所送之人，悠揚而去。包融的〈送國子張主簿〉恰與〈阮公嘯臺〉是不同風格和主題的作品，這也代表包融情感表現的多樣化，但難能可貴的是包融透過湖岸、鶯啼、樹的自然描寫，帶入了與友相別的情感，正是詩人透過自然景色為題材，表現不同主題的手法。

2. 幽居農耕

　　聞一多認為王維派的另一組人馬專寫田園詩，這類詩派是以田舍園林風光和農村耕作生活為題材，所以也包含了耕種農物、采摘桑蠶以及幽居環境的境況，其代表人物為儲光羲、丘為、祖詠、盧象等〔註304〕，當中的儲光羲被聞一多認為是盛唐四對角之一，所對應的對象是自然派的岑參。〔註305〕聞一多雖然未對「盛唐四對角」加以詮釋，但他既然特別將儲光羲對應岑參，應該也是有其意義，至少聞一多選錄儲、邱、祖、盧四人的作品，儲光羲作品多達十八首，可見聞一多也是相當賞識儲光羲。但是聞一多選錄的四位代表詩人中，其作品並未全然是屬於田園詩，從這裡可以知道聞一多對詩人派別的認定，並

〔註303〕明‧鍾惺、譚元春編：《唐詩歸‧盛唐一》卷六，《續修四庫全書》，1589冊，頁600。

〔註304〕可參見鄭臨川記錄、徐希平整理：〈詩的唐朝〉收入在《笳吹弦誦傳薪錄──聞一多、羅庸論中國古典文學》，頁103。

〔註305〕聞一多：〈唐詩要略〉被收入在《聞一多全集6》，頁111。

不會侷限在詩人派別的作品中，也懂得去欣賞詩人作品中其他風格的詩作，筆者根據詩的內容擇取出儲光羲詩十首、丘爲詩兩首、祖詠詩兩首以及盧象詩一首，並加以探討其特色。筆者先來討論儲光羲的作品，見其詩如下：

> 蒲葉日已長，杏花日已滋。老農要看此，貴不違天時。迎晨起飯牛，雙駕耕東菑。蚯蚓土中出，田烏隨我飛。群合亂啄噪，嗷嗷如道飢。我心多惻隱，顧此兩傷悲。撥食與田烏，日暮空筐歸。親戚更相誚，我心終不移。（儲光羲〈田家即事〉，《全唐詩》卷一三七，頁 1384。）

儲光羲擅長以組詩表現田園詩，在〈田家即事〉中就提到老農夫依著天時耕種農作，早晨起床後便去牽牛拉犁插秧，也描述了這期間與萬物融合相處的情形，因爲翻土所以蚯蚓紛紛鑽出頭來，烏鴉覬覦著田中的蚯蚓和秧苗，在天空盤旋鳴叫，這時老農夫卻起了悲憫之心，將食物分給了牠們，雖然筐中已無物，但末句「親戚更相誚，我心終不移」表達農夫愛物之心仍舊不移，此爲本詩感興後所悟得的眞理，這也就是清·沈德潛認爲的「愛物之心，勝於愛己，田父中不易有此人」。〔註306〕

儲光羲以田園詩爲悟感的媒介也可見於〈同王十三維偶然作〉組詩，這首組詩共有十首，聞一多選錄三首分爲是以「仲夏日中時」、「野老本貧賤」、「空山暮雨來」爲首句的詩作：

> 仲夏日中時，草木看欲燋。田家惜工力，把鋤來東皋。顧望浮雲陰，往往誤傷苗。歸來悲困極，兄嫂共相謔。無錢可沽酒，何以解勤勞。夜深星漢明，庭宇虛寥寥。高柳三五株，可以獨逍遙。

> 野老本貧賤，冒暑鋤瓜田。一畦未及終，樹下高枕眠。荷蓧者誰子，皤皤來息肩。不復問鄉墟，相見但依然。腹中無一物，高話羲皇年。落日臨層隅，逍遙望晴川。使婦提蠶筐，呼兒榜漁船。悠悠泛綠水，去摘浦中蓮。蓮花豔且

美，使我不能還。

空山暮雨來，眾鳥竟棲息。斯須照夕陽，雙雙復撫翼。我
念天時好，東田有稼穡。浮雲蔽川原，新流集溝洫。裴回
顧衡宇，僮僕邀我食。臥覽床頭書，睡看機中織。想見明
膏煎，中夜起唧唧。（儲光羲〈同王十三維偶然作〉，《全唐
詩》卷一三七，頁 1384。）

「仲夏日中時」一詩表示農夫並非將農事耕種作為生活的重心，而是
將這樣的生活視為逍遙的方式，所以明‧鍾惺就特別提到「三字（惜
功力）非老農不知。……讀此覺老杜『仰面貪看鳥，回頭錯應人』語
輕些（『願望』二句下）」。〔註307〕「野老本貧賤」一詩更將閑情推至
上古義皇的生活，故明‧譚元春在「腹中無一物」句下標注「此一語
最難，無此不能『高話義皇』。」〔註308〕又於末句「蓮花豔且美，使
我不能還」下評語「味長」〔註309〕二字，鍾惺將此詩和〈田家即事〉
相提並論，其文曰：

寄興入想，皆高一層，厚一層，遠一層，〈田家〉諸詩皆然，
有此心手，方許擬陶，方許作王、孟，莫為淺薄一路人便
門。……此首較前數首覺氣平，其極厚、極細、極和乃從
平出。此儲詩之妙。亦須平氣讀之。〔註310〕

這段文字說明儲詩的田園詩偏向陶淵明的詩風，透過田園生活中獲得
心靈的平靜，而鍾惺以「平」字論這首詩的意涵，誠如周珽所言的「平，
正所以近乎陶也。」〔註311〕儲光羲又從〈田家雜興〉組詩中完整表
達儲詩的陶家精神，其詩曰：

〔註307〕 明‧鍾惺、譚元春編：《唐詩歸‧盛唐二》卷七，《續修四庫全書》，
　　　　 1589 冊，頁 609。
〔註308〕 明‧鍾惺、譚元春編：《唐詩歸‧盛唐二》卷七，《續修四庫全書》，
　　　　 1589 冊，頁 609。
〔註309〕 明‧鍾惺、譚元春編：《唐詩歸‧盛唐二》卷七，《續修四庫全書》，
　　　　 1589 冊，頁 609。
〔註310〕 明‧鍾惺、譚元春編：《唐詩歸‧盛唐二》卷七，《續修四庫全書》，
　　　　 1589 冊，頁 609。
〔註311〕 此語出自《唐詩彙評》所摘錄的《唐詩選脈會通評林》一書。

田家趨壟畝，當晝掩虛關。鄰里無煙火，兒童共幽閒。桔
槹懸空圃，雞犬滿桑間。時來農事隙，採藥遊名山。但言
所採多，不念路險艱。人生如蜉蝣，一往不可攀。君看西
王母，千載美容顏。

楚山有高士，梁國有遺老。築室既相鄰，向田復同道。糇
糒常共飯，兒孫每更抱。忘此耕耨勞，愧彼風雨好。蟋蟀
鳴空澤，鵁鶄傷秋草。日夕寒風來，衣裳苦不早。

梧桐蔭我門，薜荔網我屋。迢迢兩夫婦，朝出暮還宿。稼
穡既自種，牛羊還自牧。日旰懶耕鋤，登高望川陸。空山
足禽獸，墟落多喬木。白馬誰家兒，聯翩相馳逐。（儲光羲
〈田家雜興〉，《全唐詩》卷一三七，頁1386。）

〈田家雜興〉原有八首，聞一多選錄三首，「田家趨壟畝」一詩透過
周珽的評論「儲詩近陶，刻處是骨，轉處是神，邃覺字字得力，語語
得趣。」〔註312〕詩人所嚮往的就是在山谷林間，處處是屋舍數間，
雞犬相鳴，採桑耕田的場景，在短暫的人生求得幽閒的生活。這不僅
是詩人的理想，在「楚山有高士」中借由楚、梁兩國的隱者來表明自
己的心志，遠離俗務煩身，以求頤養天年，傳宗接代，世代為襲，故
呈現出「兒孫每更抱」的天倫享樂之畫面。明‧鍾惺將〈同王十三維
偶然作〉「高話羲皇年」作為此詩「兒孫每更抱」的情景描述，就算
耕耨再怎麼辛苦，也都能甘之如飴，忘卻多少的勞苦，接續認為「此
一『愧』字消卻多少怨尤，生卻多少止足。」〔註313〕儘管來個風雨
一場，無法耕植農物，卻也因為這樣才能同家人一起歡樂，故而讚美
風雨的好，而這樣懷思而不怨的情感就是明‧唐汝詢所謂的「此為同
好勸勉之辭。……有關人遺音。」〔註314〕而這樣的生活正如沈德潛
所言的「老農極知足安分語。」〔註315〕。「梧桐蔭我門」一詩呈現門

〔註312〕此語出自《唐詩彙評》所摘錄的《唐詩選脈會通評林》一書，頁413。
〔註313〕明‧鍾惺、譚元春編：《唐詩歸‧盛唐二》卷七，《續修四庫全書》，
　　　　1589冊，頁610。
〔註314〕明‧唐汝詢：《唐詩解》，保定‧河北大學出版社，2001年，頁165。
〔註315〕清‧沈德潛：《唐詩別裁》第一冊，卷一，頁20。

外綠意盎然的景色，寫出了兩夫婦享受幽居生活的方式，日出而作日落而息，放牧牛羊，耕休自如，不因朝廷的收稅而苦惱，有時觀望山中追逐的禽獸，生活相當愜意。儲光羲的作品一直走向陶淵明的幽淡風格，描寫田園的人、事、物，爲的是要從田園生活裡所得到的心靈淨化。

　　另外，丘爲、祖詠、盧象的作品卻不如儲光羲那樣富有深意，筆者將列出這三位詩人的作品，見如下：

> 東風何時至，已綠湖上山。湖上春已早，田家日不閒。溝塍流水處，未耜平蕪間。薄暮飯牛罷，歸來還閉關。（丘爲〈題農父廬舍〉，《全唐詩》卷一二九，頁1317。）

> 結廬若耶裡，左右若耶水。無日不釣魚，有時向城市。溪中水流急，渡口水流寬。每得樵風便，往來殊不難。一川草長綠，四時那得辨。短褐衣妻兒，餘糧及雞犬。日暮鳥雀稀，稚子呼牛歸。住處無鄰里，柴門獨掩扉。（丘爲〈泛若耶溪〉，《全唐詩》卷一二九，頁1317。）

丘爲的這兩首詩都呈現田園的生活狀況，〈題農父廬舍〉一詩的「綠」字作動詞，以轉品的方法將湖光染上了一片綠油油的畫面，原來是春天將至，田家也紛紛開始農耕的工作，在每塊田地之間都有用作灌溉的溝渠，直至傍晚才牧牛歸家。全詩正如明・鍾惺所言：「不說出草樹甚有味。此『綠』字虛用有情。」〔註316〕田家正因爲這個「綠」字，代表了春耕的訊息，農耕的活動也漸漸展開來了。另一首〈泛若耶溪〉就不像〈題農父廬舍〉是一座田家莊，而是一戶人家靠著釣魚求生，所以「無日不釣魚」，獨自座落在山林間，有時養幾隻家禽、家畜，到了日暮時分，稚子便呼牛回家，表現詩人隱居的心志，故有「住處無鄰里，柴門獨掩扉」的幽靜生活。〈泛若耶溪〉雖然只有一戶人家，但讀起詩中的生活起居，卻不感到蕭條孤寂，反而讓人覺得

〔註316〕明・鍾惺、譚元春編：《唐詩歸・盛唐四》卷九，《續修四庫全書》，1589冊，頁636。

悠閒自在，進出城市可得樵風之便，搭船來往，明‧鍾惺認爲此詩境「說得透迤而不閒散。（「殊不難」句下）」〔註317〕，詩中透過田家的農耕牧牛的活動情形表現田園詩清幽的一面，但是同屬田園詩派的盧象，則是透過田家農閒時的活動表現田園生活，可見〈送祖詠〉詩云：

> 田家宜伏臘，歲晏子言歸。石路雪初下，荒村雞共飛。東原多煙火，北澗隱寒暉。滿酌野人酒，倦聞鄰女機。胡爲困樵采，幾日罷朝衣。（盧象〈送祖詠〉，《全唐詩》卷一二二，頁1221。）

這是冬季時分，農事活動多藏的生活狀況，整片白雪皚皚的路面，想必也不是個農耕的好時節，這時村裡雞飛人聚，每間屋舍的煙囪仍飄起裊裊炊煙，民眾相聚在一起飲酒暢談，婦女們各個織起衣裳來，機杼聲不停地發出唧唧聲響，但有時卻因樵夫而困惱，數日不聞機杼聲。《唐賢清雅集》就評此爲：「筆力蒼渾，寫山村寒暮景象陰沉在目。從歲宴言歸入想，便有情致。」〔註318〕這說明了盧象寫田家況味的手法。

但是祖詠寫田園詩的方法又和盧象和丘爲大不同，丘爲是以農耕生活爲主；盧象是以農閒生活爲主，爲了方便說明祖詠表現田園詩風格的方式，筆者在此舉〈歸汝墳山莊留別盧象〉、〈夕次圃田店〉、〈蘇氏別業〉說明之，見原詩如下：

> 淹留歲將晏，久廢南山期。舊業不見棄，還山從此辭。漚麻入南澗，刈麥向東菑。對酒雞黍熟，閉門風雪時。非君一延首，誰慰遙相思。（祖詠〈歸汝墳山莊留別盧象〉，《全唐詩》卷一三一，頁1231～1232。）

> 前路入鄭郊，尚經百餘里。馬煩時欲歇，客歸程未已。落日桑柘陰，遙村煙火起。西還不遑宿，中夜渡涇水。（祖詠〈夕次圃田店〉，《全唐詩》卷一三一，頁1232。）

〔註317〕明‧鍾惺、譚元春編：《唐詩歸‧盛唐四》卷九，《續修四庫全書》，1589冊，頁636。
〔註318〕此語出自《唐詩彙評》所摘錄的《唐詩選脈會通評林》一書，頁276。

> 別業居幽處，到來生隱心。南山當戶牖，灃水映園林。竹
> 覆經冬雪，庭昏未夕陰。寥寥人境外，閒坐聽春禽。（祖詠
> 〈蘇氏別業〉，《全唐詩》卷一三一，頁 1233。）

三首詩均無描寫農耕的生活也沒有農閒時的活動，卻富含田園詩的特色，主要原因是祖詠以田園生活狀況呈現此詩派中那簡單質樸的風格，包括了「酒雞黍」、「遙村煙火」、「幽處」、「戶牖」、「園林」、「春禽」等都是田園詩的元素。明・陸時雍從境界評論〈蘇氏別業〉一詩「景趣幽絕」〔註319〕，清・黃生從格式加以論述此詩「起聯總冒格。一、二平直，三、四雄渾，五、六精工，七、八淵永。五律調法句稱，無踰此篇。」〔註320〕這段話說明〈蘇氏別業〉的首聯先以平直的文字總論隱居的心志，再分述各別的情形，頷聯呈現南山和屋舍之間的景色，表現了雄渾的風格，接著以頸聯茂密的竹林繪出一幅屋在林中的場景，末聯以一種餘韻雋永的方式將隱居那「閒坐聽春禽」的悠閒生活。

　　聞一多雖然將儲光羲、丘為、祖詠、盧象列為田園詩派，但若真的再從聞一多所摘選的詩作進行比較的話，儲光羲是偏向陶詩風格，丘為和盧象則是多著墨在農耕生活的情形，祖詠則是從隱居生活的周遭環境帶出幽居的涵義，儲光羲和祖詠的詩作較有深一層的意含，頗耐人尋味。故此，聞一多雖然僅是簡簡單單列出人名分類詩派，但在選詩方面卻是有意將同詩派之間的相異處呈現出來，由此可見聞一多的巧思用心。

3. 禪悟人生

　　自然山水的題材非常多元，其中有一種就是專門對深居在山林中的寺觀有所描寫，聞一多特別將這一類的作者歸類在一起，提出相關的人物有綦毋潛、劉脊虛、常建等人，並選綦毋潛詩作六首，分別是

〔註319〕明・陸時雍：《唐詩鏡・盛唐第八》卷十六。
〔註320〕清・黃生：《黃生全集・唐詩摘鈔》，合肥：安徽大學出版社，2009年，頁 39。

〈春泛若耶溪〉、〈題鶴林寺〉、〈題棲霞寺〉、〈題靈隱寺山頂禪院〉、〈若耶溪逢孔九〉、〈宿龍興寺〉，但其中與寺觀無關的有〈春泛若耶溪〉和〈若耶溪逢孔九〉兩首，此兩首較偏向自然寫景的詩作。另外，聞一多選劉眘虛兩首，分別爲〈寄閻防〉與〈闕題〉，但〈闕題〉一詩同樣也是屬於屋外寫景的作品，並未提到有關寺廟的事物。還有另外一位詩人常建，聞一多選錄他的作品有五首之多，分別爲〈閑齋臥病行藥至山館稍次胡亭作〉、〈夢太白西峰〉、〈弔王將軍墓〉、〈宿王昌齡隱居〉、〈題破山寺後禪院〉，但其中與寺觀有關的詩卻僅〈題破山寺後禪院〉一首，筆者將依據聞一多所整理的這些作品進行探討，並試著從中分析這些詩人被聞一多歸類在寺觀的緣故。筆者先來探研這些寺觀的作品，綦毋潛的四首原詩如下：

> 道林隱形勝，向背臨層霄。松覆山殿冷，花藏谿路遙。珊珊寶幡挂，焰焰明燈燒。遲日半空谷，春風連上潮。少憑水木興，暫令身心調。願謝攜手客，茲山禪誦饒。（綦毋潛〈題鶴林寺〉，《全唐詩》卷一三五，頁 1368。）

> 南山勢迴合，靈境依此住。殿轉雲崖陰，僧探石泉度。龍蛇爭翕習，神鬼皆密護。萬壑奔道場，群峰向雙樹。天花飛不著，水月白成路。今日觀身我，歸心復何處。（綦毋潛〈題棲霞寺〉，《全唐詩》卷一三五，頁 1369。）

> 招提此山頂，下界不相聞。塔影挂清漢，鐘聲和白雲。觀空靜室掩，行道眾香焚。且駐西來駕，人天日未曛。（綦毋潛〈題靈隱寺山頂禪院〉，《全唐詩》卷一三五，頁 1370。）

> 香刹夜忘歸，松青古殿扉。燈明方丈室，珠繫比丘衣。白月傳心靜，青蓮喻法微。天花落不盡，處處鳥銜飛。（綦毋潛〈宿龍興寺〉，《全唐詩》卷一三五，頁 1371。）

唐・殷璠特別提到綦毋潛「拾遺詩舉體清秀，蕭蕭跨俗，桑門之役，于己獨能。」〔註321〕，此語論斷綦毋潛詩歌語言超脫世俗，故又論

〔註321〕唐・殷璠：《河嶽英靈集》卷中，收錄《文淵閣四庫全書》，頁 1332 ～46。

「至如『松覆山殿冷』不可多得；『鐘聲和白雲』歷代少有」多言方
外之詞，由此觀之，聞一多將之歸爲寺觀派並無疑義。綦毋潛的〈題
鶴林寺〉是一首五言排律，此詩描寫鶴林寺的環境，位於高山雲層之
中，有時雲霧瀰漫身隱其中，滿山的松林和花兒遮掩了前往鶴林寺的
路，寺裡的旗子飄揚，明燈晃晃，作者在此誦經，修身養性，這是詩
人前往寺廟的途中，將所見之景一一描述出來，同樣以寫寺廟周遭環
境的有〈題棲霞寺〉一詩，不僅增添僧人探尋泉水的過程，以「神鬼
皆密護」瀰漫著一種玄妙的神思，就如同金身護體一般，也不怕惡禽
猛獸的攻擊。接著寫到途中的境況，「萬壑」、「群峰」、「天花」、「水
月」這些景色拼湊出一幅清真幽淡的仙道之所，最後仍回歸到詩人的
身上，如同屈原〈問天〉一樣，詢問自己應該身歸何處。綦毋潛擅於
描述寺廟的所在地，又如〈題靈隱寺山頂禪院〉一詩，其用字表達了
寺廟禪院的幽靜，頷聯表達的是山頂佛寺景狀，清‧王夫之論：「平
善。『鐘聲和白雲』句入幽出朗，扣者鐘，與雲而俱和也。無名理者
不能作景語。……結近湊泊。」〔註 322〕都是利用寺廟的事物營造佛
門心學的氣氛，另外一首〈宿龍興寺〉亦是如此，例如：「香刹」、「方
丈」、「珠系」、「丘衣」、「青蓮」等語，皆是佛界用詞，而這樣的手法
正如清‧王夫之的評論「三四用事入化，結尤神合禪理，詩只此不墮
蔬笋氣」〔註 323〕，其文字無刻煉，無脂粉，但是明‧唐汝詢批之甚
嚴，其論曰：「此詩極無味，格調甚卑，入于鱗選，我所不解。」〔註
324〕認爲這首詩被編入明‧李于鱗（攀龍）的《唐詩選》是唐汝詢無
法理解的地方，但根據明‧李攀龍對此詩的評價，特喜這首詩的用字
簡單淡雅，可見有關此詩的用字情形，在唐、李兩人的眼中有著截然
不同的看法，根據薛寶生《唐汝詢「唐詩解」研究》的分析，唐汝詢
的選詩標準雖然「主興味，反對刻意雕琢」，但是也須符合「主古雅，

〔註322〕清‧王夫之：《唐詩評選》，保定：河北大學出版社，2008 年，頁
　　　　128。
〔註323〕清‧王夫之：《唐詩評選》，頁 128。
〔註324〕明‧唐汝詢：《唐詩解》，頁 977。

反對粗俗」、「倡新變，反對蹈襲」〔註325〕的原則，所以綦毋潛在〈宿龍興寺〉一詩中運用的是佛教常見詞，並非詩人特有的語言風格，所以這對明・唐汝詢來說或許就是一種「粗俗」的寫法，但若從境界來看，也不失李攀龍的「漸近自然」之語。

　　另外，聞一多雖然選錄劉眘虛的作品有兩首，但真正有關寺廟的作品僅是〈寄閻防〉，但此首所呈現的風格卻又和綦毋潛的作品有所不同，其詩曰：

> 青冥南山色，君與緇錫鄰。深路入古寺，亂花隨暮春。紛紛對寂寞，往往落衣巾。松色空照水，經聲時有人。晚心復南望，山遠情獨親。應以修往業，亦惟立此身。深林度空夜，煙月資清真。莫歎文明日，彌年徒隱淪。（《全唐詩》卷二五六，頁2862。）

此詩是閻防在終南豐德寺讀書，劉眘虛所捎來的小詩。劉眘虛的詩向來「空明深厚，饒有理趣」〔註326〕、「超遠幽夐」〔註327〕，就有一種仙語妙言的特質，唐・殷璠甚而提到「至如『松色空照水，經聲時有人』，又『滄溟千萬裏，日夜一孤舟』，又『歸夢如春水，悠悠繞故鄉』……並方外之言也。惜其不永，天碎國寶。」〔註328〕這段文字就明白指出〈寄閻防〉有方外之言的語句。其實本詩是以一個走入古寺的目標為動機，旁及周遭的環境，「亂花隨暮春」總有佛境花團錦簇之感，余成教就提到「其『深路入古寺，亂花隨暮春』、『閑門向山路，深柳讀書堂』之句，可彷彿常建『曲徑通幽處，禪房花木深』兩句。」〔註329〕明點〈寄閻防〉

〔註325〕 可參見薛寶生：《唐汝詢「唐詩解」研究》，甘肅：西北師範大學碩士論文，2010年，頁44～53。

〔註326〕 清・喬億：《劍溪說詩》卷上，《清詩話續編》，頁1082。

〔註327〕 《漁洋詩話》語載「劉眘虛字挺卿，其詩超遠幽夐，在王、孟、王昌齡、常建、祖詠伯仲之間。」可見清・王士禎：《漁洋詩話》卷下，清・丁福保編：《清詩話》，上海：上海古籍出版社，1978年，頁205。

〔註328〕 唐・殷璠：《河嶽英靈集》卷上：收錄《文淵閣四庫全書》，頁1332～29。

〔註329〕 清・余成教：《石園詩話》，杜松柏主編：《清詩話訪佚初編》（三），

這首詩的禪境。詩人在這美景之中，雖然令人賞心悅目，但心境仍是騙不了人的，一種寂寞之感在心中不斷迴盪，在水映松色的林中，偶有寺中傳來的念經聲，自己不免南望，難忘與君情緣，可是又不能時時沉戀其中，時而悟得，「應以修往業，亦惟立此身」便成了最終的目標。清·沈德潛將讚美「煙月資清眞」此句爲「言性本清眞，而煙月又資之也。清絕，高絕」〔註330〕確實把那禪境表露得如在眼前，此詩前有寺語後有禪意，故周珽特別讚曰「秋水爲神玉爲骨，有此清映談鋒。」又陳繼儒曰：「選言清卓，旨尚遙深，仙姿逸韻，自典常異。」〔註331〕，劉眘虛的詩不在營造詩中的寺廟的意象，而是透過文字呈現出一種禪寺的清幽之感。

　　常建的〈題破山寺後禪院〉也是專寫寺院的詩作，而這首詩的成就不減劉、綦的風采，見原詩如下：

　　　　清晨入古寺，初日照高林。竹徑通幽處，禪房花木深。山
　　　　光悅鳥性，潭影空人心。萬籟此都寂，但餘鐘磬音。（《全
　　　　唐詩》卷一四四，頁1464。）

明·胡應麟稱讚首句「清晨入古寺」爲「幽矣」〔註332〕，詩人於清晨燈破山，入興福寺，朝陽四照，披覆山林，詩人穿過寺中的曲徑小路，來到幽深的後院，發現禪房就在花叢樹林深處。清·何文煥評：「『曲徑』、『禪房』二句深爲歐陽公所慕，免屢擬不慚。吾意未若劉君之『時有落花至，遠隨流水香』爲尤妙也。」〔註333〕表明何文煥與歐陽公兩人的看法不同，歐陽公欣賞的是那場景的安詳幽靜，何文煥偏愛景色的淡雅幽趣，雖然同樣表現了「幽」的意境美，但是卻有不一樣的層次感。這樣幽靜美妙的環境，使詩人忘情地欣賞起來。他舉目看看周遭的青山煥發著日照的光彩，聽著悅耳的鳥囀；走到水潭

臺北·新文豐出版社，1987年，頁121。

〔註330〕清·沈德潛：《唐詩別裁》第一冊，卷一，頁17。

〔註331〕周、陳二人之語可見《唐詩選脈會通評林》，收錄在陳伯海：《唐詩
　　　　彙評》，頁1365。

〔註332〕明·胡應麟：《詩藪》內編四·近體上·五言，頁218。

〔註333〕此句源自《唐律消夏錄》可參見陳伯海：《唐詩彙評》，頁455。

旁，只見天地和自己的身影在水中湛然空明。「山光悅鳥性，潭影空人心」兩句更是歷來詩家特愛評論的佳句，宋朝胡仔引東坡和洪駒甫的評論：

> 東坡云：「常建詩：『竹徑通幽處，禪房花木深』，歐陽文忠公最愛賞，以爲不可及。此語誠可人意，然於公何足道，豈非厭飫芻豢，反思螺蛤邪？」

> 洪駒甫《詩話》云：「丹陽殷璠撰《河嶽英靈集》，首列常建詩，愛其『山光悅鳥性，潭影空人心』之句，以爲警策。歐公又愛建『竹徑通幽處，禪房花木深』，欲效建作數語，竟不能得，以爲恨。予謂建此詩全篇皆工，不獨此兩聯而已，其詩曰：『清晨入古寺，初日照高林。竹徑通幽處，禪房花木深。山光悅鳥性，潭影空人心。萬籟此都寂，但聞鐘磬音。』」〔註334〕

這段文字說明東坡、洪駒甫、殷璠、歐陽公皆對此句作過評論，東坡甚而認爲歐陽公讚賞「竹徑通幽處，禪房花木深」乃因饜足精工詞藻之語，反而偏好這種幽靜的詩句，沈德潛亦對殷璠所讚美的「山光悅鳥性，潭影空人心」進行評論，論此句「鳥性之悅，悅以山光；人心之空，空因潭水：此倒裝句法。通體幽絕。」〔註335〕正是禪心純淨怡悅的寫照。洪駒甫則進一步特別讚揚常建的這首詩，爲「全篇皆工」不同於殷璠和歐陽公僅欣賞個別的詩句而已。

　　詩人這時「萬籟此都寂」，心中的塵世雜念頓時消除，只剩下寺裡的鐘聲不斷地在耳邊縈繞。唐・殷璠對常建這樣的詩歌藝術曾經論曰：「建詩似初發通莊，卻尋野徑，百里之外，方歸大道。所以其旨遠，其興僻，佳句輒來，唯論意表。」〔註336〕表現出和綦毋潛善於描繪景物營造寺味的技巧有所不同。明・譚元春亦論其語言風格爲「常

〔註334〕蘇、洪兩人的評價收錄在宋・胡仔：《苕溪漁隱叢話》前集卷二十，臺北・世界書局，2009 年，頁 133。

〔註335〕清・沈德潛：《唐詩別裁》第三冊，卷九，頁 27。

〔註336〕唐・殷璠：《河嶽英靈集》卷上，《文淵閣四庫全書》，頁 1332～21。

建諸詩，令不知詩者讀之，滿腹是詩，急起拈筆，即深於詩者，不得一語。予嘗謂詩家有仙有佛，此皆佛之屬也。」〔註337〕都指明常建詩中有佛，佛中有詩的語言特質。除此之外，本詩不僅佳句連連，就起句對偶，頷聯反而對得不工整，雖屬五律，卻有古體詩的風韻，於古律之間穿梭不定，方回就針對這樣技法論曰：「歐公喜此詩三四不必偶，乃自是一體、蓋亦古詩、律詩之間。全篇自然。」〔註338〕

爰此，綦毋潛的詩作善於描摹寺廟的景色，營造出一種方外之情；劉眘虛則是透過文字表達禪意，表明自身的心靈將寄託於禪寺之中；常建可謂合二人之優點，同時寫出了步入寺中的沿途景色，又藉著文字對景色的描繪表現禪意，融禪意於文字之中，再深入思考詩人的寄託與歸往。這三位文人雖然同樣都被聞一多列爲專寫寺觀的詩人，但作品的優點各有所異，故此明辨。

（二）縱橫直抒的情感表達

筆者在此節所要討論的範圍以聞一多曾在文章中討論過的議題爲主，於《唐詩大系》中有選詩卻未在聞一多講述唐詩的文章出現，筆者將會在「聞一多唐詩研究的價值與缺失」進行探討。聞一多曾在〈唐詩要略〉中提到「縱橫派」，並以李白爲主要代表人物，以下的代表詩人群有李頎、王之渙、王昌齡、陶翰、高適、岑參、崔顥、崔曙、崔國輔、丁仙芝、余延壽、張潮等，由這些詩人的作品來看大多屬於邊塞和江南之作，並且聞一多對此派的定義爲「此派多長七言諸體，最新之發展。在時代的尖端上。音樂觀念。近自然語調。最演化的。最人性的。北方的少年精神。」〔註339〕由此可知「縱橫」的觀念異於先秦諸子「縱橫家」爲「行人之官」的外交使令。

〔註337〕明・鍾惺、譚元春編：《唐詩歸・盛唐七》卷十二，《續修四庫全書》，1589 冊，頁 669。

〔註338〕元・方回：《瀛奎律髓》，卷四十七，《文淵閣四庫全書》，頁 24。

〔註339〕此語標點符號全依《聞一多全集・6》裡的標示。聞一多：〈唐詩要略〉收入在《聞一多全集・6》，頁 109。

　　此派以李白爲主要代表人物，聞一多稱之爲「縱橫派」之名其有來自，明・王世貞曾論李白古樂府「縱橫變幻」〔註340〕，明・唐汝詢曾言：「太白七古，縱橫跌宕」〔註341〕，清・計東在〈答諸弟子論詩二十五則有序〉一文中論「然後漸進於李白之縱橫排宕，杜甫之蒼茫高老……」〔註342〕，可見「縱橫」一詞是從作品的氣勢來稱呼的，筆者將從此觀點論述這些詩人群的詩作特色，以明白聞一多「縱橫」分派的適切性。

1.「己才己意」的自然情語

　　李白是個「極才人之致」〔註343〕的詩家，在詩歌表現方面往往「己才己意」〔註344〕，並多以「口頭語」表現「語近情遙」〔註345〕的意涵，這與李白的人格特質有很大的關係。因此筆者談李白得先從聞一多對李白的人格認識談起，依照聞一多的〈唐文學表〉可知李白出生於武后年間，隔年子昂遂卒。〔註346〕筆者將從詩與人兩方面來介紹聞一多對李白的認識，首先探析聞一多對李白這個人的了解程度，在鄭臨川筆記裡就曾將聞一多對李白的描述有以下這段文字的記載：

> 舊來論詩，曾以仙聖佛稱李、杜、王三家，或稱爲魏蜀吳，或稱爲天地人，也有稱爲稱爲眞善美。……太白在亂中的行動卻有作漢奸的嫌疑，或者說比漢奸行爲更壞，試想當時安祿山造反，政府用哥舒翰封常清去抵制他，遭了大敗，國家危機非常嚴重，所倚靠只有江南的財富和軍隊，而永王李璘卻按兵不動，妄想乘機自立，太白被迫接受僞署，還作詩歌

〔註340〕明・王世貞：《藝苑卮言》卷四，《歷代詩話續編》，北京：中華書局，1983年，頁1006～1007。

〔註341〕明・唐汝詢：《彙編唐詩十集》，收錄於陳伯海：《唐詩彙評》，杭州・浙江教育出版，1995年，頁621。

〔註342〕清・計東：《改亭詩文集》，卷十二，上海：上海古籍出版社，2010年，頁226。

〔註343〕明・王世貞：《藝苑卮言》卷四，頁1006～1007。

〔註344〕明・王世貞：《藝苑卮言》卷四，頁1006～1007。

〔註345〕清・沈德潛：《唐詩別裁》第四冊，卷二十，頁118。

〔註346〕聞一多：〈唐文學表〉收入在《聞一多全集・10》，頁97。

誦他，豈不糊塗透頂！他無形中起了漢奸所不能起到的破壞
作用。……總之，我的結論是這樣：李、杜、王三位詩人的
人格和詩境，都可以從他們在安史之亂考驗中表現作為判定
高下的標準。……太白卻不承認這種義務關係，只重自我權
利之享受，盡量發展個性，像不受拘束的野孩子一樣。〔註347〕

聞一多認為一個作家的遭遇和他的詩文風格大有關係，聞一多從危
急之秋的時間點談論詩人，從這方面來看是最能表現詩人最「眞」
的性格。李白經歷過安史之亂，按照聞一多的說法當時國政危機重
重，安祿山叛軍大敗哥舒翰的軍隊，這時李璘卻有私心乘機稱王，
李白不因此而猛烈抨擊反而以詩歌誦美這被聞一多視為「漢奸」到
了極點的李璘，但從李白對這一事件的態度來看，可以知道李白是
個「志不拘檢」〔註348〕的人，所以蘇轍對李白的評價為：

> 李白詩類其為人，駿發豪放，華而不實、好事喜名，時
> 不知義理之所在也。語用兵，則先登陷陣不以為難；語
> 遊俠，則白畫殺人不以為非；此豈其誠能也哉？白始以
> 詩酒奉事明皇，遇讒而去，所至不改其舊。永王將竊據
> 江淮，白起而從之不疑，遂以放死。今觀其詩，固然。
> 唐詩人李、杜稱首，今其詩皆在。杜甫有好義之心，白
> 所不及也。〔註349〕

這段文字說明李白和杜甫之間的差異，李白於國難前「以詩酒奉事明
皇」，可謂放縱至極，就算是國難當前，他仍是自我意識甚高，行己
所當行，尚不考慮行之正義與否。然而杜甫不然，能關懷民生有好義
之心，所以李白的詩縱橫奔放「類其為人」，就如同聞一多所言的「只
重自我權利之享受，盡量發展個性」。從以上李白的處世來看，他眞
是一位眞性情的詩人，不受禮教的拘束也不因政權迫害有所屈服，仍

〔註347〕可參見鄭臨川記錄、徐希平整理：〈王維李白杜甫〉收入在《笳吹
　　　　弦誦傳薪錄——聞一多、羅庸論中國古典文學》，頁122。
〔註348〕唐·殷璠：《河嶽英靈集》卷上，《文淵閣四庫全書》，頁1332～23。
〔註349〕宋·蘇轍：〈詩病五事〉收錄在《欒城集》第三集·卷八，《文淵閣
　　　　四庫全書》，頁833。

維持那瀟灑自如的性格。

聞一多經由李白的生平認識其人格特質，接下來就是欲透過作品認識聞一多對其此派「七言」、「音樂」、「自然語調」、「北方的少年精神」的看法。當然聞一多自己也提到「王、李、杜三家實不宜列入某派，以其作品方面甚多，不主一體。茲以為三派之代表者，是就特殊點言之」〔註350〕，此語明指李白詩風、詩式不拘，但聞一多就以李詩的特殊點談其看法。聞一多論李白的作品有八十九首之多，其中選錄李白古詩最多，共有四十二首，其中以五言古詩佔所選古詩的二分之一強；次為近體詩，共二十七首，但若依照近體詩為唐代的黃金時代來說，聞一多選李白近體詩其實並不多；再者為樂府歌行二十首，但是聞一多選的樂府歌行體卻僅少於黃金時期的近體詩七首來看，可見聞一多是比較偏好李白的樂府歌行和古詩的。

因為聞一多選錄作品之多，筆者無法逐一介紹每首詩，故特選聞一多所言的「特殊點」論之，特別挑選七言和樂府加以論述，見筆者整裡聞一多選錄八十九首詩中有關七言和樂府的詩作，如表3-2-6所示：

表3-2-6：李白詩歌之詩體分類〔註351〕

詩體	李白詩作
樂府歌行	〈長干行〉「妾髮初覆額」；〈獨漉篇〉「獨漉水中泥」； 〈蜀道難〉「噫吁戲危乎高哉！」；〈日出入行〉「日出東方隈」； 〈塞下曲〉「五月天山雪」、「駿馬似風飆」、「塞虜乘秋下」； 〈紫騮馬〉「紫騮行且嘶」；〈關山月〉「明月出天山」；
	〈玉階怨〉「玉階生白露」；〈淥水曲〉「淥水明秋月」； 〈烏棲曲〉「姑蘇臺上烏棲時」；〈長相思〉「長相思，在長安」； 〈北風行〉「燭龍棲寒門」；〈登高丘而望遠海〉「登高丘，望遠海」； 〈楊叛兒〉「君歌楊叛兒」；〈山人勸酒〉「蒼蒼雲松」； 〈靜夜思〉「床前看明月」；〈春思〉「燕草如碧絲」； 〈子夜吳歌・秋歌〉「長安一片月」（二十首）

〔註350〕聞一多：〈唐詩要略〉收入在《聞一多全集・6》，頁109。
〔註351〕資料來源：整理自聞一多《唐詩大系》。

詩體	李白詩作
雜言古詩	〈夢遊天姥吟留別〉「海客談瀛洲」； 〈扶風豪士歌〉「洛陽三月飛胡沙」； 〈宣州謝朓樓餞別校書叔雲〉「棄我去者昨日之日不可留」； 〈元丹丘歌〉「元丹丘，愛神仙」； 〈寄王屋山人孟大融〉「我昔東海上」； 〈寄韋南陵冰，余江上乘興訪之，遇尋顏尚書笑有此贈〉「南船正東風」； 〈廬山謠寄盧侍御虛舟〉「我本楚狂人」（七首）
七言古詩	〈西嶽雲臺歌送丹丘子〉「西嶽崢嶸何壯哉」； 〈把酒問月〉「青天有月來幾時」； 〈南陵別兒童入京〉「白酒新熟山中歸」； 〈江上吟〉「木蘭之枻沙棠舟」； 〈金陵歌送別范宣〉「石頭巉巖如虎踞」； 〈當塗趙炎少府粉圖山水歌〉「峨眉高出西極天」； 〈春日獨坐寄鄭明府〉「燕麥青青遊子悲」； 〈涇溪東亭寄鄭少府諤〉「我遊東亭不見君」； 〈金陵酒肆留別〉「風吹柳花滿店香」（九首）
七律	〈登金陵鳳凰臺〉「鳳凰臺上鳳凰遊」（一首）
七絕	〈峨眉山月歌〉「峨眉山月半輪秋」、 〈早發白帝城〉「朝辭白帝彩雲間」、 〈黃鶴樓送孟浩然之廣陵〉「故人西辭黃鶴樓」、 〈陪族叔刑部侍郎曄及中書賈舍人至遊洞庭〉「洞庭西望楚江分」、 〈客中行〉「蘭陵美酒鬱金香」、 〈蘇臺覽古〉「舊苑荒臺楊柳新」、 〈長門怨〉「天迴北斗掛西樓」； 〈望天門山〉「天門中斷楚江開」、 〈贈汪倫〉「李白乘舟將欲行」； 〈越中覽古〉「越王句踐破吳歸」、 〈春夜洛城聞笛〉「誰家玉笛暗飛聲」； 〈與史郎中欽聽黃鶴樓上吹笛〉「一為遷客去長沙」（十二首）

　　聞一多選李白樂府有二十首之多，並依照史學的觀念，分析李白作品風格在文學史中的脈絡流變，曾經在〈唐詩要略〉中評論李白樂府多來自其他詩體的變格，其文字敘述如下：

樂府——

繼承齊梁：(〈吳歌曲〉、〈西曲歌〉。)

仿樂府：(一)〈長干行〉(長調)。

　　　　(二)〈玉階怨〉、〈淥水曲〉。(小歌)

變樂府：(一)〈塞下曲〉、〈紫騮馬〉、〈關山月〉(以五律變樂府)。

　　　　(二)〈登金陵鳳凰臺〉(以七律變樂府)

超過齊梁：〈獨漉篇〉

四言：〈獨漉篇〉、〈來日大難〉(〈善哉行〉)

騷體：〈夢遊天姥吟留別〉、〈日出入行〉、〈蜀道難〉。

此處值得思考的是聞一多在談盛唐的復古階段的論點，是將李白放在晉宋時期之下，可是這裡卻又變成「繼承齊梁」和「超過齊梁」，以齊梁來談李白樂府，唯一最值得解釋是正如前面聞一多所言李白是無法以派別規範其作品風格的。以上引文將樂府歌行分門別類，仿樂府者有長調、小歌者，有以五言爲律的樂府亦有七言爲律的樂府，也不乏有四言和騷體爲主的樂府，這些都代表了李白善於用各種形式表達樂府歌行，也凸顯李白在樂府方面的優秀表現。筆者將先從綜論來看李白在樂府方面的成就，其評價如下：

> 詩至開元、天寶間，神秀聲律，粲然大備。李翰林天才縱逸，軼蕩人群，上薄曹、劉，下淩沈、鮑，其樂府古調，能使儲光羲、王昌齡失步，高適、岑參絕倒，況其下乎？(《唐詩品彙》)〔註352〕

> 太白古樂府，窈冥惝恍，縱橫變幻，極才人之致。然自是太白樂府。……青蓮擬古樂府，以己才己意發之，尚沿六朝舊習，不如杜少陵以時事創新題也。少陵自是卓識，惜不盡得本來面目耳。(《藝苑卮言》)〔註353〕

〔註352〕明・高棅：《唐詩品彙・總敘》，頁8。

〔註353〕明・王世貞：《藝苑卮言》卷四，頁1006～1007。

太白筆力變化，極於歌行；少陵筆力變化，極於近體。李
變化在調與詞，杜變化在意與格。然歌行無常縷，易於錯
綜；近體有定規，難於伸縮。調、詞超逸，驟如駭耳，索
之易窮；意格精深，始若無奇、繹之難盡；此其稍不同也。
（《詩藪》）〔註354〕

太白七言樂府接西漢之體制，掩六代之才華，自傅玄以下，
未睹其偶。至贈答歌行，如風卷雲舒，惟意所向，氣韻文
體，種種振絕。五言樂府摹古絕佳，諸詩率意而成，苦無
深趣。蘇子由謂之「浮花浪蕊」，此言非無謂也。讀李太白
詩當得其氣韻之美，不求其字句之奇。（《唐詩鏡》）〔註355〕

太白於樂府最深，古題無一弗擬，或用其本意，或翻案另
出新意，合而若離，離而實合，曲盡擬古之妙。（《唐音癸
籤》）〔註356〕

太白胸中浩渺之致，漢人皆有之，特以微言點出，包舉自
宏。太白樂府歌行，則傾囊而出。如射者引弓極滿，或即
發，或遲審久之，能忍不能忍，其力之大小可知已。要至
於太白，止矣。（《薑齋詩話》）〔註357〕

聞一多與高棅、王世貞、胡應麟、陸時雍、胡震亨和王夫之一樣，
皆發現李白在樂府詩歌方面的成就，戴鴻森對於《薑齋詩話》中「能
忍不能忍」提出了詩歌的含蓄美〔註358〕，這也代表了李白在詩歌情
感上的流轉是令人感到自然順暢而非為文造情的。再者，從李白的
創作量來看，詩歌共九百餘首，樂府詩就佔一百四十九首，明代高
棅認為李白的樂府具有承先啓後的地位，於盛唐優於儲光義、王昌
齡，冠於絕倫。關於承襲漢魏樂府的作品，可以〈長干行〉「妾髮初

〔註354〕明・胡應麟：《詩藪》內編四・近體上・五言，頁222。

〔註355〕明・陸時雍：《唐詩鏡・盛唐第九》卷十七。

〔註356〕明・胡震亨：《唐音癸籤》卷九，頁73。

〔註357〕清・王夫之：《薑齋詩話》卷二，北京：人民文學出版社，1998年，
　　　　頁149。

〔註358〕清・王夫之原著、戴鴻森箋注：《薑齋詩話箋注》，上海：上海古籍
　　　　出版發行，2012年，頁66～68。

覆額」爲其代表，明・鍾惺曾言此詩「古秀，眞漢人樂府」〔註359〕，李白繼承了樂府的男女婚姻主體，敘寫盛唐商業發展實的中下層商婦的愛情，乃李白思想平民化傾向的體現，通過敘事抒發感情，反映社會生活和人民的思想感情，不論是在語言或是情感方面，皆與魏晉以來的文人樂府是截然不同的文學表現，所以聞一多將〈長干行〉列爲承襲齊梁的說法，實在有待考慮。明・王世貞認爲李白古題樂府縱橫變化，締造詩藝之化境，並在李杜相較之下，認爲杜甫雖然擁有「以時事創新題的卓識」的獨創性，但是失去樂府本來面目；又言李白擬古樂府「尚沿六朝舊習」，卻是「己才己意發之」的作品。明・胡應麟更是直言李杜兩人之間所擅長的詩體，認爲李白因爲調、詞變化超逸，故能「極於歌行」；杜甫因爲意、格精深，故能「極於近體」。明・陸時雍則認爲李白不論是七言或是五言樂府皆以氣韻取勝，不求字句之奇。明・胡震亨讚美李白的古題樂府，雖擬卻不陷於窠臼，故當他論李白〈蜀道難〉的時候，認爲：

> 自是古曲，梁陳作者，止言其險，實不及其他。白則兼采張載《劍閣銘》「一人荷戟，萬夫趑趄，形勝之地，匪親弗居」等語用之，爲恃險割據與羈留佐逆者著戒。惟其海說事理，故苞括大，而有合樂府諷世立教本旨。若第取一時一人事實之，反失之細而不足味矣。〔註360〕

這段文字就很明確說出李白利用己意詮釋古題樂府的方式，不僅創新又頗有深意。清・王夫之不僅以漢朝詩歌論李白樂府，更以引弓喻詩力，有關人所感發的心與意，自有之變化，若是胸中浩渺，則包舉自宏；胸次局促者，則不免亂節狂興，但李白的樂府就像在拉弓的力道一樣，適當得宜，所以《唐宋詩醇》曾論〈長干行〉一詩：

> 兒女子情事，直從胸臆間流出，縈遭回折，一往情深。
> 嘗愛司空圖所云：「道不自器，與之圓方」爲深得委曲之

〔註359〕明・鍾惺、譚元春編：《唐詩歸・盛唐十》卷十五，《續修四庫全書》，1590 冊，頁 17。
〔註360〕明・胡震亨：《唐音癸籤》卷二十一，頁 190。

妙，此篇庶幾近之。〔註361〕

近人葛曉音也認爲：「李白無論從體制、內容、藝術表現來看，都體現恢復漢魏傳統的基礎上充分發揮創造性，全面總結歷代樂府的成就，拓展和提高樂府境界的努力。」〔註362〕以上的說明不僅說明李白本身性格和寫詩的方式，皆擅長於樂府的創作，更進一步認爲李白傳承了漢魏樂府的特質。王、葛兩人的觀點均不同於聞一多繼承齊梁風格的論點，可知聞一多硬是將李白歸類在晉宋期期有所不當。

　　李白不僅擅長於樂府，古詩的成就也有不凡，《竹莊詩話》曾將李白古詩和律絕作一比較，在〈望廬山瀑布泉〉詩題下評曰：「然余謂太白古詩云：『海風吹不斷，江月照還空。』磊落清壯，語簡而意盡，優於絕句多矣。」〔註363〕陸時雍也曾評李白七古的藝術表現，論曰：

> 太白七古，想落意外，局自變生，眞所謂「驅走風雲，鞭撻海嶽」。其殆天授，非人力也。〔註364〕

這段文字正好印證了賀知章稱讚李白「天上謫仙人」的詩才，李白的古詩藝術並非是詩力所成，而是詩才所致。首先來看李白的雜言古詩表現，筆者舉三首作品簡略說明雜言古詩的特色，有關〈夢遊天姥吟留別〉「海客談瀛洲」一詩評價如下：

> 七言歌行，本出楚騷、樂府。至於太白，然後窮極筆力，優入聖域。昔人謂其『以氣爲主，以自然爲宗，以俊逸高暢爲貴，詠之使人飄揚欲仙。』而尤推其《天姥吟》、《遠別離》等篇，以爲雖子美不能道。蓋其才橫絕一世，故興會標舉，非學可及，正不必執此謂子美不能及也。此篇天

〔註361〕清・清高宗御選：《唐宋詩醇》卷三，臺北：臺灣中華書局，1971年，頁56

〔註362〕葛曉音：〈論李白樂府的復與變〉，《李白研究》，武漢：湖北教育出版社，2002年，頁379。其詩解亦可參見唐・李白著、清・王琦注：《李太白全集》，臺北：華正書局，1979年。唐・李白著、瞿蛻園注：《李白集校注》，臺北：里仁書局，1981年。

〔註363〕宋・何谿汶：《竹莊詩話》，卷五，《文淵閣四庫全書》，頁1481～603。

〔註364〕明・陸時雍：《古詩鏡・詩鏡總論》，《文淵閣四庫全書》，頁18。

> 矯離奇，不可方物，然因語而夢，因夢而悟，因悟而別，
> 節次相生，絲毫不亂；若中間夢境迷離，不過詞意偉怪耳。
> 胡應麟以為「無首無尾，窈冥昏默，是真不可以説夢也，
> 特謂非其才力學之，立見蹉跎」，則誠然耳。（語見《唐宋
> 詩醇》）〔註365〕
> 「飛渡鏡湖月」以下，皆言夢中所歷。一路離奇滅沒，恍
> 恍惚惚，是夢境，是仙境（「列缺霹靂」十二句下）。托言
> 夢遊，窮形盡相以極「洞天」之奇幻；至醒後，頓失煙霞
> 矣。知世間行樂，亦同一夢，安能于夢中屈身權貴乎？吾
> 當別去，遍遊名山，以終天年也。詩境雖奇，脈理極細。」
> （語見《唐詩別裁》）〔註366〕

清高宗敕編，梁詩正等輯評的《唐宋詩醇》論李白七言歌行突破楚騷、漢樂府的色彩，臻至一個非凡人所能達到的境界，尤其是〈夢遊天姥吟留別〉這首詩虛實相間，層次有序，安排出一種「然因語而夢，因夢而悟，因悟而別，節次柑生，絲毫不亂」變幻過程，這也由明·胡應麟評為「無首無尾，窈冥昏默」的筆法，不是學力所能學得的，詩才不足者便會因此挫折困頓。清·沈德潛更論夢中所歷的境地是一個仙境的所在地，此為夢境亦為仙境，最後終在夢醒時分，一切「頓失煙霞」，雖然夢境所經歷的事情違怪多端，但是詩的脈絡清楚，故沈德潛讚之「詩境雖奇，脈理極細」，亦如李豐楙所言：「以夢境寓寫人生，即可深刻表現人生的體驗，也可形成文學藝術的奇幻感。就詩藝本身言，其隱喻性更高。」〔註367〕此詩以夢遊的過程由人間進入仙境，再由仙境墮回人間，此詩「海客」非指一般海上的船人，其意象乃指尋仙訪幽的人物〔註368〕，用以象徵李白從政的幻滅，告別的是

〔註365〕清·清高宗御選：《唐宋詩醇》卷六，臺北：臺灣中華書局，1971
年，頁134
〔註366〕清·沈德潛：《唐詩別裁》第二冊，卷六，頁61。
〔註367〕李豐楙：《憂與遊——六朝隋唐遊仙詩論集》，臺北：學生書局，1996
年，頁65。
〔註368〕此可參考陳宣諭：《李白詩歌海意象研究》，臺北：臺灣師範大學國

自己待詔長安的心志。

　　李白除了詩境變幻多端之外，在章法方面也同樣有此種的技巧，例如〈扶風豪士歌〉「洛陽三月飛胡沙」一詩，其評價如下：

> 吳曰：接筆閒雅，章法奇變（「東方日出」二句下）。楊子見曰：『此太白避亂東土時，言道路艱阻，京國亂離，而東土之太平自若也（「梧桐楊柳」二句下）。此贊士之豪俠奇偉（「扶風豪士」六句下）』。吳曰：「軒昂俊偉（「原嘗春陵」二句下）。」（語見《唐宋詩舉要》）〔註369〕

此語道出了李白擅於以章法奇偉營造洛陽光景，就現實來看李白寫此詩為西元 756 年，正當安史亂起，途中所見之景應是兵馬倥傯，民生疾苦四起，但是李白僅以首四句「洛陽三月飛胡沙，洛陽城中人怨嗟。天津流水波赤血，白骨相撐如亂麻」描述當時的景況，自「東方日出」二句下就以閒雅之筆寫城門人與豪士的太平之景，此若杜甫執筆必沉鬱頓挫〔註370〕，感慨至深，但李白卻完全不一樣，正是性格所致，又贊士之豪俠奇偉，再以笑傲江湖的態度「脫吾帽，向君笑，飲君酒，為君吟」面對現實，最後以「橋邊黃石知我心」作結，以曠達的方式表達他人知我心的感受。李白另有一首〈廬山謠寄盧侍御虛舟〉「我本楚狂人」，也是在章法辭句方面變幻無常，以下是各家對此詩的評論：

　　　　文學系博士論文，2010 年，頁 156。

〔註369〕高步瀛選注：《唐宋詩舉要》，頁 178。

〔註370〕清初吳瞻泰《杜詩提要》曾明確指出杜詩風格「沉鬱頓挫」之意，乃言：「沉鬱者，意也；頓挫者，法也。」於此參見陳美朱〈吳瞻泰「杜詩提要」之沉鬱頓挫論〉的研究成果論之：「頓挫」乃指詩歌應有起伏、曲折，不可平鋪直敘，言盡意止，尤其是長詩，其妙處「全在能換筆也，則無起伏；無起伏，則俗云死龍死鳳，不如活雞活蛇也。」此將頓挫與起伏、抑揚和波瀾合言。「沉鬱」單獨二字使用僅出現於〈秋興〉之八後評，論其練字響亮，其餘多以「沉鬱頓挫」四字評詩，經由陳美朱析論得知，「沉鬱頓挫」者，多與反言見意、詩意層折及寄託微婉有關。陳美朱：〈吳瞻泰「杜詩提要」之沉鬱頓挫論〉，《成大中文學報》第 19 期，2007 年 12 月，頁 183～210。

> 先寫廬山形勝，後言尋幽不如學仙，與盧敖同遊太清，此
> 素願也。筆下殊有仙氣。（語見《唐詩別裁》）〔註371〕
>
> 天馬行空，不可羈紲（語見《唐宋詩醇》）〔註372〕
>
> 「廬山」以下正賦。「早服」數句應起處，而提筆另起，是
> 以不平。章法一線乃爲通，非亂雜無章不通之比。（語見《昭
> 昧詹言》）〔註373〕

清‧沈德潛以仙氣描述李白尋幽轉而學仙的改變，《唐宋詩醇》則以
「天馬行空」表現那股仙氣翱翔於幻想之中的內容，清代東方樹認爲
此詩用字純駁是爲了營造那漫遊仙境的詩味。

　　李白與儒、道、佛三家的關係，其中道家的豁達與道教的仙觀特
別符合雜言古詩的體制，其詩的內容顯然是以自由爲特徵，運用屈賦
漫遊天國的浪漫手法，達到莊子心與物遊的理想境界；擅用神仙攜朋
遨遊的解脫思想，擺脫禮教的束縛與權貴的跋扈，這樣不需違心從俗
的表現，自然符合雜言古詩那每句字數不拘的體制，充分表現李白的
仙、道觀。

　　在七言古詩方面，七古本來就因爲每句字數較多，能表達較多的
情感，唐汝詢曾言：「太白七古，縱橫跌宕，此是其循繩墨者，謂合
于鱗調則可，謂太白得意作則不可。」〔註374〕這句話明指李白七古
詩作「縱橫跌宕」不受傳統格律句法受限，筆者在此舉幾首七古作品
說明之，先論李白豪放七古的詩作，可見〈西嶽雲臺歌送丹丘子〉、〈南
陵別兒童入京〉、〈江上吟〉幾首，見評論如下：

> 健筆凌雲，一掃靡靡之調。（語見《唐宋詩醇》，此評〈西
> 嶽雲臺歌送丹丘子〉）〔註375〕

〔註371〕清‧沈德潛：《唐詩別裁》第二冊，卷六，頁60。

〔註372〕清‧清高宗御選：《唐宋詩醇》卷六，頁126。

〔註373〕清‧東方樹：《昭昧詹言》卷十二，臺北‧廣文書局，1962年，頁5。

〔註374〕明‧唐汝詢：《彙編唐詩十集》，收錄於陳伯海：《唐詩彙評》，頁621。

〔註375〕清‧清高宗御選：《唐宋詩醇》卷五，頁88。

結句以直致見風格，所謂詞意俱盡，如截奔馬。（語見《唐宋詩醇》，此評〈南陵別兒童入京〉）〔註376〕

淋漓憨恣。（語見《唐宋詩舉要》，此評〈江上吟〉）〔註377〕

發端四語，即事之辭也，以下慷當以慨，雖帶初唐風調，而氣骨迥絕矣。反筆作結，殊爲道健。（語見《唐宋詩醇》，此評〈江上吟〉）〔註378〕

從以上的評論可以知道李白的七古擅長以豪放風格表現作品，在〈西嶽雲臺歌送丹丘子〉中的丹丘子是仙家道人的通稱，而李白指的是他一位名叫元丹丘的朋友，此詩雖言仙道，卻在用字方面呈現偉麗之景，例如：「巨靈咆哮擘兩山，洪波噴箭射東海」、「三峯卻立如欲摧，翠崖丹谷高掌開」、「九重出入生光輝，東來蓬萊復西歸」（《全唐詩》卷一六六，頁1719）之句，有如九天雲霄般壯闊畫面。又見〈南陵別兒童入京〉一詩，直言其情，不曲折迂迴，故《唐宋詩醇》言：「如截奔馬」，情實暢然而洩。〈江上吟〉一首中「仙人有待乘黃鶴，海客無心隨白鷗」乃雄健飄逸之情；「屈平詞賦懸日月，楚王臺榭空山丘。興酣落筆搖五嶽，詩成笑傲凌滄洲」爲懸崖千仞之勢，此詞調豪放，最後以「功名富貴若長在，漢水亦應西北流」（《全唐詩》卷一六六，頁 1718），帶著尖銳的嘲弄的意味加強富貴不長久的否定力量。

　　近體詩於唐代大放異彩，唐代也可以說是近體詩的黃金時期，詩在整個文學史的發展過程，經過了六朝聲律論，來到了初唐，再透過沈、宋對律體的改革，漸漸完成近體詩的體制，胡雲翼進一步認爲唐以詩賦試進士，又加上唐代君主愛好詩歌以及政治安定的環境之下，形成詩的溫床，聞一多也對詩在唐代的地位做了簡單的整理，第一點是詩化的人格與選舉制度的會合，也就是以詩取士；第二點唐代文化

〔註376〕清・清高宗御選：《唐宋詩醇》卷六，頁138

〔註377〕高步瀛選注：《唐宋詩舉要》，頁177。

〔註378〕清・清高宗御選：《唐宋詩醇》卷五，頁86。

即進士文化，強調政治與文學之間的關係；第三點教育即學詩；第四
點全面生活的詩化，也就是生活的記錄皆用詩。〔註379〕爰此，絕句律
詩在唐代既然是每位詩人所必學的文學，對李白這個詩仙來說理應能
得心應手，他也寫過絕句律詩，但明·胡應麟卻評為：

> 李杜二家，其才氣本無優劣、似工部體裁明密，有法可尋；
> 青蓮興會標舉，非學可至。又唐人特長近體，青蓮缺焉。
> 故詩流習杜者眾也。〔註380〕

直言文人學作律詩，後學多宗杜甫，相較於「生平不喜排偶」〔註381〕
的李白，這方面的作品本來就不多，而且李白常常當下興會標舉，觸
物起情而揮筆立就，更讓後人無從學起。但這也並不表示李白在近體
詩方面的表現有所低劣。筆者將有關各詩評家論述李白近體詩的看
法，列敘如下：

> 白才逸氣高，與陳拾遺齊名、先後合德。其論詩云：「梁、
> 陳以來，豔薄斯極，沈休文又尚以聲律。將復古道，非我
> 而誰與！」故陳、李二集律詩殊少。嘗言：「興寄深微，五
> 言不如四言，七言又其靡也，況使束於聲調俳優哉！」（語
> 見《本事詩》）〔註382〕

> 七言絕句，以語近情遙，含吐不露為貴；只眼前景、口頭
> 語而有弦外音，使人神遠。太白有焉。（語見《唐詩別裁》）
> 〔註383〕

> 五言絕句，右丞之自然，太白之高妙，蘇州之古澹，併入
> 化機；而三家中，太白近樂府，右丞、蘇州近古詩，又各
> 擅勝場也。（語見《說詩晬語》）〔註384〕

〔註379〕 聞一多：《聞一多全集6·詩的唐朝》，頁120。
〔註380〕 明·胡應麟：《詩藪》外編四·唐下，頁557。
〔註381〕 明·胡應麟：《詩藪》內編卷五·近體中·七言，頁254。
〔註382〕 唐·孟棨：《本事詩》，《文淵閣四庫全書》，頁15。
〔註383〕 清·沈德潛：《唐詩別裁》第四冊，卷二十，頁118。
〔註384〕 清·沈德潛：《說詩晬語》卷上，清·丁福保編：《清詩話》，上海：
上海古籍出版社，1978年，頁542。

這些評論均對李白的近體詩有不少的讚美，尤以七絕爲勝，《本事詩》提到陳子昂和李白兩人均提倡復古，不以近體詩爲傳達理念的媒介乃因「束於聲調俳優」，不得暢言，這裡僅是說出李白近體詩之所以少作的原因，並未對李白的絕律有所評價。清・沈德潛讚美李白絕句的成就，李白不僅在絕句方面的表現實爲唐三百年一人，又能「以語近情遙，含吐不露爲貴；只眼前景、口頭語而有弦外音」，但依清・沈德潛的看法，李白五絕仍近樂府詩風，這樣高度受到讚揚的詩歌藝術，也難怪清・王士禎在《唐人萬首絕句選・凡例》會將李白的〈早發白帝城〉推爲唐代七絕的「壓卷」作品之一。再看李白的七律，聞一多僅選一首，即〈登金陵鳳凰臺〉，相關評論如下：

> 崔顥〈黃鶴樓〉、李白〈鳳凰臺〉，但略點題面，未嘗題黃
> 鶴、鳳凰也。……故古人之作，往往神韻超然，絕去斧鑿。
> （語見《詩藪》）〔註385〕

> 崔顥題詩黃鶴樓，李白見之，去不復作，至金陵登鳳凰臺
> 乃題此詩，傳者以爲擬崔而作，理或有之。崔詩直舉胸情，
> 氣體高渾，白詩寓目山河，別有懷抱，其言皆從心而發，
> 即景而成，意象偶同，勝境各擅，論者不舉其高情遠意，
> 而沾沾吹索於字句之間，固已蔽矣。至謂白實擬之以較勝
> 負，並謬爲「搥碎黃鶴樓」等詩，鄙陋之談，不值一噱也。
> （語見《唐宋詩醇》）〔註386〕

> 太白此詩全摹崔顥〈黃鶴樓〉，而終不及崔詩之超妙，惟結
> 句用意似勝。（語見《唐宋詩舉要》）〔註387〕

> 「浮雲蔽日」、「長安不見」，借晉明帝語影出。「浮雲」以悲
> 江左無人，中原淪陷；「使人愁」三字總結「幽徑」、「古丘」
> 之感，與崔顥〈黃鶴樓〉落句語同意別。宋人不解此，乃以
> 疵其不及顥作，覷面不識，而強加長短，何有哉！太白詩是

〔註385〕明・胡應麟：《詩藪》內編卷五・近體中・七言，頁303。
〔註386〕清・清高宗御選：《唐宋詩醇》卷七，頁167
〔註387〕高步瀛選注：《唐宋詩舉要》，頁554。

> 通首混收，顯詩是扣尾掉收；太白詩自〈十九首〉來，顯詩
> 則純爲唐音矣。(語見《唐詩評選》) 〔註388〕

前人對此詩的評價有優有劣，乃因前有崔顥〈黃鶴樓〉，多數詩評家
多並舉比較，胡應麟的評論即指崔顥、李白僅以題目點出所要寫的主
題，在內容中不必對此鳳凰臺有過多的刻畫與描述，便能將那詩人愛
國憂國之意深刻地表達出來，這也可以說是李白藉由場景興會寄託的
手法，《唐宋詩醇》更是從這一點來反駁李詩不如崔詩的看法，更何
況兩人各表心志，自有所別，不該相提並論，《唐宋詩舉要》正是犯
了這樣的誤解，硬是將崔、李作一比較。清‧王夫之就明辨崔、李兩
人本來作詩各有所異，認爲「太白詩自〈十九首〉來，顯詩則純爲唐
音矣。」其實這也是前面在談李白樂府、五古的時候所討論過的風格，
在詩方面也主張復古的詩論所致。

　　聞一多選李白七絕有十二首，筆者從中擇取三首七絕來討論李白
七絕的藝術特質，首先來看〈峨眉山月歌〉這一首詩的相關評論：

> 劉須溪云：「含情悽婉，有《竹枝》縹渺之音。」(語見《唐
> 詩品彙》) 〔註389〕

> 此是太白佳境，然二十八字中，有峨嵋山、平羌江、清溪、
> 三峽、渝州，使後人爲之，不勝痕跡矣。益見此老爐錘之
> 妙。(語見《藝苑卮言》) 〔註390〕

> 李太白「峨眉山月半輪秋」云云，四句中用五地名，毫不
> 見堆垛之跡，此則浩氣噴薄，如神龍行空，不可捉摸，非
> 後人所能模仿也。(語見《甌北詩話》) 〔註391〕

這首詩是李白初離蜀地時的作品，意境清朗，語言流暢，用字淺顯。
《唐詩品彙》引用劉須溪的話，指出〈峨眉山月歌〉有樂府〈竹枝〉

〔註388〕清‧王夫之：《唐詩評選》，頁209。
〔註389〕劉須溪一語收錄在《唐詩品彙》一書，可參見元‧高棅：《唐詩品
　　　　彙》卷四十七，頁436。
〔註390〕明‧王世貞：《藝苑卮言》卷四，頁1009。
〔註391〕清‧趙翼：《甌北詩話》卷十二，《清詩話續編》，頁1346。

曲的風味，比興意味重，此「君」指的是月，寫出了月映清江的美，詩境中處處藉由山月呈現詩人行江過程和思友之情。王世貞特別覺得在這七絕僅有的二十八個字，李白卻能突破時間空間的限制，將「峨嵋山、平羌江、清溪、三峽、渝州」等地名連貫起來卻不令人覺得堆垛累贅。清代趙翼也有相同的看法，甚而覺得連串山水的景色，皆呈現著一種浩瀚壯闊的氣勢，呈現強烈地節奏音樂性。李白善於把絕句寫得豐富緊湊，在〈早發白帝城〉也有同樣的筆法，見評論如下：

> 寫出瞬息千里，若有神助。入「猿聲」一句，文勢不傷於直。
> 畫家佈景設色，每於此處用意。（語見《唐詩別裁》）〔註392〕
> 順風揚帆，瞬息千里，但道得眼前景色，便疑筆墨間亦有
> 神助。三、四設色托起，殊覺自在中流。（語見《唐宋詩醇》）
> 〔註393〕

此詩是唐肅宗乾元二年（759），李白被流放夜郎，行至白帝遇赦，乘舟東還江陵時而作此詩，全詩鋒棱挺拔，一瀉直下，非常快意，抒寫當時喜悅暢快的心情。之後元・楊載《詩法家數》曾總論唐詩以來的詩法，其文云：「絕句之法，要婉曲回環，刪繁就簡，句絕而意不絕，多以第三句為主，而第四句發之。有實接，有虛接，承接之間，開與合相關，反與正相依，順與逆相應，一呼一吸，宮商自諧。」〔註394〕詩中三句「啼不住」二字，與四句「已過」二字呼應，曉猿啼猶未歇，而輕舟已過萬山，狀其迅速也，詩意如此直快，這就是吳景旭的「刪蕪就簡」。沈德潛也特別說了這樣瞬息千里的場景，雖然中有「兩岸猿聲啼不盡」，詩意似有暫住，但是也增添了詩味，卻也不傷文直之勢，正是走處仍留，急語仍緩，此乃用筆之妙，此《唐宋詩醇》也表以相同的看法。

　　元・楊載所謂的「婉曲回環」和「句絕而意不絕」即可舉唐詩

〔註392〕清・沈德潛：《唐詩別裁》第四冊，卷二十，頁 119。

〔註393〕清・清高宗御選：《唐宋詩醇》卷七，頁 175

〔註394〕元・楊載：《詩法家數》，收錄於清・何文煥編《歷代詩話》北京・中華書局，1982 年，頁 732。

〈黃鶴樓送孟浩然之廣陵〉爲例，又以下幾則是對此詩的相關評論：

> 語近情遙，有「手揮五弦，目送飛鴻」之妙。（語見《唐宋
> 詩醇》）〔註395〕

> 「黃鶴」分別之地，「揚州」所往之鄉，「煙花」敘別之景，
> 「三月」紀別之時。帆影盡，則目力已極；江水長，則離
> 思無涯。悵望之情，俱在言外。（語見《唐詩解》）〔註396〕

這首詩描寫出兩位好友在繁華的季節裡，太白臨江送別，直望著帆影
直航到碧山的盡頭，故有著「手揮五弦，目送飛鴻」朋友之間不捨離
別的情意，簡單數語，情感深遠，「孤帆遠影碧山盡，惟見長江天際
流」看似寫景，實則描寫了送行人目送遠行人離去，眼睛凝望孟浩然
的船兒隱沒在江山的盡頭，充分表現出「句絕而意不絕」的詩歌審美
特質，就加上唐汝詢所分析每個名詞之意，「黃鶴」、「揚州」、「煙花」、
「三月」皆傳達出特有的意義來，至目送之景，讓末句的情感和首句
相互呼應，「西辭」和「天際流」代表著離別後的情懷，雖然表面僅
言江水東流而逝，卻把「悵望之情，俱在言外」表現得「婉曲回環」。

爰此，李白近體詩的表現也是卓越超群，不同凡響，有關律詩的
部分，每篇八句，篇幅較長，李白仍維持著復古筆法，以樂府、古詩
寫律詩，善用散行筆法寫格律詩，又不失合律，著重以意寫詩；在絕
句的部分，李白善用短短數語，表達深深，含蓄之外有深遠意涵，特
別把情意緊湊在五絕二十字，七絕二十八字中，恰符合絕句「婉曲回
環，刪蕪就簡，句絕而意不絕」的條件。李白是個性情中人，常常將
情感藉事興寄，又加上李白筆法的巧變妙悟，才能使各詩評家對此有
著不同的評價，此處頗值得忘味的是「縱橫」一詞，是否適合應用在
派別的名稱上，再觀歷來派別的詞義多偏向題材內容的歸類，而聞一
多此處以「縱橫」之風格的特色爲派別名稱，不僅容易令人誤會，亦
造成文學史上分派名稱之涵義的不協調。

〔註395〕清・清高宗御選：《唐宋詩醇》卷六，頁136。
〔註396〕明・唐汝詢：《唐詩解》，保定：河北大學出版社，2001年，頁632。

2. 江南言情的直接流露

談完了李白，接下來就是要談聞一多分類李白底下的詩風，分爲江南和邊塞兩派，筆者在此先來探討江南此派，聞一多對此派的看法爲：

> 崔國輔、丁仙芝、余延壽、張潮等，此派專寫江南，多寫愛情，甚爲大膽，詩中又有故事，有點像西洋詩，它的來源是民間樂府。此外，還可添入顧況（善畫，詩境亦如畫）。但這類言情小詩，如果近於戲劇當更美妙。中唐于鵠擅寫小女孩，便是此派嫡系。〔註397〕

聞一多學過西洋文藝理論，他曾經涉獵過詩、畫、音樂，取法於清華學園的導師、朱自清和外國學校的老師，因此對東西兩方文化之間的相似性有其特別的敏銳度。這段文字提到崔國輔、丁仙芝、余延壽〔註398〕、張潮等人的江南詩風有點像西洋詩，其來源是民間樂府。可見聞一多肯定這幾位詩人作品的民間性，聞一多選錄崔國輔詩有十三首，丁仙芝詩有五首，徐延壽詩有一首，張潮詩有四首，這幾位詩人的詩風相近，多婉變柔情，善長以樂府詩風表現情感，雖然此與李白樂府詩風迥異，但寫詩技巧卻有所雷同，故聞一多列於李白復古風格的分支，由此可想而知。

歷史上的詩評家也曾對這幾位詩人作過評論，《河嶽英靈集》就曾評崔國輔「國輔詩，婉變清楚，深宜諷味。樂府數章，古人不及也。」〔註399〕又《石洲詩話》論其「齊梁遺音在唐初者，長篇則煩而易濫，短篇則婉而多風，如崔國輔五言小樂府是也。」〔註400〕皆說明崔國輔樂府的特色。再者，《吟窗雜錄》曾引殷璠語評價丁仙芝「婉麗清

〔註397〕可參見鄭臨川記錄、徐希平整理：〈盛唐詩〉收入在《笳吹弦誦傳薪錄——聞一多、羅庸論中國古典文學》，頁107。
〔註398〕其中的余延壽經查閱《全唐詩》人物名錄，應更正徐延壽爲是。
〔註399〕唐・殷璠：《河嶽英靈集》卷中，頁1332～48。
〔註400〕清・翁方綱：《石洲詩話》卷一，郭紹虞編：《清詩話續編》，上海：上海古籍出版社，1983年，頁1367。

新，迴出凡俗，恨其文多質少」，這表達丁仙芝的詩質並不出色，惟
文多語清麗而已。《吟窗雜錄》亦引用殷璠的話論張潮「潮詩委曲怨
切，頗多悲涼」〔註401〕，認為張潮的詩作以江南「委曲怨切」的語
調表達心中悲愴之情。這幾位詩人雖然同屬江南詩派，但是從詩評家
綜論的話語中仍可見其差異，筆者將各舉幾首詩說明之，首先來看詩
評家對崔國輔詩的評價，見如下：

〈雜詩〉「逢著平樂兒，論交鞍馬前。與酤一斗酒，恰用十
千錢。後余在關內，作事多迍邅。何肯相救援，徒聞寶劍
篇。」（《全唐詩》卷一一九，頁1199。）

鐘云：「寫盡泛交及孟浪假俠，又哭又笑。……『徒聞寶劍
篇』五字掃盡意氣人興。」譚云：「此粗淺癡呆，濫於輕信，
笑殺千古。」（語見《唐詩歸》）〔註402〕

〈怨詞〉「妾有羅衣裳，秦王在時作。為舞春風多，秋來不
堪著」（《全唐詩》卷一一九，頁1202。）

「語意古。」（語見《唐詩鏡》）〔註403〕

鐘云：「怨在此句，不須終篇」（「秦王」句下）。鐘云：「春
風」、「秋來」，下字有意，感深（末二句下）。（語見《唐詩
歸》）〔註404〕

〈魏宮詞〉「朝日照紅妝，擬上銅雀臺。畫眉猶未了，魏帝
使人催」（《全唐詩》卷一一九，頁1202。）

唐人詩中用意有在一二字中，不說破不覺，說破則其意煥
然。如崔國輔〈魏宮同〉……稱「帝」者，曹丕也。下一
「帝」字，其母「狗彘不食其餘」之語自見，嚴於斧鉞矣。

〔註401〕宋・陳應行：《吟窗雜錄》卷二十六，北京：中華出版，1997年，
頁757。

〔註402〕明・鍾惺、譚元春編：《唐詩歸・盛唐九》卷十四，《續修四庫全書》
1590冊，頁8。

〔註403〕明・陸時雍：《唐詩鏡・盛唐第八》卷十六。

〔註404〕明・鍾惺、譚元春編：《唐詩歸・盛唐九》卷十四，《續修四庫全書》
1590冊，頁9。

〈語見《圍爐詩話》〉〔註405〕

此詩劉海峰以爲刺曹丕，然丕已腐骨，又安足刺？其殆意感武才人之事，不能明言，而姑托于丕乎？（語見《唐宋詩舉要》）〔註406〕

〈中流曲〉「歸時日尚早，更欲向芳洲。渡口水流急，回船不自由」（《全唐詩》卷一一九，頁 1203。）

鐘云：「情深」（「更欲」句下）（語見《唐詩歸》）〔註407〕

〈小長干曲〉「月暗送潮風，相尋路不通。菱歌唱不徹，知在此塘中。」（《全唐詩》卷一一九，頁 1203。）

譚云：「『唱不徹』比『只在此山中，雲深不知處』深得多，而俗人又只稱彼何也？」（語見《唐詩歸》）〔註408〕

以上是依照聞一多所選錄的詩，再參考各家詩評的看法。這樣看來，崔國輔的詩大致可分爲兩類，一類諷刺，一類言情，崔國輔均以樂府式的創作技巧呈現各種詩體，其中〈雜詩〉和〈魏宮詞〉兩首皆「深宜諷味」，〈雜詩〉以自嘲言語論泛交之情不抵急難，平時酒肉皆談笑，待需救援不見人；〈魏宮詞〉崔國輔以詩評論古人，《唐宋詩舉要》提到劉海峰認爲此若刺曹丕，丕已成白骨，並無意義，實則以魏宮諷唐宮之行事。〈怨詞〉、〈中流曲〉、〈小長干曲〉三首偏向「情深」的詩風，這些詩含有惆悵的愛情，若依筆者之見，崔國輔所寫的江南愛情應屬於惆悵情懷，但情深程度同於丁仙芝的〈江南曲〉，以下是有關此詩的評價：

〈江南曲〉「長干斜路北，近浦是兒家。有意來相訪，明朝出浣紗。」（《全唐詩》卷一一四，頁 1159。）

〔註405〕清・吳喬：《圍爐詩話》卷一，臺北：廣文書局，1973 年，頁 76。

〔註406〕高步瀛：《唐宋詩舉要》，頁 761。

〔註407〕明・鍾惺、譚元春編：《唐詩歸・盛唐九》卷十四，《續修四庫全書》1590 冊，頁 9。

〔註408〕明・鍾惺、譚元春編：《唐詩歸・盛唐九》卷十四，《續修四庫全書》1590 冊，頁 10

蔣春甫曰：「淺深直曲俱難到」。（語見《唐詩廣選》）〔註409〕

譚云：「有情至此極矣。」（語見《唐詩歸》）〔註410〕

〈江南曲〉「昨暝逗南陵，風聲波浪阻。入浦不逢人，歸家誰信汝。」（《全唐詩》卷一一四，頁1159。）

多心休妙。（語見《唐詩歸》）〔註411〕

丁仙芝的〈江南曲〉「昨暝逗南陵」繼〈子夜歌〉而來，但明·鍾惺認為此首用心太多不妙。丁詩的江南曲風仍帶有初唐的愛情曲風，有關〈江南曲〉「長干斜路北」一詩的評價，蔣春甫就認為「淺深直曲俱難到」，將這首詩貶得一文不值，直言太過分明，但是明·譚元春卻以「有情至此極矣」褒詩，乃因直言其情，雖然同一首詩卻有兩極化的評價，並有違某些詩評家的「含蓄」詩論，但是這一派將愛情說得明明白白似乎是一種特色，就依照聞一多將這些詩人全歸為一類，又可見張潮〈長干行〉的評價，清·沈德潛論曰：「設聲綴詞，宛然太白。」就很明顯指出張潮擺脫傳統言簡意深的規範，跳脫藩籬，就是充分利用言詞表達情感，縱使太白，卻也代表了此派的風格。

3. 騁馳邊疆的豪放情感

李白分支底下的另一詩風是邊塞詩派，傳統邊塞詩派獨立於李白之外，自成一派。但是聞一多卻認為這一派的詩風應屬於李白復古風格的另一派，而他對邊塞詩派的看法如下：

王翰、李頎、王之渙、陶翰、高適、岑參等，此派專寫邊塞，只有王昌齡、崔顥無法分別安插在兩派內，因為他們兼有兩派之長。〔註412〕

〔註409〕明·李于鱗：《唐詩廣選》卷一，頁29。

〔註410〕明·鍾惺、譚元春編：《唐詩歸·盛唐九》卷十四，《續修四庫全書》1590冊，頁12。

〔註411〕明·鍾惺、譚元春編：《唐詩歸·盛唐九》卷十四，《續修四庫全書》1590冊，頁12。

〔註412〕可參見鄭臨川記錄、徐希平整理：〈盛唐詩〉收入在《笳吹弦誦傳薪錄——聞一多、羅庸論中國古典文學》，頁107。

這一派的說明雖然少，沒有說出他們邊塞詩的特質，但是卻在聞一多的〈唐詩要略〉中的詩人小傳特別列出這些詩人的相關評價，聞一多曾評李頎是個位下名高的詩人，從生平來看李頎早年出入兩京，結交貴游，希冀用世，所以聞一多引〈放歌行答從弟墨卿〉「徒爾當年聲籍籍，濫作詞林兩京客」（《全唐詩》卷一三三，頁 1349。）來說明他的前半生，官位也僅至《河嶽英靈集》所言的「惜其偉才，只到黃綬」〔註413〕，最後因久不得調，憤而歸隱，直至去世，隱居時學佛讀經、求仙煉丹頗爲醉心，故與道家情緣深厚，聞一多也列出了李頎關乎道家的詩作六首，分別爲〈寄焦煉師〉、〈謁張果先生〉、〈題盧道士房〉、〈王母歌〉、〈送王道士還山〉、〈送暨道士還玉清觀〉，但其中卻都不見於聞一多〈唐詩大系〉的選詩中。由此可知，聞一多欣賞的是李頎似太白那仙風道骨的詩味，以及道家豁達的思想，並不是以誦讀道教事物爲主的作品，所以又曾評李頎的「『大道本無我，青春長與君』〈送暨道士還玉清觀〉皆似太白。」〔註414〕而歷來的詩評家對李頎最爲讚賞的作品是七律和七古，高棅認爲其體「聲調最遠，品格最高」，「足爲萬世法程」〔註415〕。清·沈德潛更認爲前後七子皆以李頎爲摹擬仿作的對象，故云：「明嘉、隆諸子，轉尊李頎」〔註416〕。然而聞一多的〈唐詩要略〉不在這方面著墨，反而是寫李頎似太白那樣的道家風範，再看聞一多〈唐詩大系〉所選錄的詩作，或專寫邊塞風光的〈塞下曲〉、〈古從軍行〉、〈古意〉、〈望秦川〉；或寫道禪的〈題神力師院〉；或寫山水風景的〈宋少府東溪泛舟〉、〈寄鏡湖朱處士〉、〈題璿公山池〉；或寫送別的〈留別王盧二拾遺〉、〈送陳章甫〉、〈送劉昱〉、〈送魏萬之京〉。在這幾首詩中，除了山水風景與道禪的文字較爲清麗之外，其餘都含有邊塞的雄渾氣勢。

〔註413〕唐·殷璠：《河嶽英靈集》卷上，《文淵閣四庫全書》頁 1332～35。
〔註414〕聞一多：〈唐詩要略〉收錄在《聞一多全集·6》，頁 114。
〔註415〕明·高棅：《唐詩品彙·七言律詩敘目》，頁 706。
〔註416〕清·沈德潛：《說詩晬語》卷上，清·丁福保編：《清詩話》，頁 541。

　　另外，聞一多以杜甫詩「高生跨鞍馬，有似幽并兒」一句，以短短數字論高適「性豪放，尚節義，以功名自許，好語王霸，而言浮其術。」〔註 417〕這句話道出了高適的優和劣，優的是他尚節義，個性豪放，但劣的是好大喜功，好談王霸精神，善用不實的言語表現技巧。聞一多又引用了殷璠、陸時雍、劉熙載、管世銘以及司空圖之語論述高適的詩風特質，筆者將之列述如下：

> 評論：
>
> 殷璠稱其詩「多胸臆語，兼有骨氣」，最愛其「未知肝膽向誰是，令人卻憶平原詩」之句。
>
> 陸時雍曰：「調響氣佚，頗得縱橫。」
>
> 劉熙載曰：「體或近似初唐，而魄力雄毅，自不可及。」
>
> 管世銘曰：「高常士豪宕感激，岑嘉州創辟經奇。各有『建大將旗鼓出井陘』之意」
>
> 《宣和畫譜》引司空圖〈贈䓁光〉「看師逸蹟兩師宜，高適歌行李白詩。」

殷璠論的是高適的〈邯鄲少年行〉，引用的是平原君的典故，此詩造語多奇，自「千場縱橫」以下便描繪出一幅英氣瀟灑的少年郎，從「未知肝膽」一句下充滿了俠義之心，卻要向誰吐訴歸宿，只好想起平原君養士的情形，寫盡俠腸俠氣，無限感慨油然而生。上半篇一轉韻，氣緩，下半篇從「君不見」後轉韻，氣促，雄心壯志的氣勢瞬間收束，以「且與少年飲美酒，往來射獵西山頭」結尾，歸結在少年共飲和西山射獵的場景，由此可知胸臆語之深切。陸時雍於《唐詩鏡》總論提到高適「調響氣佚，頗得縱橫」，這說明高適善於造成詩歌語句之間的緊湊感，頗有縱橫之風，除了〈邯鄲少年行〉能夠符合這樣的贊語之外，長詩是很容易達到這樣的效果，所以筆者舉一首短詩〈送李侍御赴安西〉來說明，原詩如下：

> 行子對飛蓬，金鞭指鐵驄。功名萬里外，心事一杯中。虜

〔註417〕聞一多：〈唐詩要略〉收錄在《聞一多全集・6》，頁 115。

障燕支北，秦城太白東。離魂莫惆悵，看取寶刀雄。

此詩語語陡健，主要在於立功期侍御，送李侍御遠行，所對的是飛蓬，騎的是鞍馬，可見氣勢之雄厚，但萬里之志仍擺一旁，北方強敵近在咫尺，高適送別憂心忡忡，難道只是感傷離別而已，更是敘述頻仍的兵馬戰亂情形。高適不需刻畫，但字句之間的緊湊性卻呈現出這樣精悍的畫面，正如明·許學夷所論：

> 五言律，高如「行子對飛蓬」、「逢君說行邁」、「絕域眇難躋」，
> 岑如「聞說輪臺路」、「西邊虜方盡」、「野店臨官路」等篇，
> 皆一氣渾成，既未可以句摘，亦未可以字求也。〔註418〕

此段引文皆可見得劉熙載所論的「魄力雄毅」以及管世銘讚美的「豪宕感激」，都說明高適和岑參詩句間的緊密性，就如同前面提到李白在短句方面也同樣以字句之間的緊湊性表現最大的詩意，帶出了縱橫派的特色。岑參詩的字句雖然緊密，但性格卻不同於李白的瀟灑。再看聞一多對岑參所引用的評論：

> 杜確〈序〉：「迴拔孤秀，出於常情。」又云：「時議擬公于
> 吳均、何遜。」《放翁題跋》：「予自少時，絕好岑嘉州。往
> 往在山中，每醉歸，倚胡床睡，輒令兒曹誦之，至酒或睡
> 熟乃已。嘗以為太白、子美之後一人而已。」
>
> 殷璠：「語多體峻，意亦新遠。」〔註419〕

杜確認為岑參詩風「迴拔孤秀」是出自於本性使然，其五言山水詩則清峻奇逸，時人將其與南朝詩人吳均、何遜相比。陸放翁則言自己年少時，特愛岑參詩，往往令兒子誦讀乃至熟睡為止，認為他能繼李白、杜甫後的唯一人選，又加上殷璠說其詩頗新意深遠，詩作結體峻密。由此可見岑參能去除陳言，創造新遠的意涵，然而聞一多並未將杜確論岑參的原意完全地表達出來，杜確原文是這樣寫的：

> 早歲孤貧，能自砥礪，遍覽史籍，尤工綴文。屬辭尚清，用

〔註418〕明·許學夷：《詩源辨體》卷十六，《續修四庫全書》，頁331。
〔註419〕此語為聞一多所引的文字，參見聞一多：〈唐詩要略〉收錄在《聞一多全集·6》，頁118。

> 意尚切，其有所得，多入佳境，迥拔孤秀，出於常情。每一
> 篇絕筆，則人人傳寫，雖閭裏士庶、戎夷蠻貊，莫不諷誦吟
> 巧焉。時議擬公于吳均、何遜，亦可謂精當矣。〔註420〕

這段話說出岑參的身世孤寒，能自我刻苦讀書，遍覽史籍。岑參用詞
清質，詩調尤高，或放情山水之作，常懷逸念，奇造幽致，意念所得，
往往超拔孤秀，度越常情。由此來看，杜確認爲岑參的文字風格是來
自小時候的煉筆所致。而聞一多僅取「迥拔孤秀，出於常情」，其主
要是要推翻清人施補華的一段話，聞一多另下案語：

> 多案：岑詩勁骨奇翼，如霜一鶚。(《峴傭說詩》語) 說者以
> 爲久歷邊塞使然。余謂其系出異族，(《朝野金載》載《京中
> 謠》：「岑羲獠子後。」今苗族猶多岑姓) 好險務奇，是其天
> 性。縱觀盛唐諸公，惟此君與太白氣體傑驁，迥異時流。説
> 者以高、岑並稱，乃皮相耳。(高與李東川最近) 〔註421〕

聞一多此處則是用《朝野金載》「岑羲獠子後」來推翻《峴傭說詩》
的論點，《峴傭說詩》以爲岑參氣高孤傲是久歷邊塞使然，但實際上
就聞一多的認知，這是一種民族性，於是聞一多便引杜確文章中的「出
於常情」加以印證，但杜確實際要談的卻是岑參積學和天性之間的應
合，用以貫通岑參平生就學經歷以及自有的性格，可是聞一多僅直歸
天性使然所致。

　　聞一多談岑參的評語著重在語句的孤秀體峻，而不在於他的「句
琢字雕，刻意鍛煉」，重視詩作所表現的詩味，而不是奇險用字的技
巧。筆者就在聞一多所選錄十八首中，特舉〈走馬川行奉送出師西征〉
說明之，見原詩如下：

> 君不見走馬川行雪海邊，平沙莽莽黃入天。輪臺九月風夜
> 吼，一川碎石大如斗，隨風滿地石亂走。匈奴草黃馬正肥，
> 金山西見煙塵飛。漢家大將西出師，將軍金甲夜不脫。半

〔註420〕杜確：《岑嘉州詩集序》，收錄在清・孫星衍輯：《續古文苑》卷12，
　　　　臺北：新文豐，2006年，頁183。
〔註421〕聞一多：〈唐詩要略〉收錄在《聞一多全集・6》，頁118。

夜軍行戈相撥，風頭如刀面如割。馬毛帶雪汗氣蒸，五花
連錢旋作冰。幕中草檄硯水凝，虜騎聞之應膽慴。料知短
兵不敢接，車師西門佇獻捷。(《全唐詩》卷一九九，頁 2059。)

岑參的邊塞詩最有名的就是語奇意奇，李錦就曾在〈語奇體峻意亦造奇
——淺析岑參邊塞詩的「奇」〉一文中特別提到岑參是以美學家的眼光，
將荒漠風物作爲審美客體來觀照，從而表達出獨特的審美感受。〔註 422〕
在這一首詩中韻、格、字皆奇，表現出一幅邊塞奇麗瑰異的風光，一開
始就急敘黃沙高土的場面，以「平沙莽莽」帶出了風大的景象，再以「風
夜吼」帶出「碎石大如斗」的壯觀慘景，極寫風勢，將整個壯闊的場景
展開在眼簾前，接著平敘寫出軍隊的壯勢，筆鋒略舒，又呼應了前面的
風勢甚大，故提及了軍對面臨風頭如刀面如割，又用「馬毛帶雪」將風
大雪大的惡劣的環境呈現出來，氣溫甚低，連銀兩和軍幕中的公文筆硯
皆凍結了，在這冰雪的氣候裡，詩人表現出將士們鬥風傲雪的戰鬥豪
情，故最後三句敵軍聞風喪膽，預祝凱旋而歸。詩人在用韻方面，沈德
潛曾這樣評論：「勢險節短。句句用韻，三句一轉、此〈嶧山碑〉文法
也，〈唐中興頌〉亦然。」〔註 423〕三句一轉實爲難見，節奏急促有力，
聲調激情豪壯。在這一首詩中也不見岑參刻意用難字創造奇語，而是利
用邊塞的風光創造奇景，在另外一首〈白雪歌送武判官歸京〉中也呈現
雪地風光的壯闊豪景，大氣盤旋，故《唐宋詩舉要》引方回論〈白雪歌
送武判官歸京〉「忽如」六句「奇才、奇氣、奇情逸發，令人心神一快。」
又於「瀚海」句下評「換氣，起下歸客」〔註 424〕均表現出岑參才情。蘇
珊玉進一步透過這首詩所呈現的天人合一之景色，表現其邊塞奇麗美、
悲壯美、無我之境與「以靜襯動」的審美特點。〔註 425〕

〔註 422〕 李錦：〈語奇體峻　意亦造奇——淺析岑參邊塞詩的「奇」〉，《內蒙
古師範大學學報》(哲學社會科學版)，2006 年第一期，頁 245～248。
〔註 423〕 清‧沈德潛：《唐詩別裁》第二冊，卷四，頁 37。
〔註 424〕 高步瀛：《唐宋詩舉要》，頁 261。
〔註 425〕 可參見蘇珊玉：《盛唐邊塞詩的審美特質》，頁 143、333、344、367、
463。

　　聞一多認爲將岑參、高適等人的邊塞詩列在李白的縱橫派之下，除了內容寫邊塞之外，最大的因素在於氣派如流的情形，這也說明了在縱橫氣勢的行寫詩句，於柔情處爲江南詩，於豪邁處爲邊塞詩，這也是筆者在分析邊塞詩的時候，並非著重邊塞風光的事物，而是在於分析詩人描寫過程所呈現的瀟灑風範以及景象的縱橫氣派。

三、漢魏晉「風骨」與「興寄」的再現

　　初唐末年，陳子昂對靡麗的風氣提出改革之風，旗幟高標漢魏的「正始」之音，則提出了「風骨」〔註426〕和「興寄」〔註427〕的審美

〔註426〕「風骨」自南朝梁人劉勰提出，乃以「矯訛翻淺，還經宗誥」爲目的，（此可參閱劉勰著，黃叔琳輯註本《文心雕龍注・風骨》，卷六，臺灣開明書店印行，1971 年，頁 13～17。）此「風骨」發展至子昂之手，即爲「唯陳伯玉痛懲其弊，專師漢魏，而友景純、淵明，可謂挺然不然之士，復古之功，於是爲大。開元，……並時而作，有李太白，宗風騷及建安七子，其格極高，其變化若神龍之不可羈。有王摩詰依倣淵明，雖運詞清雅，而萎弱少風骨。……」（此語出自宋濂之語，宋濂著，《宋學士全集》，吳文治主編：《明詩話》，南京：鳳凰出版社，1997 年，頁 76。）論陳伯玉專師漢魏南北朝特色，開大唐復古詩風，提倡風骨，繼之者有李白。日本目加田誠則由「風」而「骨」，再以「風骨」合義論之（此可參見目加田誠：〈劉勰之風骨論〉，《文心雕龍研究》，第 5 輯，保定：河北大學出版社，2002 年，頁 45～58。）經由楊明照主編《文心雕龍綜覽》的整理以及陳耀南〈文心風骨群說辨疑〉的析論，綜述港、台、陸三地學者的論點，呈現風骨之定義聚訟紛紜，莫衷一是。（前文可參考楊明照主編，《文心雕龍綜覽》編委會編，《文心雕龍學綜覽・風骨》（上海：上海書店出版社，1995 年，頁 160～165。後文可參見陳耀南：《文心雕龍論集》，香港：現代教育研究社，1989 年。）今人陳伯海專對子昂之「風骨」做定義，認爲子昂風骨雖然取自漢魏詩歌，但兩者的內涵則有明顯的差異，將之視爲「盛唐風骨」，因此子昂之風骨所表現的詩歌情調是豁達而朗暢，情感是高昂激越的，不同於漢魏之哀感。（可參見陳伯海：《唐詩學史稿》，石家莊：河北人民出版社，2004 年，頁 56。）固然這方面的專題討論者頗彩，蘇珊玉之論點，乃因談及陳子昂之風骨，兼論詩之興寄，故筆者於此援引蘇珊玉的說法，談述「風骨」自子昂邁入盛唐詩人的詩歌表現。

〔註427〕關乎「興寄」說，陳伯海於《唐詩學史稿》明言：「簡單地說就是比興寄託，即指用比興手法來寄託詩人的政治懷抱」而興寄的重點

主張。此處援引蘇珊玉對「風骨」和「興寄」的定義，較吻合聞一多論陳子昂至杜甫所表現的詩歌特質。蘇珊玉於〈與東方史虯修竹篇序〉一文中指出「興寄由『正始之音』而來；風骨由『漢魏風骨』而起。」進一步特舉子昂的〈登幽州臺歌〉表現了「風骨」和「興寄」的審美精隨，歸結「興寄之旨，謂言有所寄、意有所託的現實反映」。〔註428〕蘇珊玉更指出歷來「風骨」之說因歷史文化的差異而有所不同，故筆者再從歷史上的政治現象討論此節的「風骨」應如葛曉音先生所論：

> 盛唐詩歌的風骨以謳歌建功立業的英雄氣魄為核心，同時
> 廣泛的體現在抒寫日常生活的各種感受中。首先，無論是
> 山林隱逸的物外之情，還是行役羈旅的離愁別緒，往往包
> 含著盛唐人對「養高忘機」、「存交重義」以及窮達之節等
> 高尚精神境界的讚美之情。〔註429〕

此語對風骨的定義恰好可以用來說明聞一多漢魏風格中所呈現的題材，不論是有關寫天道、山林或是人事均著重在個人「詩言志」的表達，且需兼顧社會實像，其精神應合便具有風骨的審美意涵，又加上「興寄」的環譬寄諷，將使詩歌的美學意涵更進一步，筆者採此方法論述聞一多主張盛唐的第三階段復古運動，探討其「風骨」和「興寄」所呈現的詩人意志。

就在於感情的抒發和諷諭寄託兩方面，要求詩歌要有感而作，作而有所寄託，不能缺乏深刻的社會內容。（可參見陳伯海：《唐詩學史稿》，石家莊：河北人民出版社，2004 年，頁 55。）宇文所安借由〈修竹篇〉說明子昂表現「興寄」的特色，進而詮解「興寄」乃為較深刻的意義，詩歌的表層上是一種表達感情的工具（寄）；表達個人對某一事物（興）的反應，這在子昂的詩歌表現中，「興寄」即為時事寓意詩，這顯然與初唐一般詩歌有所不同，更有別於晉和劉宋的一般寓意。（宇文所安：《初唐詩》，臺北：聯經出版社，2007 年，頁 177～180。）於此，本文所援引的論點，乃依蘇珊玉的研究，並論「風骨」和「興寄」自初子昂乃至盛唐詩人的詩歌表現，作為理論的依據。

〔註428〕以上論述可參見蘇珊玉：《盛唐邊塞詩的審美特質》，頁 212～215。

〔註429〕葛曉音：〈論初、盛唐詩歌革新的基本特質〉，《漢唐文學的嬗變》，北京：北京大學出版社，1990 年，頁 105。

　　唐代因門閥制度的衰落，詩人跳脫了類書式詩體和貴族門閥的詩風，發展了杜甫寫實主義的詩風，創造另一種詩發展的高潮。盛唐中期因為天寶之亂的發生，其社會經濟狀況大不從前那樣繁榮興盛，盛唐初期的齊梁綺風以及晉宋自然與縱橫風格漸漸式微，富有社會意識的詩人嶄露頭角，於是民間詩人也漸漸多了起來，聞一多認識到：

> 玄宗末葉，門閥風歇，但有士人，而無士族，貴族與平民通約了。杜甫、元結及《篋中集》諸人開新紀元，以平民的作風寫平民的題材。宋人稱杜為村夫子。〔註430〕

詩風的轉變到了盛唐以後，士族蕩然無存，只剩下有知識的讀書人，士族的後代也不再是社會階層中高高在上的豪門子弟，甚而淪落民間青樓賣藝，所以在這社會裡常見平民和貴族通婚，尤其在唐代傳奇小說中最能常見這樣的情節。杜甫等人不以貴族文人的身分寫作，而是深入社會底層，寫出平民的心聲。鄭臨川筆記就曾描述聞一多對唐代社會的看法，其文曰：

> 天寶大亂以後，門閥貴族幾乎消滅乾淨，杜甫所代表的另一時代的新詩風就從此開始。……從這個系統發展下去，便是孟郊、韓愈、白居易、元稹等人的繼起。他們的作風是以刻劃清楚為主，不同於前人標舉的什麼「味外之味」、「一字千金」那一套玄妙的文學風格。〔註431〕

這段話說出了唐代社會新詩風的開展，透過聞一多的研究觀察，可以知道「孟郊、韓愈、白居易、元稹」等人是這一系統的接班人，而這一派詩人卻不遵循著天馬行空的詩論，甚麼樣的「味外之味」，甚麼樣的「一字千金」，只要每個人的詩歌審美觀不同，便難以斷定「味外之味」和「一字千金」的定義。爰此，他們所追求的是實際的一面，透過詩歌刻劃清楚所見所聞，呈現形而下所能觀察到、耳聞到以及體

〔註430〕聞一多：〈四千年文學大勢鳥瞰〉被收入在《聞一多全集 10》，頁30。

〔註431〕可參見鄭臨川記錄、徐希平整理：〈詩的唐朝〉收入在《笳吹弦誦傳薪錄——聞一多、羅庸論中國古典文學》，頁77。

會到的事件。

　　不論是從聞一多的選詩或是評價來看，他對杜甫總有一定程度上的欣賞。筆者談到此處，還記得聞一多在初唐選詩時，他曾表明自己是欣賞陶詩這一類的詩，但他又在〈詩與批評〉一文中將陶淵明和杜甫比較個高下，表明自己更厚愛杜甫這一類的寫實詩，其文曰：

> 因爲他的詩博大……包羅了這麼多的「資源」。……你只念杜甫，你不會中毒，你只念李義山就糟了，你會中毒的，所以李義山是第二等詩人了。陶淵明的詩是美的，我以爲他詩的資源是類乎珍寶一樣的東西，美麗而沒有用，是則陶淵明應列在杜甫之下。〔註432〕

可以知道他更珍愛的杜甫這一類的詩風，所以這也表現了聞一多對詩看法，他不要詩只有美的意境，也不要像李義山那樣充滿晦澀的詩，聞一多要的是貼近現實而有用途的詩作，這也吻合聞一多認爲「詩的社會的價值」〔註433〕的看法，又提到杜甫的詩是「包羅了這麼多的『資源』」，卻未明言究竟包含了哪些資源。爰此，筆者要分析的第一個問題，就是要從聞一多的選詩中探查究竟杜甫的資源有哪些？他又論到杜甫是屬於漢魏晉時期的復古風格，於是對這一派有以下的分類：

> 杜甫是這一派的集大成者，下面也包括三個小派：
>
> 1.郭元振、薛奇童、薛據、閻防、鄭德玄等，專寫自然。
>
> 2.張九齡、華曜、李華、獨孤及、蘇渙、竇參等，專寫天道。
>
> 3.于逖、沈千運、張彪、王季友、趙微明、元結、元融、孟雲卿等，專寫人事。

這是聞一多分類出的漢魏風格的詩人，一般而言杜甫向來被當作是寫實詩派的代表人物，從西方文學理論來看是名副其實的現實主義派詩人，但底下又分類出寫自然、天道、人事的詩人，這就值得進一步探討其原因了，人事尚且說得過去，能和杜甫的現實風格相通之處，但

〔註432〕聞一多：〈詩與批評〉，《聞一多全集2》，頁222。
〔註433〕聞一多：〈詩與批評〉，《聞一多全集2》，頁221。

自然和天道就不得不令人感到疑惑，聞一多也爲此做了解釋，其文如下：

> 屈原以後，下迄東漢，有人說這是中國文學的暗淡時期，其實從另一方面看，這時期的人眞能實幹，都在努力從事解決國計民生的實際問題，精神絕不麻木。自王莽釀成大的政治失敗，以至魏晉時代，詩文大盛，而人的良心便不可問了。直到唐初，才漸有起色，詩歌由寫自然進爲寫天道，再進爲寫人事，這就形成了杜甫這一派。我們總括這大段時期文學發展的情況，是否可以這樣說：兩漢時期文人有良心沒有文學，魏晉六朝時期則有文學而沒有良心，盛唐時期則文學與良心二者兼備，杜甫便是代表，他的偉大就在這裡。〔註434〕

原來這必須要和時代做結合，不能光從詩的內容去做討論，而是要從政治時代的情況中去探討詩在整個社會中的發展情形，就聞一多所言，盛唐中期應是包含著自然、天道和人事三方面的詩作，而「杜甫是這一派的集大成者」，他兼備文學和良心兩種元素，讓文學具有社會價值，而這裡還可再進一步挖掘出聞一多所分類的自然、天道與王維、李白分派下的自然、天道有何差異，這即是將要解決的第二個問題。

（一）寫實人生的感觸

聞一多寫過〈杜甫〉，他以散文筆法描述杜甫的生平，又以年譜的方式整理杜甫的一生撰成〈少陵先生年譜會箋〉，並對杜詩中所出現的人物在〈少陵先生交遊考略〉中依其筆畫列出詩作、友人生平與其交遊的情形。由此可見聞一多對杜甫有其深入的研究，但是根據這三篇文章是無法看出聞一多對杜甫有甚麼樣的褒貶評論，因此仍必須回到聞一多的選詩中去分析他喜好杜詩的情形。

〔註434〕 可參見鄭臨川記錄、徐希平整理：〈盛唐詩〉收入在《笳吹弦誦傳薪錄——聞一多、羅庸論中國古典文學》，頁108。

　　聞一多選錄杜甫的詩有九十九首，而這九十九首可以說是聞一多不論在《唐詩大系》或是《唐詩》選本中，均未經過刪增的篩選，不像聞一多在選李白詩時，在《唐詩大系》自選的詩作和《唐詩》當作教材的詩作仍有些許的差異。如今筆者以表格方式分類聞一多所選錄的杜甫詩作，再從中提出值得深入討論的議題，如表 3-2-7 所示：

表 3-2-7：杜甫詩歌之詩體分類〔註 435〕

詩體		杜甫詩作
古詩	五古	〈望嶽〉（開元二十八年，740 年，29 歲）「岱宗夫如何」 〈同諸公登慈恩寺塔〉（天寶十一年，752 年，41 歲）「高標跨蒼天」 〈前出塞九首〉（天寶十一年，752 年，41 歲）「戚戚去故里」 〈後出塞五首〉（天寶十四年，755 年，44 歲）「男兒生世間」 〈自京赴奉先縣詠懷五百字〉（天寶十四年，755 年，44 歲） 「杜陵有布衣」 〈玉華宮〉（至德二年，757 年，46 歲）「溪回松風長」 〈北征〉（至德二年，757 年，46 歲）「皇帝二載秋」 〈新安吏〉（乾元二年，759 年，48 歲）「客行新安道」 〈遣懷〉（大曆元年，766 年，55 歲）「昔我遊宋中」 〈潼關吏〉（乾元二年，759 年，48 歲）「士卒何草草」 〈石壕吏〉（乾元二年，759 年，48 歲）「暮投石壕村」 〈新婚別〉（乾元二年，759 年，48 歲）「兔絲附蓬麻」 〈垂老別〉（乾元二年，759 年，48 歲）「四郊未寧靜」 〈無家別〉（乾元二年，759 年，48 歲）「寂寞天寶後」 〈佳人〉（乾元二年，759 年，48 歲）「絕代有佳人」 〈夢李白〉二首（乾元二年，759 年，48 歲）「死別已吞聲」 〈有懷台州鄭十八司戶〉（乾元二年，759 年，48 歲）「天台隔三江」 〈遣興〉（乾元二年，759 年，48 歲）「長陵銳頭兒」 〈太平寺泉眼〉（乾元二年，759 年，48 歲）「招提憑高岡」 〈鐵堂峽〉（乾元二年，759 年，48 歲）「山風吹遊子」 〈法鏡寺〉（乾元二年，759 年，48 歲）「身危適他州」 〈白沙渡〉（乾元二年，759 年，48 歲）「畏途隨長江」 〈飛仙閣〉（乾元二年，759 年，48 歲）「土門山行窅」 〈寫懷〉（大曆二年，767 年，56 歲）「夜深坐南軒」

〔註 435〕資料來源：整理自聞一多《唐詩大系》。

詩體		杜甫詩作
古詩	七古	〈送孔巢父謝病歸遊江東兼呈李白〉（天寶六年，747 年，36 歲）「巢父掉頭不肯住」 〈曲江〉（天寶十一年，752 年，41 歲）「自斷此生休問天」 〈哀王孫〉（天寶十五年，756 年，45 歲）「長安城頭頭白烏」 〈哀江頭〉（至德二年，757 年，46 歲）「少陵野老吞聲哭」 〈丹青引贈曹將軍霸〉（廣德二年，764 年，53 歲）「將軍魏武之子孫」 〈秋風〉（大曆二年，767 年，56 歲）「秋風淅淅吹我衣」 〈風雨看舟前落花，戲爲新句〉（大曆五年，770 年，59 歲）「江上人家桃樹枝」
樂府		〈玄都壇歌寄元逸人〉（天寶十一年，752 年，41 歲）「故人昔隱東蒙峰」 〈飲中八仙歌〉（天寶三年，744 年，33 歲）「知章騎馬似乘船」 〈高都護驄馬行〉（天寶八年，749 年，38 歲）「安西都護胡青驄」 〈樂遊園歌〉（天寶十年，751 年，40 歲）「樂遊古園崒森爽」 〈魏將軍歌〉（天寶十三年，754 年，43 歲）「將軍昔著從事衫」 〈古柏行〉（大曆元年，766 年，55 歲）「孔明廟前有老柏」 〈短歌行贈王郎司直〉（大曆三年，768 年，57 歲）「王郎酒酣拔劍斫地歌莫哀」 〈夔州歌〉（大曆元年，766 年，55 歲）「瀼東瀼西一萬家」
絕句	七絕	〈漫成一絕〉（大曆元年，766 年，55 歲）「江月去人只數尺」 〈絕句漫興〉九首之七（上元二年，761 年，50 歲）「糝徑楊花鋪白氈」 〈贈花卿〉（上元二年，761 年，50 歲）「錦城絲管日紛紛」 〈江南逢李龜年〉（大曆五年，770 年，59 歲）「岐王宅裡尋常見」
律詩	五律	〈房兵曹胡馬〉（開元二十九年，741 年，30 歲）「胡馬大宛名」 〈畫鷹〉（開元二十九年，741 年，30 歲）「素練風霜起」 〈月夜〉（天寶十五年，756 年，45 歲）「今夜鄜州月」 〈春望〉（至德二年，757 年，46 歲）「國破山河在」 〈秦州雜詩〉四首（乾元二年，759 年，48 歲）「滿目悲生事」 〈天末懷李白〉（乾元二年，759 年，48 歲）「涼風起天末」 〈擣衣〉（乾元二年，759 年，48 歲）「亦知戍不返」 〈野望〉（乾元二年，759 年，48 歲）「清秋望不極」 〈病馬〉（乾元二年，759 年，48 歲）「乘爾亦已久」 〈琴臺〉（上元二年，761 年，50 歲）「茂陵多病後」 〈屏跡〉（寶應元年，762 年，51 歲）「用拙存吾道」 〈倦夜〉（廣德元年，763 年，52 歲）「竹涼浸臥內」 〈禹廟〉（永泰元年，765 年，54 歲）「禹廟空山裡」

詩體		杜甫詩作
律詩	五律	〈旅夜書懷〉（永泰元年，765 年，54 歲）「細草微風岸」 〈西閣夜〉（大曆元年，766 年，55 歲）「恍惚寒山暮」 〈江上〉（大曆元年，766 年，55 歲）「江上日多雨」 〈秋野〉（大曆二年，767 年，56 歲）「禮樂攻吾短」 〈孤雁〉（大曆二年，767 年，56 歲）「孤雁不飲啄」 〈日暮〉（大曆二年，767 年，56 歲）「牛羊下來久」 〈暝〉（大曆二年，767 年，56 歲）「日下四山陰」 〈返照〉（大曆二年，767 年，56 歲）「返照開巫峽」 〈登岳陽樓〉（大曆二年，768 年，57 歲）「昔聞洞庭水」
	七律	〈曲江陪鄭八丈南史飲〉（乾元元年，758 年，47 歲）「雀啄江頭黃柳花」 〈曲江〉二首（乾元元年，758 年，47 歲）「一片花飛減卻春」、「朝回日日典春衣」 〈曲江對酒〉（乾元元年，758 年，47 歲）「苑外江頭坐不歸」 〈九日藍田崔氏莊〉（乾元元年，758 年，47 歲）「老去悲秋強自寬」 〈聞官軍收河南河北〉（廣德元年，763 年，52 歲）「劍外忽傳收薊北」 〈登樓〉（廣德二年，764 年，53 歲）「花近高樓傷客心」 〈秋興〉八首（大曆元年，766 年，55 歲）「玉露凋傷楓樹林」 〈秋〉（大曆元年，766 年，55 歲）「露下天高秋水清」 〈登高〉（大曆二年，767 年，56 歲）「風急天高猿嘯哀」 〈燕子來舟中作〉（大曆五年，770 年，59 歲）「湖南為客動經春」

從以上表格可以知道聞一多選杜詩五古有 37 首，七古有 7 首，樂府有 8 首，七絕有 4 首，五律有 25 首，七律有 18 首，共有九十九首。筆者還依照年代依次排列，故可從中發現聞一多特愛杜詩五古和律詩，其中五古就選了 48 歲時的作品頗夥。筆者經由整理可以討論聞一多為何特愛杜甫古詩和律詩作品，尤以 48 歲的作品就多達二十首，故可探討乾元二年時，杜甫的生平經歷和詩作之間的關係，再研析其他詩體作品之間的共通性，即可了解聞一多對杜甫詩作的看法。

1. 深刻寫實的諷諭之語

乾元元年，時年任左拾遺，本在長安擔任進諫之職，卻因房琯之事，上言「棄細錄大」，引起肅宗的憤怒，被外貶為華州司功參軍，所以杜甫前往華州的途中，便以詩作的方式寫出所見所聞的情況。這次

的東行讓杜甫的眼界開闊了許多，雖然杜甫在官場上失利，卻贏得了
文學上的舞台，他耳聞目睹當時社會的政治經濟情況和消息，接觸了
戰亂下痛苦呻吟的人民，故在聞一多的〈少陵先生年譜會箋〉裡提到：

> 春，自東都歸華州（陝西華縣），途中作三吏、三別六首。
> 時屬關輔饑饉。遂以七月棄官西去。度隴，赴秦州（甘肅天
> 水）。是時有夢李白二首，天末懷李白，寄李白二十韻。又
> 有寄高適、岑參、賈至、嚴武、鄭虔、畢耀、薛據及張彪詩。
> 時贊公亦謫居秦州，嘗爲公盛言西枝村之勝，因作計卜居。
> 置草堂，未成，會同谷宰來書言同谷可居，遂以十月，赴同
> 谷。途經赤谷、鐵堂峽、鹽井、寒峽、法鏡寺、青陽峽、龍
> 門鎮、石龕、積草嶺、泥功山、鳳凰臺，皆有詩。至同谷，
> 居栗亭。貧益甚，拾橡栗，掘黃獨以自給。居不踰月，又赴
> 成都。以十二月一日就道，經木皮嶺、白沙渡、飛仙閣、石
> 櫃閣、桔柏渡、劍門、鹿頭山。歲終至成都，寓居浣花溪寺。
> 時高適方刺彭州，公甫到成都，適即寄詩問訊。

聞一多還針對杜甫所到之地，箋注了此地所寫的作品，可以讓讀者知
道每首詩的來歷。聞一多選這時段的時間的杜詩有〈新安吏〉〈潼關
吏〉〈石壕吏〉〈新婚別〉〈垂老別〉〈無家別〉〈佳人〉〈夢李白〉〈有
懷台州鄭十八司戶〉〈遣興〉〈太平寺泉眼〉〈鐵堂峽〉〈法鏡寺〉〈白
沙渡〉〈飛仙閣〉〈秦州雜詩〉〈天末懷李白〉〈搗衣〉〈野望〉〈病馬〉，
聞一多選這時期的詩作，並不是這時期有特別的詩風，而是特別喜好
聞一多將現實的社會狀況描述出來，這其實是聞一多所提倡的詩功
能，他曾這樣的論述：

> 詩是社會的產物。若不是於社會有用的工具，社會是不要
> 它的。詩人發掘出了這原料，讓批評家把它做成工具，交
> 給社會廣大的人群去消化。所以原料是不怕多的，我們什
> 麼詩人都要，什麼樣的詩都要，只要製造工具的人技術高，
> 技術精。〔註436〕

〔註436〕聞一多：〈詩與批評〉，《聞一多全集・2》，頁222。

這段話說明了詩的原料來自社會中的事物，詩是一種工具，讓大眾藉由詩去了解社會上所發生的種種，所以不論是哪一派的詩風，或是哪一種的詩人，管它是一等、二等或是三等的作家，只要取材來自社會現況，對社會有所功用，這就是聞一多所要的詩，故特選了杜甫由洛陽返華州途經新安時，見徵召未成年的少男孩童赴役的場景，在〈新安吏〉中一方面揭露政府的無情，另一方面懷著莫大的同情，接著又從新安往西來到了石壕村（今河南陝縣東南），透過〈石壕吏〉描述來到這裡徵兵的方式不是在白天挑選人才，反而是在夜裡急徵捕捉一位老翁出征，最後變成老翁翻牆逃過一劫，老嫗被迫服役的故事，詩中流露出詩人對人民苦難的深切同情。杜甫繼續西行，來到了潼關，經由歷史中的慘痛教訓，以〈潼關吏〉寫出了對官吏的哀嘆與忠告，敘述加緊修築預防史思明軍隊之軍備要事。但是在他從東都到潼關的路上，他也看到不少新婚男子、老年白翁以及士兵還鄉後無家可歸卻又被徵召服役的社會現象，寫成了〈新婚別〉、〈垂老別〉和〈無家別〉三首五言古詩。

　　乾元二年秋天，杜甫因為關中饑荒，便棄官舉家移遷到秦州，把所見之景呈現出來，〈秦州雜詩〉四首就是在這一時期的作品，雖然原有二十首，聞一多只取四首，然而這四首皆把秦州的山川形勢風土人情全收入在雄渾而壯健的詩篇。明‧鍾惺就曾評〈秦州雜詩〉之一「水落魚龍夜」句以下為「清非時幻」〔註437〕又因為是所經之地，故所寫的風景皆為秦州之物，清‧沈德潛評曰：「魚龍川，鳥鼠谷，皆秦地」〔註438〕所營造的氣氛就是一種蒼涼荒遠的感覺，故《唐宋詩醇》即論〈秦州雜詩〉之七「莽莽萬重山」為「氣調蒼深」〔註439〕。杜甫不僅寫秦州的豪壯之景也寫出了自己的內心想法，清‧沈德潛就曾評

〔註437〕明‧鍾惺、譚元春編：《唐詩歸‧盛唐十六》卷二十一，《續修四庫全書》1590 冊，頁 87。
〔註438〕清‧沈德潛：《唐詩別裁》第三冊，卷十，頁 43。
〔註439〕清‧清高宗御選：《唐宋詩醇》卷十四，頁 401。

〈秦州雜詩〉之五的「南使宜天馬」一詩爲「伏櫪咬鳴，隱然自寓」
〔註440〕。杜甫在秦州的生活相當貧苦，但他不忘國事仍寫出以〈遣興〉
之二「長陵銳頭兒」來譏諷當時達官貴人不知庇民之道，徒以游畋取
恩敗國。當杜甫在秦州的時候，李白因爲永王李璘的緣故被流放到夜
郎，這時杜甫並不知道李白當時所發生的事情，連夜幾日不斷夢見李
白，甚而懷疑李白已死，故寫了〈夢李白〉同情李白的不幸和坎坷。
杜甫有時也寫了詠物詩，例如〈病馬〉一詩，寫此老馬實在惜老兵將
領的奉獻，故明·鍾惺論其「同一愛馬，買死馬者，英雄牢絡之微權，
贖老馬、憐病馬者，聖賢悲憫之深心，……」〔註441〕寫得眞摯情深，
杜甫在這途中想必有著沉痛的心，對政事、國家充滿著不捨的心，所
以每到一地，寫詩一首，於〈鐵堂峽〉中寫出鐵堂峽的險境，但也寫
出了自己「飄蓬踰三年，回首肝肺熱」的心境。

　　筆者僅在此略舉聞一多所選的幾首詩作來說明，可見聞一多選錄
杜甫乾元二年的詩作較多的原因在於杜甫經歷了戰亂的過程，體會了
人民病瘵在抱的心境，以詩呈現整個社會的現象，凸顯詩的功能性，
聞一多認爲杜甫在此時期的作品不僅保有詩的美，也充分表現詩的眞
與善。

2. 奇健磅礴的激昂之情

　　杜甫還有另外一種風格就是氣勢磅礴的詩風，這也是聞一多特別
欣賞之處，尤其杜甫不是單就自己的壯志而語，他是透過眼前的景象
或事物，表達自身浩然闊氣的壯志之情，形成一種天人合一的融洽感。

　　首先從杜甫的年少談起，杜甫在開元二十八年的時候，隨著父親
來到兗州，東臨泰山的他寫過〈望嶽〉一詩，以「齊魯青未了」寫出
它的大，而且還是「造化鍾神秀」經由天地鍾聚神秀之氣於泰山，五
六句則由心胸如被雲氣所沖蕩，張目看見正在歸宿的飛鳥，表現出詩

〔註440〕清·沈德潛：《唐詩別裁》第三冊，卷十，頁401。
〔註441〕明·鍾惺、譚元春編：《唐詩歸·盛唐十六》卷二十一，《續修四庫
　　　　全書》1590冊，頁92。

人的胸襟，最後以《孟子・盡心》：「孔子……登泰山而小天下」的文意表達詩人的壯志。又天寶十一年，杜甫寫了一首〈曲江〉「自斷此生休問天」，鍾惺評：「寂寥行徑，壯憤心腸，盡此五句。」〔註442〕而聞一多特選此首，不選〈曲江〉其他二章，其主因正如《詩源辨體》論述的「子美七言歌行，如〈曲江〉第三章……，突兀崢嶸，無首無尾，既不易學。」〔註443〕這首詩在回想昔日那積極憤兀的少年，心志宏圖，而今歸隱之心在即，隨李廣，看射虎，消雄心，一時感慨之情，豪縱之氣，殆有不能自掩者矣。聞一多又提到的另外兩首是杜甫在開元二十九年時所寫的〈房兵曹胡馬〉和〈畫鷹〉，論曰：

> 這時的子美，是生命的焦點，正午的日曜，是力，是熱，是鋒棱，是奪目的光芒。他這時所詠的〈房兵曹胡馬〉和〈畫鷹〉恰巧都是自身的寫照。……這兩首和稍早的一首〈望嶽〉，都是那時期裡最重要的代表作品，實在也奠定了詩人全部創作的基礎。詩人作風的傾向，似乎是專等這次游歷來發現的：齊、趙的山水，齊、趙的生活，是幾天的驕陽接二連三的逼成了詩人天才的成熟。〔註444〕

這時的杜甫正值三十歲，對自己的未來充滿無限的希望，報效國家的心更是首當要務，所以他那積極向上，樂觀進取的情懷也就格外明顯。他除了寫了一首〈望嶽〉表達自己的心志，也寫了一首〈畫鷹〉五言律詩道：

> 素練風霜起，蒼鷹畫作殊。雙身思狡兔，俱目似愁胡。絛鏇光堪摘，軒楹勢可呼。何當擊凡鳥，毛血灑平蕪。（《全唐詩》卷二二四，頁2399。）

詩人通過對畫鷹的描繪，抒發他那嫉惡如仇和凌雲的壯志，從字裡行間表現出雄放健壯的風格，首聯言下有活鷹欲出之感，以下就鷹摹

〔註442〕明・鍾惺、譚元春編：《唐詩歸・盛唐十五》卷二十，《續修四庫全書》1590冊，頁76。
〔註443〕明・許學夷：《詩源辨體》卷十九，《續修四庫全書》，頁353。
〔註444〕聞一多：〈杜甫〉收錄在《聞一多全集・6》，頁81。

寫，寫其畫之妙，雙目獵兔的猛禽模樣呼之欲出，寫出老鷹在盤旋的氣勢軒昂，就「何當擊凡鳥，毛血灑平蕪」一句，清·沈德潛稱尾聯「懷抱俱見」〔註445〕更生動寫出青年詩人對前途的樂觀。在另外一首〈房兵曹胡馬〉也同樣表現杜甫年輕氣盛的進取心，其詩曰：

> 胡馬大宛名，鋒稜瘦骨成。竹批雙耳峻，風入四蹄輕。所向無空闊，真堪托死生。驍騰有如此，萬里可橫行。(《全唐詩》卷二二四，頁2399。)

其實在這首詩中可發現的是這匹馬和唐代那養尊處優的馬兒非常不同，故明·鍾惺曰：「讀此知世無癡肥俊物」〔註446〕，可見唐代的馬兒是以肥俊為主，和杜甫所描寫俊瘦形象的馬兒截然不同。人人所稱頌的好馬，是大宛的胡馬，這馬的特徵如杜甫詩中所提的骨架突出，好似鋒稜，馬耳尖削如斜斬之竹筒，奔馳起來，腳下猶如生風，輕快自如，所以能夠臨危脫險。此詩凸出胡馬的精神、氣骨和才力，也表現杜甫自己的心志所在，《唐宋詩醇》更將此首和〈畫鷹〉相提並論，評曰：

> 孤情迥出，健思潛搜，相其氣骨亦可橫行萬里，此與《畫鷹》二篇，真文家所謂沉著痛快者，李因篤曰：五、六如詠良友大將，此所謂沉雄。〔註447〕

寫出杜甫氣骨之高健，此與〈畫鷹〉同樣都在表現詩人的雄心壯志，讀來「沉著痛快」，氣勢沉雄。杜甫除了在壯年時期表現自我的抱負之外，將作品推向了豪氣雄健的詩風，而此風格最常出現在杜甫的樂府詩作。從30歲意氣風發的心志經過十年的政治歷練，杜甫於天寶十年，正值40歲時寫了一首〈樂遊園歌〉，此時的他不外乎充滿著對政壇的種種不滿，其詩曰：

> 樂遊古園崒森爽，煙綿碧草萋萋長。公子華筵勢最高，秦

〔註445〕清·沈德潛：《唐詩別裁》第三冊，卷十，頁39。
〔註446〕明·鍾惺、譚元春編：《唐詩歸·盛唐十六》卷二十一，《續修四庫全書》1590冊，頁92。
〔註447〕清·清高宗御選：《唐宋詩醇》卷十三，頁365。

川對酒平如掌。長生木瓢示真率，更調鞍馬狂歡賞。青春
波浪芙蓉園，白日雷霆夾城仗。閶闔晴開昳蕩蕩，曲江翠
幕排銀榜。拂水低佪舞袖翻，緣雲清切歌聲上。卻憶年年
人醉時，只今未醉已先悲。數莖白髮那拋得，百罰深杯亦
不辭。聖朝亦知賤士醜，一物自荷皇天慈。此身飲罷無歸
處，獨立蒼茫自詠詩。(《全唐詩》卷二一六，頁 2261。)

詩中寫出玄宗仗過門開，翠幕、舞袖、歌聲，都是杜甫親身所見，不
僅寫實，也表達「極歡宴時，不勝身世之感」〔註 448〕的情感。就詩
風來看，杜甫雖然寫得淒愴，仍有「大氣旁魄，獨有千古」〔註 449〕
之氣勢。另外一首是杜甫於大曆三年寫了一首〈短歌行贈王郎司直〉，
其詩曰：

王郎酒酣拔劍斫地歌莫哀，我能拔爾抑塞磊落之奇才。豫
章翻風白日動，鯨魚跋浪滄溟開。且脫佩劍休裴回，西得
諸侯棹錦水。欲向何門趿珠履，仲宣樓頭春色深。青眼高
歌望吾子，眼中之人吾老矣。(《全唐詩》卷二二〇，頁 2261。)

此為杜甫的晚年之作，杜甫一家從夔州出三峽，到達江陵，故推論此
乃這年春末在江陵所作。杜甫以〈短歌行〉樂府舊題，歌聲短促的曲
調送予王郎，清‧何焯認為「世亂多猜，不敢竟其詞焉，故命之曰『〈短
歌行〉』。」〔註 450〕杜甫以此為詩名有其用意，看上半首表達勸慰王
郎之意，因為王郎在江陵不得志，趁著酒興正濃，悲歌舞劍，所以杜
甫勸他莫再哀嘆；下半首抒寫送行之情，以王郎的奇才，此去西川，
一定會得到蜀中大官的賞識，可惜「欲向何門趿珠履」不知要去投奔
哪一位地方長官。最後一句寫王郎亦寫己，喟然長歎王郎年少尚可
為，不如杜甫今已老矣，無可作為，含有勸勉王郎及時努力之意。這
首詩的開頭兩句皆為十一字長句，音節急促，五、十兩句單句押韻，

〔註 448〕　清‧沈德潛：《唐詩別裁》第二冊，卷六，頁 67。
〔註 449〕　吳語見高步瀛：《唐宋詩舉要》，頁 202。
〔註 450〕　清‧何焯：《義門讀書記》卷五十二，《文淵閣四庫全書》，頁 860
　　　　　～777。

上半首五句一組平韻，下半首五句一組仄韻，節奏短促，李于鱗認爲此詩「通篇飛舞豪爽，末收住有力」又引範德機之語，「結句七字而含無限之意，勢力如截奔馬」﹝註451﹞借以表達此詩節奏和情感之間的融洽。盧世淮對整首詩的評價更是「突兀橫絕，跌宕悲涼」﹝註452﹞。

　　以上是聞一多在論選杜甫詩時所特別提到的兩種風格，他注意到杜甫的寫實風格，而這也是一般詩評家對杜甫詩作的共識；第二種奇健磅礡是杜甫心志所煥發出來的風格，除了年少輕狂所表現的心志，也藉由詩體的特質表達氣魄沉雄的風格，甚至在晚年的時候，也不乏有這樣的詩作。爰此，杜甫的寫實是爲了因應社會現況而寫，寫出了儒家悲天憫人的關懷；奇健旁魄除了表達自己年少輕狂的抱負之外，亦凸顯他擅長運用詩體的特質。

（二）自然悟道的寄託

　　筆者接續探討杜甫以下的三小派之一，這派專寫自然，其代表人物有郭元振、薛奇童、薛據、閻防、鄭德玄等，聞一多選郭元振四首，但實屬自然的僅有一首﹝註453﹞，其餘詩人各一首而已，筆者就針對聞一多所選的詩作加以討論，所列詩作如下：

> 沙塵朝蔽日，失道還相遇。寒影波上雲，秋聲月前樹。川氣生曉夕，野陰乍煙霧。沈沈潦池水，人馬不敢渡。吮癰世所薄，挾纊恩難顧。不見古時人，中宵淚橫注。（薛奇童〈擬古〉，《全唐詩》卷二〇二，頁2112。）

> 舊居在南山，凤駕自城闕。榛莽相蔽虧，去爾漸超忽。散漫餘雪晴，蒼茫季冬月。寒風吹長林，白日原上沒。懷抱曠莫伸，相知阻胡越。弱年好棲隱，鍊藥在巖窟。及此離

﹝註451﹞明·李于鱗：《唐詩廣選》，濟南：齊魯書社，2001年，頁43。
﹝註452﹞盧世淮之語收錄於清高宗御選：《唐宋詩醇》卷十一，頁299。
﹝註453﹞筆者綜合〈唐詩選〉和〈唐詩大系〉裡的選詩，聞一多所選錄郭元振的詩作原有四首，分別爲〈塞上〉、〈寄劉校書〉、〈寶劍篇〉、〈春江曲〉，但此處談的是自然詩，又聞一多疑〈寄劉校書〉非郭氏所作，〈寶劍篇〉屬詠物詩，〈塞上〉屬邊塞詩，故此三首不列入討論。

　　垢氛，興來亦因物。末路期赤松，斯言庶不伐。（薛據〈出青門往南山下別業〉，《全唐詩》卷二五三，頁2846。）

　　浪跡棄人世，還山自幽獨。始傍巢由蹤，吾其獲心曲。荒庭何所有，老樹半空腹。秋蜩鳴北林，暮鳥穿我屋。棲遲樂遵渚，恬曠寡所欲。開卦推盈虛，散帙攻節目。養閒度人事，達命知止足。不學東周儒，俟時勞伐輻。（閻防〈百丈谿新理茅茨讀書〉，《全唐詩》卷二五三，頁2843。）

　　長亭日已暮，駐馬暫盤桓。山川杳不極，徒侶默相看。雲夕荊臺暗，風秋郢路寒。客心一如此，誰復采芳蘭。（鄭德玄〈晚至鄉亭〉，《全唐詩》卷七七七，頁8887。）

　　江水春沉沉，上有雙竹林，竹葉壞水色，郎亦壞人心（郭元振〈春江曲〉，《全唐詩》卷六六，頁754。）

聞一多既然都提到了文學對現實的關懷從漢以後沉寂了許多，直至唐初才開始由從自然寫起，筆者在談這些詩作先來認識這些詩人的生平概略，根據《新唐書》和《舊唐書》的記載，郭元振是唐代將領，而且專守邊塞軍防，所以在他的作品中亦有邊塞和俠義的豪氣風格，例如：〈塞上〉和〈寶劍篇〉，同樣以將領身分防守邊疆的鄭德玄，有關他的生平事蹟可見於北京圖書館藏拓〈魏故使持節假黃鉞侍中太師領司徒都督中外諸軍事彭城武宣王妃李氏墓誌銘〉，其文曰：「父德玄，字文通，宋散騎常侍，魏使持節冠軍將軍豫州刺史陽武靖侯。」由此可知鄭德玄和郭元振同屬於邊塞將領，但同樣被聞一多列為自然詩派是很值得探討的議題。

　　筆者再看薛奇童，曾任慈州刺史〔註454〕，仍是在朝任官的詩人，史傳並無有過多的評論。薛據和閻防的生平皆在《唐才子傳》一書中有其詳細的記載，《唐才子傳》稱薛據「初好棲遁，居高山煉藥。晚歲置別業終南山下老焉。」〔註455〕在開元十九年，薛據同王維榜進士，天寶六年又中風雅古調科第一人，年少時好隱居學道煉丹，晚年

〔註454〕　《山西通志》，卷七十五，《文淵閣四庫全書》，頁6。
〔註455〕　元・辛文房：《唐才子傳》，卷二，《文淵閣四庫全書》，頁4。

則隱居在終南山下。《唐才子傳》又論閻防「爲人好讀書，好古，博雅詩，語眞素，魂清魄爽，放曠山水高情獨詣于終南山豐德寺。」〔註456〕唐玄宗開元二十二年（734）李琚狀元及第，同榜的顏眞卿敬重閻防，想把他推薦給朝廷，但他不屈從。閻防喜好古物，而且知識廣博高雅，詩句樸素，氣魄清爽，在山水間放蕩。

從詩人的生平來看，唯薛、閻二人較符合魏晉時期以至唐初的自然詩人特質，至於郭、鄭二人善於邊塞戰守的將領仍被列入自然派的詩人，就得進一步從詩作來加以探討。筆者先來討論薛據和閻防這類自然派人格的詩作，薛據〈出青門往南山下別業〉一詩寫冬季裡詩人從青山往南山的沿途風光，白日天晴雪漫地，寒風吹著長林，草原上沒有青蔥的綠意，特別地蕭曠突奇，應合著下一句的「懷抱曠莫伸，相知阻胡越」的心境，再寫出自己仙風道家的習性，少年隱居煉丹，薛據不僅是自然詩派寫自然景色，也承襲魏晉田園隱居的心志。閻防同薛據一樣，詩中皆呈現浪跡天涯，幽獨之景。詩中一開始就指明詩人棄人世，隱居山林的心志，再寫幽居山林中的生活，平日可聽見蜩鳴，側寫傍晚可看到鳥兒在屋中穿飛而過，其實在表達詩人和萬物共居的情形，持著道家養生的觀念「養閑度人事，達命知止足」，頗有陶詩意境。

薛奇童〈擬古〉的風味就異於薛、閻兩人的道家自然詩，〈擬古〉一詩表面上呈現秋景，但實際上是藉著秋景表以感懷。詩人起句「沙塵朝蔽日，失道還相遇」爲末兩句下了伏筆，日意指的是甚麼？但可以確定絕非古人，因爲那失道後又可再度相遇，是要加強諷刺感，襯托末兩句「不見古時人，中宵淚横注」的遺憾，似乎承著陳子昂的「前不見古人」因而感到「獨愴然而涕下」的詩境而來。此詩中段所談的波影、秋聲、曉夕、煙霧、人馬，均不失爲自然詩的範疇，故此歸類爲自然，亦可。若看鄭德玄和郭元振的作品，反而還比薛奇童的詩作

〔註456〕元・辛文房：《唐才子傳》，卷二，《文淵閣四庫全書》，頁4。

更接近自然詩，鄭德玄的〈晚至鄉亭〉既寫景也寫情，詩人騎馬來到
長亭已是日暮時分，人在山川中，遙見僧侶相看不語，傍晚天色已暗，
看不清荊臺，氣溫也漸漸下降起了露水，在外羈旅的遊客，哪裡還有
心思採摘芳蘭呢？而郭元振的〈春江曲〉更有江南男女情歌的風味，
詩中一開始寫出江邊的景色，有竹有水，但是竹葉映在水中縱橫交錯
的倒影卻壞了水波清澈的鏡面，就如同江上的郎君壞了少女的純潔的
情懷，開始動了凡心，春心蕩漾。郭元振除了〈春江曲〉外，他的作
品大多屬於自然詩，例如：〈米囊花〉、〈惜花〉、〈蓮花〉、〈螢〉、〈雲〉、
〈野井〉、〈子夜四時歌〉六首等，故聞一多列入專寫自然的詩人，當
是也。

　　爰此，郭元振和鄭德玄雖然是戰守邊疆的將領，但是寫起詩來仍
有著細膩的心思，描繪自然亦不輸薛奇童、薛據和閻防的作品，只是
薛據和閻防的自然詩較偏向陶詩，薛奇童、郭元振以及鄭德玄的自然
詩較偏向謝詩，所以聞一多列在杜甫詩派下專寫自然的二薛、郭、鄭
和閻等五位詩人，仍不脫寫景自然的範疇，但唯可進一步商議的是聞
一多卻不選錄郭元振其他的自然詩作，反而多選了應屬邊塞詩的範疇
的〈塞上〉和〈寶劍篇〉，聞一多並未多作說明，至多僅知聞一多不
僅欣賞此詩人的不同風格，亦不吝將詩作列出分享出來。

（三）興寄天道的人生體悟

　　第二類的詩人是專寫天道，其代表人物有張九齡、畢耀、李華、
獨孤及、蘇渙、竇參等，再看聞一多所選錄的詩作張詩多達十九首、
畢詩一首、李華一首、獨孤詩三首、蘇詩三首、竇參三首，但在這幾
首詩中大略可以分成兩類詮釋「天道」的概念，筆者將列舉幾首說明
之：

> 蘭葉春葳蕤，桂華秋皎潔。欣欣此生意，自爾為佳節。誰
> 知林棲者，聞風坐相悅。草木有本心，何求美人折。（張九
> 齡〈感遇〉，《全唐詩》卷四七，頁 757。）

昂藏獅豸獸，出自太平年。亂代乃潛伏，縱人爲禍怨。嘗聞斷馬劍，每壯朱雲賢。身死名不滅，寒風吹暮田。精靈如有在，幽憤滿松煙。（李華〈詠史〉，《全唐詩》卷一五三，頁 1589。）

獺祭川水大，人家春日長。獨謠畫不暮，搔首慚年芳。靡草知節換，含葩向新陽。不嫌三徑深，爲我生池塘。亭午井灶閒，雀聲響空倉。花落沒屐齒，風動群木香。歸路雲水外，天涯杳茫茫。獨卷萬里心，深入山鳥行。芳景勿相迫，春愁未遽忘。（獨孤及〈山中春思〉，《全唐詩》卷二四六，頁 2761。）

聞一多選張九齡〈感遇〉有三首，筆者在此舉兩首分析之，「蘭葉春葳蕤，桂華秋皎潔」以春、秋時分裡的兩種植物作對舉，次聯「欣欣此生意，自爾爲佳節」表現植物欣欣向榮的生意。這裡含有郭象詮釋《莊子》齊物的思想，因爲萬物性分本不齊，因此自然就會有大小形，壽夭年，高下才，尊卑位的現象，但若過於執著於現象形態的差異，則不免會有上下相凌，尊者自尊，卑者自卑的情形，固然無法達到逍遙的人生觀，就會產生「夫自是而非彼，美己而惡人，物莫不皆然。然，故是非雖異而彼我均也」〔註457〕和「自貴而相賤」〔註458〕的想法，所以在張九齡這首詩中，每個生物都在他所該屬的時節裡表現出最美好的本質，完成應盡的分際，無需跟別人比較，就是一種生命的表現。至於林中的隱居者聞風聞的是甚麼？隨風飄來的蘭花或桂花香，令人不自覺產生有種愛戀這蘭花和桂花所象徵的芬芳人格，末聯的「草木有本心，何求美人折」更代表著詩人和草木之間的隱喻，完成了自己應盡的分際，又何必求得美人來摘折呢？這是多麼深刻的體悟，明·鍾惺認爲「平平至理，非透悟不能寫出。」〔註459〕明·譚元春更進一

〔註457〕 清·郭慶藩輯：《莊子集釋·齊物論第二》，臺北：頂淵文化事業有限公司，2005 年，頁 43。
〔註458〕 清·郭慶藩輯：《莊子集釋·秋水第十七》，頁 577。
〔註459〕 明·鍾惺、譚元春編：《唐詩歸·初唐五》卷五，《續修四庫全書》1589 冊，頁 583。

步說出「冰鐵老人見透世故，乃有此感。」〔註460〕可見這是詩人對人生多少歷練的感受，當然在張九齡之前陳子昂也寫過〈感遇〉，葉嘉瑩將兩人的〈感遇〉進行比較，說出兩人之間的差異，他認爲：

> 好，從這首詩中我們可以看出，張九齡確實受到陳子昂的
> 影響。只是陳子昂所寫的都是向外追求，有待于人才完成
> 自我價值的；而張九齡所寫的，則是無待無人，不需要別
> 人欣賞而自己完成自己的價值的。〔註461〕

這段話說出了張九齡他透過天道觀體悟人生應有的態度，不需要別人來肯定自己的價值，而是要由自己去展現詩人自身的價值感。李華〈詠史〉「昂藏獬豸獸」亦有類似的想法，獬豸是一種能辨曲直的異獸，古人視爲祥物，漢・楊孚在《異物志》中有記載「東北荒中有獸，名獬豸，一角，性忠，見人鬩則觸不直者，聞人論則咋不正者。」〔註462〕歷史上出於太平盛世的賢壯們就如同獬豸一樣，敢於直言辨是非，但若處於亂世便易於受到小人的陷害，並引用朱雲斷馬劍的典故，說出了勇斬佞臣賊子的心志，就算死後仍不變其心，其靈魂的正義壯志猶存在於天地間、松煙裡。李華對人生的體悟較爲激憤；獨孤及對人生的體悟較爲平淡，所以李華寫的是幽憤。獨孤及的人生觀就如同他的名字一樣，現在就從〈山中春思〉一詩來看他的人生體驗，詩中一開始以「獺祭」說出東風漸暖，正值魚兒肥美的時節，詩人對著春色美景搔首，並引用「三徑」表達隱居之意，又以「靡草知節換，含葩向新陽。不嫌三徑深，爲我生池塘。」描述周遭的環境，亦不難想到謝靈運的「池塘生春草」一句，最後詩人的心放諸深山雲水之外，明・鍾惺論「獨卷萬里心，深入山鳥行」此句所表現的意境是「孤遠」〔註463〕，最後「春愁未遽忘」表達詩人對春景的懷念，那韻味正如

〔註460〕明・鍾惺、譚元春編：《唐詩歸・初唐五》卷五，《續修四庫全書》1589 冊，頁 583。
〔註461〕葉嘉瑩：《葉嘉瑩說初盛唐詩》，北京：中華書局，2008 年，頁 122。
〔註462〕漢・楊孚：《異物志》，北京：中華書局，1985 年，頁 5。
〔註463〕明・鍾惺、譚元春編：《唐詩歸・盛唐十九》卷二十四，《續修四庫

陸時雍所評：「風趣最饒」。〔註464〕

　　張久齡、李華、獨孤及三位詩人透過人生歷練和對自然萬物的觀感表達對於天道的體悟，不論是禍福相伏或是對於自然萬物的寄託，都感於天道所給予的觸想。另外，詩人們還直接透過宗教的道教觀和諸子學的養生觀念表達人生的體悟，以下這幾首詩即其代表：

> 洪爐無久亭，日月速若飛，忽然衝人身，飲酒不須疑。（畢耀〈贈獨孤常州〉，《全唐詩》卷二五五，頁 2857。）

> 日月東西行，不照大荒北。其中有燭龍，靈怪人莫測。開目爲晨光，閉目爲夜色。一開復一閉，明晦無休息。居然六合內，曠哉天地德。天地且不言，世人浪喧喧。（蘇渙〈變律詩〉，《全唐詩》卷二五五，頁 2859。）

> 養蠶爲素絲，葉盡蠶不老。傾筐對空林，此意向誰道。一女不得織，萬夫受其寒。一夫不得意，四海行路難。禍亦不在大，福亦不在先。世路險孟門，吾徒當勉旃。（蘇渙〈變律詩〉，《全唐詩》卷二五五，頁 2859。）

> 一自經放逐，裴回無所從。便爲寒山雲，不得隨飛龍。名豈不欲保，歸豈不欲早。苟無三月資，難適千里道。離心與羈思，終日常草草。人生年幾齊，憂苦即先老。誰能假羽翼，使我暢懷抱。（竇參〈遷謫江表久未歸〉，《全唐詩》卷三一四，頁 3533。）

畢耀引用《莊子》的典故，以天地爲大爐，描述時光飛梭即逝，又以「衝人身」凸顯歲月逼人的衝擊，最後以酒澆愁，直飲爲快。蘇渙〈變律詩〉「日月東西行」一詩引用了《山海經》燭龍的典故，將天道晝夜視作燭龍開目閉目，以「明晦無休息」呈現此龍不食，不寢，不息的生理狀態，詩人之所以談「曠」正因爲此龍「身長千里」〔註465〕，蘇

　　全書》1590 冊，頁 131。

〔註464〕明·陸時雍：《唐詩鏡·盛唐第二十》卷二十八。

〔註465〕晉·郭璞注：《山海經·海外北經》原文「鍾山之神，名曰燭陰，視爲晝，瞑爲夜，吹爲冬，呼爲夏，不飲，不食，不息，息爲風，身長千里。」晉·郭璞注：「燭龍也。是燭九陰，因名。」可參見

渙本人性格「兇悍不逞」，蔡寬夫更以此詩說明其人格特質，其文曰：

　　唐人以爲長於諷刺，得陳拾遺一鱗半甲。觀其詞氣頡頏如
　　此，固自可見其胸中也。〔註466〕

蔡寬夫認爲詩人藉著此詩一開始以燭龍形象表現天地不息的循環，最後以「天地且不言，世人浪喧喧」作爲諷刺語，那種氣魄正與詩人相合。有關此「得陳拾遺一鱗半甲」評語，聞一多則是另舉「養蠶爲素絲」一詩來說明。此詩採激憤的語氣講述人生遭遇困頓的感受，世路險巇如同孟門山之難行，這不關天道禍福的機運，故詩人時時警惕著自己該多多努力。

　　詩人仕途的好壞，往往與其性格有關，不是過於剛正不阿就是貪利擅權，竇參就屬於這一類的人，陳伯海在《唐詩匯評》中對竇參的評價爲：「引用親黨，恃權貪利，好惡任情。八年，貶郴州別駕，再貶驩州司馬，賜死於道。」〔註467〕這段話的貶義極重，但聞一多選其詩就如同當初他選崔融、宋之問的詩一樣，並不會因爲人格卑劣而否定的他的作品。在〈遷謫江表久未歸〉中，竇參用《周易》雲從龍的典故〔註468〕，談述遷謫後情緒。此詩讀來令人感到無比心酸，詩人看似遭人陷害，毀壞名聲，「離心與羈思，終日常草草」羈旅在外的愁心整日如草生不絕般連縣遠道去。最後以請求的口吻，以「誰能

　　　　晉・郭璞注：《山海經・海外北經》卷八，《文淵閣四庫全書》，頁
　　　　1042～58。

〔註466〕此語被收錄在《漁隱叢話》，其原文曰：「蔡寬夫詩話云：『子美稱
　　　　蘇渙爲靜者，而極美其詩，……唐人以爲長於諷刺，得陳拾遺一鱗
　　　　半甲。觀其詞氣頡頏如此，固自可見其胸中也。』」可參見宋・胡
　　　　仔：《苕溪漁隱叢話》前集卷八，頁45～46。

〔註467〕陳伯海：《唐詩匯評》，頁1561。

〔註468〕《周易正義》裡有記載「九五曰飛龍在天，利見大人，何謂也？子
　　　　曰：『同聲相應，同氣相求。水流濕，火就燥，雲從龍，風從虎，
　　　　聖人作而萬物睹。本乎天者親上，本乎地者親下，則各從其類也。』」
　　　　疏：「龍是水畜，雲是水氣，故龍吟則景雲出，是雲從龍也。」可
　　　　參見魏・王弼著；晉・韓康伯注；唐・孔穎達疏等正義：《周易正
　　　　義》卷一，臺北：藝文印書館，2001年，頁15。

假羽翼，使我暢懷抱」獲得幫忙或安慰。

畢耀、蘇渙和竇參都是藉著天道的現象談述詩人對人生仕途的感受，這也說明聞一多在分類這些詩人專寫天道時，有其敏銳度，才能在杜甫底下又分出這小派出來，但這並不表示說他們同杜甫一樣是社會寫實詩人，值得注意的是聞一多還將杜甫分類到漢魏風格的詩作，尚且都不論詩人的品性，依據聞一多的分類可知張九齡等人是透過天道的方式諷刺社會不安的寫實面，以承襲著魏晉風格。

（四）悲情消沉的人生感懷

第三派的詩人專寫人事，其代表人物有于逖、沈千運、張彪、王季友、趙微明、元結、元融、孟雲卿等。聞一多對他們的的看法是以下的這一段文字：

> 第三派詩人可以《篋中集》的編者和作者為代表。他們都愛做愁苦之言，令人讀了難受，杜甫的詩風可能受過他們的影響。這批詩人中，大約以于逖年紀較長（太白曾稱他于十一兄），而足以領袖群倫的人物當推沈千運。他們首先調整了文學與人生的關係，認定詩人的責任，這種精神在中國詩壇是空前絕後的。其次孟雲卿、王季友、張彪諸人，都是杜甫的朋友。中唐繼承這派作風的有孟郊和白居易兩人。但白居易僅喊喊口號而已，除了〈新樂府〉之外，其他作品跟人生無多大聯繫，他的成功是感傷詩（如〈長恨歌〉和〈琵琶行〉等）和閒適詩，而不是社會詩。只有孟郊是始終走著文學與人生合一的大路。〔註469〕

這段文字中提到此派的人物可以《篋中集》為代表，既然這裡提到元結所編著的《篋中集》，筆者就先來簡單介紹一下此詩選的風格，此書的編者為元結，收錄沈千運四首、王季友二首、于逖二首、孟雲卿五首、張彪四首、趙微明三首、元融四首，共二十四首詩，命名為《篋

〔註469〕可參見鄭臨川記錄、徐希平整理：〈詩的唐朝〉收入在《笳吹弦誦傳薪錄——聞一多、羅庸論中國古典文學》，頁109～110。

中集》，它們的作品沒有盛唐詩中那種慷慨豪雄情調，而是多爲抒寫作者的悲苦和憤懣，亦有反映民生疾苦之作，走向冷眼旁觀，寫實社會的風格。聞一多認爲他們的作品結合了文學和人生，盛唐以後完全繼承其風格的是孟郊，白居易僅繼其口號而已。筆者整理元結和聞一多所選錄的作品，以表格呈現其差異，如表 3-2-8 所示：

表 3-2-8：元結《篋中集》與聞一多《唐詩大系》所選盛唐詩人之比較 〔註 470〕

	元結《篋中集》	聞一多《唐詩大系》
沈千運	四首：〈感懷弟妹〉、〈贈史修文〉、〈濮中言懷〉、〈山中作〉	三首：〈感懷弟妹〉、〈古哥〉、〈山中作〉
王季友	二首：〈別李季友〉、〈寄韋子春〉	二首：〈寄韋子春〉、〈酬李十六岐〉
于逖	二首：〈野外行〉、〈憶舍弟〉	一首：〈野外行〉
孟雲卿	五首：〈古樂府輓歌〉、〈今別離〉、〈悲哉行〉、〈古別離〉、〈傷懷贈故人〉	六首：〈古別離〉、〈今別離〉、〈悲哉行〉〈古輓歌〉（即〈古樂府輓歌〉）、〈放歌行〉、〈傷時〉
張彪	四首：〈雜詩〉、〈神仙〉、〈北遊還誚孟雲卿〉、〈古別離〉	二首：〈雜詩〉、〈神仙〉
趙微明	三首：〈回軍跛者〉、〈輓歌詞〉、〈思歸〉	一首：〈輓歌詞〉
元融	四首：〈泉上雨後作〉、〈登雲中〉、〈山中曉興〉、〈古遠行〉	一首：〈泉上雨後作〉
元結	無	四首：〈貧婦詞〉、〈桔井〉、〈欸乃曲（並序）〉兩首、

從表格可以知道聞一多並非全部採用《篋中集》裡的作品，也有的詩作是聞一多另外選錄的，於是共選錄沈詩三首、王詩二首、于詩一首、孟詩六首、張詩二首、趙詩一首、元融詩一首以及元結詩四首，筆者在此各舉幾首說明之，其詩如下：

〔註 470〕資料來源：整理自元結《篋中集》與聞一多《唐詩大系》。

棲隱別無事，所願離風塵。不辭城邑遊，禮樂拘束人。邇
來歸山林，庶事皆吾身。何者為形骸，誰是智與仁。寂寞
了閒事，而後知天眞。咳唾矜崇華，迂俯相屈伸。如何巢
與由，天子不得臣（沈千運〈山中作〉，《全唐詩》卷二五
九，頁2880。）

鍊丹文武火未成，賣藥賣履俱逃名。出谷迷行洛陽道，乘
流醉臥滑臺城。城下故人久離怨，一歡適我兩家願。朝飲
杖懸沽酒錢，暮餐囊有松花飯。于何車馬日憧憧，李膺門
館爭登龍。千賓揖對若流水，五經發難如叩鐘。下筆新詩
行滿壁，立談古人坐在席。問我草堂有臥雲，知我山儲無
儋石。自耕自刈食為天，如鹿如麋飲野泉。亦知世上公卿
貴，且養丘中草木年。（王季友〈酬李十六岐〉，《全唐詩》
卷二五九，頁2882。）

老病無樂事，歲秋悲更長。窮郊日蕭索，生意已蒼黃。小
弟髮亦白，兩男俱不強。有才且未達，況我非賢良。幸以
朽鈍姿，野外老風霜。寒鴉噪晚景，喬木思故鄉。魏人宅
蓬池，結網佇鱣魴。水清魚不來，歲暮空徬徨。（于逖〈野
外行〉，《全唐詩》卷二五九，頁2883。）

草草闔巷喧，塗車儼成位。冥冥何所須，盡我生人意。北
邙路非遠，此別終天地。臨穴頻撫棺，至哀反無淚。爾形
未衰老，爾息才童稚。骨肉安可離，皇天若容易。房帷即
靈帳，庭宇為哀次。薤露歌若斯，人生盡如寄。（孟雲卿〈古
輓歌〉，《全唐詩》卷一五七，頁1611。）

富貴多勝事，貪賤無良圖。上德兼濟心，中才不如愚。商
者多巧智，農者爭膏腴。儒生未遇時，衣食不自如。久與
故交別，他榮我窮居。到門懶入門，何況千里餘。君子有
褊性，矧乃尋常徒。行行任天地，無為強親疏。（張彪〈雜
詩〉，《全唐詩》卷二五九，頁2884。）

寒日蒿上明，淒淒郭東路。素車誰家子，丹旐引將去。原
下荊棘叢，叢邊有新墓。人間痛傷別，此是長別處。曠野

多蕭條，青松白楊樹。（趙微明〈輓歌詞〉，《全唐詩》卷二五九，頁 2885。）

風雨蕩繁暑，雷息佳霽初。眾峰帶雲雨，清氣入我廬。颯颯涼飆來，臨窺愜所圖。綠蘿長新蔓，裹裹垂坐隅。流水復簷下，丹砂發清渠。養葛爲我衣，種芋爲我蔬。誰是畹與畦，瀰漫連野蕪。（元融〈泉上雨後作〉，《全唐詩》卷二五九，頁 2886。）

誰知苦貧夫，家有愁怨妻。請君聽其詞，能不爲酸悽。所憐抱中兒，不如山下麑。空念庭前地，化爲人吏蹊。出門望山澤，回頭心復迷。何時見府主，長跪向之啼。（元結〈貧婦詞〉，《全唐詩》卷二四〇，頁 2689。）

筆者將透過以上這幾首詩談論這一派的詩人士如何結合文學與人生，並從中探討他們對於人生的看法。沈千運談述人生的去與留，人之所以爲人就是在這世上受到禮樂的約束，但是智與仁，人皆有之嗎？人若入世越深，失去更多的天眞，倒不如終日百聊無賴，天眞乃見，遠在京城的天子更不知這時的沈千運心求離塵。明‧鍾惺對沈千運這首詩的看法是「直直吐出」〔註 471〕，吐出了歸山林的心志，沈千運對人事感到一種無助，急求心靈上的解脫。元融〈泉上雨後作〉也寫出了人間生活的景色風光，最後以「養葛爲我衣，種芋爲我蔬。誰是畹與畦，瀰漫連野蕪」展現生活樸實的情況。

　　王季友的〈酬李十六岐〉同樣表現對人事感傷的一面，一開始寫出自己的生活情狀，有時拿著買酒錢到餐館喝酒吃飯，再談李岐家中「如何車馬日憧憧，李膺門館爭登龍。千賓揖對若流水，五經發難如叩鐘。」出現的是宴客嘉賓的場景，但王季友卻能鬧中獨閑，另外也表現了生活貧寒的一面，如「自耕自刈食爲天，如鹿如麋飲野泉。亦知世上公卿貴，且養山中草木年」說明王季友自己的生活是自耕自足的，就如同林間野獸覓食飲水般，這不僅表現王季友以寒苦見長，從

〔註471〕明‧鍾惺、譚元春編：《唐詩歸‧盛唐十九》卷二十四，《續修四庫全書》1590 冊，頁 128。

這裡也看出王詩磊塊筋骨。由此來看，王季友和沈千運均對人事有所消沉，王季友借此詩酬李岐表達自己的心中想法。于逖〈野外行〉則寫自己的人生遭遇，說自己有才卻未達，又非良賢，但最後還是情歸山林，更進一步引用《大戴禮記・子張問入官》的典故以「水清魚不來」諷刺「故水至清則無魚，人至察則無徒」。

除了隱居之外，張彪寫人事交游，「商者多巧智，農者爭膏腴。儒生未遇時，衣食不自如」指出民間士農工商各自所需的條件，再寫朋友與張彪之間的富貧之別，故友因張彪處陋居，因而懶入門，張彪以人之常情來安慰自己，但最後以「行行任天地，無為強親疏」慰藉自己的言行對得起天地，如今就算居陋室，友人嫌入門，也不強迫所難。元結則透過一般貧困家庭的困苦，寫出了一種生活悲淒的情狀，在〈貧婦詞〉中不僅夫婦的生活寒酸，手中還有個嗷嗷待哺的孩兒，甚而比林中小鹿還不如，詩中似乎表達著家前空地已被官府無情地徵收，如今已成「人吏蹊」，對於世事無奈的百姓只能「何時見府主，長跪向之啼」，令人感傷。

人事方面，生老病死是人類必經的過程，孟雲卿就曾以輓歌表現人生辭世的感傷，明・黃克纘認為孟雲卿此詩「輓歌至此，死者有知，亦當痛哭一場，大笑一場。」〔註472〕雖然趙微明也寫〈輓歌詞〉，但是卻沒有孟詩來得動人。

聞一多於漢魏風格下所分類專寫人事的詩人們，他們的作品既沒有杜甫關懷社會的悲憫情懷，也沒有杜甫自我激勵的心志，對人生的態度極為消沉，把整個焦點都放在自己的身上，表現出一種不幸和感傷的人生觀。

第三節　中唐大曆詩歌乃齊梁詩歌之體現

聞一多在〈四千年文學大勢鳥瞰〉一文，將中唐歸類在第五、六

〔註472〕明・黃克纘：《全唐風雅》，臺北：國立中央圖書館，1991 年。

大期，並以第六大期的「抒情詩」作爲中、晚唐詩風共同發展的現象，其獨特之處在於他不談晚唐詞與宋詞之間的關係，反而著眼於晚唐詩和宋詞的風格表現，簡述自唐至宋的文學傳承關係〔註 473〕。鄭臨川《笳吹弦誦傳薪錄～聞一多、羅庸論中國古典文學》曾錄其師談論中唐大曆詩人的課堂筆記，卻未見與晚唐詩相關的專論，故筆者於本文中暫不談論聞一多的晚唐詩觀，僅述他對中唐大曆詩風的論點，茲錄有關大曆十才子的看法，其文字如下：

> 所謂大曆十才子具體的人名，眾說紛紜，我的看法是應該著重於活動的大曆年間詩壇上的一群作風相似而又表現了這個時代特點的詩人（逼真的寫作技巧和感傷的題材內容），拈出他們創作的特殊成就和在詩歌發展上的影響，不必受「十才子」這個傳統數目字的拘限。這樣，對評價他們的得失，也比較容易公平、合理。〔註 474〕

此從「文學史」的觀點來看唐詩的發展，將重點放在文學上，而非詩人的獨特風格，乃以某個詩學活動之共同現象爲研究對象，這亦是聞一多研究唐詩的主要理念，故大曆詩人的研究方面，他才會特別提出「不必受『十才子』這個傳統數目字的拘限」的想法。

首先，有關「大曆十才子」一詞所指涉的詩人群向來眾多紛紜，「十才子」之名始見於唐・姚合編《極玄集》，於李端名下錄有十才子的介紹，其文曰：

> 字正已。趙郡人，大曆五年進士，與盧綸、吉中孚、韓翃、錢起、司空曙、苗發、崔峒、耿湋、夏侯審，唱和號「十才子」。歷校書郎終杭州司馬。〔註 475〕

「正已」爲李端的字號，姚合在此指出十位詩人的名字，《新唐書》與此同，但南宋・計有功《唐詩紀事》卻列出了不同的說法：

〔註 473〕聞一多：〈四千年文學大勢鳥瞰〉，收入在《聞一多全集・10》，頁 26～31。
〔註 474〕鄭臨川記錄、徐希平整理：〈大曆十才子〉收入在《笳吹弦誦傳薪錄——聞一多、羅庸論中國古典文學》，頁 126。
〔註 475〕唐・姚合：《極玄集》，卷上，《文淵閣四庫全書》，頁 1332～151。

> 大曆十才子，唐書不見人數，盧綸、錢起、郎士元、司
> 空曙、李端、李益、苗發、皇甫曾、耿湋、李嘉祐。又
> 云：吉頊、夏侯審亦是。或云：錢起、盧綸、司空曙、
> 皇甫曾、李嘉祐、吉中孚、苗發、郎士元、李益、耿湋、
> 李端。〔註476〕

此段話表達南宋・計有功認為大曆十才子的詩人群應不受「十才子」
的人數限制，並且將風格相似的詩人一併列入討論，或十人、或十一
人、或十二人，皆可。之後，不少詩評家對大曆十才子的詩人群也有
著不同的看法。清代以前，各朝代詩評家僅列出自己對詩人群的看法
而已，並未加述其因。乃至清・翁方綱於《石洲詩話》中提出前人羅
列詩人群的評論，其文曰：

> 大曆十才子：盧綸、司空曙、耿湋、李端諸公一調：韓君
> 平風致翩翩，尚覺右丞以來格韻，去人不遠；皇甫兄弟其
> 流亞也；郎君胄亦平雅，獨錢仲文當在十子之上。江鄰幾
> 所志乃十一人，有皇甫曾，而無冉，無韓翃，不知何所據
> 也？王應麟《玉海》所記，與《唐書・盧綸傳》同是十人，
> 有韓，無兩皇甫，然兩皇甫爾時極負重望，不知何以不入
> 十子之列？若有曾無冉則尤不可解矣。且升盧於錢之上，
> 亦不知何謂？〔註477〕

此話說明每位詩評家對於自己欣賞的詩人皆有不同，也呈現出他們之
間不同的審美觀。姚合、計有功、江鄰幾、乃至王應麟和翁方綱等人
的看法均不同，甚至翁方綱認為江鄰幾不知以何種標準列出十才子，
甚而批評王應麟不列皇甫曾和皇甫冉兩兄弟為十才子的看法，所以翁
方綱認為皇甫兄弟兩人應該被列入十才子的。另外一提，此處稱呼為
「十才子」，翁方綱注意到江氏所列人數卻有十一人，「十才子」與所
選錄的詩人數目有出入。

　　聞一多以「作風相似而又表現了這個時代特點的詩人」為標準，

〔註476〕南宋・計有功：《唐詩紀事》，卷三十，頁463。
〔註477〕清・翁方綱：《石洲詩話》卷二，郭紹虞編：《清詩話續編》，頁1386。

綜合前人所羅列的詩人並探討他們的寫詩特色，所談述的「十才子」人選之中，竟多達二十二人，包含了劉長卿、李嘉祐、包何、包佶、張謂、錢起、皇甫冉、皇甫曾、張繼、于良史、郎士元、戴叔倫、耿湋、張南史、鄭錫、竇叔向、柳中庸、韓翃、司空曙、李端、盧綸、李益等人。

　　就今人謝海平的看法，則認為「越接近大曆的記載，越可採信，極玄集編者姚合……，生世距大曆不遠，所既無論錄自當時載籍或得自傳聞，均遠較後出諸說為可信」〔註478〕，甚至依據《舊唐書·錢徽》卷一六八可知當時的人甚至把他們畫在一幅畫中，所以謝海平才會如此堅定認為十才子的成員是由這一群文人所建構起來的文風特色，並非可經由詩風相似的其他詩人一併探討的。由此可知，歷來詩論家從文風特色和原始成員兩種立場，論述十才子的成員與詩風特色。聞一多於課堂上所提到的人物和《唐詩大系》裡所選錄的詩人有所出入，僅有于良史、鄭錫、劉長卿、李端、戴叔倫、司空曙、盧綸等七位詩人被選入。以下為聞一多在課堂上提到的詩人、詩名，以及《唐詩大系》所選錄的詩作之比較表格，如表 3-3-1 所示：

表 3-3-1：大曆詩人重出鄭氏筆記和聞氏《唐詩大系》的詩人與作品〔註479〕

	〈大曆詩人〉	《唐詩大系》	備　註
于良史	〈江上送友人〉	〈江上送友人〉、〈冬日野望寄李贊府〉、〈閑居寄薛據〉	
鄭錫	〈送客之江西〉	〈送客之江西〉、〈邯鄲少年行〉、〈隴頭別〉、〈度關山〉	

〔註478〕謝海平：〈唐大曆十才子成員及其集團形成原因之因素〉，《唐代研究論集第四輯》，頁606。

〔註479〕資料來源：整理自鄭臨川紀錄、徐希平整理的《笳吹弦誦傳薪錄——聞一多、羅庸論中國古典文學》以及聞一多的《唐詩大系》。

	〈大曆詩人〉	《唐詩大系》	備　註
劉長卿	〈逢郴州使因寄鄭協律〉、 〈將赴嶺外留題蕭寺遠公院〉	〈逢郴州使因寄鄭協律〉、 〈將赴嶺外留題蕭寺遠公院〉、 〈登揚州棲靈寺塔〉、 〈浮石瀨〉、 〈碧澗別墅喜皇甫十六〉、 〈新年作〉、 〈送李中丞之襄陽〉、 〈餘干旅舍〉、 〈北歸次秋浦界青溪館〉、 〈秋日登吳公台上寺遠眺〉、 〈送張扈司直歸越中〉、 〈長沙過賈誼宅〉、 〈登餘干古縣城〉、 〈將嚴士元〉、 〈逢雪宿芙蓉山主人〉、 〈送方外上人〉、 〈七里灘重送嚴維〉	
李端	〈蕪城〉、 〈茂陵春行贈何兆〉、 〈宿淮浦憶司空文明〉	〈茂陵春行贈何兆〉、 〈古離別〉二首、 〈蕪城懷古〉、 〈九日贈司空文明〉、 〈巫山高〉、 〈茂陵山行陪韋工部〉、 〈宿雲際寺贈深上人〉、 〈拜新月〉、 〈聽箏〉、〈感興〉	聞一多在《唐詩大系》中未選錄〈蕪城〉、〈宿淮浦憶司空文明〉
戴叔倫	〈除夜宿石頭驛〉、 〈客中言懷〉、 〈送李明府之任〉、 〈蘭溪棹歌〉、 〈蘇溪亭〉	〈除夜宿石頭驛〉、 〈客中言懷〉、 〈送李明府之任〉、 〈蘭溪棹歌〉、 〈越溪村居〉、 〈蘇溪亭〉、 〈寄司空曙〉	

	〈大曆詩人〉	《唐詩大系》	備　註
司空曙	〈雲陽館與韓紳宿別〉、〈喜外弟盧綸見宿〉、〈同苗員外宿薦福常師房〉	〈同苗員外宿薦福常師房〉、〈雲陽館與韓紳宿別〉、〈喜外弟盧綸見宿〉、〈經廢寶慶寺〉、〈獨游寄衛長林〉、	
		〈送曲山人之衡州〉、〈送張煉師還峨嵋山〉、〈石井〉、〈寒塘〉、〈雜興〉	
盧綸	〈夜中得循州趙司馬侍郎書因寄回使〉、〈送李端〉、〈同薛存城棲岩寺〉、〈與暢當夜泛秋潭〉、〈長安春望〉、〈晚次鄂州〉、〈至德中途中書事卻寄李僴〉、〈和張僕射塞下曲〉	〈送李端〉、〈夜中得循州趙司馬侍郎書因寄回使〉、〈長安春望〉、〈晚次鄂州〉、〈至德中途中書事卻寄李僴〉、〈和張僕射塞下曲〉三首、〈與暢當夜泛秋潭〉、〈酬暢當尋嵩岳麻道士見寄〉、〈同吉中浮夢桃源〉二首、〈臘日觀咸寧王部曲娑勒禽豹歌〉、〈贈李果毅〉	聞一多在《唐詩大系》中未選錄〈同薛存城棲岩寺〉

從表格中可知聞一多在《唐詩大系》中未選錄盧綸的〈同薛存城棲岩寺〉以及李端的〈蕪城〉、〈宿淮浦憶司空文明〉，但在課堂上曾舉例說明並加以分析，綜合兩處提到大曆詩人的看法，可知這一派詩人的詩學地位及特色，他說道：

> 大曆十才子是唐代最享盛名的一批詩人，這是當時社會一般人的看法。他們的詩是齊梁風格而經張說所提倡改進過的，雖時髦而無俗氣，境界趣味完全繼承了張說這一派。……就純粹詩的立場說，這批人最可敬，貢獻也最大。……人們讀詞勝於讀詩，讀晚唐詩又勝於讀盛唐詩，因為晚唐詩一面來自迷人的齊梁，一面又近承十才子風氣的緣故。……

十才子的詩有兩大特點：

（一）寫的逼真，如畫工之用工筆，描寫細致。

（二）寫的傷感，使人讀了真要下同情之淚，像讀後來李後主的詞一樣。用字的細膩雅致，杜甫比起他們都嫌太渾厚了。〔註480〕

這段話先承認大曆詩人的詩學歷史地位，並稱此派在唐詩文學史裡有著承上啓下的地位，「承」著張說的詩作特色，「啓」爲晚唐詩風，詩中呈現淒清的情感以及細膩的書寫技巧，爲晚唐下了伏筆，具有極爲關鍵性的樞紐。聞一多亦提到「他們的詩是齊梁風格而經張說所提倡改進過的」，此派所涵攝的特色：一來細致逼真；二來傷感雅致，引文中又提到細膩描摹物象風貌，加工提煉生活面貌，透顯對人生的深刻觀察，此非漢賦那洋洋灑灑的摹物繪形之筆，乃因大曆詩人於纖密的筆觸中蘊含著深沉的情致，氣質上體現著對大曆時期的情感投射，故據此回溯齊梁時期的詩歌理論，從「緣情寫物」的角度來談中唐大曆詩和齊梁詩之間的承變關係，以下將從這兩個立場探析其特點。

一、緣情詠歌的寄託方式

「緣情」向來是南朝齊梁時期探析詩論的一個重要課題，此階段的齊梁文學繼承西晉「緣情綺靡」的論點，詩人從自然景物、日常生活情趣以及宮廷生活方面皆強調了緣情的特點。鍾嶸在《詩品‧序》中就提出「氣之動物，物之感人，故搖蕩性情，形諸舞詠」〔註481〕的看法，指出創作動因與緣情之間的關係是緊密契合的，並非無病呻吟，故鍾嶸不僅談述情感的觸動，亦提到題材的來源，擴大了寫詩的題材，其文曰：

〔註480〕鄭臨川記錄、徐希平整理：〈大曆十才子〉收入在《笳吹弦誦傳薪錄——聞一多、羅庸論中國古典文學》，頁124。

〔註481〕南北朝‧鍾嶸：《詩品‧序》，頁1478～190。

若乃春風春鳥，秋月秋蟬，夏雲暑雨，冬月祁寒，斯四候
之感諸詩者也。嘉會寄詩以親，離群託詩以怨。至於楚臣
去境，漢妾辭宮；或骨橫朔野，或魂逐飛蓬；或負戈外戍，
殺氣雄邊；塞客衣單，孀閨淚盡；或士有解佩出朝，一去
忘反；女有颺蛾入寵，再盼傾國。凡斯種種，感盪心靈，
非陳詩何以展其義；非長歌何以騁其情？〔註482〕

這段話說明文人以詩歌表達自己受到四季自然風物所引發的情感，包
含了孤臣棄婦、征夫怨女等生活各方面的心情，儘管滿腹牢騷或遺世
獨立之情，亦可由物即心，宣洩心中五味雜陳又難以解憂的情緒。是
故，此語強調了文人因景興情之趣尚，歸結詩歌所蘊含的情感，託物
以寄情，描繪感人肺腑的心靈境地。

　　另外，蕭統、蕭子顯以及蕭綱等人所提的「吟詠性靈」亦可視為
提倡緣情的主張，蕭統〈答湘東王以求文集及詩苑英華書〉曾提到「悟
秋山之心，登高之遠托。或夏條可結，倦於邑而屬詞；冬雪千里，睹
紛霏而興詠」〔註483〕，此自然之景因緣情而發，故能成其文，又蕭
子顯亦對四季自然之景，於情感之上皆能「有來斯應，每不能已也」
〔註484〕，這代表文人在情感上特別敏銳，對萬物有情，也讓作品充
滿個人情感色彩。

　　聞一多從齊梁的文學現象研究中唐大曆詩歌的表現，並不著重
「綺靡」文字的運用，反重視「緣情」的書寫逼真效果，將情感真實
地流露在字裡行間。大曆詩人逼真的書寫手法能將事物描繪得細緻淋
漓，但此處所言的「細緻」並非摹物之極致，繪景之高超的筆法，而
是經由情感寄託的書寫技巧，展現逼真的畫面，這樣的技法使得詩歌

〔註482〕南北朝・鍾嶸：《詩品・序》，頁1478～190。
〔註483〕蕭統〈答湘東王以求文集及詩苑英華書〉一文收入在清・嚴可均輯、
　　　　章鈺、葉景葵跋：《全上古三代秦漢三國六朝文》，全梁文卷二十，
　　　　北京：中華書局，頁3064。
〔註484〕蕭子顯〈自序〉一文收入在清・嚴可均輯、章鈺、葉景葵跋：《全
　　　　上古三代秦漢三國六朝文》，全梁文卷二十三，北京：中華書局，
　　　　頁3085。

意象栩栩如生。唐代不同階段的詩歌皆有「情」,但作品展現的是個人情志,大曆時期不同於其他時期的詩歌,主因在於情感色彩與時代密不可分,所呈現的是時代下的共同情志,有關這方面的論述,茲錄以下文字:

> 這種風格的產生,是由於經過天寶一場大亂,人人心靈都
> 受了創傷,所以詩人對時節的改換、人事的變遷都有特殊
> 的敏感,寫入詩中便那麼一致地寄以無窮得深慨。因此可
> 以這樣說,十才子乃是分擔時代憂患得一群詩人。〔註485〕

此處談述大曆詩人的詩風深受時代的影響,因為一場無情的戰爭,讓文人對政局感到失望,沒有家國的依靠,更沒有安全可言,人民對國家的寄託在無形中漸漸受到了傷害。人民本來在盛世時期過著無憂無慮的生活,整個社會處於「海內升平,路不拾遺,外戶不閉,商旅野宿焉」〔註486〕的安定環境,卻因安史之亂後,人人自危,日夜恐懼,經由杜甫寫實紀錄盛唐晚期的情形,更可以了解當時政府徵召百姓為兵的霸道,不論是從新婚夫妻或是老嫗白翁,乃至軍人無家可歸的無依感,皆充分表現人民的不安,所以自此之後中唐文人對社會的種種現況也就變得特別敏感,而這一時期的詩人正可說是童慶炳論「文學是作家體驗的凝結」之最佳詮釋〔註487〕,所以聞一多以詩人為次序,分別描述大曆詩以實際的生活情景逼真細緻地描述憂傷的情感,依此作分類如下:

(一)以別離道憂傷情懷

聞一多提到大曆詩人的作品「偏於傷感」〔註488〕,並認為大曆

〔註485〕鄭臨川記錄、徐希平整理:〈大曆十才子〉收入在《笳吹弦誦傳薪錄──聞一多、羅庸論中國古典文學》,頁125。

〔註486〕宋・司馬光編著、元・胡三省音註:《資治通鑑》,卷一百九十二,《文淵閣四庫全書》,頁308～～288。

〔註487〕童慶炳:《童慶炳談文學觀念》,河南:河南大學出版社,2008年,頁129～146。

〔註488〕鄭臨川記錄、徐希平整理:〈大曆十才子〉收入在《笳吹弦誦傳薪錄──聞一多、羅庸論中國古典文學》,頁137。

詩人傷感情懷的始祖是劉長卿，以〈逢郴州使因寄鄭協律〉、〈將赴嶺外留題蕭寺遠公院〉兩首爲例，先舉〈將赴嶺外留題蕭寺遠公院〉說明：

> 竹房遙閉上方幽，苔徑蒼蒼訪昔遊。內史舊山空日暮，南朝古木向人秋。天香月色同僧室，葉落猿啼傍客舟。此去播遷明主意，白雲何事欲相留。（〈將赴嶺外留題蕭寺遠公院〉，《全唐詩》卷一五一，頁 1568。）

此詩是劉長卿於唐肅宗時因遭小人讒言，被貶爲潘州南巴尉，赴任前便前往當地有名的南朝古寺，將滿懷抑鬱的心情，題在院內表以留念。首聯寫出了遊寺的景色，點出幽靜禪房的環境，由「昔遊」兩字可知詩人重遊故地，「空日暮」、「向人秋」反映詩人悲苦落寞的心境，遭貶謫的詩人卻能從另一個角度看待人生際遇。由此析論「此去播遷明主意，白雲何事欲相留」之句，明遭謗議，蒙冤貶謫，卻言此乃明主恩遇，表露劉長卿憤懣不安，諷刺針砭之語。此句中的「白雲」化用梁人陶弘景「山中何所有，嶺上多白雲」（〈詔問山中何所有賦詩以答〉）的詩意，當陶弘景拒絕梁武帝詔他任官，後來竟獲君主恩准，留心於山中白雲。劉長卿亦是眷戀白雲，卻欲留不得，故言「何事欲相留」，既是問白雲，又問寺院中的僧友，但詩人心中早有自己對人生的規劃。

　　「明主意」三字帶有詩人對君主的忠敬之思，詩中仍有儒家的「詩教」傳統，將內心無可奈何的憤懣情緒，用溫婉含蓄的語言道出，因此聞一多評價爲「寫得情深意厚，得溫柔敦厚之旨，正是標準的中國詩，十才子的風格即由此發端。」〔註489〕全詩描寫入寺題字的經過，最後以詩教「溫柔敦厚」談述〈將赴嶺外留題蕭寺遠公院〉尾聯所呈現的憂傷情感與憤懣情緒。

　　除了詩人對自身的境遇感傷之外，司空曙的詩歌與友人相見時，

〔註489〕鄭臨川記錄、徐希平整理：〈大曆十才子〉收入在《笳吹弦誦傳薪錄——聞一多、羅庸論中國古典文學》，頁 125。

表以感傷情緒，有別於一般故友相見歡的喜悅，多以「別離」角度描述甫見旋及分離的問題。聞一多以〈雲陽館與韓紳宿別〉「孤燈寒照雨，溼竹暗浮煙」、〈喜外弟盧綸見宿〉「雨中黃葉樹，燈下白頭人」與〈同苗員外宿薦福常師房〉「人息時聞磬，燈搖乍有風」，此三首五律詩爲代表，藉由詩人與朋友的相見，道喜悅之外的悲涼情感，並評爲：

> 多淒淡之句！既寫感傷情緒，又以詩境自慰，如五律中不少這種聯句……這些詩句都表現出在大的戰亂年代以後詩人心情的悲哀沉慟，卻又從詩的創作中得到一種暫時止痛的麻醉劑，以維持在彷徨時代中繼續生活下去的勇氣。〔註490〕

此段話透析詩人透過創作撫慰大時代動亂所承受的哀慟，自己曾傾心相愛的國家，經過兵馬倥傯的鐵蹄踐踏之後，曾與之相聚甚歡的親朋好友，爲了避難保全不得不離散四方，故對時空的變異感到憂心忡忡，亦流露對親友生死未卜的憂思，因此僅能夠過詩歌來聊慰自己的心靈，故此來看〈雲陽館與韓紳宿別〉一詩以逼眞的實境寫法呈現憂傷的情懷，茲錄原詩如下：

> 故人江海別，幾度隔山川。乍見翻疑夢，相悲各問年。孤燈寒照雨，溼竹暗浮煙。更有明朝恨，離杯惜共傳。（〈雲陽館與韓紳宿別〉，《全唐詩》卷二九二，頁3311。）

首句提到詩人與韓紳兩人自從上次離別之後，相會不易。「乍見」兩字更呈現詩人日有所思夜有所夢，往往在夢境中所思念的朋友，如今卻能見其本人，反而疑爲夢境所見，「翻疑夢」三字更道盡了詩人在過去的日子裡，思念友人的深刻情懷。「相悲各問年」指出詩人和韓紳相見之後，喜極而泣，《詩鏡總論》更進一步論「司空曙『相悲各問年』，更自應手犀快。風塵閱歷，有此苦語。」〔註491〕又《唐宋詩

〔註490〕鄭臨川記錄、徐希平整理：〈大曆十才子〉收入在《笳吹弦誦傳薪錄——聞一多、羅庸論中國古典文學》，頁134。

〔註491〕明・陸時雍：《古詩鏡・詩鏡總論》，《文淵閣四庫全書》，頁1411～15。

舉要》引吳北江的評論，曰：「三、四千古名句，能傳久別初見之神。」
〔註492〕兩人彼此間的卻是這幾年的生活境況，可見時代的殘破與困
苦，使兩人互相擔心彼此的生活情形，也感嘆著這些年來的年長衰
容。方回稱三、四句「三、四一聯，乃久別忽逢之絕唱也」〔註493〕，
可見頷聯由喜而悲的情感爲其特點。縱使歷來詩評家推崇的是頷
聯，但聞一多的看法不同，認爲頸聯五、六句所營造的悲苦氣氛更
爲濃厚。詩人在五、六句以景襯情的方式，描述寒夜裡燈火照著細
雨，竹林深處瀰漫著煙雲，詩人在「孤燈」、「寒雨」、「浮煙」與「濕
竹」的寂昏景色中，帶出了他心繫親友所產生的濃濃愁思。沈德潛
論：「三、四寫別久忽遇之情，五、六夜中共宿之景，通體一氣，無
餖飣習，爾時已爲高格矣。」〔註494〕尾聯更是以酒寫傷別，點出了
再次離別的哀痛，恨在明朝日昇後，友人將要離別而去，此處寫下
友情之間的不捨，若讀者深入感受大曆時期前所發生的政變，以及
庶民百姓所承受的憂思苦悶，便能體會詩人與友人強拆分離之後，
再次相見時的激動。

　　司空曙的〈喜外弟盧綸見宿〉則是透過詩人和其弟盧綸相見後，
作者生活境遇的困苦悲涼，經由詩句所營造孤苦的意象呈現離別悲傷
的情懷，茲錄原詩如下：

　　　　靜夜四無鄰，荒居舊業貧。雨中黃葉樹，燈下白頭人。以
　　　　我獨沈久，愧君相見頻。平生自有分，況是蔡家親。（〈喜
　　　　外弟盧綸見宿〉，《全唐詩》卷二九三，頁 3329）

首聯以陋室貧困的場景烘托出生活境遇的悲涼，頷聯「雨中黃葉樹，
燈下白頭人」是聞一多所認爲的「凄淡之句」，此足以營造出兩人別
離，孤獨一人的意象，可惜未能進一步賞析，因此筆者藉由明·謝榛
《四溟詩話》對此聯的說法，了解此句眞意何在，其文曰：

〔註492〕高步瀛選注：《唐宋詩舉要》，臺北：學海出版社，1989 年，頁 553。
〔註493〕元·方回：《瀛奎律髓》，卷二十四，《文淵閣四庫全書》，頁 1366〜321。
〔註494〕清·沈德潛：《唐詩別裁》第三冊，卷十一，頁 63。

> 韋蘇州曰：「窗裏人將老，門前樹巳秋。」白樂天曰：「樹
> 初黃葉日，人欲白頭時。」司空曙曰：「雨中黃葉樹，燈下
> 白頭人。」三詩同一機杼，司空爲優：善狀目前之景，無
> 限淒感，見乎言表。〔註495〕

這段話以相異的文字敘述並論三位詩人之相同詩意，還特別讚美司空
曙的詩句最爲優秀，以樹的落葉來比喻人之衰老，樹葉從空中飄落而
下，正與人的風燭殘年之態相似，衰颯之感油然而生。此詩「黃葉樹」
與「白頭人」相呼應，黃葉的色彩與昏明的光線交融合一，蒼蒼白髮
在燈光的照映下，閃爍著銀絲的色澤，其形象更顯蒼寂，所以聞一多
才會特別以這兩句作爲詩人心情悲涼沉痛的代表句。

這首詩正如近人俞陛雲所論的「前半首寫獨處之悲，後言相逢之
喜，反正相生，爲律詩一格。」〔註496〕此詩雖然後半寫出了相逢之
喜，但在喜的背後，仍有一種悲涼的心境，一個「獨」字，一個「愧」
字，就將心中那分離時的孤獨感以及相見時的慚愧感一一呈現了出
來。尾聯欲表達的意涵即爲詩人與盧綸雖是親戚關係，但因分離有
別，長久不見手足，讓詩人在親情方面不免感傷。

李端、盧綸以及李益在大曆時期算是很特別的詩人群，李端的五
古詩、盧綸和李益的邊塞詩皆有傑出的表現，除了各有長才之外，亦
寫了同大曆時期表以憂傷情感的詩作，聞一多對此三位詩人的看法
爲：

> 因爲他們出生年代較晚，離天寶之亂的時間漸遠，詩中感
> 傷氣氛漸少，成爲中唐孟郊詩風的先導。〔註497〕

這表示李端、盧綸和李益三人已屬於大曆晚期的詩人，對於時代的政
治傷害已不如大曆初、中期的詩人，但仍因受到大曆詩風的影響亦寫

〔註495〕明‧謝榛：《四溟詩話》卷一，北京‧人民文學出版社，2012 年，頁12。
〔註496〕俞陛雲：《詩境淺說》，北京：北京出版社，2003 年，頁 21。
〔註497〕鄭臨川記錄、徐希平整理：〈大曆十才子〉收入在《笳吹弦誦傳薪錄——聞一多、羅庸論中國古典文學》，頁 134。

出不少有關感傷的詩，只是這裡的感傷已不是像其它的詩人一樣，是因為受到政亂的緣故導致詩人遠離家鄉，離別親人、友人，而是詩人本身對於事物的一種感傷情緒。

　　李端、盧綸和李益三人在邊塞詩以及孟郊詩風〔註498〕的表現非本文談述的重點，故暫而不談。在大曆詩風方面，聞一多認為「盧綸詩風較李端更為沉酣，感傷情調可以和耿湋並駕」，並一連串舉了五律〈夜中得循州趙司馬侍郎書因寄回使〉、〈送李端〉、〈同薛存誠樓巖寺〉與〈與暢當夜泛秋譚〉四首，以及七律〈長安春望〉、〈晚次鄂州〉、〈至德中途中書事卻寄李僴〉三首，其中有關送別詩的表現，更是異於大曆其他詩人的表現，茲舉〈送李端〉為例，說明此時期的詩歌特色，原詩如下：

> 故關衰草遍，離別自堪悲。路出寒雲外，人歸暮雪時。少
> 孤為客早，多難識君遲。掩淚空相向，風塵何處期。（〈送
> 李端〉，《全唐詩》卷二八〇，頁3175。）

此詩寫送別，整首充滿著深沉蕭條、悲涼孤寂的情感，俞陛雲論：「前四句言歲寒送別，念征途之遞迢，值暮雪之紛飛，不過以平實之筆寫之。」〔註499〕首聯寫出遍地衰草的景色，營造出一種蕭落的氣氛，離別自然引人悲傷。次聯提到故人沿路漸漸離去，此時陰雲密佈、天幕低垂，給人有種沉重、陰冷的感覺，從送行人的角度一望而去，悲涼之景無限延伸，詩人這時倍感孤寂，天色已昏，又下起了雪，心中那股冷寂的感受不禁油然而生。頸聯寫出詩人回憶過去，清·潘德輿以此聯為例，認為「皆字字從肺肝中流露，寫情到此，乃為入骨。雖是律體，實《三百篇》、漢魏之苗裔也」〔註500〕，即指此詩繼承了《詩

〔註498〕此「李端的孟郊詩風」一語採自聞一多的評價，見鄭臨川記錄、徐希平整理：〈大曆十才子〉收入在《笳吹弦誦傳薪錄──聞一多、羅庸論中國古典文學》，頁134。

〔註499〕俞陛雲：《詩境淺說》，北京：北京出版社，2003年，頁20。

〔註500〕此語原文為「唐人詩『長貧惟要健，漸老不禁愁』，『乍見翻疑夢，相悲各問年』，『少孤為客早，多難識君遲』，『長因送人處，憶得別家時』，『問姓驚初見，稱名憶舊容』，『客淚題書落，鄉愁對酒寬』，

經》與漢魏詩歌中專寫別離題材的眞摯情感，皆發乎人心，感動至深。詩人想起早年少孤，又加上天寶之亂，自己遠離他鄉，漂泊度日。「多難」兩字不僅寫出了送別的沉痛，亦寫出了動亂時人們的生活情況。尾聯收束全詩，就在詩人送別友人之後掩面而泣，雖然不捨，但友人仍離開了，雖然期待下次的會面，可是「風塵」兩字訴說了世事紛擾，相見遙遙無期，於是俞陛雲曰：「後半篇沉鬱激昂，爲作者之特色」〔註 501〕，結語使得本詩餘韻不絕，期待與友人相見之情。

（二）由思念訴無奈感慨

詩人除了對時代有所感傷之外，亦對友人的聚散離合有著細膩的描寫，前文已提劉長卿爲大曆詩表現感傷情懷的始祖，詩歌題材多元，茲舉〈逢郴州使因寄鄭協律〉五律一詩，說明其情感特色，其詩曰：

> 相思楚天外，夢寐楚猿吟。更落淮南葉，難爲江上心。衡陽問人遠，湘水向君深。欲逐孤帆去，茫茫何處尋？（〈逢郴州使因寄鄭協律〉，《全唐詩》卷一四七，頁 1942。）

聞一多稱頌此詩的頷聯「寫得深情意厚，得溫柔敦厚之旨」〔註 502〕，詩中提到江南風光，有「楚天」、「淮南」與「江上」等詞，再由《新唐書‧卷六十‧藝文志》「字文房，至德監察御史，以檢校祠部員外郎爲轉運使判官，知淮西鄂嶽轉運留後、鄂嶽觀察使」〔註 503〕可知

『旅望因高盡，鄉心遇物悲』，『道直身還在，恩深命轉輕』，『乍見翻無語，別來長獨愁』，皆字字從肺肝中流露，寫情到此，乃爲入骨，雖是律體，實《三百篇》、漢、魏之苗裔也。初學欲以淺率之筆襲之，多見其不知量。」以唐詩中對人生的感嘆、思念之苦、離別之憂和思鄉之切的題材，說明古來詩歌無非發自性情，上溯《詩經》與漢魏詩歌中這些題材的眞情流露。此可參見清‧潘德輿：《養一齋詩話》，卷七，頁 2103。

〔註 501〕 俞陛雲：《詩境淺說》，北京：北京出版社，2003 年，頁 20。

〔註 502〕 鄭臨川記錄、徐希平整理：〈大曆十才子〉收入在《笳吹弦誦傳薪錄——聞一多、羅庸論中國古典文學》，頁 125。

〔註 503〕 宋祁、歐陽修：《新唐書‧卷六十‧藝文志》，臺北‧鼎文書局，1981 年，頁 1604。

此詩是劉長卿做淮西、岳鄂轉運留後寫給友人鄭協律的作品，全篇寫友情。

作者於首聯點明相思，想念遠在京城的朋友，「夢寐楚猿吟」以猿吟帶出哀婉的情緒，含蓄表達孤寂之感。頷聯緊接著季節所帶來的秋思，「更落淮南葉，難爲江上心」一句深化了思念的情懷，經由實境的描寫，逼眞呈現情景交融的通感表現，頸聯「衡陽問人遠，湘水向君深」以大雁南飛的終點表達了詩人向大雁問候友人的近況。明·譚元春就曾論頸聯的「向君深」爲「三字又幻又橫」〔註504〕，意指經由眼前景問候友人的狀況，既非實境故生幻，情感縹緲深遠，橫絕江空一面。尾聯「欲逐孤帆去，茫茫何處尋」指出詩人在政治的路途之中，身不由己，雖然想要搭乘孤船遠去，可是哪兒可尋呢？

除了劉長卿之外，聞一多讚美皇甫兄弟兩人的作品爲「皆寫友情，極爲深刻眞摯，代表大曆詩風的一個特色」〔註505〕；頌揚于良史詩歌「寫惜別的濃厚友情與皇甫兄弟是一致的。」〔註506〕，各以其兄冉〈西陵寄靈一上人朱放〉、其弟曾〈烏程水樓留別〉和于良史〈江上送友人〉三首爲例，皇甫兄弟兩人的作品並列，歷來就有其稱名，《石園詩話》就曾論：「皇甫孝常，茂政之弟也，詩名與兄相上下。……，皆足以追逐巧兄。」〔註507〕此話明白說出兄弟兩人的才情不分上下，於此茲舉皇甫曾〈烏程水樓留別〉五律說明，其詩曰：

> 悠悠千里去，惜此一尊同。客散高樓上，帆飛細雨中。山程隨遠水，楚思在青楓。共說前期易，滄波處處同。（皇甫曾〈烏程水樓留別〉，《全唐詩》卷二一○，頁2182。）

聞一多將皇甫曾此首與其兄冉〈西陵寄靈一上人朱放〉「西陵遇風處，

〔註504〕明·鍾惺輯：《唐詩歸》中唐一·卷二十五，《續修四庫全書》1590冊，頁137。

〔註505〕鄭臨川記錄、徐希平整理：〈大曆十才子〉收入在《笳吹弦誦傳薪錄——聞一多、羅庸論中國古典文學》，頁128。

〔註506〕鄭臨川記錄、徐希平整理：〈大曆十才子〉收入在《笳吹弦誦傳薪錄——聞一多、羅庸論中國古典文學》，頁128。

〔註507〕語見《石園詩話》，收錄在陳伯海：《唐詩彙評》，頁859。

自古是通津。終日空江上，雲山若待人。汀洲寒事早，魚鳥興情新。迴望山陰路，心中有所親。」（〈西陵寄靈一上人朱放〉，《全唐詩》卷二四九，頁 2787。）的作品視爲友情之作，於課堂標舉〈烏程水樓留別〉首聯與頷聯以及〈西陵寄靈一上人朱放〉頷聯與尾聯爲「極爲深刻眞摯」的詩句。《歷代詩法》評皇甫曾此詩爲「妙在輕描淡寫」〔註 508〕，由「深刻眞摯」和「輕描淡寫」來看〈烏程水樓留別〉首聯與頷聯四句的表現手法，此處表達了朋友遠去，就在酒後離別，表達了千里悠悠的離情，詩人與朋友在高樓上離別，只見在細雨紛飛的景色裡，一艘帆船在江上如飛般快速離去，就在平鋪直述的筆法中表達友情之間的那不捨的遺憾。

　　詩人除了在詩中表達友情的不捨之外，聞一多認爲李端的五律〈茂陵春行贈何兆〉以及七律〈宿淮浦憶司空文明〉的頷聯爲「寫他鄉旅愁和深厚友情，可以和戴叔倫、皇甫兄弟相匹敵」〔註 509〕，僅茲錄〈宿淮浦憶司空文明〉七律，原詩如下：

> 愁心一倍長離憂，夜思千重戀舊遊。秦地故人成遠夢，楚天涼雨在孤舟。諸溪近海潮皆應，獨樹邊淮葉盡流。別恨轉深何處寫，前程唯有一登樓。（李端〈宿淮浦憶司空文明〉，《全唐詩》卷二八六，頁 3263。）

喬億評此詩「起聯先寫別恨，承接處倒出故人，轉入宿淮浦，用筆之妙，兼篇法也。五、六造句新挺，篇中倚此作骨。」〔註 510〕首聯破題，方東樹論「意平平」〔註 511〕，對己言愁心一倍，愁何來？原來是作者對於朋友的離去感到憂愁，所以千思萬念，翻來覆去睡不著仍然依戀著舊日的遊地。次聯則談到詩人好不容易睡著了，可是卻又夢

〔註 508〕語見《歷代詩法》，收錄在陳伯海：《唐詩彙評》，頁 859。
〔註 509〕鄭臨川記錄、徐希平整理：〈大曆十才子〉收入在《笳吹弦誦傳薪錄——聞一多、羅庸論中國古典文學》，頁 135。
〔註 510〕清‧喬億選編、雷恩海箋注：《大曆詩略箋釋輯評》，卷四，天津：天津古籍出版社，2003 年 8 月，頁 341。
〔註 511〕清‧方東樹：《昭昧詹言》，卷十八，頁 8。

見故人，窗外下著大雨，如今孤舟獨宿，更引起思人的心緒，這句詩境可謂「縹緲已臻絕頂。」〔註512〕由此可進一步了解聞一多標舉頷聯為深厚友情的表現。《山滿樓箋注唐詩七言律》論頸聯曰：「五、六遂趁勢縱筆。」〔註513〕詩人寫到了淮浦近海，潮水一至，諸溪皆應，又一棵獨樹在淮浦邊，落葉隨流水而去，表面寫獨樹、淮葉，實際上正暗合孤舟獨宿在江上漂泊的意象，於是這樣的情感愈來愈深，頗有筆墨無以形容的感觸，故言「何處寫」，唯有登樓遠望，抒發旅思兼憶友，沈德潛論「如仲宣作《登樓賦》」〔註514〕，頗有登高思懷之意。

（三）借閑暇隱憂傷情思

「傷感」情懷為大曆詩人的共同特色，卻又不全然只寫憂傷愁情而已，在部分詩人的作品中亦可發現有關悠閒的生活情調，表面上寫閑暇生活，內涵自有其深意。聞一多以張南史的作品為「大曆詩風中另一種寫個人閒適生活的格調，……以求在時代風雨中取得頃刻休息的心情」〔註515〕，皆以〈富陽南樓望浙江風起〉「稍覺征帆上，蕭蕭暮雨多」、〈陸勝宅秋暮雨中探韻同作〉「已被秋風教憶鱠，更聞寒雨勸飛觴」來說明。若從摘句來看的話，「蕭蕭」、「暮雨」、「寒雨」、「飛觴」這些字眼卻仍令讀者不免感到憂傷的情緒，茲舉〈陸勝宅秋暮雨中探韻同作〉七律一詩為例，其詩曰：

> 同人永日自相將，深竹閒園偶辟疆。已被秋風教憶鱠，更
> 聞寒雨勸飛觴。歸心莫問三江水，旅服徒沾九日霜。醉裡
> 欲尋騎馬路，蕭條幾處有垂楊。（張南史〈陸勝宅秋暮雨中
> 探韻同作〉，《全唐詩》卷二九六，頁3352。）

首聯說出了詩人和濟濟諸賢們一同在深竹偶有怪石地的閒園之中，本來想要抒發心中的愁悶，詩人和朋友在秋風寒雨的情境中享受佳餚美

〔註512〕語見清・吳瑞榮：《唐詩箋要》，收錄在陳伯海：《唐詩彙評》，頁1494。
〔註513〕語見《山滿樓箋注唐詩七言律》，收錄在陳伯海：《唐詩彙評》，頁1494。
〔註514〕清・沈德潛：《唐詩別裁》，第三冊，卷十四，頁132。
〔註515〕鄭臨川記錄、徐希平整理：〈大曆十才子〉收入在《笳吹弦誦傳薪錄──聞一多、羅庸論中國古典文學》，頁132。

酒,一個「教」字,一個「勸」字,情意轉向了在這短暫的自我滿足之中,故「前四已完題,後四只言自己情懷」〔註516〕接下來的「莫問」、「徒沾」承著頷聯而來,心中縱使有再多的不滿就此暫住,只要好好享受眼前同樂的場景就好。詩人因感世事不順,同一般詩人一樣產生了歸心的念頭,但歸心並非落寞,而是以頃刻休息的心情,想要好好來享受生活一番,故此沈德潛認為「言歸心乍動,然聞雨中飛觴,則仍且淹留矣。下承上作轉語」〔註517〕,但是金聖嘆卻認為詩人是強作歡笑,故言:

> 他詩不得意則亟思歸,今此詩並不思歸,真不辨其此日竹
> 園是歡笑,是眼淚也。「莫問」,妙!「從沾」,妙!「是處
> 有」,妙!不知者便謂如此真是快活。嗚呼!受父母身,讀
> 聖賢書,上承聖君,下寄蒼生,我將自處何等,而取如此
> 快活哉。〔註518〕

此段話深刻說出一位讀書人對自身的期許,就是能為國效力,光耀門楣,但如今卻只能在這園林中與朋友一同飲酒聊天,就算是滿腹的牢騷也無濟於事,詩人看似快活卻是不快活的偽裝,這是金聖嘆看出詩人內心的掙扎處。聞一多則認為此詩的後半首表現了「詩人在苦境中以藝術自我陶醉的自得情趣」〔註519〕,此話與金聖嘆的評價有截然不同的境界,金聖嘆以「苦中作樂」視為排遣憂傷無可奈何的方法,看來實屬消極面,但聞一多以「偷閒」當作憂傷生命歷程的積極人生觀,歡笑也是一生,悲傷也是一生,從詩人自得其樂看待這憂傷的共同年代。

　　此外,鄭錫與柳中庸兩人也都是透過「藝術的眼光欣賞自然景

〔註516〕語見清代屈復編選《唐詩成法》,收錄在陳伯海:《唐詩彙評》,頁1517。

〔註517〕清‧沈德潛:《唐詩別裁》,第三冊,卷十四,頁133。

〔註518〕清‧金聖嘆:《貫華堂選批唐才子詩》,收錄在《金聖嘆全集》,江蘇:江蘇古籍出版社,1985年,頁208。

〔註519〕鄭臨川記錄、徐希平整理:〈大曆十子〉收入在《笳吹弦誦傳薪錄──聞一多、羅庸論中國古典文學》,頁133。

物」，試著從中「求得失望生活的滿足」〔註520〕，故以鄭錫〈送客之江西〉「草深鶯斷續，花落水東西」以及柳中庸〈寒食戲贈〉「杏花香麥粥，柳絮伴鞦韆。酒是芳菲節，人當桃李年。不知何處恨」、〈聽箏〉「似逐春風知柳態，如隨啼鳥識花情」三首詩的摘句說明「生活滿足」的事物，茲錄三首原詩如下：

> 乘軺奉紫泥，澤國渺天涯。九派春潮滿，孤帆暮雨低。草深鶯斷續，花落水東西。更有高唐處，知君路不迷。（鄭錫〈送客之江西〉，《全唐詩》卷二六二，頁2906。）

> 春暮越江邊，春陰寒食天。杏花香麥粥，柳絮伴鞦韆。酒是芳菲節，人當桃李年。不知何處恨，已解入箏弦。（柳中庸〈寒食戲贈〉，《全唐詩》卷二五七，頁2869。）

> 抽弦促柱聽秦箏，無限秦人悲怨聲。似逐春風知柳態，如隨啼鳥識花情。誰家獨夜愁燈影，何處空樓思月明。更入幾重離別恨，江南歧路洛陽城。（柳中庸〈聽箏〉，《全唐詩》卷二五七，頁2869。）

就這三首詩而言，聞一多依舊是摘句賞析，以凸顯詩人借著描繪細膩的景色表達生活中的閒適情感，並未從全詩去認識詩人所要表達的詩意，就以鄭錫的〈送客之江西〉來說，詩人雖然以藝術的眼光欣賞自然之景，看似情感表現得特別愜意，尤其是「頷聯上句景闊，下句又極微」〔註521〕兩句合讀才能顯出詩人大觀與小觀的效果，另外此詩並非完全是以一種聊慰的態度欣賞自然，清·喬億則指出「結意似諷」，可知心態並不如聞一多認為是用來聊慰自己，而是借詩指責時代下的種種不滿，此乃聞一多未能進一步說明之處。聞一多又僅著眼於柳中庸的〈寒食戲贈〉「杏花香麥粥，柳絮伴鞦韆。酒是芳菲節，人當桃李年」以及〈聽箏〉的「似逐春風知柳態，如隨啼鳥識花情」

〔註520〕鄭臨川記錄、徐希平整理：〈大曆十才子〉收入在《笳吹弦誦傳薪錄──聞一多、羅庸論中國古典文學》，頁133。

〔註521〕清·喬億選編、雷恩海箋注：《大曆詩略箋釋輯評》，卷四，天津：天津古籍出版社，2003年8月，頁510。

兩句，他認爲詩人借此求得失望生活中的滿足。實則不然，若讀至〈寒食戲贈〉尾聯「不知何處恨，已解入箏弦」和〈聽箏〉尾聯「更入幾重離別恨，江南歧路洛陽城」的時候，那沉重的情感便呼之欲出了，只是〈寒食戲贈〉在情感解脫方面似乎還比〈聽箏〉放得開。筆者依聞一多的觀點而分類，於緣情底下的閒適情懷探討這些詩句，進一步論析其缺失的觀點，單從聞一多所摘句的境界來看，誠如梁·劉勰《文心雕龍》：「尋詩人擬喻，雖斷章取義，然章句在篇，如繭之抽緒，原始要終，體必鱗次。」〔註522〕從創作的立場來看，詩歌從開頭至結尾已將作者的思想情意完整表露，猶如蠶繭抽絲，從開頭至結尾有如魚鱗般緊密且次序地排列，若僅摘句賞析之用，雖別有異趣，卻忽略本身詩意。因此，讀者涵詠摘句之美需依原詩意沉潛其中，才能讀出斷章取義的審美意涵，是故聞一多所摘錄的詩句看似描繪美景，卻能感悟到詩人文學創作時深層的情感變化，依此得知文人於心情沉澱之後，透過詳細的觀察，細膩描繪外景，經由自然美景帶給詩人心靈的解脫。

二、體物入微的詩歌題材

「寫物」離不開「緣情」，兩者互爲表裡，寫物爲表，緣情爲裡，寫物的題材早就在漢賦文學中大放其彩，臻於鼎盛，事事入手，處處細膩。齊梁時期的「寫物」不同於洋洋灑灑的漢賦，反而取向於博採景物作爲文學的材料。齊梁寫物的取材情形，可以從蕭綱〈答張纘謝示集書〉一文中提到生平創作的理念得知，茲錄其文如下：

> 至如春庭落景，轉蕙承風，秋雨旦晴，簷梧初下。浮雲生野，明月入樓。時命親賓，乍動嚴駕，車渠屢酌，鸚鵡驟傾。伊昔三邊，久留四戰。胡霧連天，征旗拂日。時聞塢笛，遙聽塞笳。或鄉思淒然，或雄心憤薄。是以沈吟短翰，補綴庸音。

〔註522〕梁·劉勰：《文心雕龍·章句第四十三》，卷七，《文淵閣四庫全書》，頁 1578～48。

　　寓目寫心，因事而作。〔註523〕

此語表達春風秋雨、浮雲明月，是自然季節與物色之間的展現，刺激
文人的感官引發寫作的動機；賓駕宴集、邊塞征戍，因事抒情，激發
文人作爲情感宣洩的管道，故不論寫景或是寫人事，皆依著「寓目寫
心，因事而作」的原則創作文學。世間萬物所展現的人、事、物無一
不是文章所好，更何況齊梁又在不同的文體上呈現「寫物」的內容，
延續晉宋以來詩作題材的開拓，展現文人敏銳的情感表現。劉勰也曾
表達過文學作品和自然景物兩者關係的看法，其文曰：

　　是以詩人感物，聯類不窮。流連萬象之際，沉吟視聽之區。
　　寫氣圖貌，既隨物以宛轉；屬采附聲，亦與心而徘徊。……
　　自近代以來，文貴形似，窺情風景之上，鑽貌草木之中。
　　吟詠所發，志惟深遠，體物爲妙，功在密附。故巧言切狀，
　　如印之印泥，不加雕削，而曲寫毫芥。故能瞻言而見貌，
　　即字而知時也。然物有恆姿，而思無定檢，或率爾造極，
　　或精思愈疎。〔註524〕

此語出自《文心雕龍》第四十六卷〈物色〉，說明「體物入微」的關
鍵在於符合物之本色，才能貼近人心，歷歷在目，身歷其境。引文一
開頭即表達詩人對景物的感觸，所引發的聯想是無窮的，可透過文學
表現視覺所觀察到的細微變化，經由文字呈現聽覺所聆賞到的聲音，
體察吟味自然風貌，進而「亦與心而徘徊」聯繫作者的心情來回斟酌，
以少數的字來概括復雜的情狀，涵融情思和物象。而自劉宋以來，作
品更著重於逼眞的書寫技巧，觀察自然情態，鑽研萬物形狀，因此詩
歌的情志與寫物各有不同的審美創作，於情在於「吟詠所發，志惟深
遠」；於物在於「體物爲妙，功在密附」，要達到寫物貼切的功效在於
「巧言切狀，如印之印泥，不加雕削」，細微詳盡描繪物象，卻不刻

〔註523〕蕭綱〈答張纘謝示集書〉一文收入在清‧嚴可均輯、章鈺、葉景葵
　　　　跋：《全上古三代秦漢三國六朝文》，全梁文卷十一，頁4558。
〔註524〕劉勰：《文心雕龍‧物色第四十六》，卷十，《文淵閣四庫全書》，頁
　　　　1478～64。

意雕琢字句，使讀者如見其形，透過文字可知時令的變化，萬物的情狀。但是自晉、宋以來的文人多半費力於細心觀察風景的情態，盡量鑽研草木的形貌，卻疏於表達深遠的思想志氣，爰此「入微」的原則在於「體物為妙，功在密附」，以妥貼的字辭呈現時令景色的內容，並非以誇張虛華的文字形容事物本有的形象。

文人取材雖然包羅萬象，但是取物細膩之處卻深深影響著文人表情達意的效果，大曆詩歌博采題材表現傷感的情緒，乃因時代所致，故聞一多論述大曆詩人「寫的傷感，使人讀了真要下同情之淚……」的評價，認為這是中唐大曆詩人以細膩逼真的寫法再現齊梁寫詩題材的內容，依此分類以下幾項傷感的題材內容：

（一）以景寫寂──春光

詩人織構各種景物而成的意象，有助於詩人情感的表現，李嘉祐的〈自蘇台至望驛亭人家盡空春物增思悵然有作因寄從弟紓〉寫「舟行紀事」之作，大曆詩人經過政治安史亂後，民生哀鴻遍野，對社會產生無比的惆悵，聞一多提到「這些人由於戰亂的遭遇，大抵兒女情多，故長於描寫家人父子和親友離合的主題」〔註525〕，李嘉祐就是經歷過這一動亂時期的詩人，將行舟所遇所感一一描述而下，其原詩為：

> 南浦菰蔣覆白蘋，東吳黎庶逐黃巾。野棠自發空臨水，江燕初歸不見人。遠岫依依如送客，平田渺渺獨傷春。那堪回首長洲苑，烽火年年報虜塵。（李嘉祐〈自蘇台至望驛亭人家盡空春物增思悵然有作因寄從弟紓〉，《全唐詩》卷二○七，頁 2163。）

此詩前四句以植物透露春天的消息，在這個花開繁盛的季節裡，本應好酒配美景的情節，卻在此詩中呈現了與美景對比的蕭條人事，首聯兩句為頷聯「不見人」鋪陳前景，以水路全被孤蔣、白蘋覆蓋，東吳的百姓全去打仗了，所以野棠孤芳自賞，也難怪江燕歸巢屋中不見人

〔註525〕鄭臨川記錄、徐希平整理：〈大曆十才子〉收入在《笳吹弦誦傳薪錄──聞一多、羅庸論中國古典文學》，頁 125。

跡，更不見有人在田間路旁送往迎來、耕田植地，這樣的描寫呈現了戰後社會的蕭條景況。聞一多以「野棠自發空臨水，江燕初歸不見人」說明「寫亂後農村景象，極爲淒切動人，也是爲十才子感傷作風開路」〔註526〕，這亦可從薛雪的《一瓢詩話》中見得此聯之佳處，其文曰：

> 李從一「野棠自發空流水，江燕初飛不見人」，高青邱「閶門一帶垂楊柳，綠到皋橋不見人」於此脫胎。如「細雨濕衣看不見，閑花落地聽無聲」，覺烘染太過。〔註527〕

指出明代詩人高啓的詩句脫胎自李嘉祐詩句，雖然同屬唐代詩人的劉長卿以「不見」呈現那孤寂之景，薛雪卻認爲劉長卿的「細雨濕衣看不見，閑花落地聽無聲」烘染太過。這說明了李嘉祐此句優於劉長卿的詩句，爲後代詩人學習模仿之對象。薛雪的見解可協助讀者了解聞一多欣賞「野棠自發空流水，江燕初飛不見人」的用意，因此再來看李嘉祐的〈自蘇台至望驛亭人家盡空春物增思悵然有作因寄從弟紓〉。詩人在這首詩的最後以「那堪回首長洲苑，烽火年年報虜塵」中屢遭戰劫的「長洲苑」表達戰爭帶給老百姓的深重災難，因而思慮重重。此首的眞義，可由清・趙臣瑗所撰的《山滿樓箋註唐詩七言律》獲得詮解，其文曰：

> 此舟行紀事之作，通篇只寫得「不見人」三字，而此三字卻於第四句末，輕輕帶出，奇矣。其所以不見人者，唯逐黃巾之故，然則「東吳」句乃是一篇之主，看他有意無意，將南浦一帶春物，先寫過一句，而後陡然橫插此句，又如對偶然，眞大奇事也。一是言水路不見有行人，三是言陸路不見有行人，四是言屋中不見有居人，五是言客過不見有人送迎，六是言田荒不見有人耕種。夫無人送客猶之可也，若無人耕田且奈之何哉？故足之曰「獨傷春」……「年年」字最慘、如此景色，如此情事，一年已不堪矣，況年

〔註526〕鄭臨川記錄、徐希平整理：〈大曆十才子〉收入在《笳吹弦誦傳薪錄──聞一多、羅庸論中國古典文學》，頁 125。

〔註527〕清・薛雪：《一瓢詩話》，清・丁福保編：《清詩話》，上海：上海古籍出版社，1978 年，頁 713。

年乎。嗟夫，爾日之黎庶，宵尚有生理哉！〔註528〕
此語道出全詩以「不見人」為綱領，首聯正如周敬所言「感衰草之紛菲，傷吳民之殘盡」，於第四句帶出「滿目寥落，倍令傷神，良有以也」〔註529〕的感受，寫盡社會人民亂離後的景象，頸聯五、六句趙臣瑗提到不見人送迎、耕種的景象，用字之奇在於金聖嘆提到的「看他『依依』字，虛寫送客之樹，『渺渺』字，實寫無耕之田，妙妙」。〔註530〕周珽認為此詩「喪亂之音悲以傷，作者痛心，聞者驚臆，讀者下淚」〔註531〕，此由所見之景引發心中無限地感慨，即是「滿眼慘淡，含情最遠，使人之意也消」。〔註532〕

　　大曆詩人雖然多以「傷感」作為時代精神下的詩特色，但是並非每一位詩人都侷限於此詩情的現象裡，仍有詩人表現另外一種筆法呈現以春景為題材內容的詩歌，故聞一多對此現象表達了以下的看法：

　　　　大曆十才子中，以錢、郎較有氣魄，故頗為時人所重，然而他們那些有氣魄的作品並非這個時代的特色，這一點必須明確。〔註533〕

因此選了郎士元的作品來說明，分別為〈留盧秦卿〉、〈鏊屋縣鄭礒宅送錢大〉、〈送張南史〉、〈聽鄰家吹笙〉四首，自己也提到了其中〈留盧秦卿〉和〈鏊屋縣鄭礒宅送錢大〉具有大曆時期共同特色的作品，另外〈送張南史〉、〈聽鄰家吹笙〉就是較具氣魄一類的作品。此處的「氣魄」究竟是怎樣的氣魄，又認為此氣魄「並非這個時代的特色」，聞一多並沒有進一步的說明，僅以詩歌賞析點出氣魄之處，茲舉〈送張南史〉五律一詩說明：

〔註528〕語見清・趙臣瑗撰，趙鏌、趙錡仝校，龔齊行叅定：《山滿樓箋註唐詩七言律》，清刊本，收入在《唐詩彙評》，頁853。

〔註529〕語見《唐詩選脈會通評林》，收入在《唐詩彙評》，頁853。

〔註530〕清・金聖嘆：《貫華堂選批唐才子詩》，頁175。

〔註531〕語見《唐詩選脈會通評林》，收入在《唐詩彙評》，頁853。

〔註532〕語見清・吳瑞榮：《唐詩箋要》，收錄在陳伯海：《唐詩彙評》，頁853。

〔註533〕鄭臨川記錄、徐希平整理：〈大曆十才子〉收入在《笳吹弦誦傳薪錄——聞一多、羅庸論中國古典文學》，頁129。

雨餘深巷靜，獨酌送殘春。車馬雖嫌僻，鶯花不棄貧。蟲絲黏戶網，鼠跡印床塵。借問山陽會，如今有幾人。（郎士元〈送張南史〉，《全唐詩》卷二四八，頁2775）

此詩論述爲人骨鯁，不屈於權貴的性格，郎士元並不如大曆詩人易於對自身的仕途不順遂的境遇，或是時代下的逆境而感到悲苦，反而以「不嫌貧」、「山陽會」代表隱居無悔的心志。雖說聞一多認爲郎士元有不同於時代的特色，但在寫詩技巧方面仍然有著大曆時代的色彩，聞一多特別提到〈送張南史〉首聯與頷聯具有「尚雕琢、色澤極濃」的特點，又言此詩「意巧，開晚唐北宋風格」〔註534〕。此語直接點出此詩纖麗的技巧，前四句細膩地描繪出景色的情態，「雨餘深巷」讓詩的意象呈現一層灰濛濛的畫面，「殘春」兩字則在艷麗的花色之後有著凋萎的色彩，「車馬」兩字則以土色爲底，「鶯花」兩字則在大地色裡點綴著艷麗的花彩，就前四句來看似有雕琢之工，但是綜論全詩來看，應如清・張文蓀所評「雅令可人，不入纖巧，是手法高處」〔註535〕才是，若同齊梁寫詩雕琢色艷的技法，可以說大曆詩人並無自己的詩路，但是若能以清・張文蓀的觀點來看這首詩的特色，才能凸顯大曆詩的獨特性。

再者，聞一多以〈聽鄰家吹笙〉爲例，以寫法技巧說明春景與詩人寂寥之間的關係，茲錄原詩如下：

鳳吹聲如隔綵霞，不知牆外是誰家。重門深鎖無尋處，疑有碧桃千樹花。（郎士元〈聽鄰家吹笙〉，《全唐詩》卷二四八，頁2779。）

詩中以鳳鳴形容笙聲的超神入化，並描繪奏樂的環境就如同在彩霞之中，有著奇幻之感，以一個「隔」字呈現虛無縹緲之幻境，再以「不知」、「誰」中間與詩人隔了「牆外」，更凸顯此笙聲的神祕性，於是詩人更想一探究竟，卻無奈「重門深鎖」，詩人無法進一步解惑，更

〔註534〕鄭臨川記錄、徐希平整理：〈大曆十才子〉收入在《笳吹弦誦傳薪錄——聞一多、羅庸論中國古典文學》，頁129。

〔註535〕語見清・張文蓀：《唐賢清雅集》，收入在《唐詩彙評》，頁1337。

以花寫樂，呼應第一句的彩霞，首尾輝映灼灼其華的景像，而這樣的場景更不是人間所有，詩人狐疑著此笙聲應當來自天上，如同天上的碧桃，王母的桃花一樣，讓「疑」字在尾聯不斷地在讀者的心中迴盪著那無解的問題。當讀者以感受解讀那笙聲的境地，聞一多運用現代文學理論，以「通感」〔註536〕的方法，分析「鳳吹聲如隔綵霞」的寫法，提到：

> 象徵派的詩，用視覺的形象寫聽覺的感受，把五官的感覺錯綜使用，使詩的寫作技巧又進一層。他開了賈島、李賀兩派的苦吟之路。〔註537〕

原來之前所提到的「氣魄」並非是詩的風格表現，而是指詩的寫作技法，有關這首詩在感官上面的轉化技巧，以視覺所見的「隔綵霞」，具體形容聽覺所聆賞的笙聲，一個「隔」字營造出笙聲奇幻不俗的境地，展現此詩的氣魄就在於感官的錯綜描述，引領另一種風潮，開了賈島、李賀兩派的苦吟之路。認識郎士元善用感官之間的互通性，表達所見之景。

（二）借夜寫愁──秋景

聞一多以錢起的〈送夏侯審校書東歸〉與〈裴迪南門秋夜對月〉兩首詩為大曆時期的「共同格調」〔註538〕之作，鍾惺曾評〈送夏侯

〔註536〕「通感」又名「移覺」，將人的聽覺、視覺、嗅覺、味覺、觸覺等不同感覺互相溝通、交錯，彼此挪移轉換，將本來表示甲感覺的詞語移用來表示乙感覺，使意象更為活潑、新奇的一種修辭格。此詞未出現在聞一多的文學理論的專名裡，其觀念源自於西方的認知語言學的隱喻理論，聞一多亦於現代詩創作中善用此種寫作技巧，但在錢鍾書之前，許多文人僅存有「通感」之概念，未有「通感」系統性的探討，直至1962年錢鍾書於《文藝評論》刊物上發表〈通感〉一文，文中明白指出中國古典文學早就採此描寫手法，只是「古代批評家和修辭家似乎都沒有理解或認識」，並舉例說明詩句表現通感的效果，始有專名。

〔註537〕鄭臨川記錄、徐希平整理：〈大曆十才子〉收入在《笳吹弦誦傳薪錄──聞一多、羅庸論中國古典文學》，頁129。

〔註538〕鄭臨川記錄、徐希平整理：〈大曆十才子〉收入在《笳吹弦誦傳薪錄──聞一多、羅庸論中國古典文學》，頁127。

審校書東歸〉「夢盡落花間」爲「五字幽情傷感」〔註539〕，周珽評〈裴
迪南門秋夜對月〉爲「幽深不自知情況」〔註540〕，這兩首詩均呈現
幽深傷感的詩味，茲舉〈裴迪南門秋夜對月〉一詩說明，其詩曰：

> 夜來詩酒興，月滿謝公樓。影閉重門靜，寒生獨樹秋。鵲
> 驚隨葉散，螢遠入煙流。今夕遙天末，清光幾處愁。（錢起
> 〈裴迪南門秋夜對月〉，《全唐詩》卷二三七，頁 2624。）

這首詩的情境在描述一個初秋的夜晚與裴迪一同賞月，夜來引起了詩
人們飲酒作詩的興味，詩人以謝公樓作爲裴迪書齋的代稱，這時月光
照滿了庭宇和樓臺，主人翁所在的庭院，萬籟俱寂，秋裡的枝葉生寒
意。此詩令人頗爲讚賞之處即是「側寫」的技法，王夫之論曰：「旁
取得潤，音響不衰」〔註541〕，可由頸聯見其特色，詩人側寫描述四
周寂靜，究竟是甚麼東西驚嚇了鵲鳥？是詩人們的聲音或是月色的光
亮，或許透過詩題可以知道，原來是月亮爲詩中主角，亮晃晃的月光
驚嚇了鵲鳥，鵲起葉颺，震落了片片秋葉。詩中那「獨」字，馮舒認
爲

> 詩酒發興，故接『獨上』，不嫌其重用『獨』字也。『月滿』
> 呆矣，『獨上』二字妙絕。且謝公樓內已含『月』字，不必
> 再贅」〔註542〕，很明確表示「獨」字的巧妙，又紀昀云：
> 「『月』乃題眼，不可不點，不但『獨』字重也。六句微妙，
> 勝出句。〔註543〕

由此可知，錢起這兩句將那孤月驚鳥的情境寫得更爲凝煉。詩人
接著用煙靄的暗淡襯托螢光，又以螢光之流失襯托月明，故沈德潛評
曰：「月夜螢光自失，然遠入煙叢，則仍見其流矣。此最工於體物」

〔註539〕明・鍾惺輯：《唐詩歸・中唐一》卷二十五，《續修四庫全書》，1590
　　　　冊，頁 143。
〔註540〕語見《唐詩選脈會通評林》，收入在《唐詩彙評》，頁 1292。
〔註541〕王夫之：《唐詩評選》，保定：河北大學出版社，2008 年，頁 145。
〔註542〕元・方回、李慶甲集評校點：《瀛奎律髓彙評》，上海：上海古籍出
　　　　版社 1986 年，頁 915。
〔註543〕元・方回、李慶甲集評校點：《瀛奎律髓彙評》，頁 915。

〔註544〕，表現了大曆詩人寫物逼真的筆法，宋宗元亦評「善於繪景」
〔註545〕，將月明的情境鮮明地呈現出來。最後尾聯的詩句，由詩人
對目前景色有所領略，進一步想想多少詩人在這樣的場景中因此生
愁，增添了寧靜幽遠的詩意。

　　同樣以秋景呈現愁思的有張繼〈楓橋夜泊〉，這首詩不僅膾炙人
口，被視為「鄉愁」的佳作，茲錄原詩如下：

　　月落烏啼霜滿天，江楓漁火對愁眠。姑蘇城外寒山寺，夜
　　半鐘聲到客船。（張繼〈楓橋夜泊〉，《全唐詩》卷二四二，
　　頁 2712。）

此詩人泊船江邊難眠，透過視覺、聽覺、觸覺表現秋夜裡的孤寂與思
念，只見斜月西沉，感受滿天的霜氣逼人，聽到烏鴉的聲聲啼叫，更
加觸動這個旅居在外的寂寥之感，原來全因一個「愁」字，只好面對
著江心的漁火和江邊的楓樹孤枕難眠，《磧砂唐詩》裡就曾對「愁」字
有特別的看法，認為「『對愁眠』三字為全章關目。明逗一『愁』字，
虛寫竟夕光景，轉輾反側之意自見」〔註546〕，故聞一多認為此詩：

　　妙在以景傳情，寫景不但有精細的畫面，而且有濃厚的氣
　　氛渲染；所傳之情，也是當時一般的旅客愁思，帶有典型
　　意義〔註547〕

以精細的筆法描繪出秋景滿天霜，江上點漁火的場景，融合詩人思鄉
未眠的愁情，也因為未眠所以聽見了來自寒山寺的鐘聲，沈德潛認為
「塵市喧闐之處，只聞鐘聲，荒涼寥寂可知」〔註548〕，鐘聲營造了
詩人寥寂的內心世界，陣陣聲響傳到舟中，更勾起了遊子心中那羈旅
愁懷的思念，此詩情景交融，借由秋季寒霜以及傳達濃厚的鄉愁。

〔註544〕清‧沈德潛：《唐詩別裁》，第三冊，卷十一，頁 56。
〔註545〕語見《網師園唐詩箋》，收入在《唐詩彙評》，頁 1292。
〔註546〕語見《磧砂唐詩》，收入在《唐詩彙評》，頁 1318。
〔註547〕鄭臨川記錄、徐希平整理：〈大曆十才子〉收入在《笳吹弦誦傳薪
　　　　錄——聞一多、羅庸論中國古典文學》，頁 128。
〔註548〕清‧沈德潛：《唐詩別裁》，第四冊，卷二十，頁 124。

（三）纖巧細膩──小景小物

　　大曆詩歌是唐代詩人創作技法轉變的關鍵，情感內容的部分多「偏於感傷」，所描繪之對象能得真實之貌，其中有不少描寫細膩景色的佳句。此時期細膩景色多以「小景」為要，其小景之功誠如清‧王夫之《薑齋詩話》所言：

> 有大景，有小景，有大景中小景。「柳葉開時任好風」，「花覆千官淑景移」，及「風正一帆懸」「青靄入看無」，皆以小景傳大景之神。若「江流天地外，山色有無中」「江山如有待，花柳更無私」，張皇使大，反令落拓不親。宋人所喜，偏在此而不在彼。近唯文徵仲〈齋宿〉等詩，能解此妙。〔註549〕

詩歌有廣闊無限之景，亦有細微雕琢的景致，小景與大景之間各有風味，最令王夫之所讚頌的是「以小景傳大景之神」，此可留予讀者興會聯想的空間，引文提到「柳葉開時任好風」之景，柳條剛展新葉，憑任春風吹拂。這裏寫的是在春風吹拂中柳芽舒展，是小景，寫得細緻而具體。從這小景中透露了春的消息，寫出了春回大地的景象，所以是即小見大。又杜甫〈紫宸殿退朝口號〉「花覆千官淑景移」所呈現的是眾官上朝時站在許多的花柳之下，故言「花覆千官」，「淑景移」意指美好的日影移動著，凸顯百官上朝花費相當久的時間，故能於花下見得日影移動。這也是寫具體的小景，從中反映出唐朝百官上朝時的盛況。由此可知，小景見大景，能凝聚詩人與讀者的視野，涵融自身的經驗，重新喚醒相關經驗的回憶，依此延伸至較為廣闊的境界。

　　反之，由大景統攝小景，容易使詩歌藝術表現顯得虛空不實，難以給人有親切的審美感悟。因此，王夫之評騭王維〈漢江臨泛〉「江流天地外，山色有無中和杜甫」與杜甫〈後游〉「江山如有待，花柳

〔註549〕清‧王夫之：《薑齋詩話‧夕堂永日緒論內編》卷二，北京：人民文學出版社，1998年，頁154。

更無私」這樣誇張的大景描寫，「落拓不羈」不免寫得抽象，使讀者難以沉潛涵詠，領悟個中滋味。再者，以「宋人所喜，偏在此而不在彼」呈現宋詩寫景之失在於此，亦云：「然皮、陸二子差有興會，猶堪諷詠。……黃魯直、米元章益墮此障中。近則王譓庵承其下游，不恤才情，別尋蹊徑，良可惜也。」〔註550〕具體列舉皮日休、陸龜蒙、韓愈、黃庭堅等人的創作缺失在於忽視性情與興會，只在字句上一味求巧，這使他們的詩作毫無生氣、缺少神味。難以動人。然而，不論皮、陸、韓和黃的詩歌是否真的一文不值，此僅爲王夫之一人之見解，卻也可從中體現王夫之偏於欣賞細緻、婉約一類的審美景致。

王夫之論「以小景傳大景之神」的創作方法，能凸顯清晰的形象，明朗的姿態，詩人與讀者能貼近彼此的生活，進而對詩歌的「景語」拓延萬里之勢的高遠意境，故此進一步綰合王國維的不隔說，據此參證《人間詞話．四〇》

> 問「隔」與「不隔」之別，曰：陶、謝之詩不隔，延年則稍隔矣。東坡之詩不隔，山谷則稍隔矣。「池塘生春草」、「空梁落燕泥」等二句，妙處唯在不隔。詞亦如是。即以一人一詞論，如歐陽公〈少年游〉詠春草，上半闋云：「闌幹十二獨憑春，晴碧遠連雲。千里萬里，二月三月，行色苦愁人。」語語都在目前，便是不隔。至云「謝家池上，江淹浦畔。」則隔矣。白石〈翠樓吟〉：「此地。宜有詞仙，擁素雲黃鶴，與君遊戲。玉梯凝望久，歎芳草、萋萋千里。」便是不隔。至「酒祓清愁，花消英氣。」則隔矣。然南宋詞雖不隔處，比之前人，自有淺深厚薄之別。〔註551〕

此語以謝靈運〈登池上樓〉「池塘生春草」、薛道衡〈昔昔鹽〉「空梁落燕泥」、歐陽公〈少年游〉詠春草上半闋和白石〈翠樓吟〉半闋爲不隔之境界。讀者理解詩詞之所以不隔，在於詩人、詞人的創作能遵循著

〔註550〕王夫之：《薑齋詩話》，頁155。

〔註551〕王國維著、徐調孚校注：《校注人間詞話》，臺北：頂淵文化事業有限公司，2007年，頁25。

「語語都在目前」的真切美感要求。此處「不隔」的審美特質即是蘇珊玉於《人間詞話之審美觀》所提到的「作者能觀、能感、能寫」〔註552〕，此外尚須符合「當行本色」所展現的自然情感與貼近人生的語言。故此，就只要符合了直觀的審美特質，就算《人間詞話‧四一》舉出了「天似穹廬，籠蓋四野。天蒼蒼，野茫茫。風吹草低見牛羊。」這樣蒼茫遼闊的景色也不失「寫景如此，方為不隔。」〔註553〕

綜上而言，王夫之所提倡的「以小景傳大景之神」，其審美要求在於詳寫貼近詩人的身旁事物，他所反對的是那虛無縹緲的廣漠境界，誠如他所舉例的「江流天地外，山色有無中」和「江山如有待，花柳更無私」，寫得虛幻無實，難以捉摸，因此涵融王夫之小景說以及王國維不隔說，談述聞一多於大曆詩歌中分析直觀能感之小景的詩句。

聞一多論述逼真的寫景佳句，以李嘉祐的〈送王牧往吉州謁王使君〉和〈春日淇上作〉為其代表，就整首詩的內容而言，仍舊是兒女情多、親人離合的主題，茲錄兩首詩如下：

> 細草綠汀洲，王孫耐薄遊。年華初冠帶，文體舊弓裘。野渡花爭發，春塘水亂流。使君憐小阮，應念倚門愁。（李嘉祐〈送王牧往吉州謁王使君〉，《全唐詩》卷二〇六，頁2155。）

> 淇上春風漲，鴛鴦逐浪飛。清明桑葉小，度雨杏花稀。衛女紅妝薄，王孫白馬肥。相將踏青去，不解惜羅衣。（李嘉祐〈春日淇上作〉，《全唐詩》卷二〇六，頁2158。）

沈德潛讚美此詩「天然名秀，當時稱其齊梁風格，不虛也。」〔註554〕聞一多則著眼於〈送王牧往吉州謁王使君〉寫旅途風光的第三聯「野渡花爭發，春塘水亂流」，評論「真是一幅畫景」〔註555〕，此看法同於王闓運。兩人皆認為是第三聯是「寫景佳句」，但王闓運卻批論了

〔註552〕蘇珊玉：《人間詞話之審美觀》，臺北：里仁書局，2009年，頁225。
〔註553〕王國維著、徐調孚校注：《校注人間詞話》，頁26。
〔註554〕沈德潛：《唐詩別裁》，第三冊，卷十一，頁64。
〔註555〕鄭臨川記錄、徐希平整理：〈大曆十才子〉收入在《笳吹弦誦傳薪錄——聞一多、羅庸論中國古典文學》，頁125。

這兩句「與題無干」﹝註556﹞。由此來看,「野渡花爭發,春塘水亂流」雖然寫得好,卻純是寫景佳句,可摘句品味,但從另一方面來看,春景雖好,卻也可反襯出送行時的離別依依,並在尾聯引用阮咸和王孫賈的典故。聞一多認為此處「表現了多麼深厚的人情味,這是絕妙的寫法」﹝註557﹞,詩人能細膩地描繪小景小物,看似寫優美的景色,卻能與整首詩的情感形成一個強烈對比的張力。

　　第二首〈春日淇上作〉的「清明桑葉小,度雨杏花稀」,聞一多認為這兩句「以節令作對仗,點出既結的特殊氣氛和畫面,不顯生硬纖巧,寫法亦妙」﹝註558﹞,王夫之特別指明此詩「獨紹古意,不入時調」﹝註559﹞,而古意來自何朝?聞一多就曾論「衛女紅妝薄,王孫白馬肥。相將踏青去,不解惜羅衣」此四句具有「十足的齊梁風格」﹝註560﹞,可知此處的古意來自齊梁,但是聞一多所認為的齊梁風格並不是以纖柔綺靡特色,而是特別強調齊梁細膩描寫的技巧,如此小景小物的題材已漸漸成為大曆詩人取材的對象,不再是專寫詩人虛無縹緲的詩境,而走向實境實物的生活境遇。

　　中唐詩人不僅在風景方面的描寫特別細緻,亦在細緻之外再顯新奇,聞一多就特別舉了包佶〈秋日過徐氏園林〉五律中的第三聯「鳥窺新罅栗,龜上半敧蓮」,論其「亦新奇可誦,開中唐賈島一派風氣」,點出包佶用字奇巧的特點,方回就曾論:「五、六工甚」﹝註561﹞,但同樣的句子,查慎行卻有不同的看法,反而認為「五、六殊拙」﹝註562﹞,

﹝註556﹞　語見《王闓運手批唐詩選》,收入在《唐詩彙評》,頁852。
﹝註557﹞　鄭臨川記錄、徐希平整理:〈大曆十才子〉收入在《笳吹弦誦傳薪錄──聞一多、羅庸論中國古典文學》,頁125。
﹝註558﹞　鄭臨川記錄、徐希平整理:〈大曆十才子〉收入在《笳吹弦誦傳薪錄──聞一多、羅庸論中國古典文學》,頁126。
﹝註559﹞　王夫之:《唐詩評選》,頁148。
﹝註560﹞　鄭臨川記錄、徐希平整理:〈大曆十才子〉收入在《笳吹弦誦傳薪錄──聞一多、羅庸論中國古典文學》,頁126。
﹝註561﹞　元・方回:《瀛奎律髓》,卷十二,《文淵閣四庫全書》,頁1366～124。
﹝註562﹞　元・方回、李慶甲集評校點:《瀛奎律髓彙評》,頁425。

筆者以為這拙字應指的是用字新奇，脫於一般用字的順暢感，此用字之奇不僅開了中唐賈島的奇字特色，紀昀又言「而詩已逗漏晚體。風會漸移，機必先兆」〔註563〕指的就是包佶寫物纖巧細膩的技巧。

聞一多注意到大曆詩人以小景小物入詩，又曾評戴叔倫的〈蘇溪亭〉「燕子不歸春事晚，一汀煙雨杏花寒」為「取材小而刻畫精，含意深而情味永，此詞境也」〔註564〕，已有晚唐詞的風味。這凸顯了中、晚唐詩刻劃精細的小景為宋詞寫境的先聲，雖然詩詞境界不同，但也可看出文學史演變的過程，詩人是如何改變筆法技巧與將題材內容帶入下一個階段的文學特色。

（四）刻畫深刻──人事風流

大曆詩人除了在寫景方面頗為細膩，亦對人事交際有著逼真的情感描述。就整首詩而言，除了美景之外尚無法完全將詩意充分表達出來，尚需配合詩歌對人事的描述，才能凸顯美景之後，詩人對於人事的感慨萬千，因此聞一多以包何和包佶兩兄弟作品為例，說明人事交際方面的題材內容，茲錄包何〈和程員外春日東郊即事〉，七律一詩如下：

> 郎官休浣憐遲日，野老歡娛為有年。幾處折花驚蝶夢，數家留葉待蠶眠。藤垂宛地縈珠履，泉迸侵階浸綠錢。直到閉關朝謁去，鶯聲不散柳含煙。（包何〈和程員外春日東郊即事〉，《全唐詩》卷二○八，頁2173。）

聞一多稱此詩「美景好句，相得益彰，寫盡主人風流逸致，狀熱鬧場景，堪稱妙筆」〔註565〕，他認為在這首詩中以美景襯托出詩人和程員外一同遊行東郊的畫面，但其較具特色的是景中包含人物賞景的雅致行為，方回甚而以第三句為「絕妙」〔註566〕，這樣的看法可從金

〔註563〕元・方回、李慶甲集評校點：《瀛奎律髓彙評》，頁425。

〔註564〕鄭臨川記錄、徐希平整理：〈大曆十才子〉收入在《笳吹弦誦傳薪錄──聞一多、羅庸論中國古典文學》，頁131。

〔註565〕鄭臨川記錄、徐希平整理：〈大曆十才子〉收入在《笳吹弦誦傳薪錄──聞一多、羅庸論中國古典文學》，頁126。

〔註566〕元・方回：《瀛奎律髓》，卷十，《文淵閣四庫全書》，頁1366～106。

聖嘆對這首詩的評價窺知一二，用以看出詩人是如何細緻描寫詩中人物風流逸致的經過，其文曰：

> 一，寫郎官；二，卻無端陪寫一野老；三，「幾處折花」承「郎官」；四，「數家留葉」，卻無端亦承他野老，此爲何等章法耶？不知郎官到休沐時，必須異於野老幾希，然後始成其爲休沐；又此休沐之郎官，必須歡娛實過野老，然後始成其爲郎官。然則寫野老，正是出像寫郎官。先生用意，固加人一等也（前四句下）。將東郊無情景物，特地寫出一片至情，此又奇情妙筆也（後四句下）。〔註567〕

金聖嘆明白說出第一句寫郎官憐春日的感受，第二句則寫請一野老相伴遊春，第三句的「幾處折花」，其主詞爲郎官，呼應第一句的「憐遲日」，因憐而折花，獨自賞美，又寫出郎官折花驚嚇到正在花邊休息的蝶兒，以賦筆呈現賞景的經過。第四句「數家留葉」承第二句野老「爲有年」，看似「比」不是「比」；看似「興」卻又不是「興」，金聖嘆認爲未見有這樣的章法，但是皆寫出了野老和郎官兩人迷戀春日的那種歡娛，頸聯本是無情景物，但經由郎官不得不朝謁而去的離情，將摯情注入於景，故爲「奇情妙筆」。

人事交際不僅包含詩人和友人遊春的過程，也涵蓋了詩人本身對於交際來往的深刻體會，戴叔倫的四則作品善於寫「客愁旅思」，如：〈除夜宿石頭驛〉、〈客中言懷〉，經由對人事細膩的描寫表現愁悶的情緒；送行之作，如：〈送李明府之任〉、〈蘭溪棹歌〉，詩人以景襯情表現離別的思念與不捨。茲以戴叔倫寫人事的〈除夜宿石頭驛〉說明大曆詩人的寫詩題材，見原詩如下：

> 旅館誰相問，寒燈獨可親。一年將盡夜，萬里未歸人。寥落悲前事，支離笑此身。愁顏與衰鬢，明日又逢春。（戴叔倫〈除夜宿石頭驛〉，《全唐詩》卷二七三，頁3067。）

這首詩不同於大曆詩人以景傳情的作品，詩人是透過對人事的描寫凸顯情感的部分，方回論〈除夜宿石頭驛〉：「此詩全不說景，意足辭潔。」

〔註567〕清‧金聖嘆：《貫華堂選批唐才子詩》，頁169。

就說明了此詩描寫的對象不以景為主，縱使歷來詩話仍評論「此詩真所謂情景交融者」，但是從全詩來看，寫景之句的確不多，故此清‧屈復又批評曰：「三聯不開一筆，仍寫愁語，此所以不及諸大家。若寫石頭驛景，可稱合作」〔註568〕，仍以「景」視作詩中的重要元素，筆者以為詩人以描寫人事的衰變亦是另一種愁情的表現。從這首詩來看，「一年將盡夜」指的是除夕夜，在這時候萬家團聚，卻只有詩人自己還在奔走旅途，孤獨一人借宿在驛館，長夜枯坐，僅有一盞寒燈相伴，點出了外在環境中的溫度，也說出了詩人內心的溫度。此夜，詩人腦中湧入了多少往事，自我解嘲多年來流離多病的軀體。明日又是新春，雖是新的一年，卻也代表著詩人年貌不斷地在衰老中，讀者將能感受到作者那淒苦的心情，故尾聯所呈現的正是本詩情感最為沉重的地方，故胡應麟評此詩的尾聯為「客中除夜之絕唱也」〔註569〕，又王文濡評曰：「前半寫題已足，後半作無聊語，而以『明日』一結，尋出路法，便不索然。」〔註570〕此話說明畫龍點睛之處，最後一句將詩人無可奈何的心情表露無遺。

　　另外，耿湋亦擅長寫身世之感，以表傷懷，其情「極為淒楚動人」〔註571〕，他被聞一多認為是大曆諸詩人中最有代表性的作家，因此舉了三首詩〈華州客舍奉和崔端公春城曉望〉、〈春日即事〉、〈邠州留別〉特別說明詩人對身世的感傷，在人事交際方面，借著僮僕和友人的態度，表現人情現實的一面。筆者於此舉〈春日即事〉五律一詩：

　　　數畝東皋宅，青春獨屏居。家貧僮僕慢，官罷友朋疏。強飲沽來酒，羞看讀了書。閒花開滿地，惆悵復何如。(〈春日即事〉，《全唐詩》卷二六八，頁2974。)

〔註568〕語見清‧屈復：《唐詩成法》，收入在《唐詩彙評》，頁1443。
〔註569〕胡應麟：《詩藪》內編四‧近體上‧五言，頁234。
〔註570〕語見王文濡：《歷代詩評注讀本》，收入在《唐詩彙評》，頁1443。
〔註571〕鄭臨川記錄、徐希平整理：〈大曆十才子〉收入在《笳吹弦誦傳薪錄——聞一多、羅庸論中國古典文學》，頁131。

此詩一開頭就寫出眼見的田園景色，看似寫景卻又非寫景，因為到了首聯第二句就表達了自己獨居一人的生活方式，因此「青春獨屏居」顯然表現出詩人心裡的煩悶，否則從開朗的人生觀來看，應該樂於和自然萬物為伴，在這裡卻以不與人交往的「屏居」作為退隱之意，可見耿湋滿腹牢騷與不滿。頷聯「家貧僮僕慢，官罷友朋疏」從家中的狀況以及人際關係寫起，因不在朝任官，所以家中的僮僕態度怠慢，往來的朋友漸疏，明‧胡震亨認為頷聯「淺言偏深世情」〔註572〕，雖然只是淺白的詩句，但這兩句卻道盡了人情世故，但也因為淺言，曾有詩評家便不錄此詩，因此「荊公選唐詩不取此首，豈謂三、四淺近？然實近人情。」〔註573〕方回推論歐陽公不取此詩則是認為頷聯淺言，但是就方回的看法，這兩句才是真正說出一般人在人際關係方面的常態表現。詩人再來就從生活情態方面開始寫起，飲酒與讀書本是一件令人愉悅的樂事，但此處卻說「強飲沽來酒」，一個「強」字道訴借酒澆愁的無奈感，如今卻是以「羞看」的心情讀書，這裡是以「讀了書」為句，仍有版本是「讀破書」，更可以凸顯詩人羞於看書的心境。尾聯「閒花開滿地，惆悵復何如」表示詩人眼前所即的是春花花開，又一個傷春的情緒油然而生。詩人從人際關係、貧居生活寫出了人事的悲涼，道盡了身世之感，以此自慰。

聞一多不僅對詩人作品的特色進行分析，還進一步比較詩人間的差異，他曾論「李益的詩比盧綸更慷慨」，此話何意？原來指的是李益的詩寫出了人生離合這一類的作品，其意境也不同於盧綸所寫的陰涼悲歌情懷，而這樣的慷慨就表現在於李益對於人事的描述，因此聞一多特別舉了〈喜見外弟又言別〉一詩，錄原詩如下：

> 十年離亂後，長大一相逢。問姓驚初見，稱名憶舊容。別來滄海事，語罷暮天鐘。明日巴陵道，秋山又幾重。（〈喜見外弟又言別〉，《全唐詩》卷二八三，頁3212。）

〔註572〕明‧胡震亨：《唐音癸籤》，卷七，頁53。
〔註573〕元‧方回：《瀛奎律髓》，卷十，《文淵閣四庫全書》，頁1366～97。

這首詩全採白描的寫法，顯現亂離中與親人聚散的畫面，詩人與表弟經過十年的分離，各自長大後再度相逢，而且這次的相逢是出乎意外的機遇，沒有事先的約定，可由次聯尋得訊息。清•沈德潛論的「一氣旋折，中唐詩中僅見者。」〔註574〕所指的應是接下來頷聯談到兩人相見時的互動，「問姓驚初見」增加了本詩的戲劇性，表現相逢的驚喜與驚訝，彼此詢問其姓名再度確認之後，回憶過往分離前兩人的容貌。清•賀裳論到「問姓驚初見，稱名憶舊容」這兩句「則情尤深，語尤愴，讀之幾於淚不能收」〔註575〕，說明兩人容貌已改，唯靠神似相認，故問其名再度確認其人，才現喜相逢的歡心，這樣的情感尤其令人動容。可見這次的相逢對詩人來說，可遇而不可求的，想也都想不到會在分離後的十年後能再相見。接著頸聯傾訴了別情的畫面，詩人用「滄海事」加以概括分別後所遇到的種種經歷，也是對社會動亂的無限感慨，兩人促膝長談，從早上相見聊到傍晚，正說明了他們之間的情感深厚，一下子天色晚了又提到「明日」表弟將去「巴陵道」，早上才相逢，隔日又要離別而去，聚短離多，接著提及「秋山又幾重」，運用層層重山的意象隔絕兩人的情誼，不僅說出了未來難以相見，也表達了詩人傷別的情懷，詩人透過這一次相逢的白描寫法，透露會後難期的心情。

綜上所述，聞一多對於詩歌的評析，來自他對詩人的性格與生活的認識，因此他在考證詩人生平以及行踪方面，亦花費不少的心力，為的是借由考證詩人交遊的情形，了解時代的詩歌風氣；並以詩人群的研究方式，連繫不同詩人與詩歌之間的關係；再以回溯前朝文學的表現去評騭唐詩所展開的文學特點。但是聞一多的考證並非全然無誤，經過許多學者們的推勘考證後，指正了不少聞說有關唐詩的缺失，如何看待此一問題？筆者以為需對聞一多的唐詩訓詁與考據進行析論與辯證，才能了解聞說有誤的重要癥結。

〔註574〕清•沈德潛：《唐詩別裁》第三冊，卷十一，頁69。
〔註575〕清•賀裳：《載酒園詩話•又編》，郭紹虞編：《清詩話續編》，上海：
　　　　上海古籍出版社，1983年，頁240。

小　結

　　此章主要探討聞一多以文學史的角度研究初唐詩與六朝文學之間的承繼與發展，輯裁詩歌與詩人的相關資料，涵融時代文學風氣，深究其新與變的文學特色，言前人所未言，發前人所未發，提出獨特的觀點以探析唐詩的特色，茲從初唐詩、盛唐詩、中唐詩三方面分別介紹如下：

1. 初唐詩艷藻與古樸詩歌之頡頏

　　初唐詩綺靡華麗的宮體詩向來是不可忽略的詩壇現象，從內容的題材來看，初唐四傑中的盧照鄰和駱賓王以長篇歌行開闊跌宕的節奏展現自由的意境與市井的題材；再論情感上的表達，〈宮體詩的自贖〉提到初唐與南朝的宮體詩有不同的表現，逐漸洗淨了那色慾的情感描寫，甚至昇華至宇宙人生境界的展現，特別以劉希夷與張若虛為代表。

　　就初唐詩歌的現象，其中堪為獨特者，當推「類書式」詩歌，此亦為聞一多的創見。李百藥、虞世南等人，從編纂類書的經驗中，汲取詞彙創作詩歌，但是同樣表現綺麗色彩的作品，不被視為宮體詩的一類，而是被當作類書式的詩。艷藻日富之後，詩歌律體因開，從聞一多談及初唐詩的相關文章，從中析論〈四傑〉、〈初唐詩〉二文，可爬梳出律體大家的書寫特質。王勃與楊炯長於五律詩，王勃〈詠風〉、〈聖泉宴〉、〈秋日別薛昇華〉等均為五律的名作，七言方面亦不失色，例如〈滕王閣〉詩為歷來詩歌佳作，以流麗的筆法表現雄健的氣勢；楊炯〈從軍行〉和〈紫騮馬〉則以語麗音鴻的文字展現渾厚的風格。杜審言以五律為格律特色的派別，此派的嗣響作家之一為郭元振，郭詩〈塞上〉、〈寄劉校書〉、〈寶劍篇〉同杜詩一樣，頗有豪壯之語。沈佺期則以〈古意贈補闕喬知之〉「九月寒砧催木葉，十年征戍憶遼陽。白狼河北音書斷，丹鳳城南秋夜長」表現中間兩聯對仗工整，全詩平仄協調，展現初唐律體詩的藝術成就。

　　王績和陳子昂等人逐漸要以個人心志取代這些虛有其表的形式藝術，因此王績的〈石竹詠〉、〈贈程處士〉、〈野望〉特別展現高古的

意境，其中尤以〈野望〉最佳。聞一多認爲陳子昂在詩歌表現出不同的意境，分別是一、感遇：超曠高古；二、同暉上人諸作：泓崢蕭瑟；三、近體：晶瑩爽朗，會有這樣的多元化的表現，主因是陳子昂本身兼備縱橫家、儒家、道家、佛家的人格涵養。但是，談述人格與詩歌之間的關係，卻僅圍繞著〈感遇〉一詩而論，忽略了「風骨」在子昂詩歌中的價値。

2. 盛唐詩回溯漢魏六朝的詩歌演變

聞一多以復古講述盛唐詩歌的表現，大致上可分爲齊梁陳、晉宋齊以及漢魏晉的詩歌復古階段。盛唐詩復古齊梁陳詩歌的特色，同樣以宮體詩爲題材的詩人，例如常理、蔣冽和梁鍠則被視爲這類詩歌的白眉，並經由詩例可知此派主要是在情感方面的轉變，由初唐劉希夷、張若虛洗淨了纖麗嬌媚的情感，轉入盛唐詩人之筆，就在情感內容和藻麗文字方面取得平衡的表現，故能娟麗不膩。

在晉宋齊時期方面，自然山水詩派以王維爲代表人物，以下分爲專寫自然、田園以及寺觀的詩人；另一爲縱橫派以李白爲代表，此「縱橫派」實爲「情感與個性的稱呼」，乃以俠客的瀟灑性格與奔放的情感談其詩歌的表現，以下分爲專寫江南言情與塞外情結的豪放風格的詩人。聞一多評騭這兩位詩人所引領的派別，其詩歌成就在於題材方面的開拓，此與齊梁陳詩歌的復古運動差異甚大。王維這一小派的詩人主要表現在自然景物方面的體悟，描寫湖岸、鶯啼、樹等自然景象，海涵地負，統攝萬物，流露個人情感，發爲詩歌。

最後，盛唐詩復古漢魏詩歌乃因時代所成，盛唐晚期兵馬倥傯，人民顚沛流離，因此產生了聞一多稱之爲寫實主義的詩人，蓋堪爲代表的是杜甫。詩人們於安史之亂中感到痛苦悲傷，遭遇顚沛流離的過程，以詩歌的方式栩栩如生描繪當下的情境，重現漢魏風骨的文藝活動，並將專寫自然、天道和人事的詩人群歸屬於杜甫之下，主要在凸顯這些詩人寫實人生的特色。這一類的詩人尚有郭元振、薛奇童、張九齡、李華、沈千運與張彪等人，均被置於杜甫底下的詩人子群，只

能說他們的詩歌共同點在於貼近人生。但是，若從情感和題材方面來看，一來詩人們在情感上的表現程度不盡相同，杜甫悲天憫人的心志遠比其他詩人來得沉鬱深重；二來詩歌在題材上並不能以杜甫概括整個自然、天道與人事的內容。

3. 中唐大曆詩承襲齊梁詩歌的技法

安史之亂後，大曆十才子沉浸在悲愴氣氛的社會環境之中，聞一多認為他們採用逼真的筆法呈現感傷的情懷，並加以分析其詩歌的表現。本論文因探究每篇詩歌所組成的結構與修辭毫無一定的準則，故不從結構與修辭的角度分析詩歌的逼真筆法，卻可從中發現十才子能詳細寫出別離時、思念與閑暇的人、事、時、地、物，將詩人的生活經歷摹繪地歷歷在目，宛如詩人的生活片段呈現在讀者的眼前，因此所謂十才子的「逼真的筆法」乃是以實際生活情境寄託內心的情感，故有以別離道訴憂傷情懷、由思念訴盡無奈感慨與借閑暇隱蔽憂傷情思，借以表達憂傷的情思，此正是十才子「寫得逼真」之處。在題材內容方面則取用春光、秋景、小景小物以及人事交際四類，同樣取用了齊梁詩的共同題材，因此才有所謂的「復古」之說，但在情感方面的呈現，並不完全蹈襲齊梁詩歌中的男女之情，大曆十才子則是借此題材表達傷感情懷，此為詩人在不同時代下所展現的獨有特質。